고독한 용의자

THE LONELIEST GUY（隱蔽嫌疑人）

Copyright © 2024 by Chan Ho-Kei
All rights reserved.

Korean translation copyright © 2025 by Wisdom House, Inc.
Published in agreement with Crown Publishing Company, Ltd. c/o
The Grayhawk Agency in association with Danny Hong Agency.

이 책의 한국어판 저작권은 Crown Publishing Company, Ltd. c/o The Grayhawk Agency와
독점 계약한 (주)위즈덤하우스가 소유합니다. 저작권법에 의하여 한국 내에서 보호를 받는
저작물이므로 무단 전재 및 복제를 금합니다.

고독한 용의자

찬호께이 장편소설

허유영 옮김

위즈덤하우스

일러두기

· 지명은 홍콩에서 직접 사용하는 홍콩 광둥어 발음 또는 영어 명칭으로, 인명은 모두
  표준중국어 발음으로 표기했다.
· 그 외 고유명사는 외래어표기법을 따르되 일부 굳어진 명칭은 두루 통용되는 것으로 표기했다.
· 본문의 각주 중 저자 주는 [―원주]로 표시했고, 나머지는 모두 옮긴이 주다.

차례

한국어판 서문 7
프롤로그 14

1장
21
망자의 고백·1
64

2장
77
소설 《(제목 미정)》 발췌·1
114

3장
121
망자의 고백·2
154

4장
167
소설 《(제목 미정)》 발췌·2
214

5장
223
망자의 고백·3
242

6장
251
소설 《(제목 미정)》 발췌·3
288

7장
297
망자의 고백·4
344

8장
351
소설 《(제목 미정)》 발췌·4
420

9장
423
망자의 고백·5
458

에필로그 478

한국어판 서문

한국 독자 여러분, 안녕하세요. 찬호께이입니다. 제 졸작을 처음 읽는 분이든 다른 작품을 읽어본 분이든 신작을 통해 만나게 되어 반갑습니다.

한국어판 서문을 통해 소설의 도입부에서 독자들에게 작품의 창작 배경을 미리 들려드릴 기회를 주신 위즈덤하우스 출판사에 감사를 전합니다. 이 소설은 제 졸작 《기억나지 않음, 형사》와 약간의 연관성이 있지만 '속편'은 아닙니다. 일부 동일 인물이 등장한다는 점을 제외하면 공통점이나 연속성이 없는 각각의 독립적인 이야기입니다. 《기억나지 않음, 형사》를 읽은 독자라면 메인 플롯과 관계없는 몇몇 장면을 보너스 신처럼 발견할 수 있을 것입니다. 하지만 저는 전작을 읽지 않은 독자들에게 더 좋을 것이라고 생각합니다. 이 소설을 읽은 뒤에 《기억나지 않음, 형사》를 읽는다면 의외의 재미를 느낄 수 있을 테니까요. 독자들이 이 소설을 먼저 읽든 나중에 읽든, 혹은 둘 중 하나만 읽더라도 작품의 완성도에 영향이 없도록 독서 순서를 고려하며 소설을 집필했습니다.

《기억나지 않음, 형사》와 마찬가지로 이 소설도 리얼리즘을 표방한 범죄추리소설로 포스트코로나 시대 홍콩 사회를 배경으로 하고 있습니다. 제 졸작들을 관심 있게 봐오신 한국 독자들이라면 최근에 제가 특이한 설정의 소설에 주력하는 것 같다고 느끼실 수도 있겠습니다. 호러 판타지 《염소가 웃는 순간》, 유럽 동화와 역사를 모티프로 한 《마술 피리》, 식인 괴물의 이야기인 《마충인간》(한국 미출간), 릴레이 소설 《쾌》 등은 초기 작품인 《13·67》이나 《망내인》과 사뭇 차이가 있는 소설들이기 때문이죠. 제 창작 방향이 바뀌었다고 생각하는 독자들도 계실 듯합니다. 하지만 최근 몇 년간 제가 발표한 소설 가운데 절반은 현재 사회상을 사실적으로 반영한 추리소설이었습니다. 다만 어쩌다 보니 모두 단편소설이었습니다. 일부는 홍콩 추리 작가들이 1년에 한 번씩 작품을 모아 발간하는 《탐정카페》라는 잡지에 실렸고, 아직 단행본으로 정리해 출간하지 않았지만 〈12〉라는 제목으로 타이완의 《크라운매거진》에 연재했던 단편 연작도 있습니다. 저는 환상성을 지닌 광의의 추리소설도, 《고독한 용의자》처럼 사회현상을 반영한 범죄추리소설도 모두 좋아합니다만, 그중 후자를 좋아하는 독자들에게 이 소설이 만족스러운 선물이 될 수 있길 바랍니다.

  이 소설에 등장하는 지명은 기본적으로 실제 지명을 사용했습니다. 일부 건물, 기업, 단체, 사건 등은 허구이지만 대체로 현실에서 따온 것들이 많습니다. 이 책을 읽고 소설 속에 등장하는 지역에 호기심이 생긴다면 구글 로드뷰를 통해 그곳을 검색해보길 권합니다. 소설에서 언급된 노래들을 감상하며 실제 거리 풍경에 등장인물들을 넣어 머릿속으로 장면을 상상해본다면 텍스트를 읽는 재미 외에도 특별한 재미를 느낄 수 있을 것입니다.

2025년 2월 18일
찬호께이

이 작품은 순수한 허구이며
실제 인물, 장소, 단체, 사건과는 무관합니다.

Streets damp and warm
축축하고 따뜻한 거리
Empty smell metal
금속 냄새 같은 공허함
Weeds between buildings
빌딩 사이 잡초들
Pictures on my hard drive
하드 드라이브 속 오래된 사진
But I'm the luckiest guy
하지만 난 가장 운 좋은 남자
Not the loneliest guy
가장 고독한 남자가 아니야

―데이비드 보위 〈더 론리스트 가이 The Loneliest Guy〉

프롤로그

구조대원이 천천히 몸을 돌려 순찰대 경찰 둘을 향해 가볍게 고개를 저은 뒤 구급 장비를 둘러멨다. 그리고 들것을 들고 있는 동료에게 그들의 일은 다 끝났다는 신호를 보냈다.

침대에 누워 있는 남자는 이미 몇 시간 전에 숨을 거두었다.

키다리라는 별명을 가진 키 큰 경찰이 구조대원 두 사람에게 고맙다는 인사를 건넸다. 상대도 "수고하셨습니다"라고 대답했지만 키다리는 그가 속으로 무슨 생각을 하는지 알고 있었다.

숨이 끊어졌으면 식환에 연락할 것이지. 구급대는 뭣 하러 불러?

홍콩 경찰에는 '시신 발견' 상황의 처리 매뉴얼이 있다. 순찰대에 신고가 접수되면 우선 '사망자'에게 생명의 징후가 있는지 확인한 뒤, 생존 가능성이 있다면 즉시 구급차를 불러 현장에서 응급조치를 한다. 생존 가능성이 없다고 판단되면 현장을 살펴보고 범죄 연루 가능성이 있는 경우 즉각 본부에 알려 강력반으로 사건을 인계하도록 되어 있다.

그릇 속에 하얗게 식은 숯덩이, 침대 옆 협탁 위 찌그러진 맥주 캔을 보면 아무리 초짜 순경이라도 자살 현장임을 알 수 있을 것이다. 경찰 10년 차인 키다리는 이런 시신을 봐도 무덤덤했다.

경찰 행동 매뉴얼에 따르면, 현장에서 타살 가능성이 없다고 판단될 시 시신을 발견한 증인의 진술과 현장 상황을 기록한 뒤 '식환서食環署'라고 불리는 식품환경위생서[1]에 연락해 시신을 공공 화장장으로 운반한다. 식환서에는 이런 일을 전담하는 시신처리팀이 있었다. 키다리는 늘 '식품 안전을 관리하는 정부 부처가 시민의 시신을 처리하는 것'이 뭔가 우스꽝스럽다고 느끼며 오래전 흥행하지 못한 SF영화를 떠올리곤 했다. 인구 폭발로 식량 부족 사태가 일어나자 정부가 인간의 시신을 수습해 가공식품을 만든다는 내용이었는데, 자세한 줄거리는 기억나지 않지만 그 일을 담당한 정부 부처의 명칭을 '식환서'라고 붙이면 그럴듯할 것 같았다.

---

1 식품 및 환경 관련 업무를 담당하는 홍콩의 정부 부처.

"거봐요. 내가 구급대 부를 필요 없다고 했잖아요." 키다리의 파트너 아썬이 심드렁하게 말했다. 홍콩섬[2] 이스턴구 관할 경찰인 아썬과 키다리는 오늘 아침 2인 1조로 사우케이완에서 순찰을 돌면서 부상자가 없는 교통사고 두 건을 처리하고 여든 가까운 두 노인의 말싸움을 말린 뒤, 몽롱 스트리트에 있는 단칭맨션 2층에서 들어온 신고를 받고 출동했다. 현장에 도착해보니 예순 정도 되어 보이는 노부인이 울부짖고 있고 아들인 듯한 남자가 창백한 얼굴로 부인을 부축하고 있었으며, 방 안 침대에 장발의 성인 남자가 깊이 잠든 듯 누워 있었다. 아썬은 누워 있는 남자의 목을 가볍게 눌러보고 손끝에 닿는 서늘한 감촉에 남자가 사망한 지 한참 됐음을 직감했다.

숯불을 피워 자살한 사건으로 판단하고 매뉴얼에 따라 처리하면 되겠다고 생각했지만 선배 키다리가 구조대를 불렀다. 아썬은 키다리의 행동이 불필요해 보였지만, 사실 혹시 모를 가능성에 대비하는 것만이 아니라 성가신 마찰을 피하기 위한 목적이 더 컸다. 구조대는 사망자가 아닌 유족을 위해 부르는 것이었다. 최근 경찰에 대한 불신이 팽배해 경찰을 상대로 한 민원이 점점 늘어나고 있었다. 터무니없는 민원에 대해서는 당국이 강경하게 대응하고 있지만, 경찰대 내부의 직장 문화는 또 별개의 문제였다. 상관에게 아첨하는 재주가 없는 데

---

2 홍콩은 중국 남부 광둥성 남단의 작은 섬과 육지 부분의 반도로 이루어져 있다.

다 아첨을 잘하는 동료와도 사이가 좋지 못한 키다리는 작은 꼬투리라도 잡히면 이미지가 추락할 수 있다는 걸 알고 있었다. 대단한 공을 세우지 않는 한 말단 경찰이 경위로 승진하는 데 걸리는 기간은 평균 15년. 아무리 출세욕이 없는 사람이라고 해도, 누구든 같은 직급의 동료가 하나 줄어드는 건 반가운 법이다. 자기 승진 기회가 그만큼 늘어나니까.

키다리는 구조대도 부르지 않고 거실에서 흐느끼고 있는 노부인에게 목격자 조사를 한다면 자신과 아썬이 억울한 민원의 대상이 될 수 있다고 생각했다. 유족 앞에서 그런 생각을 하는 자신이 싫었지만 이치와 상식이 통하지 않는 요즘 시대에는 언제나 자기방어를 위한 대비가 필요했다.

서로 못 잡아먹어서 안달 난 세상이잖아, 라고 키다리는 생각했다.

구조대가 도착하기 전 경찰 지원 인력도 두 명 더 도착했다. 그중 여성 경찰이 몸을 가누지 못하고 우는 부인을 위로했다. 처음에 키다리는 연로한 어머니와 둘째 아들이 아침에 일어난 뒤 숯을 피우고 자살한 맏아들을 발견한 상황일 거라고 예상했지만 간단히 심문해보니 부인은 사망자의 어머니가 맞지만 옆에 있는 남자는 이웃이었다. 아침에 이상한 직감이 든 어머니가 친한 이웃을 불러다 아들 방을 열어보고 시체를 발견한 것이었다.

"이거 그거죠? 뭐라고 하더라……. 은둔형 외톨이? 니트족?"

구조대가 돌아간 뒤 아썬이 방 안을 둘러보며 시신을 살펴보고 있는 키다리에게 말했다.

"아마 그럴 거야."

네 평쯤 되는 방. 홍콩의 평균 주거 면적으로 보면 꽤 큰 침실에 잡동사니가 가득 쌓여 있었다. 책상, 옷장, 침대, 책장 사이마다 골판지 상자와 쓰레기봉투가 처박혀 있어 움직일 수 있는 공간이 많지 않았다. 벽에는 애니메이션과 온라인 게임 포스터가 붙어 있고, 어수선한 컴퓨터 책상 위에 게임 캐릭터 피규어와 장식품까지 어지럽게 놓여 있었다. 요즘 이런 장난감에 푹 빠진 30~40대 성인 남자가 많다고는 하지만, 키다리는 전체적인 모습으로 볼 때 방 주인이 백수일 것이라고 짐작했다. 골판지 상자에 들어 있는 라면과 과자, 컴퓨터 책상 옆에 있는 소형 냉장고, 빈 페트병과 맥주 캔, 간식 포장지가 수북한 쓰레기 더미는 사망자가 먹고 자는 것도 잊고 온종일 방에 틀어박혀 게임을 해왔음을 보여주는 충분한 증거였다.

"캬, 화장실이 딸린 방이라니. 은둔족의 천국이네." 아썬이 옷장 옆 모퉁이에서 문을 발견하고 열어보니 창이 없는 작은 화장실이었다. 건식 공간과 습식 공간이 분리되지 않고 변기 위쪽 벽에 샤워기를 설치한 욕실 겸 화장실인 데다가 별로 깨끗하지 않아 은은한 악취가 풍겼다. '은둔족의 천국'이라는 아썬의 말에 담긴 조롱의 뉘앙스를 키다리는 알아채지 못했다.

침대 위 시신을 살펴보던 키다리가 시신의 얼굴에서 멍한 시선을 멈췄다. 어깨까지 오는 장발에 턱수염이 덥수룩하게 자라 있었다. 숯을 태워 일산화탄소 중독으로 사망했기 때문에, 남자의 얼굴에는 야릇한 홍조가 떠올라 있었다. 마치 생을 마감하는 이 결정에 일말의 후회도 없이 죽음을 흔쾌히 받아들인 사람 같았다.

키다리는 이런 사람이 하나 사라져도 무덤덤하기만 한 사회의 냉혹함을 생각했다. 내일 신문에 이 남자의 죽음이 짤막하게라도 실릴지 장담할 수 없었다. 어쩌면 누구의 관심도 끌지 못하는 200자 이내 분량의 기사로 몇몇 인터넷 신문에만 실릴 수도 있다. 타살 혐의점이 없는 자살 사건이었다. 이 소란스러운 도시에는 날마다 다양한 이유로 자살하는 사람들이 있고, 그들이 사라져도 사회는 아무 지장 없이 돌아간다.

"아썬, 사망자 어머니의 진술을 녹음해. 이웃은 내가…… 아썬?"

키다리가 고개를 들어 방의 다른 쪽으로 시선을 옮기자 아썬이 그의 말에 대꾸도 하지 않고 문이 열린 옷장 앞에 우두커니 서 있었다.

"아썬, 내 말 안 들……."

키다리는 아썬에게 다가가다 그가 목격한 장면이 눈에 들어오자 입에서 반쯤 흘러나온 말을 삼키고, 정상인이라면 응당 보여야 하는 반응을 억누르며 눈앞의 기이한 광경을 머릿속으로 이해하려고 애썼다.

옷장 안에 크기가 제각각인 원통형 유리병이 스무 개 남짓 놓여 있고, 생체 실험실의 동물 표본처럼 액체가 가득 채워져 있었다.

다만 키다리와 아썬의 눈앞에 있는 유리병에 담긴 것은 쥐나 개구리가 아닌, 잘린 팔다리와 장기였다. 인간의 팔다리와 장기.

1장

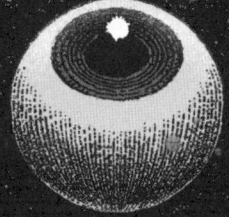

"맙소사." 쉬유이許友- 경위는 미간을 잔뜩 찌푸렸다. 옷장 안의 그 섬뜩한 표본병에서 눈을 뗄 수가 없었다. 침대 위 시신은 검은 비닐로 덮여 있고, 감식 요원이 상세한 현장 사진을 찍고 기록한 뒤 병들을 조심스럽게 옷장에서 꺼냈다.

일선 경찰의 다급한 보고가 경찰 본부에 도착한 직후 홍콩섬 총구總區 강력반 제2B팀에 사건이 배정되었고, 사건의 심각성을 고려해 B팀 팀장인 쉬유이가 직접 현장에 나가 수사를 지휘하기로 했다. 경찰서를 출발하기 전까지는 그도 누군가의 짓궂은 장난이거나 경험이 부족한 순경들이 동물 장기 표본을 인간의 것으로 착각했을지 모른다고 의심했지만, 기괴한 유리병들을 직접 본 뒤 그런 의심은 싹 사라졌다. 이것이 짓궂은 장난이라면 할리우드의 초일류 소품 제작자나 엄청난 기술을 가진 특수 분장사의 소행일 것이다.

오늘도 야근이군. 쉬유이는 속으로 중얼거렸다. 사실 그는 야근을 별로 싫어하지 않았다. 다만 까다로운 사건을 맡아 새벽에 출근하고 밤늦게 퇴근할 때마다 아내는 그가 가족에게 소홀하다고 불평했다. 아내는 "아무리 바빠도 집에 전화 한 통 해줘" 하고 잔소리를 했지만 일에 몰두하다 보면 그런 당부는 까맣게 잊혔다.

"팀장님." 쉬유이보다 먼저 현장에 도착한 형사 자치家麒가 다가와 보고했다. "순찰대원이 발견한 즉시 아무것도 만지지 않고 철저히 현장을 보존했대요."

"감식 요원은 뭐래? 피해자가 몇 명이야?"

"아직 확실하지 않지만 최소 두 명인 것 같아요." 자치가 유리병 중 하나를 가리켰다. "발바닥 네 개는 확인했어요. 왼쪽 둘, 오른쪽 둘."

1미터 남짓한 폭에 문 두 짝이 달린 붙박이 옷장의 내부가 엉성하게 개조되어 있었다. 중간에 나무판을 얹어 상하 두 층으로 나누고, 지름 30~40센티미터, 높이 50~60센티미터의 커다란 표본병은 아래쪽에, 비교적 작은 병들은 위쪽에 놓아두었다. 쉬유이가 처음 본 것은 발이 달린 종아리가 들어 있는 병이었다. 연노란색 액체가 채워진 병 밑바닥에 부스러기 몇 개가 가라앉아 있었다. 아래 칸의 커다란 유리병에는 여자의 가슴이 담겨 있는데 유방 아래로 늑골이 보이고 늑골 뒤 병 바닥에 깔린 것은 폐나 심장의 일부인 것 같았다. 물론 쇄골 위에도 중간쯤에서 잘린 목만 붙어 있고 좌우 양쪽 어깨가 없었다. 이 유리병 뒤에 크기가 비슷한 또 다른 병이 있었다. 내용물은 정확히 보이지 않았지만, 노끈처럼 바닥에 돌돌 말려 있는 창자와 그 밑에 깔린 남자의 생식기 비슷한 것이 얼핏 보였다.

속이 울렁거려 다른 데로 시선을 옮기자 위 칸에 있는 병 하나가 다시 그의 시선을 잡아끌었다. 단발의 여자 머리였다. 이목구비가 단정하고 예쁘장하게 생긴 얼굴이었다. 액체에 담긴 사람의 머리는 기괴했지만, 쉬유이는 문득 그 창백하고 연약한 얼굴이 아름답다고 느꼈다. 그저 한 여자가 병 속에 잠들어 있는 것 같았다. 고개를 흔들어 무의미한 사적 감상을 머릿속에서 쫓아낸 뒤, 다시 형사의 눈으로 눈앞의 토막 시체를 살폈다. 10대인 듯했고 머리 크기로 볼 때 조금 전의 그 가슴과 종아리가 이 피해자의 것 같다고 추측했다.

"머리 하나 더 있어." 표본병을 옮기던 감식 요원이 마스크 너머로 동료에게 말했다.

옷장 위 칸 구석에서 머리가 담긴 또 다른 유리병이 발견되었다. 그런데 내용물이 다른 병들보다 더 기괴했다. 사람 머리와 함께 양쪽 손목을 나란히 맞춰 자른 두 손이 담겨 있는데 손바닥과 손가락이 안으로 구부러진 채 얼굴에 바짝 붙어 있고 머리는 약간 아래를 향하고 있었다. 괴로워하며 얼굴을 감싼 사람의 모습이었다. '인두 표본'이 담긴 두 유리병이 액체의 투명도부터 피부색까지 조금 달랐기 때문에 쉬유이는 두 사람이 다른 시기에 피살된 것으로 추측했다.

"젠장······. 이 변태는 토막 살인도 부족해서 시신의 자세까지 연출해놓았나?" 자치가 검은 비닐에 덮인 사망자를 흘긋 보고 중얼거렸다.

쉬유이는 자치의 말은 들은 체도 하지 않고 새로 발견한 머리를 뚫어져라 응시했다. 이렇게 얼굴을 감싼 자세를 어딘가에서 본 것 같은데 기억이 나지 않았다. 이 이상한 자세가 무슨 의미일지 생각했다. 살인자가 경찰에게 보내는 어떤 메시지일까? 개인적인 취향? 그저 장난? 정신이상자의 행동에도 나름의 근거가 있고, 행동 특성이 나타난 원인을 빨리 파악할수록 진실에 더 빨리 다가갈 수 있었다.

"이 사람이 이 방 주인이라고?" 쉬유이가 침대로 다가가 검은 비닐을 젖혔다. 겉보기엔 흉악무도한 변태 살인마처럼 보이지 않았다. 머리칼과 수염은 지저분했지만 야윈 체형과 가느다란 팔다리는 가해자보다 피해자에 가까워 보였다. 남자의 왼쪽 눈 밑에 있는 도드라진 검은 점을 보고 쉬유이는 눈물점이 있으면 박복하다는 세간의 말을 떠올렸다. 점쟁이가 이 사망자를 본다면 기구한 삶을 산 불쌍한 사람이라고 할 것이다.

물론 쉬유이는 생김새로 사람을 판단할 수 없다는 걸 잘 알았다. 인의예지를 입에 달고 다녔지만 자기 학생을 성폭행한 사실이 발각된 교사도 있었고, 자타 공인 모범적인 남편이었지만 내연녀와 공모해 아내를 독살한 기업가도 있었다.

"네." 자치가 수첩을 꺼냈다. "이름은 셰바이천謝柏宸, 41세, 무직이고 어머니 셰메이펑謝美鳳과 이 아파트에서 살았답니다."

"어머니 성을 따랐나? 아버지는 없어?"

"그런 것 같아요. 이 주소지에는 어머니와 아들만 등록되어 있어요." 자치가 수첩을 덮었다. "마흔 넘도록 직업도 없이 어머니와 살았으니 은둔족이겠죠."

쉬유이는 방 안에 있는 포스터와 애니메이션 피규어를 흘긋 보고 자치의 짐작이 맞는 것 같다고 생각했다.

"자살이 확실해?" 쉬유이가 방 한가운데 그릇 속에서 하얗게 탄 숯을 내려다보았다.

"일차적인 판단은 그래요. 자세한 건 부검의가 부검해봐야죠."

"유서는?"

"아직 없어요."

"죄를 짓고 죄책감에 자살한 거라면 수사에 도움이 되도록 범행을 자백하는 유서를 남겼을 텐데." 쉬유이가 방 안을 둘러보며 만화, 소설, DVD가 빼곡히 꽂혀 있는 책장을 가리켰다. "가족이 못 보고 경찰만 찾을 수 있게 책 사이에 끼워놓았을 수도 있어."

"네, 팀장님. 하지만 노모에게 감추고 싶은 유서라면 컴퓨터나 휴대폰에 썼을 거예요."

"그럴 수도 있지만, 사망자가 나랑 비슷한 나이잖아. 우리 세대는 직접 종이에 쓰는 방식이 익숙할 거야……." 쉬유이는 자신과 20대 초반의 자치 사이엔 세대 차가 있을 거라는 생각이 문득 들었다. 인터넷 시대에 태어난 아이들에게 종이와 펜은 학교 수업 시간에나 쓰는 물건일 테니 유서도 종이로 된 편지가 아니라 휴대폰이나 클라우드에 올리는 게 더 익숙할 것이다. "휴대폰은 찾았어?"

"아직이요. 방이 너무 어수선해요."

"잘 찾아봐."

무수한 살인 현장을 목격한 쉬유이에게도 표본이 된 토막 시신은 처음이었다. 심란한 심정으로 방을 나오다가 문 앞에 있는 작은 서랍장에 걸려 넘어질 뻔했다. 그는 셰바이천에게 시체기호증이 있을 것이라고 추측했다. 토막 시신도 방에 있는 애니메이션 캐릭터 피규어처럼 그의 수집품일 수 있다. 하지만 시신을 보관하는 범죄자의 경우 대개 한쪽 성별만 수집하는 경향이 있는데, 이번에는 남녀의 시신이 모두 있는 듯했다. 그렇다면 셰바이천이 다른 기준을 가지고 사냥감을 선택했거나, 성별을 개의치 않았을 수 있다. 쉬유이는 몇 년 전 담당했던 코스프레 살인 사건을 떠올렸다. 아마추어 코스프레 모델이 참혹하게 살해된 사건이었는데 그 사건을 조사하다가 '오토코노코'[1]라고 불리는 젊은 남자들이 많다는 걸 알았다. 여자 캐릭터로 분장하는 걸 즐기는 남자들이었다. 당시 쉬유이가 가장 놀란 것은 말없이 가만히 있을 때 겉모습만으로는 그들의 성별을 분간할 수 없다는 점이었다.

쉬유이는 거실로 나와 셰메이펑에게 셰바이천에 관해 물어보려고 했지만 셰메이펑이 보이지 않았다. 순찰대원이 셰 여사를 옆집에 가 있게 했다고 보고했다. 옆집 문을 열고 들어가자 형사 샤오후이小惠와 순찰대원 둘이 문 앞에 서 있었다. 백발이 성성한 노부인이 초점 없는 눈빛으로 소파에 기대어 있고, 점잖은 인상에 건장한 체구의 남자가 수심이 드리운 얼굴로 옆에 앉아 있었다.

"팀장님." 늘 일 처리가 신중한 샤오후이가 상관이 들어오는 걸 보고 일어나 상황을 보고하려는데 넋 나간 채 앉아 있던 셰메이펑이 갑자기 가시에 찔린 듯 퍼뜩 정신을 차렸다.

"담당 형사님이세요?" 셰메이펑이 소파에서 튕기듯이 일어나 쉬유이의 두 팔을 붙잡고 울부짖었다. "이게 무슨 일이에요? 왜 나를 내 집에서 내보냈어요? 우리 바이천이 용의자라고요? 애가 죽었는데 무슨 범죄를 조사한다는 거예요?"

"진정하세요." 쉬유이는 당혹감과 슬픔에 휩싸인 노부인을 뿌리치지 않았다. "저는 홍콩섬 총구 강력반의 쉬유이 경위입니다. 부인과 아드님 둘만 사셨습니까?"

---

1 男の娘, 여성스러운 외모를 가졌으며 여성 캐릭터로 코스프레를 즐기는 여장남자를 칭하는 일본어.

"네……. 쉬 경위님, 이 늙은이가 부탁할게요. 구조대원들이 우리 바이천을 살릴 수 없다고 했어요. 혹시 방에서 마약 같은 걸 찾더라도 모른 척해주세요."

"마약이요?"

"마약 아니에요? 형사들이 바이천의 옷장에서 뭘 찾았다고 했어요. 아마도 마약이겠죠. 아니면…… 총? 바이천은 착한 아이예요. 그냥 잠시 호기심에 샀을 거예요……. 쉬 경위님, 바이천이 온라인 쇼핑을 좋아해서 온종일 중국과 외국에서 이상한 물건들을 많이 샀어요. 어쩌면 다른 사람이 걔 옷장에 감춘 걸 수도 있잖아요. 우리 애는……."

"시신입니다. 옷장에서 보존 처리된 사람의 시신이 발견됐습니다."

쉬유이는 에두르지 않고 가장 잔혹한 사실을 직설적으로 알려주었다. 셰메이펑의 흐느낌이 뚝 멈추고 휘둥그레진 눈이 쉬유이를 똑바로 향했다. 조금 전 셰메이펑을 따라 일어나 그녀를 부축하려던 옆집 남자도 갑자기 동작을 멈추고 팔을 허공에 반쯤 올린 채, 끔찍한 진실을 내뱉은 경찰을 향해 믿을 수 없다는 눈빛을 던졌다.

"시, 시체요?" 셰메이펑이 더듬더듬 물었다.

"셰바이천의 옷장에서 시신이 담긴 유리병 열몇 개가 발견됐습니다. 시신을 토막 내서 표본으로 보존한 겁니다."

셰메이펑이 쉬유이의 두 손을 힘없이 놓았다. 눈앞이 아득해지며 몸이 뒤로 넘어갔지만 옆집 남자가 빠르게 붙잡아 몇 걸음 뒤에 있는 소파에 앉혔다.

"이분은……?" 쉬유이가 물었다.

"옆집에 사는 칸즈위안闞致遠입니다. 여기서 30년 가까이 살았고 바이천과는 어릴 적부터 아는 사이입니다." 칸즈위안이 노부인의 손등을 토닥여 안심시키며 대답했다. "쉬 경위님, 무슨 착오가 있는 거 아닙니까? 바이천의 방에 시신이 있다니요? 동물 표본이나 인터넷으로 산 영화 소품이겠죠?"

"저도 착오이길 바랍니다만, 지금으로선 그렇지 않은 것 같습니다."

셰메이펑은 이게 어떻게 된 일인지 알아듣지 못한 듯 얼굴이 새파랗게 질리고 눈동자가 흔들렸다. 칸즈위안은 쉬유이의 말에 반박하려는 듯하다가, 말을 뱉지 못하고 다시 입을 다문 뒤 미간을 찡그린 채 상대를 보았다.

"셰 여사님, 현장 상태로 볼 때 셰바이천이 제일 유력한 용의자입니다. 일차적인 판단으로는 셰바이천이 범행을 저지른 뒤 두려움에 시달리다가 자살했을 가능성이 큽니다. 하지만 최종 결론을 내리기 전에 여사님의 협조가 필요합니다. 일상생활에 이상한 점은 없었는지, 교우 관계는 어땠는지 말씀해주십시오."

"그럴 리 없어요……. 그럴 수가 없다고요……." 셰메이펑이 중얼거렸다.

"우선, 셰바이천에게 여성 친구나 애인이 있었나요?" 쉬유이는 막 아들을 잃은 노모의 처지를 동정하지 않고 질문을 계속했다. "그중 한 구가 젊은 여자의 시신이기 때문에 우선 신원 확인이 필요합니다."

"잠깐. '그중 한 구'라고요?" 칸즈위안이 쉬유이의 말을 끊고 이해할 수 없다는 듯 반문했다. "바이천의 방에 시체 여러 구가 있었단 말입니까?"

"정확한 숫자는 알 수 없지만 최소 두 구 이상입니다."

칸즈위안은 놀라서 말을 잇지 못했지만 셰메이펑이 정신을 차린 듯 버럭 화를 냈다. "그럴 리 없어요! 바이천이 살인을 하는 건 불가능해요! 오랫동안 집에만 틀어박혀 지낸 애가 어떻게 사람을 죽이고 시체를 숨긴단 말이에요!"

"방에 화장실도 있으니 가족 모르게 살인을 하고 시신을 토막 내기 좋은 조건입니다." 쉬유이가 아무 감정도 실리지 않은 말투로 말했다. "예전에 범인이 밖에서 살인을 저지르고 가족 몰래 시신을 집으로 옮겨왔다가 아무도 없을 때 천천히 처리한 사건이 있었죠……."

"그럴 수도 없어요. 내가 출근해도 바이천은……."

"쉬 경위님." 셰메이펑이 입만 뻥긋거리며 말을 잇지 못하자 칸즈위안이 말을 받았다. "바이천은 그럴 수가 없습니다……. 바이천은 '은둔형 외톨이'입니다. 집 밖에 나가서 낯선 사람을 접촉하는 걸 두려워했습니다."

"범행 후에 집에서 칩거하는 건 흔한 일입니다. 두세 달씩 집

밖에 나가지 않기도 하죠."

"바이천은 20년 동안 밖에 나오지 않았다고요!" 셰메이펑이 벌컥 소리쳤다.

쉬유이는 멍해졌다. 그녀의 말에 그의 추리가 헝클어졌다. 모자 둘만 사는 집에 용의자는 셰바이천과 셰메이펑뿐인데, 상식적으로 닭 모가지 비틀 힘도 없어 보이는 이 노부인이 살인범일 가능성은 없으므로 셰바이천이 가장 유력한 용의자다. 용의자가 사망했으니 가족의 정에 호소해 자백을 유도할 수도 없고, 어머니에게 직접 충격탄을 던지는 가장 강력한 방법을 썼던 것이다. 당황한 어머니가 자기도 모르게 유용한 정보를 발설할 수도 있었다. 아들이 이상한 말을 했다거나, 어느 날 이상한 행동을 한 적이 있다는 단서를 얻을 수 있길 바랐지만, 뜻밖에도 전혀 다른 대답이 터져 나왔다.

"20년이요? 20년 동안 집에 틀어박혀 살았다는 겁니까?"

"네, 쉬 경위님." 칸즈위안이 고개를 끄덕였다. "살인은커녕 편의점에 사이다 한 병 사러 나가지도 못했어요."

"몰래 빠져나갔을 가능성이 없다고는 못 하겠죠."

"아뇨! 바이천은 몰래 나간 적도 없어요! 밖에 나갔다면 제가 어떻게 모를 수 있겠어요?" 셰메이펑이 아들의 혐의를 부인하듯 황급히 고개를 저었다.

"그렇다면…… 부인이 출근한 사이에 피해자가 집에 들어갔다가 셰바이천에게 살해됐을 수 있겠군요." 쉬유이는 아들을 잃은 고집스러운 어머니와 입씨름을 벌이고 싶지 않아 다른 가능성을 제기했다.

"메이펑 아주머니는 가사도우미 일을 하셔서 오전에만 일하세요. 바이천의 방에서 발견된 피해자가 두 명 이상이라고 하셨는데, 여러 명이 대낮에 이 집에 들어와 바이천에게 살해당한 뒤 토막 났다는 말씀이신가요? 전혀 불가능한 얘기는 아니라고 해도 누가 그런 황당한 추리를 믿겠습니까? 바이천을 범인으로 단정하지 말고 객관적으로 조사하십쇼!"

쉬유이는 예상보다 똑똑한 칸즈위안에게 정곡을 찔렸다.

"그럼, 오늘 아침 경찰이 현장에 도착하기 전 상황을 말씀해주시죠." 쉬유이는 하는 수 없이 방법을 바꾸어 처음부터 차근차근 물어보기로 했다. "셰바이천이 사망한 걸 어떻게 아셨나요?"

"바이천이 밥을 먹지 않았어요." 죽은 아들을 발견했을 때가 떠오른 듯 셰메이펑이 다시 울먹이며 말을 잇지 못했다.

"메이펑 아주머니가 매일 바이천에게 저녁밥을 차려주셨습니다." 칸즈위안이 대신 말했다. "바이천이 아침에는 과자나 라면을 먹으면 되니까 하루에 한 끼만 방 앞에 있는 작은 서랍장에 밥을 놓아달라고 했습니다. 바이천은 밤낮이 바뀐 생활을 했기 때문에 해가 질 때쯤 일어나 '아침'을 먹고 저녁은 한밤중이나 이른 아침에 먹을 때도 있었습니다. 방에 전자레인지와 냉장고가 있어서 아주머니가 차려주신 밥을 하루나 한나절은 그냥 두어도 괜찮았습니다. 아침에 문 앞에 빈 그릇이 있을 때도 있고, 아무것도 없다가 이틀이나 사흘 만에 며칠 치 빈 그릇을 내놓기도 했죠. 그런데 오늘 아침에는 문 앞에 음식이 그대로 있었고 방에서 온라인 게임 소리도 들리지 않고 문을 두드려도 대답이 없어서 아주머니가 걱정하며 제게 도움을 요청하셨습니다."

쉬유이는 셰바이천의 방에서 나오다가 걸려 넘어질 뻔했던 작은 서랍장을 떠올렸다. "방문이 안에서 잠겨 있었나요? 평소에는 문을 잠그지 않았나요?"

"항상 문을 잠가두었어요. 억지로 열려고 하면 심하게 화를 냈어요……." 셰메이펑이 수심 가득한 표정으로 말했다. 쉬유이는 '자애로운 어머니 밑에 못된 자식이 많다'는 말을 떠올렸다. 부모가 너무 오냐오냐 기르면 자식이 몸만 큰 어린애로 자라고, 심하면 살인마가 되기도 하는 것이다.

"칸 선생이 문을 부수고 들어가셨나요?"

"음……." 칸즈위안이 난감한 표정으로 셰메이펑을 흘긋 본 뒤 말했다. "바이천이 메이펑 아주머니는 함부로 대했지만 저와는 친한 친구였습니다. 아무리 화가 났을 때도 저와는 문을 사이에 두고 얘기를 나눴죠. 그런데 오늘 아침에는 제가 불러도 대답하지 않았습니다. 바이천에게 무슨 일이 생겼는지 걱정돼서 몸으로 문을 밀쳐 열었습니다. 그 숯을 보는 순간 무슨 일이 일어났는지 알았고요……."

"열쇠가 없었나요?"

"네. 열쇠는 바이천이 갖고 있었어요. 그래서 억지로 문을 열 수밖에 없었습니다."

"그러고 나서 경찰에 신고한 건가요?"

"우선 숨을 참고 창문을 열었습니다. 일산화탄소가 위험하다는 상식은 있으니까요. 창문을 열고 침대에 누운 바이천에게 심폐소생술을 하려고 했는데, 얼굴에 손을 대보니 이미 차갑게 식어 있었습니다." 칸즈위안의 코끝이 점점 붉어지고 눈가에 눈물이 차올랐다.

"그게 몇 시죠?"

"아침 8시 반쯤……." 칸즈위안이 숨을 크게 들이마셨다. "제가 어젯밤 모임에서 과음을 하는 바람에 메이펑 아주머니의 초인종 소리에 깼습니다."

"출근은 안 하시나요?"

"재택근무를 하고 있습니다. 그래서 메이펑 아주머니가 제게 도움을 청한 겁니다."

전염병이 많은 직장인의 일상을 바꿔놓았으므로 쉬유이도 이상하게 여기지 않았고, 칸즈위안이 IT나 온라인 업계 종사자일 거라고 생각했다. 두 사람의 진술에서 의문점을 발견하지 못했으므로 셰바이천에 대해 조사하기로 했다.

"아들이 은둔형 외톨이가 된 특별한 계기가 있습니까?"

셰메이펑이 고개를 저으며 낮게 가라앉은 목소리로 말했다. "모르겠어요. 어려서부터 내성적이고 친구들과 어울리는 걸 좋아하지 않았어요. 그러다가 중학교 5학년²을 졸업하고 취직했는데, 직장 세 군데를 옮겨 다녔지만 무슨 문제가 있었는지 억울한 누명을 쓰고 해고당했어요……. 그때 이후로 직장을 구하지 않고 집에서 놀더니 얼마 후부터는 밖에 나가지도 않고 방에 틀어박혀 게임만 했어요……."

"바이천이 어떤 공포증을 앓았던 것 같아요. 차츰 사람을 멀리하고 자신이 설정한 공간 밖으로 나가면 불안해했습니다." 칸즈위안이 말했다. "처음에는 메이펑 아주머니와 제가 바이천의 방에 들어가 말을 걸고 얘기도 나눌 수 있었지만 언젠가부터는 문도 잠그고 우리와도 문을 닫은 채 얘기하거나 온라인 채팅으로 대화했습니다."

"어머니도 방에 들어가지 못했다는 건가요?" 쉬유이가 물었다.

"아들이…… 들어가지 못하게 하니 원하는 대로 해줄 수밖에 없었어요……." 셰메이펑이 아들을 두둔하듯 갑자기 말투를 바꾸었다. "그래도 완전히 단절된 건 아니었어요. 가끔 중요한 일이 있으면 얘기도 하고, 필요한 물건을 가져다달라고 할 때도 있었어요. 문을 살짝 열고 문틈으로 얘기한 적도 있고요……. 그냥 다른 사람을 만나기 싫은 것 같았어요. 무슨 병에 걸려서 남에게 전염될까 봐 두려운 것처럼……."

---

2 홍콩에서는 초등학교 6년 졸업 후 4년제 또는 5년제 중학교에 진학하고 졸업하면 대학 진학 자격시험을 치른다.

쉬유이는 셰바이천이 어떤 일로 인해 외상 후 스트레스 장애를 겪고 있었을 가능성이 있다고 생각했다. 두문불출하는 사람의 심리는 쉬유이도 이해할 수 있었지만, 셰메이펑과 칸즈위안의 대처가 잘못되었다고 생각했다. 적당한 치료를 받는다면 환자가 어두운 그늘에서 빠져나와 다시 사회에 적응할 수 있기 때문이다. 쉬유이 자신이 그 병을 앓았기 때문에 누구보다 잘 알고 있었다. 강도가 쏜 총을 맞고 저승 문턱까지 다녀온 뒤 외상 후 스트레스 장애를 힘들게 극복하고 이 위험한 직업으로 다시 돌아온 터였다.

"20년 동안 그렇게 생활했다는 건가요?" 쉬유이가 약간 퉁명스럽게 물었다.

"바이천은 제 외아들이에요. 그 애가 마음 편하게 살 수 있다면 저는 그걸로 충분했어요. 그래서 뭐든 원하는 대로 하게 내버려뒀어요……. 바이천…… 왜 이렇게 바보 같은 짓을 했니……. 엄만 널 원망한 적이 없어. 널 평생이라도 데리고 살 수 있는데……."

셰메이펑이 다시 넋을 잃고 비통에 잠기자 계속 질문해도 별로 얻어낼 게 없다고 판단한 쉬유이는 일단 후퇴해 셰바이천의 방에 가서 부하에게 새로 찾은 단서가 없는지 물어보기로 했다. 밖으로 나오려는데 칸즈위안이 할 말이 있는 듯 현관으로 따라 나왔다.

"쉬 경위님, 유족의 마음을 배려해주실 수 없습니까? 불과 몇 시간 전에 아들을 잃은 어머니를 꼭 그렇게 다그쳐야겠습니까?" 칸즈위안은 샤오후이의 위로를 받고 있는 셰메이펑에게 들리지 않도록 음성을 낮췄지만 불만을 감추지 않은 말투로 항의했다.

"칸 선생님, 저는 자살한 용의자의 어머니보다 참혹하게 토막 살해된 피해자에게 더 마음이 쓰입니다. 우린 아직 그 피해자들의 이름도 모릅니다." 쉬유이도 물러서지 않고 당당하게 말했다. "불만이 있으면 C&IIB[3]에 민원을 제기하시지요."

사실 쉬유이의 평소 일 처리 방식은 이렇게 딱딱하지 않았다. 몇 년 전 어떤 사건을 우연히 해결한 덕분에 경위로 승진했지만, 최근 몇 년간 각 구의 강력반을 옮겨 다니며 이렇다 할 공을 세우지 못했다. 야망 없는 상관에게 줄을 잘못 섰다고 뒤에서 한숨짓는 부하들도 있었다. 하지만 그도 불신과 반감이 팽배한 사회 현실에 욱할 때가 있었다. 특히 이번처럼 끔찍하게 죽은 시신을 발견할 때면 당장 진실을 밝혀 피해자의 원한을 풀어주고 싶은 충동이 들었다.

"계속 바이천을 범인으로 단정하고 계신 것 같은데, 다른 가능성은 전혀 생각하지 않으십니까? 누군가 살인죄를 뒤집어씌우려고 바이천을 살해하고 자살로 위장했다거나……." 칸즈

---

3 Complaints and Internal Investigations Branch의 약자. 홍콩 경찰의 관리 감독 및 감찰 업무를 담당하는 부서.

위안도 쉬유이의 반박에 물러서지 않고 노기를 누르며 새로운 가능성을 내놓았다.

"이건 미스터리 영화가 아닙니다. 현실에는 그렇게 많은 트릭이 존재하지 않아요." 쉬유이가 영화 〈양들의 침묵〉 포스터 액자가 걸린 거실 벽을 흘긋 보았다. "정말 어떤 트릭이 있다면 이런 것이겠죠. 셰바이천이 피해자를 방에 감금한 걸 어머니에게 숨기려고 방에서 틀어박혀 나오지 않다가 피해자를 감금하고 살해해 토막 내서 보관했다. 이런 가능성을 배제할 수 없겠죠?"

칸즈위안은 가까스로 분노를 억누르는 듯 표정이 더 무거워졌지만 쉬유이의 말에 더 이상 반박하지 않고 밖으로 나가는 그를 보기만 했다.

쉬유이는 셰바이천의 집에 다시 들어가다가 셰바이천과 칸즈위안의 집 인테리어가 조금 다르다는 걸 알았다. 셰바이천의 집은 가구와 장식이 낡고 어수선한 느낌이었다. 짙은 색 목재 테이블, 싸구려 조립식 수납장, 주방 입구 옆에 놓인 조상의 위패, 채광이 좋지 않아 어두컴컴한 실내까지 이 집 자체가 단칭맨션의 오랜 역사를 보여주는 것 같았다. 반면 칸즈위안의 집은 모던한 분위기였다. 인테리어 전문가에게 맡겨 리모델링을 한 것 같지는 않았지만 심플한 가구와 깔끔한 배치, 거실에 걸린 영화 포스터 등은 '집주인이 미적 감각이 있는 사람'이라는 인상을 주기에 충분했다. 단칭맨션은 층마다 두 세대씩 있는 6층짜리 아파트였다. 60여 년 전 분양 당시에는 중산층은 되어야 살 수 있는 서양식 아파트였지만, 세월이 흐르며 인기 없는 구닥다리 아파트가 되었다. 특히 1층에 있는 상가 두 개를 합쳐도 총 열두 세대밖에 되지 않기 때문에 각 세대가 분담해야 하는 외벽, 상하수도관 등 각종 유지 보수 비용이 너무 비쌌다. 그래도 신축 아파트에 비해 전용면적이 넓다는 장점이 있었으므로 높은 집값으로 유명한 홍콩에서도 여전히 꽤 값이 나가는 아파트였다.

쉬유이는 셰바이천의 방문 손잡이를 살펴보았다. 칸즈위안의 말대로 손잡이가 부서지고 문틀에도 긁힌 자국이 있었다. 버튼식 도어록이 아니라 직접 돌려서 잠그는 수동식 손잡이여서 열쇠가 없으면 밖에서 잠글 수 없었다.

"팀장님, 다 확인했어요. 유리병은 총 스물다섯 개, 머리는 둘이에요." 쉬유이가 들어가자 자치가 다가와 보고했다.

"피해자가 둘뿐이면 좋겠군." 셰바이천에 대한 정보를 조금 파악하고 온 쉬유이가 새로운 단서가 있는지 방 안을 둘러보았다.

"휴대폰을 찾았어요. 그런데……."

"그런데?"

자치가 널브러진 잡동사니를 넘어가 바닥에 있는 숯 그릇 앞에 쪼그려 앉더니 라텍스 장갑을 낀 오른손으로 조각 몇 개를 치우고 타다 남은 물체를 가리켰다. 자세히 보니 불에 타서 일그러진 휴대폰이었다.

"그릇에 컴퓨터 부품 조각들도 있어요. 하드 드라이브인 것 같아요." 자치가 책상 위 컴퓨터를 가리켰다. "확인해봤는데 하드가 없었거든요. 작정하고 증거를 은폐한 것 같아요……."

쉬유이는 턱을 쓰다듬으며 이 사건이 자신의 형사 경력에서 가장 힘든 일이 될 것 같다고 생각했다. 하지만 그보다도 기자들에게 이 사건을 브리핑해야 한다는 사실에 머리가 지끈거렸다. 아파트 입구 폴리스 라인 밖에 기자와 구경꾼들이 얼마나 모여 있는지 보려고 창밖으로 고개를 내밀었는데 입구가 아닌 반대쪽으로 창이 나 있었다. 창밖으로 상하수도 배관 설비실 옥상이 있고, 그 아래는 단칭맨션의 좁은 뒷골목이었다. 고개를 들자 바로 옆 공장형 빌딩의 외벽이 보였다. 빌딩 틈을 비집고 내려온 햇빛이 쓰레기가 뒹구는 시멘트 옥상 위로 힘없이 내려앉았다.

"자치, 이 골목이 어디로 통하지?" 쉬유이가 뭔가 생각난 듯 부하에게 물었다.

"포만 스트리트일걸요? 코너를 돌아서 쭉 가면 올드리치 스트리트고요. 그건 왜요?"

쉬유이는 아무 대답도 하지 않았다. 그는 셰바이천이 방 안에 틀어박혀 있는 척하면서 어머니 몰래 창문을 넘어 밖으로 나갔을지도 모른다고 생각했다. 셰바이천의 집은 2층이었다. 창을 통해 설비실 옥상으로 넘어간 뒤 골목에 쌓여 있는 쓰레기 더미를 받침대로 이용한다면 자유롭게 드나들 수 있을 것 같았다. 심지어 간단한 밧줄로 사람이나 시신을 설비실 옥상까지 올려놓고 다시 방 안으로 옮긴 뒤 천천히 토막 내서 처리했을 수도 있었다.

  낮 12시, 쉬유이는 단칭맨션 앞에서 간단한 언론 브리핑을 통해 사건을 설명하고 기자들의 질문을 받았다. 인도가 협소한 탓에 포만 스트리트에서 몽롱 스트리트로 진입하는 구간의 차량 통행에 지장을 주지 않도록, 단칭맨션 건너편 리헝은행 앞에 취재 구역을 설정해놓고 기자들이 그곳에서만 질문하게 했다. 쉬유이는 현장에 도착한 순찰대가 자살자의 방에서 유리병에 보존된 토막 시신을 발견했다는 사실만 공개하고, 시신의 토막 형태나 피해자의 특징, 셰바이천이 은둔형 외톨이라는 것 등 세부적인 내용은 공개하지 않았다. 피해자 수, 성별, 나이, 신원 등을 묻는 기자들에게는 "수사 중이라 밝힐 수 없다"는 의례적인 대답으로 눙쳤다. 사실 그도 질문의 답을 몰랐으므로 그럴 수밖에 없기도 했다. 예상대로 기자들은 '토막 시신' '유리병' 등의 키워드에 크게 술렁였다. 쉬유이도 당분간 비공개로 할까 고민했지만 어차피 알려질 일이었다. 오늘 감췄다가 내일 기자들이 떠도는 소문을 듣고 와서 캐물을 때 털어놓는다면 경찰의 불투명한 수사를 비난하는 따가운 시선을 받아야 할 것이다. 상부에서는 그런 비난을 개의치 않았지만, 일선 수사 지휘관으로 기자들을 자주 상대하고 또 언론을 이용해 정보를 흘리고 수집해야 하는 그로서는 불필요한 논란을 만들고 싶지 않았다.

"무직에 41세인 자살자가 범인인가요?" 한 기자가 물었다.

"수사 중입니다만, 그럴 가능성을 배제하지 않고 있습니다."

기자들은 범인이 이미 사망해 연쇄살인범이 어딘가에 숨어 있을 걱정은 없으니 시민들은 안심하고 생활해도 좋다는 행간의 뜻을 알아들었다.

"1982년에 발생한 '비 오는 밤의 도살자'[4]를 모방한 범죄 아닙니까?" 50대로 보이는 이마가 반쯤 벗겨진 베테랑 기자가 물었다.

"가능성을 배제할 수는 없습니다만 현재로서는 아닌 것으로 보고 있습니다."

41년 전 홍콩에서 희대의 연쇄살인 사건이 발생했다. 택시 기사 린 모 씨가 밤늦게 귀가하는 여자 승객 네 명을 차례로 살해하고 성폭행한 뒤 시신을 토막 내고 그 과정을 모두 사진 찍어서 남겨놓은 사건이었다. 쉬유이는 이 사건의 모방 범죄는 아니라고 판단했다. '비 오는 밤의 도살자'는 유방과 성기만 남기고 나머지 시신은 유기했지만, 이 사건은 사지와 내장까지

---

[4] 1982년 홍콩에서 실제로 발생한 연쇄살인 사건. 린궈윈(林過雲, 국내에는 광동어 발음인 람궈완으로 알려져 있다)이라는 택시 기사가 여자 승객 네 명을 살해한 사건으로 피해자의 성기 등 시신 일부를 병에 담아 보관했기 때문에 '유리병 살인 사건'이라고도 부른다.

모두 보관했으므로 범행 수법에 분명한 차이가 있었다.

　더 중요한 건 셰바이천이 피해자를 어떻게 붙잡았는지 상상하기 힘들다는 점이었다. 차량을 소유하지 않은 셰바이천이 길에서 모르는 사람을 납치한다는 건 말처럼 쉬운 일이 아니었다.

　언론을 통해 이 사건이 알려지자 쉬유이의 예상대로 홍콩 전체가 충격에 빠졌다. 24시간 기사를 내놓는 온라인 매체에서 사건을 대서특필하며 풍부한 상상력을 발휘해 토막 살인의 과정을 생생하게 '창작해냈다'. 단칭맨션 근처 캄와 스트리트 마켓 상인들에게서 셰바이천 가족의 상황을 알아낸 기자들은 '은둔족 살인 사건' 또는 '은둔족 살인마' 같은 말을 만들어냈다. 네티즌과 유튜버들은 이 사건에서 자연스럽게 '비 오는 밤의 도살자' 사건을 연상했고, 외국 사건을 잘 아는 사람들은 일본의 '미야자키 쓰토무 살인 사건'[5] '교토 애니메이션 방화 사건'[6] 등을 거론하며 자살한 용의자 셰 모 씨가 중증 정신 질환을 앓았으며 망상 때문에 범행을 저질렀을 가능성이 있다고 주장했다.

　여론의 반응은 쉬유이의 예상대로였지만, 수사 상황은 계속

5　1988~1989년 일본에서 미야자키 쓰토무라는 남자가 연쇄적으로 유아를 유괴해 살인한 사건.
6　2019년 아오바 신지라는 정신이상자가 교토 애니메이션 제1스튜디오에 방화를 저질러 스튜디오가 전소되고 다수의 사상자가 발생한 사건.

그를 좌절에 빠뜨렸다.

우선 부검의의 보고서는 아무 도움이 되지 못했다. 유리병 20여 개에 담긴 토막 시신을 통해 많은 사실이 밝혀졌지만 가장 중요한 단서는 빠져 있었다.

"부검의가 각 토막을 이어 붙인 결과, 일차적인 판단으로 피해자는 남녀 각 한 명씩입니다. 골격으로 볼 때 남자의 나이는 열여덟에서 스물셋, 신장 170센티미터에 마른 체형이고, 여자는 열다섯에서 스무 살, 신장 150센티미터로 추정됩니다. 두 피해자의 연령대가 비슷한 점으로 보아 범인이 일부러 이 나이를 고른 것 같습니다." 회의에서 자치가 부검의의 보고서를 보며 설명했다. "여자의 사망 추정일은 수개월에서 최대 반년 전이지만, 남자는 최소 10년 이상 된 것으로 보입니다. 고정액에 오랫동안 담겨 있던 시신이라 정확한 판단을 내리기 어려워 부검의도 난감해하고 있습니다······."

"고정액?" 샤오후이가 물었다.

"부검의가 시신을 표본으로 보존하는 과정을 '고정'이라고 불렀는데 자주 얘기하다 보니 저도 입에 붙었어요. 액체의 주성분이 포르말린이라는데······ 폼알데하이드 용제의 일종으로 표본 제작에 흔히 쓰인대요."

"일차적인 판단으로 피해자가 두 명인 것으로 보인다고? 부검의가 최종 판단을 못 내리고 있단 말이야?" 쉬유이가 물었다.

"표면적으로는 토막 시신을 이어 붙이면 시신 두 구가 돼요.

각 부위, 뼈, 피부가 모두 맞아떨어지고요. 그런데 잘린 부위가 너무 거칠어서 혹시 다른 사람의 시신이 섞이지 않았는지 의심스럽대요. 마술처럼 일부러 단면을 거칠게 잘라서 다른 시신의 같은 부위로 바꿔치기했을지도 모른다고요. 특히 남자 시신의 여러 부위가 고정액 농도에 따라 근육 조직의 형태가 다르게 변형돼서 부검 결과가 확실하다고 100퍼센트 장담할 수 없다고 했어요."

"보존한 시신은 단서를 찾기가 더 쉽지 않아?" 샤오후이가 물었다.

"위장에 남은 음식물로 사망 시각을 추정하는 건 가능하지만 음식물이 발견되지 않았고, 또 사망자가 죽기 전에 마지막으로 스테이크를 먹었는지 빵을 먹었는지 안다고 해도 피해자의 신원을 확인하는 데는 아무 도움이 안 되잖아요."

"지문은?" 쉬유이가 물었다.

"부검의가 여성 피해자의 지문을 확보해서 지금 대조하고 있지만 오랫동안 액체에 담겨 있던 거라 찾을 수 있을지 모르겠어요. 남자 쪽은 문제가 있어서 대조도 할 수 없고요."

"무슨 문제?"

"범인이 처음에는 포르말린으로 토막 시신을 보존하는 방법을 잘 몰랐던 것 같대요. 남자 시신의 피부가 손상됐어요. 말단이나 요철이 있는 부위는 손상이 더 심해요. 또 양손과 머리가 한 병에 담겨 있었잖아요. 무슨 의미가 있는 듯 얼굴을 가리고 우는 것 같은 자세로요. 순간접착제나 다른 화학제품으로 위치를 고정하면서 조직이 심하게 손상됐대요. 범인이 정기적으로 고정액을 교체했던 것 같지만 처음에 손상된 조직은 복원이 불가능하고요. 공포영화 마니아라도 이 시신을 보면 사흘은 밥을 못 먹을걸요."

자치가 토막 시신의 특징, 각 유리병의 크기, 병에 담긴 신체 부위 등을 설명했다. 남자 시신은 열네 개의 병에 나뉘어 있는데, 일부러 한 병에 담은 듯한 머리와 양손을 제외하고 다른 부위는 모두 각기 다른 병에 담겨 있었다. 좌측 상완, 좌측 전완, 우측 상완, 우측 전완, 좌측 대퇴부, 좌측 종아리, 좌측 발, 우측 대퇴부, 우측 종아리, 우측 발 그리고 심장, 폐, 갈비뼈, 상반신 척추가 포함된 흉강과 창자와 간이 붙어 있는 복부, 골반, 신장, 대장의 일부와 생식기가 붙어 있는 허리였다.

여자 시신은 열한 개의 병에 나뉘어 담겨 있었다. 양손이 한 병에 담겨 있고 나머지 머리, 우측 팔 전체, 좌측 상완, 좌측 전완, 우측 대퇴부, 우측 종아리와 발, 좌측 대퇴부, 좌측 종아리와 발, 늑골과 심장, 폐를 포함한 흉강, 창자와 자궁이 포함된 복부 등이 각각의 병에 담겨 있었다.

"여자 시신의 오른팔은 잘리지 않고 V자로 구부러져 들어 있지만 왼팔은 둘로 잘려 있습니다. 표본병이 부족했는지, 남자 시신의 얼굴을 가린 자세처럼 다른 의미가 있는지는 모르겠습니다." 자치가 보고서를 몇 장 넘긴 뒤 계속 설명했다. "남자 시신은 피부가 심하게 손상되어 정밀 검사를 하려면 시간이 더 필요하지만, 여자 시신에서는 학대당한 흔적이 발견되었습니다. 양쪽 팔에 조금 짙거나 옅은 둥근 흉터가 여러 개 있는데 담뱃불로 지진 흉터인 것으로 추정됩니다."

"사인은?" 쉬유이가 물었다.

"머리와 몸통에 치명상이 없고, 두개골도 온전해서 독살이나 질식사일 가능성이 커요. 다만 시신이 거칠게 잘려서 부검 의도 판단하기가 힘들대요. 목에 압박흔은 없지만 범인이 압박흔을 따라 머리를 잘라냈을 가능성도 있고요. 토막 시신을 고정하기 전에 피를 다 뺐고 고정액에 담겨 있었기 때문에 독극물을 검출하기도 쉽지 않은 상황이에요."

"시신 절단 수법은? 범인이 프로야, 아마추어야? 절단 도구는?" 쉬유이가 물었다. '비 오는 밤의 도살자' 사건에서는 부검 의가 토막 시신의 거친 절단면을 보고 범인이 의학적 지식이 없는 사람임을 알아내면서 수사 범위를 좁힐 수 있었다.

"그게 말이죠······." 자치가 보고서를 내려놓으며 쓴웃음을 지었다. "범인이 기술이 전혀 없는 사람은 아니래요. 두 시신의 척추가 모두 12번 흉추에서 잘려 있고, 칼질도 아무렇게나 한 건 아니라고 하고요. 적어도 손상이 없는 여자 시신은 그렇대요. 그런데 절단 위치를 보면 또 완전히 전문가는 아니고요. 관절의 칼자국을 보면 범인도 여러 번 시험해보면서 절단한 것 같고, 인체 해부 경험이 많은 사람들은 하지 않을 실수도 했대요. 살점을 자른 곳과 뼈를 자른 곳의 칼자국이 다른 걸로 보아 두 가지 이상의 도구를 이용했는데 수술칼 같은 작은 칼과 뼈 절단도 같은 식칼을 쓴 것 같고요. 부검의가 요즘은 예전 기준으로 판단할 수 없다고 했어요. 누구나 인터넷으로 온갖 자료를 찾을 수 있는 세상이잖아요. 인체 구조에 대한 자료는 말할 것도 없고, 포르말린으로 사람의 시신을 고정하는 유튜브 영상까지 있어서 의학 지식이 없는 사람도 전문가 흉내를 낼 수 있대요."

"표본병과 보존……. 고정액에서 찾아낸 단서는 없어?"

"그건 감식 요원의 판단이 정확한데 유리병과 용액 모두 구하기가 어렵지 않답니다. 특히 요즘은 온라인 쇼핑으로 미국 이베이에서든 중국 타오바오에서든 자유롭게 구입할 수 있대요."

"온라인으로 주문했다면 구매 기록이 있겠지." 쉬유이가 턱을 만지작거리며 수사 방향을 고민했다. "샤오후이, 아싱阿星과 함께 셰바이천과 셰메이펑의 은행과 신용카드 기록을 조회하고, 통신회사에 셰바이천의 최근 몇 년간 휴대폰 사용 기록을 요청해. 자치는 MPU[7]에 가서 과거 1년간 실종된 여성 명단을 조회해서 비슷한 인적 사항이 없는지 확인하고……. 참, 그 전에 부검실에 들러. 여자 얼굴 몽타주부터 작성하는 게 좋겠군. 나머지는 몽타주를 가지고 단칭맨션 근방에서 그 여자를 본

---

7 Missing Persons Unit, 실종사건전담반. —원주

사람이 있는지, 셰바이천과 비슷한 남자를 밤에 목격한 사람이 있는지 탐문해봐. 밤늦게 어머니가 잠든 틈을 타 밖에 나갔다면 목격자가 있을 수도 있어."

"팀장님, 몽타주는 왜요? 사진이 있는데……."

"목이 잘린 시신 사진으로 탐문 수사를 할 순 없잖아." 쉬유이가 한숨을 내쉬었다. "어떤 사건인지 머리로 아는 것과 눈으로 직접 보는 건 시민의 반응이 하늘과 땅 차이라고."

"그렇긴 하죠." 자치가 씁쓸하게 웃으며 보고서를 덮고 나갈 준비를 하려는데 쉬유이가 말했다.

"잠깐, 셰바이천의 부검 결과는?"

"아차, 그걸 빠뜨렸네요." 자치가 머리를 긁적이며 다시 보고서를 펼쳤다. "셰바이천의 부검에 대해선 별로 말할 게 없어요. 사인은 일산화탄소 중독, 사망 추정 시각은 새벽 1시에서 3시 사이, 체내에서 미량의 알코올이 검출됐지만 이성적인 판단에 영향을 미칠 정도는 아니고 두려움을 누르려고 마신 것 같아요. 수면제나 다른 독극물이 검출되지 않았으니 숯이 타는 동안 의식이 또렷했을 것으로 추정되고요. 손발에 상처가 없어서 결박해서 죽인 뒤 자살로 위장한 것 같지도 않아요. 전체적으로 볼 때 범죄 혐의점은 없습니다."

"셰바이천은 자살이 확실하겠네." 샤오후이가 말했다.

"경찰과 부검의를 이 정도로 완벽하게 속인다면 범죄 천재겠죠." 자치가 웃으며 말했다.

쉬유이는 둘의 대화에 끼지 않았다. 셰바이천이 범인이라는 사실은 의심의 여지가 없었다. 이제 남은 건 피해자의 신원을 찾고 그들이 피살된 경위를 확인하는 것뿐이었다. 심지어 그는 셰바이천의 살인 동기에도 관심이 없었다. 홍콩이라는 압력솥 같은 도시에서 살고 있는 사람들은 누구나 어느 정도의 정신병을 안고 있다. 그러다가 압력을 못 이기고 폭발해 머리에서 나사가 빠져버리면 잔혹한 범행을 저지르는데, 이 모든 건 주사위를 던지듯 운에 맡길 뿐이다.

사회복지사도 인류학자도 아닌 경찰은 그런 사회문제에 관여할 필요가 없다.

대중은 셰바이천의 범행 동기를 궁금해하겠지만 그건 사회의 적폐를 바로잡고 싶어서가 아니라, 순전히 변태적인 호기심을 충족하기 위해, 또는 사회가 정상적으로 돌아가고 있으며 자신에게 불행이 닥치지 않을 것이라는 증거로 스스로를 마취시킬 필요가 있기 때문이란 걸 쉬유이는 잘 알고 있었다. 안전한 곳에 숨어 남에게 일어난 피비린내 나는 참극을 구경하며 그 일과 무관한 방관자의 입장에서 이러쿵저러쿵 떠드는 것은 유구한 역사를 지닌 인류의 저열한 근성이다.

다음 날 감식 요원의 보고서도 강력반에 도착했다. 표본병에 상표 라벨이 없는 것으로 보아 중국의 영세 업체에서 생산해 온라인으로 판매한 제품으로 추정되며, 고정액도 폼알데하이드, 메탄올, 알코올, 글리세린 등 일반적인 성분 외에 다른 특별한 성분은 없었고 역시 온라인에서 구매한 것으로 보였다. 유리 소재의 외부는 지문 하나 없이 매우 깨끗했고, 내부에서도 특별한 단서가 발견되지 않았다. 표본병을 보관한 옷장 내부도 청소한 듯 선반에 손자국이 없었다. 셰바이첸이 '소장품'을 자주 꺼내 감상했던 것인지, 장식용으로 방의 다른 곳에 두었다가 자살 직전에 옷장에 넣은 것인지는 알 수 없었다. 감식 요원이 루미놀을 이용해 검사했지만 방 안에서 혈흔은 발견되지 않았고, 화장실에도 아무런 단서가 없었다. 하지만 피해 여성이 표본이 된 지 수개월이 지난 것으로 추정되므로 그 사이에 방과 화장실을 철저히 닦아냈을 수 있으니 참고할 만한 가치가 별로 없었다.

숯 그릇에서 찾은 휴대폰과 하드 드라이브는 복구가 불가능했고, 유일하게 확인할 수 있는 것은 휴대폰의 유심칩이 셰바이첸 본인의 것이며 사용한 지 오래됐다는 점이었다. 하지만 샤오후이가 통신회사에서 조회한 통신 기록을 보면 거의 사용한 흔적이 없었다. 셰바이첸에게 걸려 온 전화는 텔레마케팅이나 보이스피싱 전화가 대부분이었고 통화 시간을 보아도 안 받았거나 몇 초 통화 후 끊은 것들이었다.

쉬유이는 셰바이첸이 어떤 방법으로 피해자를 납치했을지 여러 가지 방법을 추측했지만 그 전에 먼저 그가 어떻게 어머니 몰래 외출했는지 알아내야 했다. 창을 넘어 나가는 방법을 생각해보았지만 단칭맨션의 주변 환경을 보면 더 쉬운 방법이 있었다. 오래된 아파트인 단칭맨션에는 주로 사용하는 계단 외에 각 세대마다 뒷계단으로 연결된 뒷문이 있었다. 원래 설계할 때는 메이드가 주인을 방해하지 않고 출입하는 용도로 만든 것이지만, 뒷계단이 단칭맨션의 좁은 뒷골목으로 연결되기 때문에 현재는 사용하는 사람이 거의 없었다. 뒷계단을 내려가서 골목으로 나가는 후문은 항상 잠겨 있지만 입주민들은 복제한 열쇠를 갖고 있었다. 쉬유이는 셰바이천이 어머니와 이웃들의 눈을 피해 밖으로 나가려고 했다면 뒷문과 뒷계단을 이용해 쉽게 나갈 수 있었을 것이라고 추측했다.

그뿐 아니라 정신을 잃거나 죽은 피해자를 뒷계단을 통해 집 안으로 옮기는 것도 가능했다.

단칭맨션에는 경비원도 없고 정문이든 후문이든 감시 카메라도 설치되지 않아 셰바이천이 몰래 외부 출입을 했는지, 사망자가 몰래 안으로 들어가거나 다른 사람에 의해 옮겨졌는지 확인할 방법이 없었다. 셰바이천의 집은 방이 세 개인데 그의 방은 뒷문에서 가까운 오른쪽 방이고, 거실을 사이에 두고 왼쪽 방이 셰메이펑의 방이었으므로 늦은 밤 어머니 몰래 밖으로 나가는 데는 문제가 없었다. 셰메이펑의 진술에 따르면, 아들 방은 원래 셰메이펑의 아버지, 즉, 셰바이천의 외할아버지가 쓰던 방이었다. 노인이 나이 들수록 밤에 소변보는 횟수가 많아지자 밤중에 화장실 가기 편하도록 주방 옆에 있는 메이드 화장실과 침실 사이 벽을 트고 원래 화장실 문은 벽돌과 시멘트로 막아 개조했으며, 외할아버지가 지병으로 사망한 뒤 셰바이천이 그 방을 쓰게 되었다. 셰바이천의 컴퓨터 책상 서랍에서 방문, 현관, 뒷문, 아파트 후문 열쇠가 나오자 그가 외출했을 가능성을 더더욱 배제할 수 없었다.

"이 여자를 보신 적이 있습니까?" 쉬유이가 다시 셰바이천의 집을 찾아가 여성 피해자의 몽타주를 보여주며 셰메이펑에게 물었다.

"아뇨……." 셰메이펑이 어둑한 눈빛으로 몽타주를 응시하다가 천천히 두 글자를 뱉었다. 아직 마음의 안정을 찾지 못한 모습이었지만 쉬유이는 그녀의 대답이 거짓말이 아니라고 직감했다.

"쉬 경위님, 그…… 그게 경찰들이 말하는 그 '사망자'겠죠?" 셰메이펑이 떨리는 목소리로 물었다. 그녀는 아직도 자기 아들이 살인을 하지 않았다고 굳게 믿고 있었다.

"그렇습니다."

"경찰들이 뭘 잘못 안 거예요. 우리 바이천은 착한 아이예요. 개미도 못 죽이는 애가 어떻게 사람을 죽여요……. 누가 누명을 씌운 게 틀림없어요! 시체를 우리 애한테 보내고 보관하라고 협박했을 거예요……."

"경찰이 모든 가능성을 수사할 겁니다." 쉬유이는 아들을 잃은 어머니를 다시 자극해 대화가 불가능해지는 건 원치 않았으므로 그녀의 허튼소리를 조금도 믿지 않았지만 대충 넘어갔다.

"쉬 경위님, 제 말을 믿어주세요! 뉴스에서 하는 말 다 틀렸어요! 바이천이 직장은 다니지 않았지만 제게 돈을 달라고 한 적이 없어요. 오히려 제가 생활비를 받았다고요! 바이천은 뉴스에서 말하는 그런 기생충이 아니에요……."

"아들이 돈을 줬다고요?" 쉬유이가 놀라며 물었다.

"은행에 돈을 찾으러 나가지 못했지만 즈위안을 시켜서 돈을 찾아다 줬어요……." 셰메이펑이 벽을 가리켰다. 즈위안이란 옆집에 사는 칸즈위안이었다. "즈위안은 항상 귀찮다고 투덜거렸지만 몇 달에 한 번씩 4천, 5천 홍콩달러를 줬어요. 바이천이 온라인으로 무슨 투자를 해서 돈을 번다면서요. 바이천이 인터넷으로 산 장난감들도 전부 자기 돈으로 산 거예요! 쉬 경위님, 기자들에게 틀린 걸 고쳐달라고 말해주실 수 없나요? 바이천은 등골 빼먹는 아들도 아니고 살인범은 더더욱 아니에요……. 흑흑흑……."

쉬유이는 예상치 못한 얘기에 놀랐지만 칸즈위안이 이 불쌍한 노부인을 속였을 거라고 추측했다. 어려서부터 같이 자란 형제 같은 친구가 은둔형 외톨이가 되자 친구의 어머니를 동정하고 또 친구의 체면을 조금이나마 살려주기 위해 얼마 안 되는 돈을 건네는 건 충분히 납득할 수 있는 일이다. 칸즈위안의 집 인테리어를 보면 그에게 4~5천 홍콩달러는 큰돈이 아닐 것 같았다.

하지만 쉬유이의 예상은 빗나갔다.

"이 자식 주식 트레이더였네." 샤오후이와 아싱이 조사해 온 은행 거래 기록을 훑어보며 쉬유이가 중얼거렸다. 셰바이천이 온라인으로 주식과 외환에 투자한 내역이었다.

"게다가 수익률도 좋았어요. 믿는 구석이 있으니 편안히 집에 틀어박혀 산 거죠." 자치가 잔액을 보며 약간 빈정거리는 투로 말했다.

셰바이천이 은둔하기 전 은행 잔고는 8만 홍콩달러밖에 되지 않았지만 20년 뒤에는 열 배 가까이 불어나 있었다. 그가 온라인 쇼핑에 지출한 돈을 감안하면 한 해 평균 20~30퍼센트의 안정적인 수익을 올렸다는 계산인데 그 정도면 일류 펀드매니저라고 해도 손색이 없었다. 칸즈위안에게 이체한 수십 건의 기록이 있고 액수도 셰메이펑의 말과 일치했다. 처음 몇 년 동안은 1~2천 홍콩달러를 보냈지만 그 후에는 4~5천 홍콩달러를 보냈다.

"맞습니다. 바이천은 경찰들이 생각하는 형편없는 백수가 아니었습니다." 쉬유이가 단칭맨션을 다시 찾아갔다. 이번에 그의 질문 대상은 셰메이펑이 아니라 칸즈위안이었다. 쉬유이가 셰메이펑에게 전달해준 돈에 대해 묻자 칸즈위안이 차갑게 받아쳤다.

"셰바이천이 어머니에게 대신 돈을 전달해달라고 했을 정도면 두 사람 사이가 좋았다는 얘긴데 평소에 다른 얘기도 나눴겠죠?"

"물론이죠."

"방문을 사이에 두고 대화했나요?" 셰바이천의 휴대폰 통화 기록에는 칸즈위안과 통화한 내역이 없었다.

"온라인 채팅으로 대화했습니다. 그렇게 해야 몇 마디라도 하려고 했으니까요."

"그 채팅 기록이 필요합니다." 그럴 거라고 예상하고 있던 쉬유이가 명령조로 말했다.

"없습니다." 칸즈위안의 미간이 구겨졌다.

"셰바이천에게서 '은둔족 살인마'의 오명을 벗겨주고 싶다면 경찰에 협조하는 게……."

"그런 게 아닙니다, 쉬 경위님. 저장 기능이 없는 플랫폼입니다."

"그런 게 있다고요? 어디서 대화했나요? 페이스북? 왓츠앱?"

"〈오리온 판타지 4〉요."

쉬유이는 무슨 말인지 알아듣지 못하고 칸즈위안을 멍하니 보기만 했다.

"온라인 게임이에요. 채팅 기능이 있지만 대화가 저장되지는 않습니다. 두 사람 모두 접속해야만 대화할 수 있고요. 가끔 바이천이 잘 있는지 궁금할 때 접속해서 걔가 접속하길 기다리곤 했습니다." 칸즈위안도 쉬유이와 나이 차가 많이 나지 않았지만 노인에게 신문물을 설명하듯 얘기했다.

"그럼…… 최근에 셰바이천이 이상한 얘길 한 적은 없습니까?"

"네. 무슨 애니메이션을 봤다는 얘기만 했습니다……. 그래서 바이천이 자살할 줄 더더욱 생각하지 못했습니다……." 친구의 자살을 막지 못한 것을 자책하는 듯 칸즈위안의 얼굴이 어두워졌다.

경찰서에 돌아온 쉬유이는 젊은 자치에게 온라인 게임에 대해 물었다.

"〈오리온 판타지〉? 들어본 거 같아요……." 자치가 인터넷을 검색하더니 쉬유이에게 모니터 화면을 보여주었다. 홈페이지의 게임 소개에 따르면 〈오리온 판타지〉는 외우주를 배경으로 한 MMORPG[8]로 게이머가 캐릭터와 함대를 조종해 별을 정복하고 자원을 약탈할 수 있고, '낭인' 신분으로 각 행성을 돌아다니며 모험과 무역을 할 수도 있다고 했다. 역사가 오래된 게임으로 30년 전 〈오리온 레전드〉라는 싱글 플레이어 게임 시리즈로 처음 나왔다가, 인터넷이 보급되면서 온라인 게임이 유행하자 〈오리온 판타지〉라는 온라인 게임으로 다시 내놓은 뒤 현재 4세대까지 출시되어 있었다.

"칸즈위안의 말이 맞아요. 저도 2세대 때 해봤는데 채팅 내용이 저장되지 않아요." 지나가던 아싱이 끼어들었다.

인터넷 서비스 제공 업체를 통해 셰바이천의 온라인 게임

---

[8] Massively Multiplayer Online Role-Playing Game, 대규모 다중 사용자 온라인 롤플레잉 게임.

접속 내역을 조회하고 그가 평소에 누구와 접촉했는지 조사해 볼 수도 있지만 그건 바다에서 바늘 찾기일 뿐 아니라, 그 수사 방향이 옳다는 보장도 없었다. 셰바이천이 온라인 게임을 통해 범행 대상을 물색했다는 증거가 없으니까. 수사가 교착상태에 빠진 채 일주일이 지난 수요일 오후, 자치가 자기 노트북을 들고 다급하게 쉬유이의 방으로 달려왔다.

"팀, 팀장님! 이것 좀 보세요!"

모니터 화면에 '소설보다 더 기이한 현실? 토막 살인 사건 미스터리 명작 총정리!'라는 제목의 영상 섬네일이 떠 있었다.

500회 조금 넘는 조회 수에 구독자도 많지 않은 채널이었다.

자치가 재생 버튼을 클릭하자 긴 머리의 젊은 여자 둘이 앉아 있는 영상이 나왔다. 그중 안경 낀 여자가 카메라를 향해 책 한 권을 들어 보였다.

"……다음에 소개할 책은 바로 《살인 예술》입니다." 유튜브 조회 수 올리는 비결을 잘 모르는 듯 여자는 중저음의 목소리에 표정도 밋밋했다. "홍콩 작가 무명지無明志의 오래전 작품인데요. 2008년에 출간되었지만 지금 읽어도 촌스러운 느낌이 전혀 없습니다. '예술가'라는 별명을 가진 연쇄살인마가 피해자들을 살해한 뒤, 유명 예술품을 모방한 모습으로 시신을 보관하는 내용입니다. 경찰에 자문을 해주는 베테랑 탐정 앤디 휘가 진실을 파헤치며 그와 두뇌 게임을 벌이죠."

"약간 스포일러를 하자면 작가의 발상이 아주 놀랍습니다!"

옆에 있는 여자가 말을 받았다. "첫 번째 피해자는 〈밀로의 비너스〉를 모방해 양쪽 어깨를 잘랐고, 그다음은 피카소의 〈우는 여인〉, 다빈치의 〈자궁 안의 태아〉, 고야의 〈아들을 잡아먹는 사투르누스〉, 반 고흐의……."

"다 얘기하지 말고 독자들이 직접 찾아내게 하자고요."

쉬유이가 일시정지를 누르고 놀란 눈으로 자치를 보았다. 두 손으로 얼굴을 감싼 남자 시신을 보고 낯익은 감정이 들었던 이유를 마침내 알았다.

"반 고흐의 〈영원의 문〉이로군." 쉬유이가 놀란 감정을 누르며 말했다. 몇 년 전 아내와 반 고흐의 일생에 대한 영화를 보았는데 그 영화 제목이 바로 이 유화 작품에서 따온 것이었다.

자치가 다른 페이지를 열자 《살인 예술》 전자책의 182쪽이 나왔다. 앤디 훠가 열린 문 앞에서 무력감과 절망감에 휩싸인 채 난로 불빛에 비친 시신을 바라보는 장면이 노란색으로 표시되어 있었다.

앤디 훠는 미치광이 예술가의 또 다른 범행을 막지 못했다. 게다가 이 흉악한 연쇄살인마는 일부러 보란 듯이 마 국장의 아버지를 범행 상대로 삼았다. 피해자는 강제로 코발트색 옷을 입은 채 의자에 앉아 있었다. 양손은 비통에 잠겨 얼굴을 감싼 듯한 모습으로 얼굴에 못 박혀 있었다. 그리고 의자 옆 바닥에 붉은 피로 쓴 서명이 있었다.
Vincent.

"반 고흐의 〈영원의 문〉." 앤디 훠는 이 짧은 한마디만 무겁게 내뱉었다.

"우리가 놓친 단서가 있는지 인터넷을 검색하다가 이 영상을 발견했어요." 자치가 말했다.
"이게…… 우연일 수 있을까?" 쉬유이가 물었다.
자치가 대답 없이 인터넷 브라우저를 닫고 이미지 파일 하나를 열었다. 그 사진을 보는 순간 쉬유이는 자치의 표정이 이렇게 심각한 이유를 알았다.
현장을 찍은 사진 중 하나였는데, 바이위원화 출판사에서 나온 무명지의 《살인 예술》이 셰바이천의 책장에 놓여 있었다. 게다가 자살하기 직전에 읽은 것처럼 다른 소설들이 꽂혀 있는 책꽂이 앞쪽에 가로로 놓여 있었다.
"그러니까 셰바이천은 모방범이고, 모방 대상이 고작 소설이다?" 쉬유이가 낮은 소리로 중얼거렸다.
"잠깐만요, 팀장님. 더 중요한 게 있어요." 자치가 인터넷 브라우저를 다시 열고 다른 영상을 클릭했다.
"……중요한 분을 손님으로 모시게 되어 무척 기쁩니다. 이번 손님은 유명한 추리소설가 무명지 선생님이십니다!"
인터넷 매체 〈하버저널〉의 문화 섹션 채널 '하버컬처'에 올라온 영상이었다. 진행자인 여기자의 환영 멘트가 끝나자 검은색 터틀넥 스웨터에 회색 정장 재킷을 입은 남자가 화면 속으로 걸어 들어왔다.

"안녕하세요. 무명지라고 합니다."

그 순간 쉬유이는 여자 시신의 토막 난 머리를 발견했던 그 때처럼 놀란 눈으로 화면을 똑바로 응시한 채 시선을 떼지 못했다. 화면 속 남자는, 칸즈위안이었다.

망자의 고백

●

1

죽기 전에 뭐라도 써놓아야 할 것 같다.

아위안[1] 같은 글재주는 없으니 엉망진창 두서없는 글이겠지만 상관없다. 어차피 이걸 누가 보게 될지도 모르겠으니까.

그저 내가 이 세상과 작별하기 전에 남기는 넋두리다.

인생이란, 개똥이다. 사람의 운명은 태어나는 순간 모든 게 결정된다. 제아무리 발버둥 치고 저항해도 운명의 신이 정해놓은 길에서 도망칠 수 없다.

똑같은 인간이고, 같은 도시에서 태어났더라도 어떤 부모를

---

1 阿遠, 칸즈위안의 애칭. 홍콩, 타이완 등에서는 친한 사이일 때 이름 중 한 글자 앞에 '아(阿)'를 붙여 애칭으로 부르곤 한다.

만났느냐에 따라 개개인에게 주어진 운명의 카드는 완전히 다르다. 부자 자식과 가난뱅이 자식의 인생은 한 번도 평등했던 적이 없다.

성장 환경은 차치하고 유전자만으로도 이미 한 사람의 일생이 좌우된다. 잘생겼다고 해서 인생이 언제나 순탄할 수만은 없겠지만 어쨌든 못생긴 사람보다는 살기 편하다.

나는 매일 거울을 볼 때마다 눈 밑에 있는 점을 보며 조물주의 악의를 느꼈다.

"점박이 새끼, 원망하려거든 좆같이 생긴 널 낳아서 도시 미관을 해친 니 엄마를 원망해. 다페이大飛 형님이 주제 파악하라고 하신다. 까불지 마."

중학교 1학년 때 다페이의 똘마니가 내게 침과 함께 뱉었던 욕을 아직도 기억하고 있다.

그때 난 주먹으로 배를 몇 차례 맞고 쓰러져 머리를 감싸고 몸을 바짝 웅크린 채 등과 엉덩이로 놈들의 발길질을 받아내야 했다. 얍삽한 놈들은 얼굴에 상처를 내면 어른들이 개입할 수 있다는 걸 알고 얼굴 아래 몸통에만 주먹질과 발길질을 했다.

초등학생 때부터 학교 애들한테 괴롭힘을 당했지만, 중학교에 올라가보니 초등학교 때 날 괴롭히던 놈들은 그냥 개구쟁이 수준이었다. 진짜 악당은 말과 짓궂은 장난 정도로 끝나지 않았다.

사우케이완 밍화중학교는 그런 악당들의 집합소였고, 쓰레기장이라고 불러도 크게 틀리지 않은 곳이었다. 밴드 5²까지 떨어지지는 않았지만 밴드 4의 끄트머리에 있었다. 참, 그때는 중학교가 지금처럼 3등급이 아닌 5등급으로 나뉘어 있었고, 밴드 5에 속한 중학교는 쓰레기장보다도 못한 똥통으로 공부 못하고 불량한 문제아들만 가는 곳이었다. 밴드 4에 속한 밍화중은 그런 '투견장'보단 조금 나았지만 나 같은 '취약 계층'에게는 별다를 바 없었다.

다페이는 밍화중의 이름난 깡패였다. 내가 중학교 1학년일 때 그는 4학년이었지만 두 번이나 꿇어서 나이는 나보다 여섯 살 많았다. 그의 제일 비열한 행동은 저학년 학생 중 하나를 골라 집중적으로 괴롭히는 것이었는데 그의 '장난감'으로 한번 찍히면 1년 내내 고통을 겪어야 했다.

내가 바로 그에게 찍힌 장난감 중 하나였다.

다페이와 그의 똘마니들은 주로 외모를 약점 잡아 장난감을 골랐다. 마르고 약하거나, 못생겼거나, 몸 어딘가에 문제가 있으면 사사건건 트집을 잡아 자기들의 샌드백으로 삼았다.

키가 작은 편이고 겁도 많은 나는 1학년이 되자마자 그놈들의 눈에 띄었다. 하지만 그들이 나를 낙점한 가장 큰 이유는 내 눈 밑에 도드라지게 난 눈물점 때문일 거라고 추측한다.

---

2 홍콩 학교들은 모두 등급이 나누어져 있는데 각 등급을 밴드 1, 밴드 2 등으로 부른다. 밴드 1이 최고 등급이다. 중학교는 5등급으로 나뉘어 있다가 2001년 3등급으로 축소되었다.

그날 오후 나는 학교 동쪽 계단에서 재수 없게 그놈들과 마주쳤다. 점심으로 먹으려던 샌드위치를 빼앗기고 주먹과 발로 흠씬 두들겨 맞았다. 선생님도 그들을 내버려두었다. 다페이에게 무슨 뒷배가 있는지 몰라도 선생님을 찾아가 괴롭힘을 호소한 '장난감'에게 선생님은 오히려 전학을 권했다고 했다. 나는 엄마와 외할아버지에게 내가 학교에서 사고를 쳐서 가족을 골치 아프게 했다는 오해를 받고 싶지 않았다.

"야."

다페이 무리가 자리를 뜬 뒤 칸즈위안이 계단 위에서 머리를 내밀고 나를 불렀다. 그게 우리의 첫 대화였다. 같은 반은 아니었지만 그가 단칭맨션의 우리 옆집으로 이사 온 지 얼마 안 됐을 때였다. 그가 할머니와 외출할 때 마주친 적도 있고, 엄마가 그의 얘기를 한 적도 있었다. '칸'씨는 흔치 않은 성이기도 했다.

"너 셰바이천이지?" 그가 다가와 부축하지도 않고 계단 위에서 말을 던졌다. 나는 아픈 엉덩이를 문지르며 비틀비틀 일어나 고개만 주억거렸다.

"다페이한테 맞는 게 재밌냐?" 그가 시큰둥하게 물었다.

"돌았냐? 맞는 걸 좋아하는 사람이 어딨어?" 나는 낯가림이 있는 편이지만 일부러 화를 돋우려는 질문이라는 걸 알았고 방금 흠씬 두들겨 맞은 터라 왈칵 성이 났다.

"그럼 왜 며칠 동안 같은 길로 다녀서 다페이한테 잡혀?"

나는 어리둥절했다.

"다페이가 일부러 날 기다리고 있었어?"

"아니. 다페이는 월, 수, 금 오후에는 이 계단에 있고, 화, 목은 저쪽 계단에 있어. 단세포생물만큼 머리 나쁜 놈이라 아주 쉽게 피해 다닐 수 있다고."

난 그걸 전혀 모르고 있었다.

"너…… 너도 걔한테 찍혔어?" 내가 물었다.

"아니. 난 한 번도 그 자식 눈에 띈 적이 없거든." 그가 잠시 멈췄다가 다시 말했다. "하지만 나한텐 그놈의 장난감이 될 만한 건더기도 없을걸."

그랬다. 칸즈위안은 키도 크고 이목구비도 반듯했다. 미남까지는 아니지만 귀티가 흐르는 편이어서 밍화중 같은 4류 학교 학생처럼 보이지 않았다.

"난 그놈이 방과 후와 쇼트브레이크[3]에 어디로 다니는지도 알아." 그가 시큰둥하게 말했다.

"정보 팔러 왔냐?" 내가 미간을 찡그렸다.

"네가 돈이 어디 있냐? 있어도 다페이한테 다 뺏겼겠지." 처음으로 그의 얼굴에 웃음이 떠올랐다. "점심이나 먹고 얘기하자."

"돈 없어."

---

3 홍콩 중학교는 2교시를 연속으로 수업하고 쉬는 시간을 길게 갖는 경우가 많은데 이 쉬는 시간을 '쇼트브레이크(short break, 小休)'라고 한다. —원주

"빌려줄게." 그는 다페이가 멀리 갔는지 보려는 듯 계단 난간으로 머리를 내밀어 밑을 보았다.

"왜 날 도와주는 건데?" 난 낯선 사람과의 접촉에 늘 거부감을 느꼈다. 남에게 먼저 다가가 관심을 보이는 사람에게는 분명히 다른 꿍꿍이가 있을 거라고 생각했다.

"이웃사촌 좋다는 게 뭐냐?" 그가 어깨를 으쓱였다.

그날부터 아위안은 내 유일한 친구가 되었다.

아위안은 아주 특별한 사람이다. 나와 같은 중1이므로 열두세 살밖에 안 되었지만 말이나 행동, 일 처리하는 것은 어른 같았다. 공부도 아주 잘하고 중간고사에서 전교 1등을 했지만, 자기는 복습을 별로 해본 적이 없다며 다른 아이들이 너무 못하는 거라고 했다. 그래도 가끔 또래 아이들 같은 장난스러운 면도 있고 시시하고 웃긴 얘기를 할 때도 있었다.

"우리가 사는 아파트 말이야. 단칭맨션이 아니라 '단친⁴맨션'으로 이름을 바꾸는 게 좋겠어." 한번은 그가 이렇게 말했다.

나는 아버지가 없고, 아위안은 부모님이 모두 일찍 돌아가셔서 할머니와 둘이 살았다. 우리 위층에도 한부모가정이 몇 집 있다고 했다. 나조차도 이 아파트에 한부모가정이 유난히 많은 것이 단순한 우연인지, 무슨 저주가 씌어서 이 아파트에 이사만 오면 파탄이 나는 건지 궁금할 지경이었다.

---

4 單親, 중국어로 홀로 아이를 키우는 편부, 편모를 뜻한다.

아위안이 밍화중에 다니게 된 것도 아마 그 이유 때문일 것이다. 그는 부모님이 모두 세상을 떠난 뒤 축구공처럼 친척 집을 이리저리 전전하다가 결국 홀로 사는 늙은 할머니가 보다 못해 데려와서 함께 살기 시작했다. 아위안은 할머니를 걱정시키지 않고 늘 가까이에서 할머니를 보살필 수 있도록 집에서 제일 가까운 중학교를 선택한 것이었다.

"아위안, 넌 기독교 재단에서 운영하는 명문 학교에 갔어야 해. 이 학교를 다니는 건 너한테 낭비야." 어느 날 점심을 먹다가 내가 말했다.

"테드 번디라고 알아?" 아위안이 물었다.

"누구?"

"테드 번디. 미국의 유명한 연쇄살인범이야. 1973년부터 1978년까지 약 서른 명을 죽였어."

"갑자기 그 얘기는 왜 해?"

"그 살인마가 워싱턴대학 심리학과를 우수한 성적으로 졸업했지." 아위안이 웃었다. "밴드 1이든 밴드 5이든 나한테는 다를 게 없어. 삼류 학교에서도 성공한 인물이 나올 수 있고, 명문 학교에서도 살인마가 나올 수 있어."

조금 극단적인 예였지만 당시 중1이었던 나는 아위안의 이런 생각에 매우 감탄했다.

아위안과 바늘과 실처럼 붙어 다닌 후로는 다페이를 마주친 적이 없었다. 아위안은 항상 학교에서 그놈들의 동선을 알아내 요리조리 잘 피해 다녔다. 다페이는 장난감 하나가 요즘 보이지 않는다는 사실을 눈치채지 못한 듯했다. 어차피 매일 괴롭힐 상대는 차고 넘치니까.

"요즘 C반 더듬이가 다페이 때문에 힘들어한다던데." 어느 날 방과 후 아위안의 집에서 게임을 하는데 아위안이 말했다. 컴퓨터가 청소년의 공부에 도움이 된다는 얘길 어디서 듣고 온 아위안의 할머니가 거금을 들여 손자에게 컴퓨터를 사주었다. 하지만 최대 수혜자는 이웃에 사는 나였다. 아위안의 집에서 오랫동안 말로만 듣던 전략 시뮬레이션 게임인 〈오리온 레전드〉를 할 수 있었기 때문이다.

"더듬이? 그 말 더듬는 애?" 내가 물었다. 우리 둘 다 모니터에서 시선을 떼지 않았다. 문어처럼 생긴 외계 전함이 우리가 놓은 함정에 막 들어오려는 찰나였다. 전함을 파괴하기만 하면 일주일 동안 깨지 못한 판을 깰 수 있었다.

"응. 그저께 다페이한테 잡혀서 3층 화장실로 들어가는 걸 봤어. 변기에 머리를 처박힌 거 같던데."

"그건 너무했다……. 야, 플라스마캐넌 에너지가 부족해."

"더듬이에게 다페이를 피하는 법을 귀띔해줄까 싶어."

"더듬이가 안 보이면 다페이가 또 다른 애를 골라서 괴롭히겠지? 네가 몇 명이나 구할 수 있겠어? ……에너지가 아직 부족해! 빨리 눌러! 빨리!"

"와! 왔다!"

"부전함이 나왔어! 우선 미사일을 쏴!"

내가 이기적이라고 생각하지 않는다. 그건 대자연의 법칙이다. 먹이사슬의 상위 포식자를 제거하지 못하고 다른 하위 먹잇감을 돕는 것은 위험을 자초하는 일이다. 더듬이 한 명이 희생해 다른 사람들이 편할 수 있다면 어쩔 수 없는 일이다. 나는 진심으로 더듬이에게 고마웠다.

아위안은 학교 측이 다페이를 어쩌지 못하는 이유가 돈이라는 것을 알아냈다. 졸부인 다페이의 부모가 학교에 거액의 후원금을 냈고, 시청각실 장비들도 다페이의 아빠가 사준 것이라고 했다. 그런 돈줄을 놓치고 싶지 않은 교장이 다페이의 못된 짓을 모른 척해주고 있었다. 교장은 아마도 다페이가 졸업하면 다 해결될 테니 그때까지 돈이나 최대한 받아내자는 심산이었겠지만, 다페이의 성적이 도저히 진급할 수 없을 만큼 나빠 졸업이 계속 미뤄졌다. 물론 학교로서는 후원금을 몇 년 더 받을 수 있으니 나쁠 게 없었다.

나는 다페이 같은 나쁜 놈은 반드시 그 악행의 대가를 치르게 된다고 믿으며 받은 걸 갚아줄 날이 꼭 올 거라고 생각했다.

비록 그 방법은 생각나지 않았지만.

가끔은 우리 집에 돈이 많아서 나도 학교에 후원금을 낼 수 있다면 좋겠다고 생각했다. 엄마와 외할아버지가 다페이의 부모와 대등해진다면 학교는 뒤로 빠지게 하고 내 손으로 쓰레기 같은 다페이를 쫓아내 평화로운 학교를 만들 수 있을 것 같았다.

아쉽게도 우리 집은 돈도 권력도 없었다.

우리 집은 가난한 것까지는 아니고 먹고사는 건 넉넉한 편이었지만 예순이 넘은 외할아버지가 일을 계속해야 했다. 외할아버지는 집 근처에서 작은 신문 가판대를 했고, 엄마는 일주일에 이틀씩 슈퍼마켓에서 아르바이트를 해 생활비를 보태고 가끔 외할아버지 대신 가판대를 지켰다. 나는 아버지가 누군지 모른다. 이 화제를 꺼내는 것은 우리 집에서 금기였지만, 엄마가 20대에 유부남을 사귀다가 배가 불러오고 오갈 데가 없게 되자 집에 들어왔다는 얘기를 외삼촌에게 들은 적이 있다. 강골인 외할아버지는 엄마와 그 남자를 칼로 찔러 죽이고 나를 직접 기르겠다며 화를 냈다고 한다. 우리 집안에 출세할 재주가 있는 사람은 외삼촌뿐이었다. 엄마의 몇 살 터울 남동생인 외삼촌은 내가 유치원에 다닐 때까지는 우리와 함께 살았지만 그 후 집을 나가 독립했다. 보험 판매를 했던 외삼촌은 가끔 집에 와서 밥을 먹었는데 그때마다 나는 명품 시계에 명품 서류가방까지 들고 다니는 외삼촌의 옷차림이 참 근사하다고 생각했다. 그게 전부 위조품인지 아닌지는 알 수 없었지만.

외삼촌 독립의 가장 큰 수혜자는 나였다. 내 방이 생긴 것이다. 외할아버지나 엄마 방처럼 크지는 않지만 초등학생이 자기 방을 가졌다는 것만으로도 굉장한 사치라고 생각했다.

하지만 나는 외삼촌이 아무리 출세를 해도 우리 집까지 부자가 되지는 않을 거라고 생각했다. 외할아버지는 외삼촌을 좋아하지 않았고, 나중에 절대로 외삼촌 같은 사람이 되지 말고 착실하게 살라고 내게 누누이 말씀하셨다. 외삼촌이 어디가 나쁘냐고 물었지만 외할아버지는 사람은 마음씨를 바르게 써야 한다며 얼버무렸다. 외할아버지는 나를 무척 아꼈다. 가끔 집에 오는 외삼촌에게는 한 번도 좋은 얼굴을 보여주지 않았지만 나는 항상 환한 얼굴로 대했다. 맏아들의 장손만 핏줄이 아니라며 내가 있어서 셰씨 집안의 대가 끊기지 않으니 좋다고 하셨다.

내가 아위안과 친구가 된 걸 외할아버지도 무척 기뻐하셨다. 처음 아위안을 집에 데려와 외할아버지에게 소개했을 때, 두 사람은 내가 전혀 알아듣지 못하는 역사 이야기를 흥미진진하게 나누었다. 외할아버지는 학교는 많이 다니지 않았지만 역사를 특히 좋아해서 도서관에서 역사책을 자주 빌려다 읽으셨다.

"둘이 무슨 얘기를 한 거야? 승상은 뭐고, 계자서는 또 뭐야?" 외할아버지가 밖으로 나가신 뒤 아위안에게 물었다.

"너희 외할아버지가 내 이름의 뜻이 좋다고 칭찬하셨어. '비담박무이명지, 비녕정무이치원非淡泊無以明志, 非寧靜無以致遠. 담박하지 않으면 뜻을 명확히 할 수가 없고, 고요하지 않으면 멀리 이를 수가 없다.' 촉한의 승상 제갈량의 《계자서誡子書》에 나오는 말이야." 아위안이 엄마가 가져다준 간식을 집어 입으로 가져가며 말했다.

"뭐라고?"

"삼국시대 얘기야. 너도 애니메이션 그만 보고 책 좀 읽어라. 내가 빌려줄게." 아위안이 설명하기 귀찮은 듯 웃었다.

아위안은 책 읽는 걸 좋아하고, 나이에 맞지 않는 책을 읽었다. 한번은 주말에 아위안의 집에 놀러 갔는데, 그는 방에서 표지에 괴물 동상이 그려진 책을 읽으며 독서삼매에 빠져 있었다.

"무슨 책이야?" 내가 물었다.

아위안이 책을 들어 올리자 《점성술 살인 사건》이라는 제목이 보였다. 시마다라는 일본인이 쓴 책인 듯했다.

"점성술도 공부하냐?" 내가 물었다.

"소설이야."

"무슨 내용인데?"

"어떤 사람이 점성술을 이용해서 여자 여섯 명을 토막 살해한 뒤에 시체 토막들을 조합해서 완벽한 여자 하나를 만드는 거야."

"그렇게…… 미친놈이라고?" 나는 혀를 내둘렀다. "공포심령소설이야?"

"아니. 현실보다 더 현실적인 추리소설." 아위안이 큰 소리로 웃었다. "탐정도 나오고 범인도 나오고, 트릭도 있고 추리도 있지만, 귀신이나 마법은 나오지 않아."

"그럼 마지막에 탐정이 범인을 잡아?"

"직접 봐." 아위안이 책을 내밀었다.

"너 읽고 있는 거 아냐?"

"방금 다 읽었어. 결말이 재밌어서 앞으로 돌아가 내가 어디서 힌트를 놓쳤는지 다시 보고 있었어."

"글이 많이 어렵지 않아?" 아위안이 이해할 수 있다고 해서 나도 당연히 이해할 수 있는 건 아니었다.

"어렵지 않아. 순문학도 아니고 장르소설인걸."

그 책을 집에 가져왔지만 책꽂이에 둔 채 잊고 있다가 일주일이 지나서 생각이 났다.

하지만 책을 읽기 시작하자 멈출 수가 없어서 밤을 새워 단숨에 다 읽었다. 한밤중에 아위안에게 달려가 같이 얘기를 나누고 싶을 정도였다.

그 소설이 내게 그렇게 큰 영향을 미칠 줄은 몰랐다. 나는 원래 사람의 시신을 토막 내는 것은 인간이 해서는 안 되는 잔인한 악행이자 금기라고 생각했지만, 그 책을 읽고 나서 여러 토막을 이어 붙여 완벽한 사람을 만든다는 발상에 매료되었다. 목적을 달성하기 위해 시신을 무기물로 바라보고 세속의 시선과 윤리의 족쇄까지 벗어던진 채 절묘한 예술 작품을 완성하는 것이다. 나중에 나도 이런 예술품을 만들 수 있다면 얼마나 좋을까 하는 상상을 했다. 생명을 대가로 내놓는다 해도 그럴 만한 가치가 있다고 느꼈다.

충분히 그럴 가치가 있다.

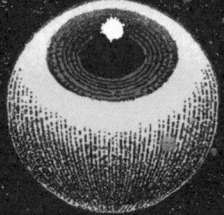

2장

"칸 선생님, 바쁘실 텐데 서까지 와주셔서 감사합니다."

홍콩섬 총구 본부 조사실에서 쉬유이가 건조한 말투로 테이블 너머에 앉은 칸즈위안에게 말했다. 그날 오전 9시 자치가 단칭맨션을 직접 찾아가 주변인 조사에 협조해달라며 칸즈위안을 강력반 사무실로 불렀다. 조사실에는 촬영 장비가 설치되어 있었고, 쉬유이는 이 조사가 법정 증거로 쓰일 것이라고 예상하며 칸즈위안이 자치의 안내를 받아 조사실로 들어올 때부터 그의 일거수일투족을 모두 녹화하도록 했다.

"네." 칸즈위안도 자기 감정을 드러내지 않고 고개를 끄덕이며 의례적으로 대답했다.

"셰바이천에 관해 묻고 싶은 게 있어서 오시라고 했습니다."

"여러 번 말씀드렸을 텐데요. 저는 바이천이 누구와 만나는 걸 본 적도 없고, 그가 밖으로 나가 누구를 만날 수 있었다는 것도 절대로 믿을 수가 없습니다……."

"아닙니다. 오늘은 다른 일 때문에 오시라고 했습니다." 쉬유이가 손에 들고 있던 서류를 천천히 펼쳤다. "우선 확인할 게 있습니다. 선생님의 직업이 작가이고, 무명지라는 필명을 쓰십니까?"

"그렇습니다."

칸즈위안의 얼굴에는 미세한 변화도 나타나지 않았다. 역시 쉬유이가 예상한 반응이었다. 미디어와 인터뷰도 했으므로 일부러 신분을 감출 의도는 없었을 것이다.

"셰바이천의 방에 추리소설, 특히 엽기적인 살인을 다룬 소설이 많더군요. 칸 선생님도 알고 계셨습니까?"

"쉬 경위님, 바이천이 토막 살인이 등장하는 소설을 읽고 모방 범죄를 저질렀다고 말하고 싶으신 건가요?" 칸즈위안의 얼굴에 옅은 불쾌감이 떠올랐다. "방에서 폭력적인 게임이나 성인 애니메이션 DVD를 발견하고 그것들이 바이천의 범행 증거라며 무고한 창작자들에게 책임을 돌릴 줄 알았는데, 경찰의 수준이 제 상상보다 더 저열할 줄은 몰랐군요. 소설을 핑계로 삼다니……."

쉬유이는 상대의 조롱에 대응하지 않고 서류 틈에서 A4 사이즈로 뽑은 사진을 말없이 꺼냈다.

두 손으로 얼굴을 가린 머리가 들어 있는 표본병 사진이었다.

칸즈위안이 사진을 응시하며 눈썹을 추어올렸다. 쉬유이를 계속 조롱하지는 않았지만 그 기이한 사진에 놀란 기색도 없었다.

"무슨 뜻이죠?" 칸즈위안이 냉랭하게 말했다.

"셰바이천의 '소장품' 중 하나입니다." 쉬유이가 처음 인사 때와 똑같은 어조로 말하며 테이블에 놓인 사진을 검지로 두들겼다. "별로 놀라지 않으시는 것 같군요?"

"추리 작가들은 소설을 구상할 때 이런 사진을 많이 찾아봅니다. 더 잔인한 것도 봤습니다." 칸즈위안이 고개를 들어 쉬유이의 두 눈을 똑바로 응시했다. "실물을 본다면 충격적이겠지만 사진은 괜찮군요."

쉬유이는 대답하지 않았다. 칸즈위안을 경찰서로 불러 마음의 준비가 없는 상태에서 갑자기 사진을 들이민 것은 상대의 반응을 보기 위해서였다. 그는 칸즈위안이 뭔가 감추고 있다고 의심했다. '추리 작가의 소설 구상'을 핑계로 댔지만 쉬유이는 그의 이런 반응이 정상적이지 않다고 여겼다. 강력반 형사라 해도 이렇게 잔인한 사진을 이토록 냉정하게 똑바로 보기는 힘들기 때문이다. 쉬유이는 칸즈위안의 침착함이 고의로 이런 자세를 연출해놓은 토막 시신의 존재를 이미 알고 있었기 때문일 거라고 판단했다.

셰바이천의 토막 살인을 칸즈위안도 알고 있었다는 것이 쉬유이의 추측이었다.

칸즈위안은 셰바이천의 유일한 친구였고, 그의 소설을 읽고 이상한 욕망을 품은 셰바이천이 살인을 저지른 뒤 소설 속 장면을 모방해 시신을 토막 내고 원하는 모습으로 만들었을 수 있다. 그의 수사 경험으로 보아도 살인의 쾌감을 감추지 못하고 친한 친구에게 '전적'을 자랑하는 살인범이 적지 않았다. 셰바이천이 정말로 누군가에게 자신의 범행을 털어놓으려 했다면 칸즈위안이 유일한 상대였을 것이다.

칸즈위안은 셰바이천에게 위협을 받았을 수도 있고, 자기 소설이 실제 범죄의 교본이 되었다는 사실이 폭로되면 소설가로서의 명성에 해가 될 수 있다고 생각했을 것이다. 또 친구와의 우정 때문에 그의 죄를 감춰주며 어떤 방법으로 오랫동안 추가 범행을 막았지만, 살인범은 결국 살인 충동을 억제하지 못하고 또다시 여자를 살해해 토막 내고 말았다. 셰바이천이 죄책감에 괴로워하던 중 추리에 능한 칸즈위안에게 살인 사실을 들켰고, 칸즈위안이 이번에는 대의를 위해 친구를 저버리기로 결심한 뒤 경찰에 신고하겠다고 최후통첩을 하자 처벌이 두려웠던 셰바이천은 자살로써 사건을 종결하기로 했다. 칸즈위안의 이런 냉정한 태도는 쉬유이가 상상하는 이 시나리오에 부합했다. 흔들림 없는 눈동자로 사진을 응시하던 칸즈위안의 눈빛은 이미 그 머리의 존재를 알고 있는 사람의 눈빛이었다.

"칸 선생님의 책을 셰바이천에게 준 적이 있나요?" 쉬유이는 단도직입적으로 핵심을 파고들기로 했다.

"있을 겁니다." 칸즈위안은 쉬유이가 자신의 대답을 유도하고 있음을 눈치챈 듯 짧게 대답했다.

"셰바이천이 책을 읽었나요?"

"모르겠습니다. 아마 읽었겠죠."

"읽고 난 뒤 책에 대해 얘기했나요? 친구의 소설을 읽으면 소설이 어땠는지 먼저 얘기할 것 같은데요."

"얘기하지 않았습니다."

상대가 전혀 동요하지 않자 쉬유이는 승부수를 던지기로 했다. 그가 눈짓하자 옆에 앉은 자치가 책 한 권을 꺼냈다.

《살인 예술》

쉬유이가 칸즈위안의 소설을 머리가 든 유리병 사진 옆에 나란히 놓자 칸즈위안의 표정이 미세하게 변하며 눈동자에 당혹감이 차올랐다.

"셰바이천의 방에서 찾은 겁니다. 책장에 꽂힌 책들 사이에서 꺼내져 있더군요. 자살하기 전에 읽은 것처럼." 쉬유이가 말했다.

"그게 뭐가 어떻다는 겁니까?"

"소설 속에서 마 국장의 아버지가 불의의 죽음을 맞이한 뒤 결국 '예술가'가 잡히죠." 쉬유이가 일부러 가벼운 투로 말했다. "현실의 '예술가'는 모방품을 만든 뒤 수수께끼 같은 사건을 남긴 채 자살했고요."

칸즈위안이 뭐라고 말하려다 뚝 멈추고 경악한 표정으로 테이블 위 사진과 자신의 책을 번갈아 보았다.

"네? 아…… 마 국장…… 반 고흐?" 칸즈위안이 휘둥그런 눈으로 말을 잇지 못했다. 머릿속에 온갖 생각이 밀물처럼 밀려와 자신이 경찰서에 있다는 것도, 앞에 앉은 강력반 형사가 이 모든 걸 지켜보고 있다는 사실도 잊어버린 듯했다.

하지만 그의 이런 반응에 당황한 건 쉬유이도 마찬가지였다.

쉬유이는 칸즈위안이 이 정도로 놀랄 줄은 예상하지 못했다. 그가 말해주지 않았다면 칸즈위안은 그 유리병 속 머리와 소설의 관계를 영영 알아채지 못했을 것처럼 보였다.

다 알고 있었을 텐데. 연기인가? 쉬유이는 속으로 생각했다. 두뇌가 비상한 범죄자는 상대를 함정에 빠뜨리는 데도 능하다. 사건에 대해 아무것도 모르는 척 연기해서 수사관의 신뢰를 얻는 것이다. 하지만 연기라고 하기에는 칸즈위안의 반응이 너무 사실적이었다. 쉬유이는 형사의 직감으로 그의 당혹스러운 반응이 거짓이 아닌 진심이라는 걸 알았다.

내 직감이 틀렸나? 칸즈위안이 동요하기 전에 쉬유이의 마음이 먼저 흔들렸다.

"경찰 측 전문가의 판단에 따르면, 셰바이천이 《살인 예술》의 내용을 모방해 반 고흐의 〈영원의 문〉을 패러디한 '작품'을 만들었을 가능성이 있습니다." 쉬유이는 상대를 떠보기로 했다. 전문가 운운한 것은 헛소리였다. '내 추측으로는'이라는 말보다 '전문가의 판단에 따르면'이라고 하는 편이 훨씬 더 설득력 있고 신빙성이 있기 때문에 상대의 말실수를 이끌어내기 쉽다.

칸즈위안이 쉬유이를 똑바로 응시했다. 당혹감이 차츰 사라진 얼굴 위로 약간의 웃음기가 떠올랐다.

"잠깐만요, 쉬 경위님. 너무 억지스럽지 않습니까?" 칸즈위안이 상대의 속임수를 꿰뚫어 본 듯 가시 돋친 말로 선제공격을 했다. "코발트색 옷이 있었나요? 의자와 벽난로는요?"

"없었죠." 상대의 의도를 파악하지 못한 쉬유이가 순순히 대답했다.

"그런데 뭐가 똑같아요? 제가 볼 때 이 시체는 〈영원의 문〉과 닮은 점이 하나도 없습니다."

"자세가 똑같은데." 자치가 못 참겠는지 작은 소리로 중얼거렸다.

"《살인 예술》에서 범인은 시신을 유명 예술 작품과 비슷하게 만들어놓습니다. 누구든 책 속 장면을 모방하려고 한다면 가장 두드러진 특징을 골라서 모방할 겁니다. 그런데 반 고흐 작품의 특징을 논할 때 우리가 가장 주목하는 것은 자세가 아니라 강렬한 색채와 화풍입니다. 소설 속 범인인 예술가는 마 국장의 아버지를 죽인 뒤 두 손으로 얼굴을 가리는 자세를 만들었을 뿐 아니라, 파란색 옷을 입히고 의자에 앉혀 벽난로 앞에 두었죠. 명화의 여러 가지 특징을 완벽하게 복제한 겁니다.

게다가 그가 마 국장의 아버지를 살해 대상으로 선택한 이유는 반 고흐의 그림 속 남자처럼 대머리였다는 겁니다. 하지만 이 시체는 토막 났을 뿐 아니라 소설에 언급된 특징도 갖고 있지 않습니다. 대머리조차도 아니잖습니까? '손으로 얼굴을 감쌌다'는 이유만으로 소설을 모방한 범죄라고 단정 짓는 건 결론을 내려놓고 증거를 찾는 짜맞추기 수사가 아닙니까?"

쉬유이와 자치는 말문이 막혔다. 그들은 둘 사이의 공통점을 찾는 데만 집중해 차이점을 간과했던 것이다. 처음부터 칸즈위안이 뭔가 감추고 있다고 확신한 쉬유이는 '경찰이 증거를 찾았다'는 카드만 내놓으면 상대가 더 많은 정보를 제 입으로 술술 내뱉을 거라고 예상했지만, 오히려 수사가 미궁에 빠진 난감한 상황을 들키고 말았다.

"또 다른 시신도 책 속 다른 피해자와 공통점이 있습니까?" 칸즈위안이 이 틈을 놓치지 않고 상대를 더 집요하게 몰아붙였다.

"수사 중인 사안이라 자세히 밝히기 곤란합니다."

"공통점이 없군요?" 쉬유이의 대답이 수사의 허점을 드러내는 꼴이 되자 승기를 잡은 칸즈위안이 쐐기를 날렸다. "공통점이 있다면 벌써 두 번째, 세 번째 사진을 내놓았겠죠. 추리소설을 모방한 사건이라면 단 한 번으로 끝나지 않고 연쇄적으로 피해자가 나올 겁니다. 당신들 말대로 바이천이 정말로 소설을 읽고 살인을 했다면 두 번째 시체도 같은 수법으로 처리했겠죠. 경찰은 처음부터 바이천이 범인이길 바랐기 때문에 수사에 진전이 없음에도 다른 가능성을 고민조차 하지 않았던 겁니다. 경찰의 결론에 부합하는 실낱같은 증거만을 꽉 물고 놓지 않았죠."

"현실이 추리소설인 줄 알아요? 다른 가능성이 뭐가 있어요? 몇십 년을 집에 틀어박혀 지낸 남자가 토막 난 시체를 쌓아놓고 자살했는데 그가 범인이거나 공범이거나 둘 중 하나겠지!" 혈기 왕성한 자치가 못 참고 반박했다. 상관이 주도하는 조사 도중에 끼어들어 소리치는 건 결코 해서는 안 되는 행동이지만, 사실 쉬유이도 자치의 이런 충동적인 성격을 이용하려고 일부러 동석하게 한 것이었다. 덩달아 흥분한 칸즈위안이 감추고 있던 정보를 발설해주길 기대했다. 쉬유이도 셰바이천이 누군가의 협박을 받고 시신을 보관했을 가능성을 생각해보지 않은 것은 아니었지만 그의 경험에 따르면 그럴 가능성은 극히 희박했다.

"현실에는 소설보다 더 기괴한 사건이 수두룩합니다! 대학교수가 일산화탄소를 주입한 요가 볼로 처자식을 살해하고, 부모를 죽인 아들이 기자들 앞에서 실종된 부모를 애타게 찾는 척하고, 전남편과 그 가족들에게 토막 살해당한 여자도 있고, 해외에 나가는 척하고 밀항해서 돌아와 이웃을 강도 살해하고 알리바이를 조작한 사람도 있습니다. 경찰 수사를 오도하려고 술수를 부린 범인들이 얼마나 많습니까! 인구밀도가 이렇게 높은 도시에는 '다른 가능성'의 범죄가 얼마든지 있단 말입니다!"

칸즈위안이 실제 사건들을 아주 익숙하게 나열하며 경찰의 논리가 부실함을 증명하자 자치도 더 할 말이 없었다. 쉬유이는 자신이 이 소설가를 너무 과소평가하고 있었음을 알았다. 탁상공론이나 하는 글쟁이인 줄 알았는데 공권력 앞에서도 당당히 자기주장을 펼쳐 반박하는 달변가였다.

난관에 부딪힌 쉬유이는 일단 전략을 선회해 셰바이천의 유일한 친구인 칸즈위안에게서 사소한 정보를 얻어내기로 했다. 온라인 게임에서 채팅을 할 때 셰바이천의 일상에 대해 들은 것은 없는지, 바깥세상에 대한 셰바이천의 인식은 어땠는지, 어머니에게 불만은 없었는지, 주식 투자로 수익을 낸 비결은 무엇인지 등등. 칸즈위안도 노기를 누르고 차분한 말투로 대답했다.

하지만 쉬유이는 그의 대답에서 어떠한 단서도 건지지 못했다. 아무리 질문해도 셰바이천에 대한 정보는 피상적인 수준에서 더 나아가지 못했다.

한 시간 남짓 질문했지만 더 이상 트집 잡을 것이 없어 그를 돌려보낼 수밖에 없었다.

"칸 선생님, 협조해주셔서 감사합니다. 당분간은 홍콩을 떠나지 마시길 바랍니다. 선생님은 사망한 용의자에 대해 조사할 수 있는 유일한 참고인이니까요. 경찰의 추가 조사에도 협조해주시기 바랍니다." 조사실을 나서는 칸즈위안을 문 앞에서 배웅하며 쉬유이가 말했다.

"경찰이 무고한 시민의 자유를 침해하려는 것이냐고 따지고 싶지만, 희소식을 알려드리자면 저는 당분간 해외여행 계획이 없습니다. 바이천을 유일한 용의자로 단정해 사망한 사람에게 억울한 죄명을 씌우고 급하게 사건을 종결하지 않길 부디 바랍니다."

"충고 고맙습니다." 쉬유이가 의례적인 미소를 지으며 대답했다. 그는 노련한 형사로서 감정을 억제하고 차분하게 사람을 대하는 습관이 있었지만 반감을 온몸으로 표출하는 작가 앞에서 조금이나마 경찰의 체면을 세우고 싶었다. "그럼 칸 선생님의 의견은 어떻습니까? 누군가가 속임수로 셰바이천에게 누명을 씌웠다는 선생님의 추측이 진실이라고 칩시다. 그렇다면 그 누군가가 선생님의 책에서 영감을 얻어 피해자를 손으로 얼굴을 감싼 자세로 만들었을 거라고 생각하십니까?"

예상치 못한 질문에 칸즈위안이 문 앞에 선 채 몇 초쯤 생각에 잠겼다가 천천히 대답했다. "전혀 가능성이 없진 않죠……."

탁!

두 사람이 얘기를 나누는 동안 자치가 증거물인 《살인 예술》을 비닐 백에 넣다가 실수로 바닥에 떨어뜨렸다. 쉬유이와 칸즈위안이 동시에 고개를 돌려 쳐다보자 자치가 혀를 내밀며 겸연쩍은 얼굴로 서둘러 증거물을 주웠다.

"……."

"뭐라고 하셨죠?" 쉬유이는 칸즈위안의 대답을 듣지 못했다. "아닙니다. 그럴 가능성을 배제할 수 없다고 했습니다." 칸즈위안은 경찰과 더 대화할 마음이 없다는 듯 고개를 저었다. 조사가 소득 없이 끝났다. 자치는 상관의 고민을 이해할 수 있었으므로 칸즈위안이 돌아간 뒤 먼저 조사 내용에 대해 얘기하지 않고 조사 장면을 녹화한 동영상 파일을 정리해 보고했다. 드디어 돌파구를 찾았다고 생각했지만 알고 보니 막다른 골목이었다.

하지만 오늘 조사로 칸즈위안이 사건 해결의 열쇠를 쥐고 있을 가능성이 크다고 직감했다. 셰바이천의 범행 과정과 동기를 알아내려면 칸즈위안을 집중적으로 조사해야 할 것 같았다.

셰바이천은 스스로 사회와 격리되어 홀로 지낸 은둔형 외톨이였지만, 칸즈위안은 정반대로 절반은 공인이라고 할 수 있는 사람이었다. 정확히 말하면 '무명지'가 절반의 공인이었다. 작가들도 각자 성향이 달라서, 미디어를 이용해 열심히 자신을 홍보하기도 하고, 더 적극적인 사람들은 TV나 라디오 진행자로 활동하거나 직접 온라인 채널을 운영하기도 하지만, 대중에 얼굴을 알리지 않고 필명으로만 활동하는 작가도 있다. 칸즈위안은 두 가지 성향에 걸쳐 있는 작가였다. 본명은 공개하지 않지만 가끔 언론 인터뷰에 응하고, 프로그램 진행자로 활동하지는 않지만 가끔 신문과 잡지에 칼럼을 투고하고 문학 평론을 썼다.

쉬유이는 소설을 거의 읽지 않는 데다 홍콩 장르소설에 대해서는 더더욱 알지 못하기 때문에 무명지라는 작가에 대한 매체와 독자들의 평가를 보고 상당히 의외라고 여겼다. 홍콩에 인세 수입만으로 풍족한 생활을 누리는 전업 작가가 있다는 사실도 놀라웠지만, 출판사인 바이위원화의 홈페이지에서 칸즈위안이 2003년에 데뷔해 30편 가까운 작품을 발표했으며, 그중 절반 넘게 해외에 판권이 팔리고 또 몇 편은 영화나 드라마로 각색되었다는 작가 소개를 읽고 더욱 놀랐다. 게다가 쉬유이가 제목을 들어본 것들도 있었다.

2011년 잡지 인터뷰에서 칸즈위안은 자신이 작가가 된 계기를 이렇게 소개했다.

"2000년인가 2001년이었을 겁니다. 당시에 인터넷이 빠르게 보급되기 시작하면서 여러 커뮤니티 게시판이 활발하게 운영되고 있었어요. 그중 유명한 커뮤니티의 소설 게시판에 소설을 연재하기 시작했어요. ……원래 책 읽는 걸 좋아해서 그때그때 떠오르는 아이디어로 단편을 썼죠. 처음에는 별로 관심을 끌지 못했는데 2~3년 뒤 어느 출판사 관계자가 그 커뮤니티를 통해 제게 쪽지를 보냈어요. 절반쯤 연재한 《사망 신부》에 관심이 있다면서 정식으로 출간해서 시리즈로 내보면 어떻겠느냐고 제안했죠. 그렇게 해서 전업 작가의 길에 들어서게 되었답니다."

《사망 신부》는 성직자지만 밤이 되면 살인마로 변해 변태적인 수법으로 사람을 살해하고 경찰의 수사망을 피해 다니는 주인공의 이야기였다. 출간 직후 종교인을 살인마로 그렸다는 이유로 출판사에 비난이 쏟아졌지만, 오히려 그 때문에 매체의 관심을 받아 큰 홍보 효과를 누리며 작가도 일약 인기 스타가 되었다. 시리즈로 계속 출간된 이 소설은 신작이 나올 때마다 묘사가 점점 더 잔인해지고 더 많은 금기를 건드렸다. 그럼에도 한 순문학 평론가는 《사망 신부》 시리즈를 피상적으로만 이해해서는 안 된다면서, 등장인물과 줄거리를 분석하고 스토리 배후에 숨겨진 리얼리즘적 의의와 디스토피아 요소를 파헤침으로써 계급 착취와 맹목적인 군중심리가 어떤 식으로 사회 정의를 말살하고 제도를 무너뜨리는지 풍자한 수작이라고 높이 평가했다. 시리즈의 결말인 5부에서는 이 평론을 입증하듯 주인공의 신분과 살인 동기가 밝혀지고 4부까지의 모든 줄거리를 뒤집는 반전을 보여주며 완벽하게 대단원의 막을 내렸다. 이 시리즈의 성공으로 무명지의 이미지도 'B급 소설가'에서 단숨에 '장르문학 작가'로 급상승했다.

독자들은 무명지가 더 날카로운 주제를 다룬 신작을 발표할 것인지 기대했지만, 《사망 신부》 완결 후 그가 발표한 소설은 블랙 유머 추리소설인 《청소부 탐정 사건 수첩》이었다. 청소부인 주인공이 쓰레기를 치우다가 우연히 어떤 사람의 비밀을 알게 되고 이를 계기로 일련의 사건들을 해결하는 이야기였다. 등장인물이 주고받는 대사에서 전작의 독기가 느껴지기는 했지만 주인공과 덜렁대는 경찰의 조합이 웃음을 유발하고, 피비린내를 싹 빼낸 범죄 사건에 황당하고 유머러스한 요소를 가미해 새로운 독자층을 얻었다. 그 후 무명지의 작품들은 폭력 미학을 위주로 한 누아르, 감동적인 코지 미스터리는 물론 이 두 가지의 장점을 결합한 뒤 반전과 트릭을 가미한 본격 추리소설까지 다양한 색채를 번갈아 보여주었다. 여러 평론가들이 무명지를 '천재적인 작가'로 평가했고, 특히 대중은 책 속에서 뛰쳐나올 듯 생동감 넘치는 등장인물들의 성격과 대사에 극찬을 보냈다.

이런 평가 때문에 쉬유이는 칸즈위안이 자기 앞에서 보여준 행동 가운데 진심과 연기가 얼마나 되는지 곱씹어볼 수밖에 없었다. 유능한 작가는 독자의 관점에서 사물을 바라보고 타인의 관점을 자신이 원하는 방향으로 유도하는 능력을 가졌다. 칸즈위안이 '등장인물의 성격과 대사를 능수능란하게 만들어내는 천재적인 작가'라면 그 자신도 배우처럼 다른 인물의 이미지를 태연하게 연기할 수 있을 것이다. 쉬유이는 배우로 활동하는 친구의 연기를 본 뒤 손짓과 말투 하나까지 완전히 다른 사람인 듯 연기할 수 있는 사람들이 있다는 걸 알았다.

토막 시신의 사진 앞에서 칸즈위안이 보여준 냉정함이 정말로 소설 구상을 위해 잔인한 사진을 많이 보았기 때문일까?

범인이 《살인 예술》의 내용을 모방했을 수 있다는 얘기에 충격에 빠졌던 그의 행동은 연기가 아니었을까? 토막 시신의 형태와 자기 작품의 연관성을 부인한 것은 객관적인 판단이었을까, 진실을 은폐하기 위한 거짓말이었을까? 경찰에 대한 그의 적대감은 단순히 셰바이천이 살인자임을 믿을 수 없기 때문일까, 아니면 또 다른 이유가 있을까?

수많은 의문이 쉬유이의 머릿속을 맴돌았다.

쉬유이가 셰바이천과 칸즈위안에게 수사의 초점을 맞춘 것은 다른 단서들이 차례로 벽에 부딪혔기 때문이었다. MPU의 실종자 명단에서 여성 피해자와 유사한 인물은 찾을 수 없었다. 세 명의 실종 여학생 부모가 사망자의 몽타주를 보고 자기 딸이라고 했지만, 특징을 자세히 대조해보고는 아니라고 했다. 강력반 형사들이 단칭맨션 부근에서 목격자가 있는지 탐문 수사를 펼쳤다. 그 신원 미상의 여학생을 본 사람이 나타나거나 어느 상점의 감시 카메라 영상에서 피해자를 찾을 수 있길 기대했지만 연초에 홍콩 정부가 전염병을 막기 위해 실외 마스크 착용을 의무화했기 때문에 지나가는 사람의 얼굴로는 특정인을 찾을 수 없었다. 사람들은 두 사망자 모두 실종되어도 누구의 관심도 끌지 못하는 사회의 주변인이었을 것으로 추측했다. 한 TV 프로그램 진행자는 여성 피해자가 가정 파탄으로 방황하다가 원조 교제를 했을 것이며, 행실이 불량해서 '은둔족 살인마'에게 걸려든 것이라고 단정하기도 했다.

이 엽기적인 사건에 대한 여론의 관심은 여전히 뜨거웠지만 시신이 발견되고 2주 넘게 지나자 언론의 관심은 차츰 사그라들기 시작했다. 기자들에게 수사 경과를 브리핑할 때마다 아직은 새로 발견된 단서가 없다는 대답을 되풀이하자 '은둔족 살인마'라는 단어가 차츰 신문과 인터넷 기사에서 사라지고, 구독자가 몇 안 되는 유튜버들만 조회 수를 늘리기 위해 재탕 삼탕 동영상을 올리고 있었다. 어차피 용의자가 이미 자살했으므로 기자들은 '현재진행형'인 다른 사건에 시간을 쓰는 편이 더 낫다고 판단했다. 이 사건은 강력반에서 기자회견을 열어 수사 진척 상황을 발표할 때 다시 취재해도 충분했다.

물론 형사들이 손 놓고 단서가 나타나기만 기다린 것이 아니라 계속 수사하고 있음에도 별다른 단서를 발견하지 못한 것이었다. 경찰은 셰바이천의 세무 기록에서 그가 은둔 생활을 하기 직전에 다녔던 직장을 찾아냈다. 쉬유이는 셰바이천이 직장에서 누군가에게 원한을 산 일이 있는지, 정신병 증세를 보인 적이 있는지 알아볼 수 있을 거라고 생각했다. 신원 불명의 사망자가 당시 직장과 관련된 인물일지도 모른다는 요행심도 있었다. 하지만 직원이 여섯 명밖에 안 되는 작은 회사인 데다 그마저도 10년 전 채무 분쟁으로 인해 심각한 적자를 겪다가 도산하고, 사장이 오래전 해외로 이민 가 연락할 방법이 없었다. 셰바이천이 근무했던 다른 두 회사도 찾아갔지만 한 곳의 사장은 잠시 인턴으로 일했던 그를 기억하지 못했고, 다른 한 곳의 사장은 그런 젊은이가 있었던 것은 기억하지만 어디서나 볼 수 있는 평범한 사무직원이었다고 했다.

쉬유이가 다음 수사 방향을 고민하고 있을 때 예기치 못한 곳에서 터진 성가신 문제가 그를 난감하게 했다.

"……센트럴구 란콰이퐁은 B팀이 맡지."

회의 중에 쉬유이의 직속상관이자 홍콩섬 총구 강력반장 차이 경감이 지시했다. 정부의 마스크 착용 의무화와 입국 제한 조치가 해제되고 일상으로 돌아가면서, 각 구의 술집, 클럽 등이 다시 혈기 왕성한 젊은이들과 여행객으로 붐비기 시작했다. 센트럴구의 유명한 클럽 밀집 지역인 란콰이퐁은 더더욱 주말마다 발 디딜 틈 없이 북적였다. 2~3년간 밤거리를 활보할 자유를 박탈당했던 시민들이 보복성 소비에 나서면서 다시 취객이 등장하고, 여성을 노리는 변태들도 어김없이 나타났다. 클럽에서의 성추행은 말할 것도 없고, 술에 취해 쓰러져 있거나 약에 취해 혼미한 여자―또는 남자―를 끌고 가 인사불성인 상대에게 성폭행을 저지른 사건이 란콰이퐁에서만 최근 한 달간 여러 건 발생했다. 이런 사건들은 원래 센트럴구 강력반 담당이었고 성폭행범을 몇 명 잡아들이기는 했지만, 마약 밀매와 삼합회[1]의 패싸움 등을 처리하느라 인력이 부족했던 센트럴구 지휘관이 홍콩섬 총구에 지원을 요청한 것이다.

"반장님, 저희 팀은 사우케이완 토막 살인 사건 때문에 인력

---

1 三合會, 주로 홍콩을 기반으로 활동하는 조직폭력배를 일컫는 말.

이……." 쉬유이가 상관에게 이의를 제기했다.

"그 사건에 진전이 있나?" 차이 경감이 물었다.

"단서가 얼마 없어서 오래 걸릴 것 같습니다."

"범인이 자살했잖아?"

"현재 단서만 보면 그렇습니다만, 아직 수사가 더 필요한 부분이 많습니다. 피해자의 신원 확인도 안 됐고요."

"그럼 서두를 거 없잖아. 어차피 범인도 죽었으니 증거를 찾아내도 DOJ[2]가 할 일이 없는데. B팀이 우선 센트럴구 쪽 지원을 맡지. 강간 치사 사건이라도 발생하면 우리 입장이 더 난처해져."

쉬유이는 하는 수 없이 몇몇 부하를 빼내 란콰이퐁 성폭행 사건 수사를 지원하게 했지만 토막 살인 사건에서 완전히 손을 뗄 수는 없어서 자치, 샤오후이, 아싱은 계속 이 사건을 수사하게 하고 자신은 더 '특별한 방법'을 동원하기로 했다.

"나한테 연락하다니 퍽 골치 아픈 일인가 봐요."

"루 기자 도움 좀 받읍시다. 《포커스》에 있을 때 내가 떠도는 소식을 찔러준 정을 생각해서 거절하지 말아요."

전화기 너머에 있는 사람은 쉬유이와 오랜 친분이 있는 기자 루친이盧沁宜였다. 잡지 《포커스》의 시사보도부 기자를 지

---

2 홍콩의 법무부에 해당하는 율정사(律政司, Department of Justice)의 약칭. 형사사건 기소를 담당하고 있다. —원주

낸 그녀는 범죄 사건 보도에서 자기만의 노하우와 넓은 인맥을 갖고 있었다.

"거절하려는 게 아니라, 아시다시피 내가 요즘 문학 잡지사에 있잖아요. 시사 쪽에서 손 뗀 지 오래돼서 도움이 될지 모르겠어요."

"도와주기만 하면 돼요. 결과까지 바라진 않을 테니."

"알았어요. 상부상조해야죠."

쉬유이가 소리 없이 쓴웃음을 지었다. 그가 지금 어떤 표정을 짓고 있는지 루친이도 알고 있을 것이다. 최근 언론과 경찰 사이가 별로 좋지 못한 데다 시사보도부 기자와 경찰 사이에도 불신이 팽배했다. 기자들은 경찰이 공권력을 남용해 언론의 자유를 억압한다고 생각하고, 경찰은 기자들이 일부러 악의적인 기사로 경찰의 이미지를 훼손한다고 불쾌해했다. 양측의 소원해진 관계가 다시 좁혀지기 어려워 보였으므로 쉬유이는 루친이가 몇 년 전 문학 잡지사로 옮기길 다행이라고 생각했다. 안 그랬다면 이런 부탁을 하기가 더 껄끄러웠을 것이다.

"장다중姜達中이라는 사람을 찾아봐줘요. 신다무역이라는 회사 사장이었는데 2013년에 폐업하고 이민을 갔대요. 영국인지 캐나다인지 모르겠어요. 그 사람한테 물어볼 게 있어요." 쉬유이가 말했다.

"장다중…… 신다무역……. 알았어요. 메모했어요. 은둔족 살인마와 관련 있는 사람이에요?" 예상치 못한 질문에 쉬유이의 말문이 막혔다.

"내가 어떤 사건을 맡고 있는지 알아요?"

"시사보도부는 떠났지만 신문은 보니까요."

"그건…… 노코멘트로 합시다."

"하하, 나도 더 물을 생각 없어요. 소식 있으면 연락할게요."

"참, 남편과 아이 데리고 우리 집에 와서 밥 한번 먹어요. 며칠 전에 아내가 팬데믹 기간 동안 루 기자를 못 만났다고 안부를 묻더라고."

"좋아요. 그런데 쉬 경위님은 집에 들어갈 시간도 없는 거 아니에요? 나한테까지 부탁할 정도면 강력반 제2B팀이 지금 발등에 불이 떨어진 상황인 거 같은데."

쉬유이가 또 쓴웃음을 지었다. 그는 루친이에게 약간의 경계심을 갖고 있었다. 워낙 똑똑하고 눈치가 빨라 쉽게 속을 들키곤 했다.

"그럼 다음에 시간 될 때 다시 날짜 잡읍시다……." 쉬유이가 전화를 끊으려다가 무슨 생각이 난 듯 다시 말했다. "참, 요즘 문학 잡지사에서 일하죠? 칸즈위안이라고 알아요?"

"칸즈위안? 음…… 못 들어봤는데. 몰라요."

"아, 그렇지. 잘못 물었군. 무명지라는 작가 들어봤어요?" 칸즈위안이 필명으로 활동하고 있다는 걸 깜박한 것이다.

"물론이죠. 직접 만난 적도 있는 것 같아요. 그런데…… 왜요?"

"그 사람에 대해 조사해줄 수 있어요?"

"그거야 쉽죠. 예전 잡지 인터뷰 기사만 찾아보면 되는걸요. 며칠이면 돼요."

"부탁해요."

쉬유이가 전화를 끊고 가벼운 한숨을 내쉬었다. 낮은 직급도 아니고 일반 직장인에 비해 보수와 복지 수준이 좋은 편이지만 그는 가끔 박차고 나가 장사나 할까 싶을 때가 있었다. 처음 경찰이 되었을 때는 말 그대로 피 끓는 청년으로 시민을 위해 봉사하는 훌륭한 경찰이 되겠다고 결심했지만, 시간이 흐를수록 경찰 내부에도 일반 대기업처럼 조직 문화와 사내 정치가 있어서 업무 실적 외에 인간관계도 신경 써야 한다는 사실을 깨달았다. 지금은 고인이 된 한 선배가 그에게 상관의 말에 순순히 따르며 자신을 지킬 줄 알아야 한다고 당부했을 때 그는 남들이 뭐라 하든 자신은 소신을 꺾지 않을 것이라고 생각했다. 하지만 이번에 상관이 지원 인력 파견을 지시했을 때 그는 말 없는 피해자들 편에 서서 논리적으로 따지며 항의하지 못했다.

'쓸데없는 생각 그만하고 일이나 하자.' 쉬유이는 기지개를 한 번 켜고 책상에 산더미처럼 쌓인 자료를 펼쳤다.

사흘 뒤 쉬유이와 샤오후이가 빅토리아 공공 안치소[3]로 향

---

3 홍콩에서 사망자의 사인이 확실하지 않은 경우 범죄 연루 가능성을 조사하는 동안 시신을 안치해두는 곳.

했다. 토막 살인 사건 수사는 진척이 없었지만 셰바이천의 자살은 의심할 여지가 없는 사실이므로 식환서는 셰바이천의 유족이 시신을 인수해 장례를 치를 수 있도록 허가했다. 오랫동안 은둔 생활을 한 셰바이천은 친구도 없고 친척도 몇 안 되었기 때문에 간단한 고별식을 치른 뒤 곧바로 케이프콜린슨 화장장으로 옮겨 화장하고 묘지공원에 유골을 뿌리기로 했다. 땅이 좁아 납골당이 부족한 홍콩에선 지정된 묘지공원이나 바닷가에 유골을 뿌리는 경우가 많았다. 산 사람도 살 공간이 부족한 마당에 죽은 사람이라고 인구밀도 문제에서 자유로울 수는 없다.

"팀장님, 우린 불청객이 아닐까요?" 샤오후이가 차에서 내리며 걱정스러운 말투로 물었다.

"물론 불청객이지. 그래도 이게 우리 일이잖아." 쉬유이가 어깨를 으쓱였다. "쫓겨날 때까진 있어야지." 예상과 달리 그들은 쫓겨나지 않았고, 셰메이펑은 쓸쓸한 고별식에 자리를 채워줘서 고맙다고 했다.

보통 장례식장으로 옮기지 않고 병원 영안실이나 안치소에서 발인하는 경우 고별식은 매우 간단히 치러진다. 작은 방이나 주차장 같은 반개방식 공간에 관을 놓고 장의사가 유족과 친구들에게 마지막으로 망자의 얼굴을 볼 시간을 주고 묵념한 뒤 관을 덮고 영구차에 실어 출발하기까지 보통 30분이면 끝난다. 셰바이천의 이 '장례식'에는 일곱 명밖에 참석하지 않았다. 셰메이펑, 칸즈위안, 쉬유이, 샤오후이를 제외하면 장의사와 셰메이펑의 친구 둘이 전부였다. 쉬유이는 그들이 나누는 대화에서 손님 두 사람 중 노부인은 셰메이펑과 수십 년을 알고 지낸 이웃 샹씨 아주머니이고, 중년 남자는 셰메이펑이 다니는 가사도우미 파견 업체 사장이라는 걸 알았다. 그는 고용주로서 직원에 대한 정 때문에 왔을 뿐 셰메이펑 집안과 잘 아는 사이는 아닌 것 같았다.

"동생은 왜 안 보여?" 고별식이 시작되려는데 샹씨 아주머니가 셰메이펑에게 묻는 소리가 쉬유이의 귀에 들어왔다.

"나도 몰라……. 얘기했더니 온다고 했는데, 갑자기 일이 생겨서 늦을지도 모른다고 아까 연락 왔어……. 일 때문에 바쁜가 봐……."

"그만 좀 감싸, 아펑[4]. 아후가 원래 그런 놈인 거야. 세상에 조카 장례식보다 중요한 일이 어디 있어?"

"아냐, 아냐. 케이프콜린슨으로 직접 올지도 몰라……. 그래. 직접 거기로 올 거야……."

셰메이펑에게 남동생이 있지만 자주 왕래하지 않는다는 걸 쉬유이도 수사를 통해 알고 있었다. 그녀의 남동생은 셰바이천이 자살한 채 발견된 그날도 누나를 위로하러 오지 않았다. 천성이 귀가 얇고 마음이 약한 셰메이펑은 아직도 친구 앞에

---

4 셰메이펑의 애칭.

서 남동생을 두둔하고 있었다.

"칸 선생님, 5분 뒤 고별식을 시작하겠습니다." 장의사의 말에 칸즈위안이 메시지를 입력하고 있던 휴대폰을 내려놓고 장의사와 장례 절차를 확인했다. 쉬유이는 칸즈위안이 셰메이펑을 대신해 셰바이천의 장례를 도맡아 처리하고 있다고 생각했다. 이 역시 쉬유이가 오늘 알아보려던 일 중 하나였다. 칸즈위안이 어떤 사람인지 더 알고 싶었지만 직접 질문한다면 이 작가가 노골적으로 반감을 드러내며 경계하거나 원래 성격과 다르게 연기할 수 있었다. 만약 그에게 허점이 있다면 셰메이펑―그리고 셰바이천의 시신―앞에서 들킬 가능성이 컸다. 아무리 연기에 능한 명배우라도 가까운 사람을 대할 때는 진정한 자신을 드러내는 법이다.

칸즈위안은 쉬유이와 샤오후이에게 가벼운 목례만 건넸을 뿐 대화는 하지 않았다. 쉬유이는 고별식이 시작되기 전 칸즈위안이 자꾸 휴대폰을 하는 것을 보고 편집자와 업무 대화를 나누고 있을 거라고 생각했다. 다음 주 무명지의 온라인 북토크가 열린다는 소식이 그날 오전 바이위원화의 인스타그램과 페이스북에 공지된 것을 쉬유이도 보았다. 팬데믹 이후 일상을 회복하면서 출판사가 서점 등 공개된 장소에서 행사를 열 수 있게 되었지만, 장소 대여 비용을 절약할 수 있고 해외 독자들도 참여할 수 있다는 장점 때문에 온라인 북토크는 점점 더 늘어나는 추세였다.

"여러분, 고 셰바이천 선생의 고별식을 시작하겠습니다. 이쪽으로 오시죠." 장의사가 대기실 문을 열고 시신과 관이 놓인 방으로 모두 들어가게 했다. 먼저 칸즈위안과 셰메이펑이 안내에 따라 헌화와 기도를 했다. 쉬유이와 샤오후이는 불청객이라는 생각에 가족과 친구들이 망자 곁에서 마지막 인사를 나누는 동안 다가가지 않고 뒤에 서 있었다. 고별실에는 제단도 화환도 없이 관 앞쪽 기다란 단의 좌우에 흰 국화가 담긴 병만 하나씩 놓여 있고 가운데 셰바이천의 영정사진이 있었다. 최근 사진이 없어서 젊었을 때 사진을 영정사진으로 쓸 수밖에 없었는데, 사진 속 젊은이가 수염이 덥수룩한 채 관 속에 누워 있는 중년 남자의 허송세월한 20년을 비웃으며 히죽거리고 있는 듯했다. 하지만 왼쪽 눈 밑에 도드라진 점 때문에 아무도 그가 시신보다 잘생겼다고 생각하지 않을 것 같았다. 사진에서도 시신에서도 눈에 거슬리는 그 점은 마치 망자의 암울한 인생이 처음부터 끝까지 벗어날 수 없는 비극적인 운명이었음을 보여주는 것 같았다.

"으윽……."

관 뚜껑이 덮일 때 줄곧 차분함을 유지하던 셰메이펑이 다시 흐느끼기 시작하자 샹씨 아주머니가 다독이며 위로했다. 쉬유이는 칸즈위안의 눈가가 붉어지는 것을 보았지만, 그것이 진정한 애도인지 남을 속이기 위한 연기인지 판단할 수 없었다.

"팀장님, 산엔 안 가실 거죠?" 샤오후이가 물었다. 케이프콜

런슨은 차이완과 빅웨이브베이[5] 사이의 해안이었지만 화장장은 바다를 바라보는 산 위에 위치해 있었다.

"안 가. 가족과 친구들만 있게 해주자고." 쉬유이가 눈물을 닦으며 영구차에 오르는 셰메이펑을 보면서 말했다. 그런데 영구차가 출발하는 것을 보고 떠나려고 안치소 앞을 서성이던 그는 뜻밖의 장면을 목격했다.

차창 너머로 얼핏 보인 칸즈위안의 얼굴에 그가 한 번도 본 적 없는 표정이 스쳤다.

침울한 얼굴이었지만, 그 침울함은 슬픔도 분노도 아니었다. 무언가에 집중한 듯, 어떤 비밀을 감춘 듯한 얼굴이었다.

그 표정을 보는 순간 쉬유이는 짜릿한 전율이 두피를 타고 오르는 것 같았다.

다음 날도 그 표정이 쉬유이의 머릿속을 떠나지 않았다. 뭔가를 놓치고 있는 것 같은 강렬한 기분이 들었다. 무시할 수 없는 직감에 칸즈위안을 경찰서로 불러 조사했던 날의 영상을 여러 번 돌려 보았다.

"추리 작가들은 소설을 구상할 때 이런 사진을 많이 찾아봅니다. 더 잔인한 것도 봤습니다."

"경찰은 처음부터 바이천이 범인이길 바랐기 때문에 수사에 진전이 없음에도 다른 가능성을 고민조차 하지 않았던 겁니

---

5 차이완과 빅웨이브베이는 모두 홍콩섬 동쪽 해안의 지명이다.

다. 경찰의 결론에 부합하는 실낱같은 증거만을 꽉 물고 놓지 않았죠."

"인구밀도가 이렇게 높은 도시에는 '다른 가능성'의 범죄가 얼마든지 있단 말입니다!"

칸즈위안이 했던 말을 반복해서 들어보았지만, 그의 말이 거짓인지 아닌지 판단할 수 없었고, 어떤 유의미한 대답도 찾지 못했다. 같은 장면을 열 번도 넘게 돌려 본 뒤 영상이 저절로 끝나도록 내버려둔 채 의자 등받이 깊숙이 몸을 기대고 여러 가지 가능성을 떠올렸다.

탁!

둔탁한 소리가 상념에 잠긴 쉬유이를 깨웠다. 그날 자치가 실수로 떨어뜨린 책이 바닥을 때리는 소리였다. 조금 전 쉬유이는 자신이 더 이상 질문하길 포기하고 칸즈위안에게 돌아가도 좋다고 말하는 부분까지만 반복해서 돌려 보았기 때문에 이 장면은 처음이었다.

"응?"

동영상 재생창을 닫으려던 쉬유이는 화면 속에서 자신과 칸즈위안이 동시에 자치를 향해 고개를 돌릴 때 칸즈위안의 입술이 계속 움직이는 것을 보았다.

맞아. 그때 그가 뭐라고 한 것 같았어. 퍼뜩 기억이 떠올랐다.

어렴풋한 그 소리를 자세히 들어보려고 이어폰을 끼고 음량을 높였다. 그때 쉬유이가 칸즈위안에게 만약 누군가가 셰바이천에게 누명을 씌운 것이라면 그의 소설에서 영감을 얻었을 가능성이 있겠느냐고 물었고, 칸즈위안의 대답은 "전혀 가능성이 없진 않죠"였다.

쉬유이는 여러 번 반복해서 들어본 뒤에야 그때 놓쳤던 말을 들었다.

"전혀 가능성이 없진 않죠……. 미치광이는 누구도 못 말리니까요."

미치광이?

쉬유이는 그의 대답이 이상하다고 느꼈다. 칸즈위안이 '미치광이'라는 말을 어떻게 생각했는지 의아했다. 쉬유이는 가상의 범인에 대해 물었는데, 칸즈위안은 그 가상의 범인을 '미치광이'로 규정했다. 토막 살인을 저지른 사람이 미치광이가 아닐 리 없지만 그의 대답은 너무 갑작스럽지 않은가?

그 '미치광이'가 존재한다는 걸 알고 있거나, 그게 누구인지 알고 있지 않다면 말이다.

그런데 그가 누군가를 범인으로 의심하고 있다면 경찰에게 말할 수 있었을 것이다. 쉬유이가 아주 작은 단서라도 더 찾으려고 하는 걸 그도 알고 있었다.

"잘 들리시나요? 무명지 작가님의 온라인 북토크에 참여하신 여러분을 환영합니다. 오늘의 주제는 '장르소설 쓰는 법'이고, 저는 바이위원화 출판사의 편집자 아쉐입니다. 무명지 작가님의 북토크를 시작하기 전에 먼저 책 소개를 하겠습니다.

저희가 얼마 전에 《사망 신부》 개정판 1부를 출간했는데요. 이번에는 타이완의 유명한 일러스트레이터 위즈 선생님께서 표지와 본문 일러스트를 맡아주셨습니다. 2부부터 5부까지 매달 한 부씩 출간될 예정입니다……."

며칠 뒤 토요일 오후 쉬유이는 시간 맞춰 인터넷 브라우저를 열고 바이위원화가 주최하는 무명지의 온라인 북토크에 접속했다. 물론 자신이 시청하고 있다는 사실을 칸즈위안에게 숨기기 위해 가짜 계정으로 접속했다. 온라인 북토크는 카메라와 마이크를 끄고 아무도 모르는 이름으로 바꿔 익명으로 참석할 수 있다는 장점이 있었다.

"……홍보는 여기까지 하고, 남은 시간은 모두 무명지 작가님께 드리겠습니다."

"안녕하세요. 무명지입니다."

화면에 칸즈위안이 등장했다. 쉬유이는 그의 목소리가 평소보다 낮은 톤이라고 느끼며 일부러 만든 작가의 이미지일 거라고 생각했다. 칸즈위안은 우선 소설 창작을 위한 기본기를 갈고닦는 법에 대해 얘기한 뒤 소재 선택, 자료 수집 등의 테크닉을 설명하고 글쓰기에 도움이 되는 작법서를 몇 권 소개하며 광고비를 받지 않았다고 농담을 했다. 쉬유이는 북토크 내용엔 관심이 없었지만 문외한인 자신도 맥락을 이해할 수 있을 정도로 칸즈위안이 달변이고 논리정연하다고 느꼈다.

"예전에 한 신인 작가에게 창작자 스스로 장르소설에 어떤 의미를 부여해야 하느냐는 질문을 받은 적이 있습니다." 칸즈위안은 창작자가 흔히 고민하는 문제에 대해 얘기했다. "독자들에게 얻는 인기를 최고의 목표로 삼아야 할까요, 아니면 자신의 소설관을 우선으로 해야 할까요? 이건 베테랑 작가들도 고민하는 문제입니다. 장르소설은 인기가 더 중요하기 때문에 대중의 취향을 고려해야 한다고 생각하지만 창작자로서 자기만의 원칙은 있어야 합니다. 유행만을 따르거나 유행에 휩쓸린다면 자기만의 위치를 지킬 수 없습니다. 현실은 냉혹합니다. 작가가 충실한 독자층을 어느 정도 확보했다면 소재와 분위기를 선택함에 있어서 자기가 원하는 바를 따라도 무방합니다. 대중이 좋아하는 것을 만족시키는 것과 자기만족 가운데 후자에 조금 더 무게를 두어도 된다는 겁니다." 어느새 북토크를 시작한 지 한 시간이 흘렀다. 그 후 40분은 질의응답 시간이었다. 마이크를 켜고 질문하는 사람도 있고, 수줍음이 많은 사람은 채팅창에 글을 써서 질문했는데, 칸즈위안은 모든 질문에 차분히 대답했다. 작가를 꿈꾸는 사람들에게 도움이 될 조언도 해주고, "어떤 영화를 주로 보시나요?" 같은 일상적인 화제에도 대답해주었다. 쉬유이도 채팅으로 떠보는 질문을 해볼까 생각했지만 이 똑똑한 추리 작가가 자신을 알아챌지도 모른다는 생각에 주저했다. 그의 정체가 들통난다면 향후 수사가 어려워질 것이다.

'신작은 언제쯤 나오나요?'

Joyce라는 닉네임의 독자가 채팅창을 통해 질문했다.

"그건⋯⋯. 사실 발표할 것이 있습니다. 여러분에게는 슬픈 소식일 수 있지만 양해해주시길 부탁드립니다." 칸즈위안이 조금 느리게 말을 이었다. "지금 쓰고 있는 신작은 서너 달 후면 완성될 겁니다. 그런데, 그 소설이 제 마지막 작품이 될 겁니다."

쉬유이가 놀라고 있는 사이에 채팅창에도 수많은 글이 올라왔다. 그의 결정을 만류하는 말들과 수많은 물음표, 느낌표, 놀람을 표시하는 이모티콘이 채팅창을 가득 채웠다. 편집자 아쉐도 처음 듣는 얘기인 것 같았다. 화면 속 그녀는 사장에게 해고 통보를 받은 것처럼 황망하고 믿기지 않는다는 표정을 짓고 있었다.

"제 얘기를 들어주세요." 칸즈위안이 모두를 진정시키는 손짓을 했다. "최근 제 주위에서 몇 가지 일들이 일어나 더 이상 범죄를 소재로 한 소설을 쓸 수가 없습니다. 스토리를 구상하는 것만으로도 지치고 힘들어서 소설을 쓴다고 해도 제 마음에 드는 작품을 쓸 수 없을 것 같습니다. 억지로 쓴 삼류 작품을 독자들에게 선보이고 싶지 않고요. 이 슬럼프가 얼마나 길어질지 모르고, 저를 좋아해주시는 독자들을 기약 없이 기다리게 할 수 없어서 차라리 은퇴하기로 결심했습니다. 이렇게 하는 게 더 책임 있는 행동이라고 생각합니다."

채팅창에 다시 수많은 글이 올라왔다. 이번에는 몇 년이든 기다릴 수 있으니 충분히 휴식하고 회복한 뒤에 다시 돌아와 달라는 응원의 글이 대부분이었다.

"우울한 얘기를 해서 정말 미안합니다. 우선은 새 작품을 기대해주세요. 신작도 바이위원화에서 출간할 것이니 걱정 마세요. 아쉐 씨가 난처하지 않도록 대표님과 편집장님께는 제가 직접 말씀드릴게요."

딩동.

모니터 하단에 새 메일이 도착했다는 알림창이 나타났다. 칸즈위안이 무슨 얘기를 하는지 계속 들으려고 했지만, 메일 발신자가 루친이인 것을 보고 서둘러 메일을 열었다. 잡지를 스캔한 파일이 메일에 줄줄이 첨부되어 있었다. 모두 무명지에 관한 자료였다.

'우리 잡지사에서 비공개한 자료도 있으니 대외비로 해줘요.' 루친이가 메일에 이렇게 썼다.

온라인 북토크가 약간 어수선한 분위기로 마무리된 뒤 쉬유이는 루친이가 보낸 자료를 살펴보기 시작했다. 이미 본 내용도 많았지만 일부는 처음 보는 것들이었다. 그중 손으로 쓴 메모가 그의 주의를 끌었다. 처음에는 왜 이런 파일이 기사 중간에 끼워져 있는지 의아했지만 자세히 보니 기자가 인터뷰하면서 적은 메모들이었다. 휘갈겨 쓴 글씨를 겨우 알아볼 수 있었는데 왼쪽 상단에 날짜가 '2014.07.12.' 등으로 적혀 있고 그 아래 작가의 대답이 짧게 기록되어 있었다. 그다음 파일에는 전체 인터뷰 내용이 기록되어 있어서 두 파일을 번갈아 읽으면 당시의 질문과 대답을 쉽게 파악할 수 있었다. 기자의 질문은 모두 평이했고, 답변도 별로 특별한 게 없었지만, 손으로 갈겨 쓴 두 줄이 눈에 들어온 순간 쉬유이의 심장이 빠르게 뛰기 시작했다.

유명 게시판 단편소설 취미로 올린 것 네티즌 인기 바이위 연락 받고 전업 작가 **대학 중퇴 의대 2학년**(비공개)

무명지가 대학을 중퇴하고 전업 작가의 길로 들어섰다는 건 쉬유이도 기사를 보고 알고 있었다. 하지만 기자와의 인터뷰에는 그에 관한 자세한 내용은 없었고 취미로 게시판에 소설을 연재하다가 출판사의 눈에 띈 과정만 언급되어 있었다. 쉬유이는 이 메모를 보고 칸즈위안이 그 사실을 일부러 감췄을 것이라고 짐작했다. 그런데 그가 의대를 중퇴했다는 사실은 굉장히 뜻밖이었다.

그는 시신을 토막 낸 방법에서 전문가와 문외한의 특징이 모두 나타났다는 부검의의 소견을 떠올렸다. 지금 보니 칸즈위안이 그 이상한 결과에 부합하는 조건을 갖고 있었다. 의대생이었으므로 어느 정도 전문 지식은 있지만, 2년만 다니고 중퇴한 탓에 실제 기술은 서툴러서 시행착오를 거쳤을 수 있다.

"그럼…… 미치광이라는 건……." 쉬유이는 해답을 곰곰이 생각했다.

'미치광이'가 누구인지 알면서도 경찰에 알리지 않은 것은 바로 자기 자신이기 때문일 것이다.

사실 '은둔족 살인마'는 존재하지 않았다. 희생양인 '은둔족'과 그의 유일한 친구인 '살인마', 이 둘의 조합이므로.

소설 《제목 미정》 발췌 · 1

……
    아바이阿白에게 이 작은 화면은 세상과 통하는 창이다.
    그는 바깥세상을 싫어하지 않았다. 다만 바깥세상이 자신을 싫어한다고 생각했다. 그는 유일하게 자신을 보호할 수 있는 갑옷 속에 몸을 감추고 작은 창을 통해 세상을 접하고 관찰했다.
    그는 소라 껍데기 속에 몸을 감춘 소라게처럼 촉각을 뻗어 주변 환경을 탐색했다. 아바이는 외로운 사람이지만 외로울 때 안도감을 느꼈다.
    그의 작은 세상 속에 타인은 없었다. 그에게 상처를 주려는 사람도, 그에게 상처를 입힐 수 있는 사람도 없었다.
    그는 각각의 개체가 모여 사회를 구성한다는 교과서적인 이론을 개코같은 소리라고 생각했다.

개인이 모여 사회를 이루는 것은 사실이지만, 모든 개인이 사회를 구성하는 데 협조해야 하는 것은 아니다.

그는 자신을 감추고, 자신과 사회의 연결을 끊고, 자신의 존재 가치를 지우고, 고독을 끌어안았다.

인생은 원래 고독한 여정이다. 세상에 태어날 때도 혼자이고, 세상을 떠날 때도 역시 혼자일 수밖에 없다. 아바이는 타인과 관계를 맺고 무리 지어 사는 것은 통치자가 사회와 국가, 민족을 만들기 위해 꾸며낸 거짓말이자 속임수라고 생각했다. 세상 사람들은 대부분 이익이나 자기만의 이상을 위해 스스로를 기만하고 인간은 원래 고독한 존재라는 본질을 망각한다.

'모든 게 쓸데없는 감정이입에 불과해.' 아바이는 그 작은 창에 이렇게 썼다.

현실에서 아바이는 타인과의 접촉이 견딜 수 없이 힘들었다. 남들과 대화하는 것은 그에게 십자가를 짊어진 듯 무거운 고통이었고, 남의 시선이 칼날처럼 자신을 난도질하는 것 같았다. 하지만 온라인에서는 사이버 세계의 위장 기능을 이용해 어느 정도는 평범한 사람처럼 타인과 채팅으로 대화를 나눌 수 있었다.

두려움을 느끼면 소라게처럼 껍데기 속으로 바짝 움츠려 자신을 보호한 뒤 불편한 감정을 잊었다. 아바이는 그 창 너머의 세상에 자신과 비슷한 이들이 많다는 걸 알고 있었다.

그들은 모두 가면을 썼기 때문에 서슴없이 각자의 촉각을 뻗을 수 있다.

이 세계를 모르는 사람은 그걸 '게임'으로만 여기고, 애들 놀이이자 장사꾼의 돈벌이 수단이라고 생각하지만, 아바이에게는 게임이 창조해내는 사이버 '사회'가 현실 세계보다 더 진짜 같고, 그와 그의 동족들이 생존하기에 더 적합한 곳이었다.

술집이나 클럽에서 시시껄렁한 헛소리나 내뱉으며 시간을 낭비하는 사교 활동에 비하면, 모종의 구축된 공간 속에서 짝을 지어 데먼 드래건에게 대항하고 별을 정복하고 사라진 보물을 찾는 체험이 더 충실하고 의미 있지 않은가? 똑같이 개인의 욕망을 충족하고 성공하는 순간의 짜릿함을 느낄 수 있다면, 사이버 세상에서 추구하는 편이 더 편하고 쉽지 않은가? 아바이는 오랫동안 은둔한 채 지낸 자기 삶이 부끄럽지 않았다. 그는 이것이 진화한 인류의 선택이자, 새로운 시대의 생존 방식이라고 생각했다.

인류는 이미 타인을 접촉하지 않아도 필요한 모든 물질을 획득할 수 있는 단계로 진화했다. 인터넷뱅킹, 온라인 쇼핑, 미디어 스트리밍 등등. 문밖에 한 발짝도 나가지 않고도 일상생활을 영위하는 데 아무런 문제가 없다. 과학기술은 인간에게 편리함을 제공하는 동시에 고독을 끌어안은 신인류에게 이런 획기적인 체험을 선사했다.

온라인은 오감의 연장이고, 사이버 세상은 또 다른 현실이다. 현실보다 더 아름다운 현실.

'와, 대박이다! 그런 생각을 하다니!' L이 아바이에게 말했다.

L은 그 우주에서 아바이의 파트너다. 두 사람은 작년에 시간제한 미션에서 만났다. 어느 별의 사막에서 적진의 거대한 벌레 함정에 빠졌다가 운 좋게 함께 빠져나왔다. L이 무제한으로 접속하고 한번 접속하면 밤을 꼬박 새우기도 하는 것을 보고 아바이는 상대가 자신과 같은 부류일 것이라고 추측했지만, L은 아니라고 부인했다.

'난 열심히 일해서 돈 벌고 있어.' L은 이렇게 말했다.

'그랬으면 좋겠다.' 아바이가 웃으며 말했다. 물론 이모티콘 표정으로 '웃었고', 채팅창 속 흰색 글자 몇 개로 '말했다'.

아바이와 L이 만나면 항상 다른 게이머들—이 세계의 동료들이라고 불러야 할 수도 있다—은 무관심한 화제로 대화를 나누었기 때문에 둘의 대화는 점점 공개된 채팅방을 벗어나 비공개 채팅으로 옮겨 갔다. 모험, 전쟁, 보물찾기, 미션에 관한 화제에서는 다른 게이머들과 어울려 신나게 대화했지만, 사이버 세계 밖의 취미, 취향, 생각, 감정 등에 대해 얘기를 나눌 때는 둘만 비공개로 대화했다.

하지만 그곳에서도 아바이와 L은 각자 가면을 쓰고 자기 몸을 감싼 소라 껍데기를 단단히 붙들고 놓지 않았다.

아바이와 L은 서로의 본명, 나이, 피부색, 인종, 심지어 성별조차 알지 못했다. 그들에게 상대는 그저 사고 능력을 가진 개체였고, 아바이는 그들의 대화를 '영혼과 영혼의 교류'라고 표현했다. 물론 두 사람 모두 상대가 어떤 사람인지 추측하고 있었다.

아바이는 L이 여자일 거라고 추측했다. 다른 게이머와 싸워 이기는 것이나 강력한 무기에는 별로 관심이 없고 시각적인 효과가 좋은 상신수에 너 관심을 보였기 때문이다. 그게 편견이라는 건 아바이도 알고 있었다. 남자 게이머 중에도 승리에 연연하지 않는 참여자들이 있었다. 다만 대화할 때 쓰는 말투나 단어에서 L이 여성에 가깝다고 느꼈다. 아바이는 상대가 자신을 남자로 추측한다는 것도 알고 있었다. 가끔 비공개 채팅을 할 때 그가 별로 중요하지 않은 주제에 대한 생각을 장황하게 얘기하곤 했는데, 그러고 나면 그조차도 자신이 역겨운 '남자 꼰대' 같다는 생각이 들었기 때문이다. 하지만 두 사람은 별로 개의치 않았고, 온라인에서 마주치면 비공개 채팅방을 열어 밑도 끝도 없는 대화를 나누곤 했다.

두 사람이 아무리 말이 잘 통한다 해도 불가항력의 변수가 발생할 수 있었다. 예를 들면 서버 다운 같은 것이다.

'인스타그램 맞팔할까?' L이 말했다. 사흘 동안 접속하지 못하다가 임시 복구된 서버에서 다시 만났을 때였다.

'나 인스타그램 안 하는데.' 아바이가 말했다.

'계정 만들면 되지. 돈도 안 드는데.'

아바이는 마땅한 핑계가 떠오르지 않아 그러겠다고 했다. 이 작은 창 속에 또 하나의 창이 생겼다.

아바이는 인스타그램에 가입한 뒤 긴장된 마음으로 L이 알려준 아이디를 입력했다. L에게 관심은 있지만 너무 깊숙이 발을 들여놓다가 현실의 L을 건드릴 수 있었기 때문이다. 많이 알수록 L과의 거리가 멀어질까 봐 두려웠다.

L과의 관계는 그에게 매우 중요했기 때문에 상처받을까 봐 더 겁

이 났다.

하지만 L의 인스타그램은 아바이의 예상과 달랐다. L이 여자이고 아이디가 Lyla라는 비교적 확실한 정보도 있었지만, L이 올린 사진 중에 셀카나 음식 사진은 하나도 없고 모두 풍경 사진이나 시 같은 글귀뿐이었다.

'난 인스타그램 계정이 여러 개야. 이건 개인적으로 쓰는 거고.' L이 말했다.

이 계정의 팔로워는 10여 명—그도 방금 이 숫자에 하나를 더 보탰다—밖에 되지 않았지만 L이 팔로우하는 사람은 세 자리 숫자였다. L이 팔로우하는 계정들을 하나하나 클릭해서 들어가보니 유명인이나 가수의 계정이 대부분이었고, 인기 없는 예술가들의 이름도 조금 보였다. L은 예술가의 삶이 부럽다고 말한 적이 있었다.

'이렇게 하면 연락이 끊길 걱정이 없잖아.' L이 인스타그램에서 아바이에게 메시지를 보냈다.

아바이는 이게 좋은 신호라는 걸 알았지만 가슴에 납덩이가 떨어진 듯 앞날에 대한 걱정이 앞섰다. L이 현실의 자신에게 점점 다가오다가 그가 감추고 싶은 일까지 알게 될까 두려웠다.

이를테면 나이 같은 것.

가상의 우주에서 활동한 게이머들은 대부분 나이가 어렸다. 아바이처럼 마흔 넘은 아저씨가 간혹 있기는 하지만 스스로 밝히지 않는 한 추레한 중년 남자도 현실을 잊고 젊은 모험가이자 승리자를 연기할 수 있었다.

아바이는 L이 자신의 나이, 외모, 결점 등을 알고 실망해 관계가 멀어질까 봐 겁이 났다.

아바이는 현실 세계를 싫어하지 않았다. 다만 현실 세계가 자신을 싫어한다고 생각했다.

……

3장

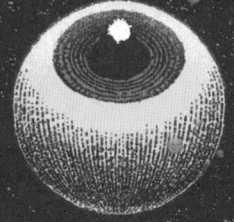

"해리성 정체 장애요?" 자치가 어리둥절한 표정으로 물었다.

쉬유이, 자치, 샤오후이, 아싱만 참석한 회의에서 쉬유이가 자신이 알아낸 사실과 추측, 추리를 하나씩 설명했다. 칸즈위안의 입에서 '미치광이'라는 말이 나왔다는 얘기에 아싱은 칸즈위안이 다중 인격을 가진 정신 질환자일 가능성을 제기했다.

"황당하게 들리겠지만 실제로 그런 사건이 있었어요." 아싱이 들고 있던 볼펜으로 화이트보드에 붙은 칸즈위안의 사진을 가리켰다. "이 사람 이름도 두 개잖아요. 일할 때는 무명지, 사생활에서는 칸즈위안. 이렇게 두 가지 신분으로 사는 사람이 해리성 정체 장애를 갖고 있는 건 놀라운 일이 아니에요."

"미치광이라는 말을 했다면 그가 의식적으로 소설을 모방해 살인을 했다는 거잖아? 그것도 해리성 정체 장애야?" 샤오후이가 물었다.

"해리성 정체 장애에는 두 가지가 있어. 하나는 각 인격이 서로의 존재를 모르는 경우인데, 그러면 환자는 자기가 한 일이 기억나지 않으니까 건망증이 심하거나 기억상실증이 있는 걸로 의심하지. 자기 내면의 다른 인격에게 몸의 통제권을 빼앗겼다는 걸 모른 채로 말이야. 또 하나는 각 인격이 서로의 존재를 알고 있는 경우인데, 이런 경우 특정한 조건에서만 인격이 바뀌어. 하나의 인격이 주도할 때 다른 인격은 머릿속에서 지켜보는 관객이 되어야 해." 아싱이 말했다.

"어떻게 그렇게 잘 알아요?" 자치가 물었다.

"내가 공상과학영화를 좋아하잖아. 영화에서 보고 관련 자료를 찾아본 적이 있어." 아싱이 대답했다. "나이트 샤말란 감독의 〈스플릿〉[1]…… 중국어 제목이 뭐더라……."

"그거 판타지영화지?" 샤오후이가 물었다.

"판타지일 수도 있고, 리얼리즘일 수도 있고. 다중 인격 자체가 원래 그런 거니까."

쉬유이는 셰바이천이 자살한 날 자신이 칸즈위안에게 "현실은 미스터리 영화가 아닙니다"라고 했던 것을 떠올렸다. 그 말이 씨가 될 줄은 몰랐다. 지금 그들은 컬트 무비 같은 얘기로

---

1 한국에서는 〈23 아이덴티티〉라는 제목으로 개봉했다.

수사 방향을 잡고 있었다.

"그가 해리성 정체 장애든 비밀을 감추고 모른 척하는 것이든, 우선 유력 용의자로 보고 수사해야겠군." 쉬유이가 부하들에게 지시를 내리자 셋이 차례로 고개를 끄덕였다.

칸즈위안을 다시 경찰서로 불러 조사할 수도 있지만 현재 확보한 증거로는 그를 기소할 수 없었고, 섣불리 대면 조사를 했다가 되레 경계심을 자극한다면 수사가 더 힘들어질 수도 있었다. 여러 가지 가능한 수단을 논의한 끝에 현재 인력으로는 칸즈위안을 잠복 감시하는 것이 최선이라는 결론을 내렸다. 자치와 아싱은 교대로 잠복해 칸즈위안을 감시하고, 샤오후이는 그의 주변과 이력을 더 조사하기로 했다. 아직 피해자들의 신원 파악이 되지 않았고, 여성의 몽타주를 언론에 공개한 뒤 시민의 제보가 올 수 있으므로 누군가는 사무실을 지키며 단서와 정보를 취합하는 중추 역할을 해야 했다. 쉬유이는 팀장이고 란콰이퐁의 성범죄를 담당하는 다른 부하들의 수사 지휘도 해야 했기 때문에 샤오후이가 이 일을 맡을 수밖에 없었다.

잠복에 들어가기 전 쉬유이는 운수서[2]를 통해 칸즈위안이 흰색 도요타 캠리를 보유하고 있다는 사실을 확인했다. 단칭 맨션에 주차장이 없기 때문에 길 건너 타운하우스 징펑가든의

---

2 運輸署, 홍콩의 교통정책을 담당하는 정부 부처.

주차장에 매월 돈을 내고 주차하고 있었다. 쉬유이와 부하들은 이 사건에서 차량이 얼마나 중요한지 알고 있었다. 수년 전 '비 오는 밤의 도살자' 사건도 마찬가지였다. 자동차는 돌아다니는 덫과 같아서 피해자가 범인과 단둘이 차 안에 있는 경우 숨을 곳이 없고 도망치는 것도 거의 불가능하다. 또 범인이 차량을 이용해 사냥감을 물색할 수 있고, 피해자 또는 피해자의 시신을 운반할 수도 있다. 객관적인 조건으로 볼 때 운전면허도 없고 은둔 생활을 했던 셰바이천보다는 칸즈위안이 범인일 가능성에 더 무게가 실렸다.

하지만 상대에게 차량이 있으면 잠복 감시의 난이도가 훨씬 높기 때문에 자치와 아싱은 각종 변수에 대응하기 위해 평소보다 더 순발력을 발휘해야 했다. 잠복 감시의 목적은 두 가지였다. 첫째, 칸즈위안의 사생활을 파악하는 것. 그가 주로 활동하는 시간대, 친구 등을 관찰해 그의 성격과 범죄 가능성을 파악하고, 나아가 신원 불명의 피해자들과의 관계를 알아낼 수도 있었다. 둘째는 사건 이후 그가 이상한 행동을 보이지 않는지 관찰하려는 것이었다. 범인이라면 미처 지우지 못한 흔적이 있을 수도 있고, 그런 허점이 진실을 밝히는 유용한 단서가 될 수 있었다.

인력의 한계 때문에 오전 11시부터 오후 11시까지는 자치가 잠복하고, 오후 11시부터 다음 날 오전 11시까지는 아싱이 맡았다. 자치는 주변 환경을 살펴본 뒤 징펑가든 주차장 2층에 차량을 세우고 감시하자는 대담한 의견을 내놓았다. 마침 칸즈위안의 주차 자리도 2층에 있으니 일석이조였다. 징펑가든 주차장 2층에서 길 건너 칸즈위안의 집 거실 창문을 볼 수 있으니 커튼이 반쯤 닫혀 있어도 불빛과 그림자로 칸즈위안의 행동을 관찰할 수 있었다. 또 칸즈위안이 집을 나와서 어느 쪽으로 걸어가는지 보면 자기 차량으로 이동하려는지 다른 교통수단을 타려는지 알 수 있었다. 전자라면 자치나 아싱이 차로 미행하고, 후자라면 신속하게 뛰어 내려가 그를 뒤쫓을 수 있을 터였다.

잠복 첫날부터 움직임이 포착되었다.

오후 3시가 조금 넘었을 무렵, 칸즈위안이 단칭맨션에서 나와 주차장에 있던 자기 차를 몰고 어디론가 향하자 자치가 일정한 거리를 두고 조심스럽게 미행했다. 징펑가든을 나온 캠리가 몽룽 스트리트 쪽으로 꺾어 달리다가, 아일랜드 이스턴 코리더[3]를 타고 빅토리아항을 따라 서쪽으로 향했다. 자치는 그가 틴하우에 있는 바이위원화 출판사에 가려는 것이라고 추측했다. 하지만 추측과 달리, 캠리는 아일랜드 이스턴 코리더의 틴하우 인터체인지로 빠져나가지 않고 더 달리다가 코즈웨이베이에서 커넬 로드 고가도로로 진입한 뒤, 크리켓 클럽을 끼고 돌아 레이턴 로드, 완차이 로드, 오이콴 로드를 거쳐 얏신

---

3 홍콩섬 북동쪽 해안을 따라 건설된 고속도로.

스트리트에 도착했다.

완차이 모리슨 힐의 얏신 스트리트는 평범하고 한적한 길이었다. 번화가에서 조금 떨어져 있는 그곳에는 주로 주택과 비상업용 빌딩 등이 밀집해 있었는데, 10만 제곱미터쯤 되는 이곳에 병원, 학교, 수영장, 체육관, 공원, 교회, 모스크, 심지어 스카우트와 구세군 같은 비영리단체의 본부도 있었다. 그중에서도 주도로가 아닌 얏신 스트리트는 교통경찰의 순찰도 뜸한 곳이라 길가에 주차해도 딱지를 떼지 않으므로 잠시 차를 세워두려고 오는 사람들이 많았다. 이 좁은 도로는 근처의 톰슨 로드와 함께 완차이구 택시 기사들이 교대하는 장소로 흔히 이용했다. 자치는 칸즈위안이 속도를 줄여 어느 모퉁이에 차를 세우는 것을 보고 급히 브레이크를 밟아 약 30미터 뒤에 멈춰 섰다.

모바일 맵을 열어 근처의 건물들을 확인하며 칸즈위안이 어디에 누구를 만나러 왔을지 추측했다. 그런데 멈춘 지 한참이 지나도록 흰색 캠리의 운전자는 내리지 않았다. 차창 두 개에 가로막힌 데다 거리가 멀어서 칸즈위안이 차 안에서 뭘 하는지 보이지 않았지만, 차에 탄 사람이 칸즈위안이고 그 외에 아무도 없는 것은 확실했다.

"누굴 기다리나?" 자치가 중얼거렸다.

그럴 만도 한 것이, 누군가와 은밀하게 만나기로 했다면 당연히 이런 한적한 도로를 약속 장소로 정할 것이다.

문제는 칸즈위안이 누굴 기다리고 있으며, 몰래 만나려는 이유가 무엇인가였다.

자치는 난관에 봉착한 수사의 돌파구를 찾아야 한다는 생각에 정신을 바짝 차리고 잠시도 눈을 떼지 않고 망원 카메라로 촬영했다. 지나가는 사람의 인상착의를 자세히 살피다가 캠리 옆을 그대로 지나치면 약간의 실망감과 함께 얕은 숨을 내쉬었다. 잠시 후 10대 청소년들이 점점 많아지며 그의 시야를 가리고 지나갔다. 자치는 그제야 한 블록 떨어진 오이콴 로드에 중학교 두 개가 있고, 거기서 반 블록 더 가면 홍콩전문대학의 모리슨 힐 분교가 있다는 사실을 떠올렸다. 마침 하교 시간이므로 학생들이 많을 수밖에 없었다.

약 한 시간 뒤 흰색 캠리가 갑자기 엔진 소리와 함께 출발했다. 물을 마시고 있던 자치가 놀라서 기침을 하며 급하게 생수병을 내려놓고 뒤를 쫓았다.

"내가 뭘 놓쳤나?" 자치는 속이 탔다. 삼삼오오 지나가는 학생들이 그의 시선을 가로막은 틈에 누군가 재빨리 차에 올라탔을까? 하지만 저만치 앞서가는 칸즈위안의 차 안에는 한 사람밖에 보이지 않았다. "설마 누가 의자 등받이 뒤에 웅크리고 있는 건 아니겠지?"

자치가 조바심을 내며 칸즈위안의 뒤를 따라갔다. 캠리는 시내를 크게 한 바퀴 돌고 오후 6시경 다시 사우케이완으로 돌아왔다. 그사이 어디서도 다시 차를 세우지 않았고, 타고 내린 사람도 없었다. 애드미럴티, 센트럴, 웨스턴구, 코즈웨이베이 일대의 번화가를 드라이브하듯이 돌았는데, 퇴근 시간대였고 운행 거리도 길지 않고 경유지도 많지 않았다. 그러더니 다시 사우케이완으로 돌아와 주차장에 차를 세워놓고 걸어서 주차장을 빠져나갔다.

"아무도 없는데……." 자치가 뭘 놓친 게 아니었다. 칸즈위안의 차엔 다른 사람이 없었다. 자치도 주차장에 차를 세워놓고 걸어서 그의 뒤를 따라갔다. 칸즈위안은 단칭맨션 1층에 있는 차찬탱[4]에서 비프카레라이스를 시켜 먹고는 툭툭 털고 일어나 집으로 들어갔다.

자치는 주차장 2층에 세워둔 차로 돌아와 불빛이 새어 나오는 칸즈위안의 집 거실 창에 어른거리는 그림자를 보고 그가 집에 들어갔음을 확인했다. 그러자 의문은 오히려 더 커졌다.

칸즈위안은 오후 3시경 집을 출발해 완차이 얏신 스트리트에 가서 한 시간쯤 차를 세워놓고 있다가, 다시 두 시간쯤 홍콩섬의 번화가를 빙빙 돌더니 사우케이완으로 돌아와 식당에서 밥을 먹고 귀가했다.

이렇게 무의미한 짓이라니!

뭔가 놓쳤나 싶어서 몰래 찍은 영상을 확인했지만 몇 번을 돌려 보아도 미심쩍은 부분을 찾을 수 없었다.

---

4 홍콩에서 가장 보편적인 음식점으로 저렴한 가격에 다양한 요리와 차를 판다.

"그냥 바람 쐬러 갔나?" 그럴 수도 있었다. 운전을 좋아하는 사람들은 하루에 한 번이라도 운전을 하지 않으면 좀이 쑤셔서 특별한 목적 없이 드라이브를 즐기기도 한다. 하지만 그런 사람들은 도로가 붐비는 시간을 택하지 않는다. 세상에 교통체증을 즐기는 사람이 어디 있을까. 게다가 칸즈위안은 얏신 스트리트에서 한 시간이나 차를 세워놓고 있었다. 그건 '운전을 좋아한다'는 가설에 위배된다.

'작가의 괴벽인가?' 자치는 생각했다. 작가들이 영감이 떠오르지 않을 때 다양한 방법을 동원한다는 얘기를 들은 적이 있는데 환경을 바꾸는 것도 그중 하나였다. 어쩌면 소설을 쓰다가 글이 잘 풀리지 않아서 차를 몰고 나가 바람을 쐬며 인적이 드문 곳을 골라 글을 쓰다가 왔을 수도 있다. 칸즈위안이 차 안에서 뭘 했는지는 보지 못했다. 태블릿이나 노트북으로 글을 썼는지도 모른다.

하지만 두 시간 동안 번화가를 여기저기 돌아다닌 것은 어떻게 설명할 것인가?

'이해할 수가 없군.'

밤 11시, 교대하러 온 아싱에게 칸즈위안의 이상한 행동에 대해 얘기하자 아싱이 머리를 긁적이고 웃으며 대수롭지 않다는 듯 말했다.

"저놈 해리성 정체 장애일 거라고 했잖아. 제2, 제3의 인격이 튀어나와서 이해할 수 없는 행동을 했을 수도 있어……. 네 말대로 글 쓰는 환경을 바꿔보려고 그랬을 수도 있고. 살인 얘기를 쓰는 소설가의 머리가 정상이겠어?"

아싱의 말에 자치도 꺼림칙한 기분이 누그러져 편안한 마음으로 귀가할 수 있었다. 차에서 대기하는 동안 이미 보고서를 완성해 제출했으므로 샤오후이와 쉬유이도 오늘의 미행에 대해 알고 있을 것이다.

그런데 다음 날도 똑같은 일이 반복됐다.

어제처럼 오후 3시가 조금 넘은 시각, 칸즈위안의 캠리가 또 얏신 스트리트에 도착해 어제와 비슷한 자리에 주차한 뒤 약한 시간쯤 아무런 움직임도 보이지 않았다. 자치는 의구심을 가득 안고 칸즈위안의 차를 감시했지만 어제와 마찬가지로 그 차에 타는 걸 보지 못했다. 한 시간 뒤 칸즈위안은 다시 센트럴과 완차이의 붐비는 도로를 구석구석 돌아다니다가 5시 30분쯤 사우케이완으로 돌아왔다. 이번에는 차찬텡이 아니라 근처 슈퍼마켓에서 장을 보았다. 뒤에서 그를 계속 따라다녔지만 누구와도 접촉하는 걸 보지 못했다. 심지어 장 본 물건을 계산할 때도 셀프 계산대를 이용했다.

사흘째 되던 날도 똑같은 행동이 반복되었다. 그날도 칸즈위안은 비슷한 시간에 차를 몰고 완차이에 갔다가 똑같은 경로로 오후 4시경까지 돌아다닌 뒤 또 각 구를 천천히 돌았다. 그날 다른 점은 번화가를 빠져나와 홍콩섬 남쪽의 리펄스베이 일대까지 가서 돌아다닌 뒤 8시 넘어서 귀가했다는 것이다.

자치는 차츰 자신의 추측이 맞았다는 확신이 들었다. 칸즈위안이 행선지 없이 드라이브를 즐기거나, 습관적으로 무의미한 행동을 하고 있다는 것. 매일 아침 일부러 길을 돌아서 출근하며 거리 풍경을 구경하는 사람도 있고, 집에서 보지도 않을 TV를 그냥 켜놓는 사람도 있다. 원래 한번 굳어진 습관은 잘 고쳐지지 않는 법이다. 심야부터 아침까지 감시를 맡은 아싱은 칸즈위안이 외출하는 것을 거의 보지 못했다고 했다. 어쩌다 차찬텡에 내려와 아침을 먹고 들어가는 게 전부이고 전체적으로 평범하고 차분해 보인다고 하자 자치는 자신의 추론에 더 자신감이 생겼다.

하지만 그의 추론은 넷째 날에 부정당했다.

그날 3시가 넘어도 나오지 않던 칸즈위안이 오후 4시경 단칭맨션을 빠져나와 걸어서 사우케이완 지하철역으로 향했다. 자치는 그가 징펑가든을 지나치는 것을 보자마자 재빨리 차에서 나와 도로로 내려가 칸즈위안을 미행했다. 칸즈위안은 지하철역에서 아일랜드 라인의 케네디타운행 열차를 탄 뒤 애드미럴티역에서 췬완 라인으로 갈아탔다. 승객이 많았지만 자치는 칸즈위안을 시야에서 놓치지 않았다. 칸즈위안은 자치의 얼굴을 알고 있었지만 마스크를 쓰고 있으니 아주 가까이 다가가지 않는 한 그에게 들킬까 봐 걱정할 필요가 없었다. 홍콩 정부가 마스크 착용 의무를 해제했지만 팬데믹이 지나간 뒤에도 아직 많은 사람들이 붐비는 장소에서는 습관적으로 마스크를 착용했고, 그 덕분에 모자와 마스크로 쉽게 얼굴을 감출 수 있었다. 코앞에서 마주쳐도 알아보기 힘들 것 같았다. 세계적인 전염병 확산으로 인한 뜻밖의 혜택인 셈이었다.

평범한 행인처럼 위장한 자치와 달리, 칸즈위안은 이날 평소보다 옷차림에 더 신경 쓴 듯했다. 하늘색 정장 재킷에 아이보리색 라운드칼라 티셔츠, 하의는 블랙진에 흰색 운동화를 매치하고 뿔테 안경도 쓴 모습이 한국 배우 같은 스타일이었다. 데이트에 나가는 남자의 차림이었지만, 자치는 왠지 그가 데이트를 하러 가는 건 아니라고 느꼈다. 여자 친구와의 데이트에 자기 차를 두고 붐비는 지하철을 타고 가는 사람이 어디 있겠는가.

하지만 이번에도 자치의 추측은 틀렸다. 칸즈위안은 여자를 만나러 나온 것이었다.

주말의 몽콕역은 발 디딜 틈 없이 인파로 가득했다. 칸즈위안이 휴대폰으로 통화를 하며 C 출구로 향하다가 거의 도착했을 즈음 누군가에게 손을 흔들었다. 흰색 오프숄더 블라우스와 연회색 체크무늬 미니스커트, 빨간 쇼트부츠로 화려하게 멋을 낸 긴 머리 여자였다. 여자가 그를 보자마자 다가와 덥석 팔짱을 끼더니 둘이 바짝 붙은 채 출구를 나섰다. 여자는 많아 봐야 스무 살쯤 될 것 같았다. 나이로 보면 칸즈위안이 여자의 아버지뻘이라고 해도 될 테지만 젊어 보이는 외모 때문에 띠동갑 연인 정도로 보였다.

자치는 랭엄 플레이스⁵로 들어가는 두 사람의 뒤를 쫓으며 휴대폰으로 계속 사진을 찍었다. 예쁘장하게 생긴 여자가 명품 매장 쇼윈도 앞으로 그를 끌고 가 손짓을 하며 재잘재잘 얘기하고, 그는 미소 띤 얼굴로 받아주며 어린 여자 친구와의 시간을 즐기는 듯했다. 두 사람은 여러 매장을 구경한 뒤 4층 카페에 자리를 잡았다. 다행스럽게도 사방이 트여 있어 밖에서도 둘을 잘 볼 수 있었다.

자치는 누굴 기다리는 사람처럼 에스컬레이터 옆에 기댄 채 휴대폰으로 두 사람을 계속 촬영했다. 그들은 주문한 음료를 마시며 아주 즐겁게 대화를 나누었다. 자치는 여자의 행동을 자세히 관찰하다가 그녀가 처음 예상한 것보다 더 어린, 열일곱에서 열여덟쯤 될 것 같다는 생각을 했다. 화장으로도 가릴 수 없는 앳된 분위기가 풍겼다.

'설마 독자한테 집적거리는 건 아니겠지.' 자치가 속으로 중얼거렸다. 칸즈위안의 북토크 때 찍은 단체 사진을 보니 바로 지금 저 여자와 비슷한 또래의 고등학생 독자가 많았다. 다만 화려한 옷차림의 여자는 아무리 봐도 책을 좋아할 것처럼 보이지 않았다. 자치는 아마도 엘렉트라 콤플렉스⁶를 가졌거나 인기 작가의 부와 명예에 반한 여자일 것 같다고 생각했다.

---

5   홍콩 몽콕의 대형 쇼핑센터.
6   딸이 무의식중에 어머니를 미워하고 아버지를 따르는 경향을 가리키는 정신분석학 용어.

둘의 대화 내용을 들을 수 없었으므로 보통의 연인들이 나누는 영양가 없는 대화이겠거니 했다. 어쨌든 여자의 입가에서 달콤한 미소가 떠나지 않았고 가끔 애교스럽게 손을 뻗어 테이블에 얹힌 칸즈위안의 손등을 가볍게 때렸다. 자리에서 일어나기 전 칸즈위안이 휴대폰을 열어 액정을 몇 번 두드리고는 여자에게 화면을 보여주었다. 자치는 그들이 보러 갈 영화를 고르고 있다고 생각했다. 여자가 고개를 끄덕이며 칸즈위안의 얼굴에 자기 얼굴을 바짝 붙이고 자기 휴대폰으로 셀카를 찍은 뒤 함께 카페를 나왔다.

그들이 랭엄 플레이스의 영화관에 갈 거라는 자치의 예상과 달리, 여자가 칸즈위안에게 작별 인사를 했다. 여자는 칸즈위안의 손을 놓지 못한 채 못내 아쉬운 얼굴로 에스컬레이터 쪽으로 걸어갔고, 칸즈위안은 웃으며 손을 흔든 뒤 쇼핑센터의 다른 쪽으로 향했다.

'아직 6시도 안 됐는데?' 자치가 손목시계로 시간을 확인했다. 여자에게 다른 약속이 있나? 아니면 부모가 엄해서 통금 시간이 있나? 그럴 가능성은 희박했다. 옷차림으로 볼 때 가정교육을 엄하게 받고 자란 여자 같지 않았고, 또 아무리 엄한 부모라도 6시를 통금 시간으로 정하지는 않을 것이다. 또 칸즈위안이 여자 친구를 정류장까지 데려다주지 않은 것도 매너 없는 행동이었고, 어쨌든 뭔가 좀 이상했다.

그의 의문은 30분도 안 돼서 풀렸다.

6시 30분경, 랭엄 플레이스 정문에서 칸즈위안이 두 번째 여자를 만났다. 스물예닐곱쯤 되어 보이는 이 단발의 여성은 첫 번째 여자처럼 화려한 생김새는 아니었지만 청순한 매력이 풍기고 옷차림과 행동이 단정했으며 깔끔한 흰색 원피스가 칸즈위안의 옷차림과 잘 어울렸다. 두 사람은 랭엄 플레이스 13층의 해산물 레스토랑에서 식사를 했다. 자치는 이번에도 밖에서 지켜보려고 했지만 13층은 명품 매장과 고급 레스토랑만 있어서 밖에서 서성거리면 더 눈에 띌 수 있기 때문에 하는 수 없이 그들이 테이블에 앉은 뒤 레스토랑으로 들어갔다. 그들이 잘 보이는 자리에 앉으려고 웨이터가 안내한 자리에서 괜한 트집을 잡아 다른 자리로 옮겨달라고 했다. 웨이터는 원래 자리보다 더 불편하고 환기도 안 되는 자리로 옮기겠다는 손님을 이상하게 여기면서도 원하는 대로 해주었다.

 음식 가격이 비쌌지만 어차피 공무 중에 발생하는 비용이므로 개의치 않고 해산물파스타를 주문했다. 칸즈위안과 여자 2호는 와인을 주문해 함께 마시며 즐거운 대화를 나누었다. 여자는 상대가 그런 고급 레스토랑에 데려올 줄 몰랐는지 두 볼에 발갛게 홍조를 띠고 있었다.

 '저 여자가 정식 여자 친구로군……' 아까 만난 긴 머리 젊은 여자는 바람피우는 상대이고, 얌전해 보이는 이 여자가 칸즈위안의 진짜 여자 친구일 것이다. 자치는 그들의 테이블에 놓인 해산물 플래터, 스테이크, 푸아그라를 보고 자신이 주문한 파스타가 초라하게 느껴졌지만, 한 입 먹어보고는 이렇게 맛있는 음식을 공짜로 먹을 수 있다는 사실에 기분이 좋아졌다. '아싱 선배의 잠복근무 시간이 더 편하지만 이런 음식은 먹을 수 없잖아.'

칸즈위안과 여자가 대화를 나누는 동안 웃음이 끊이지 않았고 테이블의 음식도 점점 줄어들었다. 마지막에 웨이터가 디저트로 나온 초콜릿 플래터를 가져다주자 취기가 살짝 오른 여자가 초콜릿케이크 한 조각을 포크로 찍어 칸즈위안의 입가에 가져다 댔다. 자치는 웃으면서 입을 벌려 케이크를 받아먹는 칸즈위안을 보며 두 사람이 식사 후 칸즈위안의 집까지 가지 않고 랭엄 플레이스의 호텔에 방을 잡아 투숙할 것 같다는 생각을 했다.

그렇게 되면 조금 골치가 아플 것이다. 호텔에 투숙하면 계속 미행하지 못하고 로비에서 그들이 나올 때까지 기다릴 수밖에 없는데, 그러려면 호텔 직원에게 신분을 밝혀야 하기 때문이다. 수상한 남자가 호텔 로비에서 밤을 지새운다면 호텔 직원이 다가와 '관심'을 보일 수밖에 없으니까. 호텔 직원에게는 비밀을 유지할 의무가 있지만, 자칫하면 경찰의 미행 사실을 칸즈위안 본인에게 들킬 위험이 있었다.

밤 9시경 칸즈위안과 여자가 음식값을 계산하고 레스토랑을 나섰다. 자치는 그들을 미행하며 다음 행선지가 바로 옆에 있는 고층 호텔이 아니라 사우케이완의 단칭맨션이길 기도했다. 그들이 호텔 입구로 향하지 않고 에스컬레이터를 타고 1층으로 내려가자, 자치는 안도의 한숨을 쉬었다. 그런데 함께 택시를 타고 집으로 향할 것이라는 자치의 예상과 달리 여자 혼자 택시를 타고 칸즈위안은 손을 흔들며 인사를 하는 것이 아닌가.

그렇게 달콤한 분위기에서 식사를 해놓고 이대로 데이트를 끝낸다고? 예상치 못한 전개에 머릿속이 복잡해진 자치가 우두커니 선 채 그들을 바라보았다. 하지만 어쨌든 계속 미행할 수 있으므로 그에게는 좋은 일이었다. 여자가 떠난 뒤 칸즈위안은 아가일 스트리트를 따라 동쪽으로 천천히 걸어 몽콕이스트역에 도착했다. 몽콕역과 몽콕이스트역은 이름은 비슷하지만 하나는 췬완 라인과 쿤통 라인의 환승역이고, 다른 하나는 이스트 레일 라인에 속해서 서로 이어져 있지 않다. 몽콕이스트역의 예전 이름도 '몽콕역'으로 똑같았기 때문에 혼동하기 쉬웠다. 몽콕이스트역과 연결된 그랜드센터리 플레이스는 랭엄 플레이스와 함께 몽콕 최대 쇼핑센터였다.

여자 친구와 일찍 헤어진 칸즈위안이 또 다른 쇼핑센터로 들어가는 걸 보고 어리둥절했던 자치는 잠시 뒤 그 의문의 해답을 얻었다.

'시간 관리의 고수네.'

이번에는 핫팬츠에 가슴이 깊게 파인 옷을 입은 섹시한 여자였다. 그녀는 칸즈위안을 만나자마자 냉큼 그의 팔을 끌어안아 풍만한 가슴을 팔뚝에 밀착시켰다. 키가 작고 나이를 가늠하기 힘든 여자였다. 스물두세 살로 보이지만 성숙한 몸매와 행동 때문에 원래 나이보다 더 많아 보이는 것일 수도 있었다. 금발 염색 머리의 이 여자는 앞선 두 여자만큼 예쁜 얼굴은 아니지만 섹시한 몸매와 애교스러운 행동 때문에 남자들에게는 더 인기가 많을 것 같았다. 두 사람이 쇼핑센터를 돌아다니는 동안 여자가 살갑게 그를 챙기며 은근히 스킨십을 했다. 둘이 디저트 카페에 갔을 때도 여자가 칸즈위안의 옆에 나란히 앉아 그와 손깍지를 끼고 타이완식 빙수를 먹었다.

자치는 단것을 먹고 싶지 않아 카페 밖에서 그들을 감시했다. 칸즈위안이 재킷에서 편지봉투 같은 것을 꺼내 여자에게 건네자 여자가 좋아하며 받더니 그에게 더 가까이 몸을 밀착했다. 자치는 콘서트 티켓을 선물했을 거라고 생각했다. 칸즈위안의 얼굴에서 엷은 미소가 떠나지 않았고, 여자도 주위의 시선을 아랑곳하지 않고 그의 팔에 몸을 기댔다. 종업원의 눈에는 그들이 흔한 연인으로 보이겠지만 자치는 이 섹시한 여자는 단지 '디저트'일 뿐, 이 남자가 조금 전 '애피타이저'와 '메인 요리'를 차례로 만났었다는 걸 알고 있었다.

이제 보니 바람둥이로군, 하고 자치는 생각했다. '쓰레기'라는 말로 상대를 묘사하고 싶진 않았지만—칸즈위안이 정말로 살인마라면 '쓰레기'라는 말로는 부족할 것이다—이렇게 사생활이 문란한 남자는 살인 혐의를 벗기가 더 힘들었다. '치정'

은 아주 흔한 살인 동기다. 임관한 지 얼마 안 된 자치는 그동안 두 건의 살인 사건을 처리했는데, 두 건 모두 피해자의 애인이나 전 애인이 범인이었다.

10시 30분경 두 사람은 디저트 카페를 나와 다시 쇼핑몰을 돌아다녔다. 상행 에스컬레이터를 타는데 여자가 재빨리 칸즈위안 앞으로 올라가더니 몸을 돌려 그의 목에 양팔을 둘렀다. 계단 높이 차이로 둘의 키가 비슷해지자 여자가 칸즈위안에게 뜨겁게 입을 맞췄다. 자치는 그 장면을 놓치지 않고 휴대폰으로 촬영했지만, 그가 있는 방향에서는 칸즈위안의 표정이 보이지 않고 야릇한 미소를 입가에 걸고 칸즈위안을 똑바로 응시하는 여자의 얼굴만 보였다. 여자는 에스컬레이터 끝에 도착해서야 그의 목에서 팔을 풀고 다시 손을 잡고 걸었다.

자치는 칸즈위안이 그녀를 집에 데려갈 것 같지는 않다고 생각하며 러브호텔에서 그들을 어떻게 기다릴지 또 고민했다. 그런데 쇼핑센터 폐장 시간인 11시가 거의 다 되었을 때 두 사람이 또 작별 인사를 나누었다. 여자는 칸즈위안에게 가볍게 입을 맞추고 전화하라는 손짓을 한 뒤 택시를 타고 떠났고, 칸즈위안은 다시 몽콕이스트역으로 가서 혼자 지하철을 타고 사우케이완의 집으로 돌아왔다.

자치는 이게 무슨 상황인지 이해할 수가 없었다. 양다리도 아니고 세 다리를 걸쳤는데 그중 섹스 파트너가 없다니. 게다가 모든 여자와 아주 가까운 사이인 것 같았고, 심지어 한 여자는 옆 사람들이 흘끔거릴 만큼 그에게 뜨거운 키스를 퍼부었다. 별다른 노력 없이도 자연스럽게 다음 단계로 넘어갈 수 있을 것 같았는데, 칸즈위안은 세 여자와 모두 헤어지고 혼자 귀가했다. 자치가 가장 이해할 수 없는 건 지하철에서 본 칸즈위안의 쓸쓸한 표정이었다. 조금 전 여자들과 있을 때 환히 웃던 표정과 대비되어 유난히 더 쓸쓸해 보였다.

"알 수가 없군."

자치에게 칸즈위안이 외출했다는 연락을 받은 아싱은 다른 장소로 차를 몰고 가서 근무 교대를 하려고 대기하고 있었지만, 칸즈위안이 지하철을 타고 귀가하고 있다고 알리자 주차장에서 기다리기로 했다. 거실 창을 통해 그가 집에 들어갔음을 확인한 뒤 자치가 그날 칸즈위안의 행적을 아싱에게 얘기했다.

"작가가 이 정도로 인기가 많다고?" 아싱이 사진을 보며 웃었다.

"'돈 많은 작가가 이 정도로 인기가 많다고?'라고 물어야죠. 이 자식 집에 못 가봤죠? 돈 냄새가 났어요."

"글을 써서 돈을 그렇게 많이 벌 수 있나? 작가들은 다 가난한 줄 알았는데."

"이 자식은 피라미드의 꼭대기에 있는 작가예요." 자치가 다시 본론으로 돌아왔다. "치정 살인이 아닐까요? 본인은 바람둥이면서 옛날에 후궁들을 거느린 폭군처럼 애인이 딴 남자를 만나는 건 용납하지 못한 거죠. 여자가 바람피우는 걸 알고 그 여자와 남자를 살해해 토막 낸 뒤 남자 시신을 명화를 본뜬 이상한 자세로……."

"아냐. 시기가 안 맞아. 남자는 죽은 지 10년이 넘었고 여자는 몇 달 전에 죽었잖아."

"그럼 다른 애인의 외도 상대일지도 모르잖아요? 애인의 외도 상대를 몰래 죽이고 애인을 다시 차지했다든가, 아니면 여성 피해자는 다른 애인일 수도 있고."

"그것도 불가능해……. 어쩌면 첫 번째 추측이 맞을지도 모르지. 조금 빗나갔지만."

"조금 빗나갔다고요?"

"피해자가 두 명뿐인지 누가 알겠어? 10년 전에 자길 배신한 남녀를 죽였고, 몇 달 전에도 똑같이 애인과 그 외도 상대를 죽였지만 시신이 아직 발견되지 않은 걸 수도 있잖아." 아싱이 어깨를 으쓱였다.

말문이 막힌 자치를 보고 아싱이 웃었다. "그냥 해본 소리야. 그자가 몇 명을 죽였든 우선 당장 밝혀진 두 명부터 해결하자고. 오늘 만난 세 여자는 아직 이 자식에게 푹 빠져 있는 것 같으니까. 애인의 외도가 살해 동기라면 그 여자들은 안전해 보여."

그날 밤 자치는 잠을 이루지 못하고 뒤척이며 칸즈위안의 이해할 수 없는 행동에 대해 곰곰이 생각했다. '괴벽'으로 결론내리는 건 고민도 해보지 않고 대충 덮어버리는 것 같아서 찜

찜했다.

　다음 날 교대 시간에 아싱은 밤새 단칭맨션을 드나든 사람 중에 의심스러운 사람도 없었고, 칸즈위안의 집을 찾아온 사람도 없었다고 했다. 이날 칸즈위안은 오후 3시가 지난 뒤에도 집에서 나와 차를 몰고 외출하지 않았고, 4시가 넘어도 집에서 나와 지하철을 타러 가지 않았다. 자치가 오늘은 쉬면서 느긋하게 교대 시간을 기다릴 수 있겠다고 생각하고 있는데 6시 30분쯤 칸즈위안의 거실에 불이 꺼지고 그가 단칭맨션 정문에서 걸어 나왔다.

　어제처럼 자치는 칸즈위안의 뒤를 따라 지하철을 탔다. 오늘 목적지는 코즈웨이베이였다. 복잡한 지하철역에서 잠시 서성이던 칸즈위안은 전화를 받은 뒤 출구로 나가더니 편의점 앞 인파 속에 서 있는 누군가를 향해 손을 흔들었다. 스무 살쯤 되어 보이는 여자였다. 약간 평범한 생김새에 콧대에 얹힌 동그란 안경이 모범생 같은 분위기를 풍겼다. 자치는 그녀도 칸즈위안의 애인 중 하나일 것으로 추측했지만 두 사람은 만난 뒤 포옹을 하거나 팔짱을 끼지 않고 나란히 걷기 시작했다. 자치는 사적으로 알게 된 독자이거나 업무상 아는 사람인 것 같다고 생각했다.

　두 사람은 어디서 밥을 먹을지 결정하지 못한 듯 헤네시 로드를 따라 탕룽 스트리트까지 걷다가 일식당 앞에 줄을 섰다. 코즈웨이베이의 유명한 맛집이었다. 기다리는 손님이 많지 않아서 자치도 종업원에게 번호표를 받아 줄을 설 수 있었지만 감시 대상에게 너무 가까이 다가가고 싶지 않았다. 그들이 식당에 들어가 자리를 잡은 뒤에 줄을 선다면 놓칠 위험이 있기 때문에 차라리 식사를 마치고 나올 때까지 밖에서 기다리기로 했다. 두 사람이 대화하는 모습을 관찰할 수는 없지만 리스크를 생각하면 이게 최선의 방법이었다.

8시가 조금 넘어 칸즈위안과 여자가 식당에서 나왔다. 모범생 분위기의 여자는 저녁 식사에 매우 만족한 듯 식당을 나오며 식당 앞 간판을 휴대폰으로 찍었다. 두 사람은 타임스퀘어 근처를 천천히 걷다가 지하철역 입구에서 헤어졌다. 자치는 칸즈위안이 또 다른 여자를 만날 것이라고 예상했다. 아니나 다를까 15분 뒤 소고백화점 입구에서 또 다른 여자가 등장했다. 이번 여자도 나이는 스무 살 정도 되어 보였고, 노란색 민소매 티에 검은색 반소매 재킷을 걸치고 와이드팬츠 위로 맨 허리가 약간 보이는 세련된 옷차림이었다. 커다란 귀걸이가 단발과 아주 잘 어울리고, 작고 갸름한 얼굴 안에 이목구비가 반듯하게 자리 잡고 있었다. 지나가는 남자들이 돌아볼 만큼 눈에 띄는 미모였다.

그녀는 칸즈위안과 인사를 한 뒤 팔짱을 끼고 록하트 로드 쪽으로 함께 걸었다. 자치는 처음 보는 여자라는 건 알았지만 왠지 낯익은 느낌이 들었다. 그는 경찰 중에서도 사람의 얼굴을 잘 기억하는 편이었다. 어디서 본 듯한 이 느낌은 아마도 어젯밤에 본 그 세 명의 여자들 때문일 것이다. 이 단발 여자는 '여자 1호'의 청순함과 '여자 3호'의 열정을 동시에 갖고 있었다.

두 사람은 거리를 한참 걷다가 에그푸딩과 우유푸딩으로 유명한 디저트 카페 앞에서 줄을 섰다. 유리창으로 카페 내부를 볼 수 있었으므로 자치는 길 건너편에 서서 그들을 감시하기로 했다. 30분 뒤 디저트 카페를 나온 두 사람은 아직 영업 중인 근처의 의류 매장과 식당을 둘러본 뒤 다시 헤네시 로드로 갔다. 자치는 두 사람이 거기서 헤어질 것이라고 생각했지만, 트램 정류장에서 사우케이완으로 가는 트램을 함께 탔다. 자치도 급히 모자를 최대한 눌러써서 눈을 가리고 뒤따라 트램에 올랐다. 칸즈위안과 여자가 손을 잡고 위층 맨 앞자리에 앉은 것을 보고 자치는 맨 끝자리에 앉아 두 사람을 지켜보았다.

트램에서 여자는 칸즈위안의 어깨에 머리를 기대고 앉아 여느 연인들처럼 속삭이며 얘기했다. 자치는 그들이 어디로 가서 무엇을 할지 추측하며 골똘히 생각에 잠겼다. 이 여자가 칸즈위안과 제일 가까운 애인일까? 그의 개인정보를 더 많이 알고 있을까? 아니면 오늘따라 욕구가 발동한 칸즈위안에게 밤을 보낼 파트너가 필요한 걸까?

하지만 자치의 추측은 모두 다 빗나갔다.

사우케이완 트램 정류장에서 내린 두 사람이 향한 곳은 단칭 맨션이 아닌 지하철역이었다. 두 사람은 지하철역 입구에서 헤어졌다. 여자가 가볍게 포옹한 뒤 지하철역으로 사라지자 칸즈위안은 혼자 집으로 향했다. 멀찍이서 그들을 지켜보고 있던 자치는 아무리 생각해도 이해할 수가 없었다. 같이 밤을 보낼 생각이 있든 없든, 남자의 집 앞까지 왔다면 올라가서 커피 마시며 얘기라도 나누는 게 자연스러운 행동이다. 아직 11시도 안 됐으니 막차 시간까지 아직 한참 남아 있었다.

"그 여자 집이 차이완일 수도 있잖아. 어차피 가는 길이니까 남자 친구와 트램을 타고 사우케이완까지 같이 온 다음 지하철을 타고 간 거지." 교대하러 온 아싱이 얘기를 듣고 자치가 찍은 사진을 보며 말했다.

"음……. 그럴 수도 있지만 트램에서 딱 붙어 앉은 걸 보면 그냥 헤어질 사람들이 아니었어요."

"내일이 월요일이잖아. 학교 다니는 여자일 수도 있지."

그럴 가능성도 있지만, 그렇다면 토요일 밤인 어제 만난 세 여자 중 누구와도 밤을 보내지 않은 이유를 설명할 수 없었다.

이튿날 오전 주차장에서 잠복근무를 교대한 자치는 칸즈위안이 오늘도 데이트를 하러 나갈지 궁금했다. 하지만 그날 칸즈위안은 사흘 전처럼 3시가 조금 넘어 집을 나와서 차를 몰고 또 완차이 얏신 스트리트에 갔다가 번화가를 돌고 집에 돌아왔다. 그다음 날인 화요일도 마찬가지였다. 자치는 환경을 바꿔서 글을 쓰는 것이라는 자신의 추측이 맞는 것 같다고 생각했다. 월요일부터 금요일까지 평일에는 규칙적으로 얏신 스트리트에 가서 작품을 구상하고 글을 쓴 뒤 드라이브를 하고, 토요일과 일요일에는 여자들과 데이트를 하는 것이다. 심지어 아싱은 칸즈위안에게 성기능 장애가 있어서 애인들과 쇼핑몰을 구경한 뒤 밥만 먹고 헤어지는 게 아니냐는 추측도 내놓았다.

그런데 수요일, 칸즈위안의 행동에 변화가 생겼다. 오후 5시 넘어 집을 나선 그는 차 없이 걸어서 지하철역으로 향했다.

그가 도착한 곳은 침사추이였다. 자치는 그의 옷차림을 보고 데이트를 하러 가는 거라고 생각했다. 그의 예상은 맞았지만, 일요일 밤에 만났던 '여자 5호'가 데이트 상대인 건 뜻밖이었다. 일요일과 달리 커다란 귀걸이도 하지 않고 비교적 평범한 원피스에 데님 재킷을 걸친 수수한 옷차림이었지만 자치는 그녀를 알아볼 수 있었다. 두 사람은 해변 산책로를 함께 걷다가 침사추이 중심에 있는 프렌치 레스토랑에서 식사를 했다. 자치도 식당에 따라 들어가 그들을 감시했다. 두 사람이 식사를 마치고 식당을 나선 것은 8시경. 칸즈위안에게 다음 데이트가 있을 것이라고 예상했는데 뜻밖에도 둘이 손을 잡고 거리를 천천히 걷다가 너츠퍼드 테라스의 작은 술집으로 들어가더니 야외 테이블에서 술을 마셨다. 11시가 가까워올 무렵 술집을 나온 두 사람은 네이선 로드 쪽으로 향했다. 자치는 그들의 다음 목적지와 행동을 예상하기 힘들었다. 헤어질까? 칸즈위안의 집으로 함께 갈까? 러브호텔에서 밤을 보낼지도 모르잖아? 설마 2차로 한잔 더 하진 않겠지? 여자는 약간 취기가 올랐는지 행동이 조금 대담해져서 칸즈위안에게 몸을 바짝 붙이고 걷고, 길을 건너려고 신호등을 기다릴 때는 정면에서 칸즈위안을 두 팔로 안고 그의 어깨에 머리를 파묻었다.

두 사람이 나란히 지하철역으로 들어가더니 플랫폼에서 포옹을 했다. 자치는 그들이 작별 인사를 하려는 것이라 생각했다. 양쪽으로 열차가 도착하는 플랫폼의 어느 한쪽이 아니라 가운데 서서 포옹을 한다는 건 두 사람이 각각 상행선과 하행선을 탈 것이라는 뜻이었다. 그들이 헤어지기 전 손을 잡고 얘기를 나누고 있을 때 뜻밖의 인물이 막 도착한 열차에서 내려 자치의 시야로 들어왔다.

토요일 밤 핫팬츠와 가슴이 깊게 파인 상의를 입고 나왔던 그 섹시녀였다.

오늘은 핫팬츠가 아닌 스커트를 입었지만 역시 두 다리를 대부분 드러낸 그녀가 열차에서 내리자마자 칸즈위안과 눈이 마주쳤다.

자치는 질투심에 불타는 여자들의 액션 난투극이 펼쳐질 거라 예상했다. 머리끄덩이를 잡고 치고받는 육탄전은 아니더라도 손톱자국 하나씩은 주고받을 수 있었다. 그런데 그녀가 눈썹을 쎌긋하고 미소를 날리며 고개를 살짝 까딱이고 칸즈위안 앞을 지나치더니, 플랫폼에 서 있는 나이가 지긋해 보이는 남자에게 손을 흔들며 다가가 반갑게 팔짱을 꼈다. 칸즈위안도 그녀를 본 순간 약간 놀라는가 싶더니 큰 반응 없이 살짝 웃으며 여자에게 손을 흔들었다. 칸즈위안과 손을 잡고 있던 여자도 그걸 보았지만 역시 태연한 표정으로 칸즈위안과 계속 얘기를 나눴다.

'바보같이! 왜 이 생각을 못 했지?' 자치가 속으로 중얼거렸다.

자치는 마침내 이 여자들이 칸즈위안의 애인이 아니라는 걸 알았다. 아니, 애인은 맞지만 '렌털 애인'이었다. 렌털 애인은 회색 지대를 맴도는 특수 업종으로 커뮤니티 플랫폼을 통해 만난 고객에게 돈을 받고 데이트를 해주는 것이었다. 손 잡기, 포옹, 키스 등 각 서비스마다 가격을 매겨 정가제로 받는 여자도 있었고 서비스 항목에 성관계가 포함된 여자도 많았으므로 원조 교제, 콜걸 등과 이름만 다를 뿐 사실상 성매매였다. 하지만 이 업종에 종사하는 여자들은 스스로 보통의 성매매나 원조 교제와는 다르다고 생각했다. 렌털 애인은 먼저 데이트를 해본 뒤 고객을 선택할 수 있기 때문이다. 늙고 못생기고 뚱뚱한 남자는 거절하고 잘생겼거나 마음에 드는 남자와는 섹스 파트너나 실제 연인으로 발전할 수도 있었다. 그들은 렌털 애인이 온라인 데이팅의 연장이며, 단지 금전적 이익이 추가된 사교 활동일 뿐이라고 했다.

자치는 지난 주말 칸즈위안의 행적을 떠올리며 그때는 이해할 수 없었던 행동과 반응의 이유를 그제야 알았다. 예를 들면 칸즈위안이 여자 1호에게 휴대폰을 보여준 것은 함께 볼 영화를 고른 것이 아니라 계좌번호를 확인하는 행동이었고, 섹시녀가 받았던 봉투 안에는 콘서트 티켓이 아니라 지폐가 들어 있었을 것이다. 그렇다면 칸즈위안이 그 여자들과 함께 밤을 보내지 않은 이유도 납득할 수 있었다. 렌털 애인이 원치 않았을 수도 있고, 데이트를 한두 번 해서 '단골'이 되어야만 VIP로 지위가 격상되는 방식일 수도 있다.

그렇다면 칸즈위안은 오늘 밤 데이트하는 이 여자가 마음에 들었던 것 같다. 사흘 만에 또 돈을 내고 데이트를 신청했다는 건 상대와 빨리 가까워지고 싶다는 뜻일 것이다. 그날 밤 함께 트램을 탄 것도 그의 추측을 뒷받침하는 근거였다. 칸즈위안이 그녀에게 조금 더 같이 있자고 하자 여자가 그를 집에 데려다주었을 것이다.

다음번 췬완행 열차가 역으로 들어오자 여자가 손을 흔들며 열차 쪽으로 걸음을 옮겼다. 자치는 그녀의 볼에 피어오른 홍조와 미소를 보고 칸즈위안이 다음번 만남에는 함께 밤을 보내자고 했을 거라고 추측했다. 그런데 바로 그때, 그녀가 오른손으로 머리를 귀 뒤로 쓸어 넘기는 순간, 전류가 통한 듯 서늘한 느낌이 자치의 온몸을 타고 흘렀다. 그녀에게 느껴지는 낯익은 느낌이 어디서 오는 것인지 이제야 알았다.

전체적인 생김새는 다르지만, 얼굴 윤곽, 입술, 귀가 그 표본병 속 여자와 몹시 흡사했다.

그러자 지금의 이 모든 상황에 들어맞는 해답이 자치의 뇌리를 스쳤다.

MPU의 실종자 명단에서는 여성 피해자와 일치하는 특징을 가진 사람을 찾을 수 없었다. 가족이 실종 신고를 하지 않았다면 고아이거나 가정이 해체된 상태일 것이다. 다시 말해, 혼자 살았거나 친구도 동료도 없는 여자일 가능성이 크다. 예쁜 외모를 가진 여자가 이 도시에서 자력으로 생존하고자 할 때 렌털 애인은 여러 선택지 중 하나가 된다. 가족도 친구도 없고 정식 직업도 없는 사람은 소리 없이 사라져도 타인의 주의를 끌지 못한다. 셋방 주인도 밀린 월세를 감당하지 못해 도망쳤다고 생각하기 십상이므로 이런 여자들은 살인마가 가장 선호하는 목표물이 된다.

렌털 애인은 단골손님에게 자기 속사정을 자연스럽게 들키게 되고, 손님이 나쁜 마음을 먹는다면 그녀를 상대로 아주 수월하게 범행을 벌일 수 있다. 칸즈위안이 바로 이런 방법을 썼던 것이다. 그가 매일 얏신 스트리트에 간 것도 사냥감을 물색하기 위해서였을 것이다. 모리슨 힐엔 중학교 두 곳과 전문대학 한 곳이 있다. 렌털 애인 외에 다른 목표물을 찾는 방법일 수도 있고, 어쩌면 이미 데이트를 했던 렌털 애인의 동선을 파악하고 친한 친구가 있는지 관찰하며 사후 처리 방식을 준비하고 리스크가 얼마나 있는지 확인하려는 것이었을지도 모른다.

피살된 여자와 비슷한 분위기를 가진 이 여자가 칸즈위안의 다음 목표물일 수 있었다.

"출입문에서 물러나주시고……." 열차 문이 닫히기 전 안내방송이 흘러나오자 자치는 중대한 결정을 내려야 할 순간임을 직감했다.

 망설일 시간이 없어!

 췬완행 열차의 문이 거의 닫히려는 순간 자치가 몸을 날리듯 열차 안으로 뛰어들었다. 문틈에 낄 뻔했지만 지하철 승객들은 그에게 무심한 시선조차 던지지 않았다. 홍콩처럼 숨 가쁘게 돌아가는 도시에서 닫히는 열차 문 사이로 몸을 날리는 건 아주 흔한 광경이었다.

 왼쪽을 보니 그 여자가 긴 좌석의 제일 오른쪽 자리에 앉아 휴대폰에 고개를 처박고 있었다. 자치는 칸즈위안을 감시하는 것보다 잠재적인 피해자의 신분을 확인하는 게 더 중요하다고 판단했다.

 그녀는 범인의 허점을 포착하는 중요한 단서가 될지도 모른다.

망자의 고백

●

2

 이런 걸 쓴다고 무슨 의미가 있을지 모르겠지만 시작했으니 조금 더 쓰려고 한다. 어차피 인생도 무의미한 것이니까. 안 그런가?

 어릴 때는 이것도 모른 채 '인생의 의의' 같은 헛소리를 믿었다. "하늘이 내게 재주를 주었으니 반드시 쓸모가 있을 것이다." "하늘이 장차 사람에게 큰일을 맡기려 할 때는 반드시 먼저 그의 마음과 뜻을 고통스럽게 하고 그 힘줄과 뼈를 힘들게 한다." 이런 옛날 격언을 내 불행의 핑계로 삼았다.

 가당찮은 개소리!

 모두 상위자가 하위자를 속이기 위해 만든 거짓말이다. 가축의 타고난 사명은 자기 피와 살로 포식자의 배를 채우는 것이다. 내가 농장 주인이라면 돼지와 닭들에게 너희 '돈생의 의의'와 '계생의 의의'는 부지런히 살을 찌운 뒤 맛있는 음식이 되어 우리 식탁에 오르는 것이라고 말할 것이다.

비열하고 뻔뻔하지 않은가!

인생은 무의미한 것이므로 이것은 유서도 아니고, 유언도 아니다. 그냥 개똥 같은 소리를 끼적여놓고 싶었을 뿐이다.

이 세상은 약육강식의 법칙이 지배한다. 약자는 강자에게 지배당하고 착취당하기 위해 존재한다.

하지만 나는 강자와 약자의 구분이 절대적이지 않다는 걸 잘 알고 있다. 나 같은 약자도 강자인 척할 때가 있다.

아주 짧은 순간이지만 남을 짓밟고 남 위에 군림하는 기분을 느껴보았다.

그건 정말 달콤하고 짜릿한 기분이었다.

내게 그 맛을 처음 느끼게 해준 사람은 아위안이었다.

그때 우린 중1이었고, 난 내 시야를 활짝 열어준 소설들에 푹 빠져 있었다.

"다 읽었어." 어느 날 오후 아위안에게 빌린 《안개 깃발》[1]을 돌려주며 말했다. "내 취향은 아닌 거 같아." "그래? 마쓰모토 세이초는 인기 작가인데." 아위안이 책을 받아 옆에 놓고 포크에 파스타를 돌돌 감으며 말했다. 그때 우리는 학교 교정 한구

---

1 일본의 사회파 추리소설가 마쓰모토 세이초의 소설.

석에 앉아 근처 차찬텡에서 사 온 도시락을 먹고 있었다.

"이야기는 재밌지만 잔인함이 부족해. 지난번에 빌려준 《옥문도》[2]처럼 시체를 기괴한 형태로 만들어놓거나 《십각관의 살인》[3]처럼 도망 못 치게 가둬놓고 무자비하게 죽이는 소설이 좋아."

"너 진짜 그런 걸 좋아하는구나?" 아위안이 큰 소리로 웃었다. "《혼진 살인 사건》 다 봤는데 집에 가서 빌려줄게. 《옥문도》 작가의 책이야."

"좋아!"

"그런데 뭣 하러 책을 학교에 가져왔어? 집에서 주면 더 편한데."

"아…… 쇼트브레이크에 읽으려고."

사실 그 말은 절반만 사실이었다. 난 반 아이들에게 걔들이 이해하지 못하는 소설을 읽는 모습을 보여주며 내가 걔들보다 머리가 좋다는 걸 자랑하려고 일부러 책을 학교에 가지고 갔다. 실제로 그 방법은 조금 효과가 있었다. 여자애들 둘이 얼굴도 별로인 데다 공부도 잘 못하는 내가 책을 좋아할 줄 몰랐다고 소곤거리는 걸 들었다. 걔들은 장르소설과 순문학을 구별하지 못하고 200페이지 넘는 책은 전부 중학생이 읽기 힘든

---

2 일본 추리소설가 요코미조 세이시의 소설.
3 일본 추리소설가 아야쓰지 유키토의 소설.

고전 명작이라고 생각했다.

그날 하교 후 아위안에게 《혼진 살인 사건》을 빌려 단숨에 다 읽고, 다음 날 책을 학교에 가져가서 쉬는 시간에 앞부분을 다시 읽었다.

"선생님이 부르셔서 오늘은 같이 밥을 못 먹겠어." 점심시간에 아위안이 우리 반에 와서 말했다. 무슨 학교 연합 행사에 학교 대표로 참가하게 되었다고 했다. 공부도 제일 잘하고 말도 잘하는 아위안이니까 가능한 일이었다. 그날 선생님이 그 일을 상의하려고 아위안을 부르는 바람에 나 혼자 점심을 먹어야 했다.

샌드위치와 사이다를 사다가 평소에 아위안과 점심 먹는 자리에 가서 먹으며 책을 보았다. 샌드위치를 금세 다 먹고 책을 읽는데 2학년 여자 선배들이 근처에서 재잘대며 떠들어 방해가 되었다. 평소에도 가끔 와서 수다를 떨었지만 그때는 나도 아위안과 얘기하느라 별로 거슬리지 않았다. 하지만 그날은 조용하게 책을 읽으려니 대화 소리가 유난히 크게 들렸다. 하는 수 없이 책을 덮고 일어나 햇빛이 잘 들고 조용한 곳으로 자리를 옮긴 뒤 눈밭에서 난도질한 밀실 살인의 수수께끼 속으로 다시 빨려 들어갔다.

"응? 점박이잖아? 오랜만이네. 전학 간 줄 알았는데."

거의 반년이 흘러 나도 경계심이 풀어져 있었다. 다페이라는 악당의 존재도 잊고, 아위안이 매일 점심 먹는 장소를 고를 때

특별한 의도가 있다는 사실도 완전히 잊어버렸다.

다페이의 똘마니가 나를 덥석 붙잡자마자 다페이의 주먹이 날아와 내 배에 꽂혔다. 조금 전에 먹은 점심을 다 토할 뻔했다. 네 명이 달려들어 내 지갑에 있던 30홍콩달러를 빼앗고는 다시 돌아가며 내게 주먹을 갈겼다.

"어라? 이게 뭐야? 이 새끼가 책도 읽어? 어른인 척하고 있네." 똘마니 한 놈이 바닥에 떨어진 내 소설책을 집어 들었다.

"만지지 마! 내놔!" 내가 버럭 소리쳤다. 내가 샌드백이 되는 건 상관없지만 그건 아위안의 소중한 책이었다.

"만지지 말라고? 그래? 그럼 더 만져야지." 아싼이라는 똘마니 놈이 표지 한쪽 귀퉁이를 잡고 내 얼굴 앞에서 책을 흔들었다.

"점박이 너 교칙 몰라? 수업과 상관없는 물건을 갖고 오면 안 되는 거." 다페이가 소설을 낚아채더니 낄낄거리며 내 정수리를 후려쳤다. "교칙 준수의 중요성을 잊지 않도록 내가 잘 처리해주지."

"안 돼!"

다페이는 내 고함에도 아랑곳하지 않고 소설을 절반으로 좍 가른 뒤 몇십 장씩 찢어서 꽃잎처럼 허공으로 날려 바닥에 흩뿌렸다.

놈들이 어떻게 돌아갔는지는 기억나지 않지만 내가 엉엉 울면서 바닥을 기어다니며 흩어진 책장을 주워 두 쪽으로 나뉘진 표지 사이에 끼워 넣었던 것은 기억난다. 다페이에게 몇 번이나 맞았지만 한 번도 운 적이 없는데 그날은 도저히 참을 수가 없었다. 점심시간 끝나는 종이 울린 뒤에야 겨우 눈물을 닦고 옷매무새를 정리하고 교실에 들어갔다.

울면서도 너덜너덜하게 뜯어진 소설은 손에 꼭 쥔 채 놓지 않았다.

나는 그날 아위안과 집에 오지 않고 하교 종이 울리자마자 근처 서점으로 달려갔다. 《혼진 살인 사건》을 새로 사서 아위안에게 돌려주려고 했다. 용기를 내어 점원에게 물었지만 타이완 책은 팔지 않는다며 코즈웨이베이나 몽콕에 가서 찾아보라고 했다. 나는 아위안을 따라 코즈웨이베이를 구경하러 갔던 게 전부였고 그런 서점은 가본 적이 없었다. 속이 타들어갔다. 아위안에게 사실대로 말하는 게 나을까? 화를 내지 않을까? 설마 화를 내진 않겠지?

내 예상은 틀렸다.

그날 저녁 아위안을 찾아가 찢어진 책을 건네자 그는 처음에는 놀랐다가 미간이 점점 일그러지더니 무서운 눈으로 나를 노려보았다. 나는 더듬거리며 다페이가 한 짓을 털어놓고 용돈을 받으면 몽콕 서점에 가서 새 책을 사주겠다고 했지만 아위안은 내 말에 대답하지 않고 짧은 한마디와 함께 문을 쿵 닫았다.

"가버려."

그 후 며칠 동안 점심시간에 아위안이 보이지 않아 나 혼자 도시락을 먹을 수밖에 없었다. 아위안은 하교할 때도 나와 함께 집에 오지 않았다.

아위안이 날 미워한다고 생각했다. 다페이 패거리가 다니는 길을 알려줬는데도 내가 그 길에서 놈들과 마주쳐 버렸으니까.

그런데 일주일 뒤 금요일, 마지막 수업이 끝나고 아위안이 우리 반으로 날 찾아왔다.

"따라와." 그가 명령조로 말했다.

절교 선언을 하거나 홧김에 날 때리려는 줄 알고 속으로 후자이길 바랐다. 몇 대 맞고 아위안의 화가 풀릴 수 있다면 아픈 것쯤은 참을 수 있었다.

소중한 친구를 잃는 것보단 백배 나았으니까.

"자, 갈아입어." 2층 계단참의 어두운 구석으로 날 데리고 간 아위안이 가방에서 초록색 티셔츠를 꺼내 내밀었다.

"뭐?"

"신발도. 너한테 맞을 거야. 앞코에 철판을 덧댄 공업용 안전화야." 아위안이 묵직한 신발을 건넸다.

"잠깐, 이게 뭐야?"

"전투 장비! 어서. 그놈들 가버리기 전에."

"그놈들이라니?"

"다페이와 똘마니들! 복수할 거야."

나는 깜짝 놀랐다.

"우리 둘이 네 명을 어떻게 상대해?"

아위안이 주둥이가 달린 플라스틱 병을 꺼냈다. 반투명한 병 속에 붉은 액체가 담겨 있었다.

"내가 특별 제작한 고춧물이야. 화초고추[4]보다 몇 배나 매운 태국 새눈고추로 만들었어. 이걸로 꼼짝 못 하게 해놓고 두들겨 패면 돼."

"오늘은 우리가 이길지 몰라도 내일 우릴 가만두지 않을 거야! 넌 우등생인데 기록이 남으면……."

"그러니까 그 옷을 입으라고."

이제 보니 아위안이 준 티셔츠는 아쿵남복지회중학교의 체육복이었다. 흔히 '아중'이라고 불리는 그곳은 우리 학교 근처의 밴드 5 학교로 우리보다 더 악명이 높았다. 아중 졸업생의 절반이 삼합회에 들어간다는 말이 있을 정도였고, 삼합회 양성소라고 해도 과언이 아니었다.

"수경이랑 마스크도 써. 고춧물이 튀어도 문제없을 거야. 그 위에 두건을 쓰면 놈들이 우릴 알아보지 못하겠지. 내가 며칠 동안 다페이 뒤를 밟으면서 언제 어디서 공격해야 아무도 모르게 손봐줄 수 있는지 다 알아놨어. 오늘을 놓치면 일주일을 기다려야 돼."

아위안은 모든 걸 준비해놓고 있었다. 평소였다면 난 그런

---

4 하늘을 향해 위로 자라는 고추 품종으로 청양고추보다 두세 배 맵다.

위험을 무릅쓰지 않았겠지만 아위안이 날 미워하지 않는다는 사실에 기뻐서 대담해졌다. 아위안이 시키는 대로 옷을 갈아입고 신발도 바꿔 신은 뒤 까만 두건을 뒤집어썼다. 은행 강도 같은 우리 모습에 웃음이 터졌다.

"가방은 여기 둬. 이따가 가져가자. ……잠깐, 그 위에 교복을 입어." 아위안이 내가 옆에 벗어둔 흰 셔츠를 가리켰다.

"아주 깡패인 척 위장하는 거 아니야?"

"맞아. 그러니까 체육복을 안에 입고 겉에 우리 학교 교복을 입으라고."

이해할 수 없었지만 아위안이 시키는 대로 했다.

우리는 계단참 구석에서 몰래 나와 울타리를 넘어서 학교 뒤 언덕으로 향했다. 시내로 통하는 언덕 밑 좁은 길은 다니는 사람이 별로 없었다.

"왔다." 아위안이 그 길 끝을 가리켰다. "절대로 말하면 안 돼. 내가 하는 대로 따라 하기만 해."

나는 고개를 끄덕였다. 아위안이 먼저 언덕길에서 재빨리 미끄러져 내려갔다. 기습적인 등장에 다페이와 똘마니 셋이 깜짝 놀랐다. 놈들이 반응할 새도 없이 아위안이 놈들의 얼굴을 향해 고춧물을 뿌리자 놈들이 눈을 감싸고 미친 듯이 기침을 해대며 쓰러졌다.

"콜록, 내 눈! 내 눈…… 콜록……."

마스크와 수경으로 가렸는데도 톡 쏘는 고춧물 냄새가 비집고 들어왔다. 그게 눈에 들어가면 얼마나 따가울지 상상도 할 수 없었다. 바닥에 쓰러진 다페이를 발로 밟는 아위안을 보고 나도 똘마니를 냅다 걷어찼다. 특히 내 얼굴 앞에서 책을 흔들었던 아싼을 제일 세게 찼다.

"때, 때리지…… 마, 콜록……."

아위안은 다페이의 머리를 향해 사정없이 발길질을 퍼부었고, 다페이는 필사적으로 머리를 감싸고 몸을 바짝 움츠려 자신을 보호했다. 기세나 힘은 아위안보다 못했지만 나도 그 틈에 다페이를 몇 번 발로 찼다. 다페이가 머리를 감싸고 웅크려 얼굴을 보호하자 아위안이 그의 사타구니를 발꿈치로 몇 차례 찍어 눌렀다. 다페이가 고통스러운 비명을 토하며 사타구니를 감싸고 바닥을 굴렀다.

1분도 안 돼서 네 놈을 흠씬 두들겨 팬 뒤 아위안이 후퇴하자는 손짓을 했다. 나는 아위안을 따라 인적 드문 다른 길을 통해 학교 계단참으로 돌아왔다. 턱까지 차오른 숨을 고르며 마스크를 벗는 순간 복수의 짜릿함을 느꼈다.

그때 아위안의 얼굴에 처음 보는 표정이 떠올랐다.

평소 늘 차갑고 표정 변화도 별로 없던 얼굴에 내가 한 번도 본 적 없는 환한 미소가 번지고 두 눈에 형형한 안광이 돌았다.

아위안에게도 그런 미치광이의 유전자가 있었다는 걸 그때 알았다.

우리 가슴속 깊숙한 곳에 웅크리고 있던 원시적인 야성이 어느 순간 이성의 빗장을 부수고 뛰쳐나온 것이다.

아위안이 칭찬하듯 내 어깨를 툭툭 쳤고, 나는 계면쩍은 미소를 지었다.

그때 우린 여느 중학교 1학년 개구쟁이들처럼 진심에서 우러난 웃음을 지었지만 내가 웃는 이유는 그 또래 아이에게 걸맞지 않은 것이었다.

나는 장비를 모두 벗었다. 하마터면 안에 입은 초록색 티셔츠를 잊어버릴 뻔했다. 함께 집에 돌아온 뒤 아위안이 그것들을 어딘가에 감췄다.

"아위안, 미안해. 그 책은……." 그의 방 책상에 놓인 너덜너덜한 《혼진 살인 사건》을 보며 내가 말했다.

"괜찮아. 책은 다시 사면 돼. 진즉부터 그놈을 손봐주고 싶었어. 너도 다시는 괴롭힘을 당하지 않을 거야." 주말에 우리는 몽콕에 놀러 갔다. 아위안는 나를 서점에 데려가 시체가 특히 많이 나오는 소설 몇 권을 골라주었다. 월요일 등굣길에 겁이 나기 시작했다. 우리가 한 짓이 들통나 선생님에게 불려 가 혼날까 봐 걱정됐고, 다페이에게 보복당할까 봐 두려웠다.

하지만 일주일 동안 아무 일도 일어나지 않았고, 아위안과 함께 점심을 먹는 평온한 일상으로 돌아갔다. 일주일이 더 지난 뒤 소식이 들렸다.

다페이와 똘마니들이 근처 아중 깡패들과 패싸움을 벌이다가 전부 경찰에 잡혀갔다고 했다. 며칠 전 다페이가 아중 앞을 어슬렁거리다가 트집을 잡아 아중 저학년 학생들을 두들겨 팼고, 그 후 아중의 고학년 선배들이 들고일어나 패싸움이 벌어졌다고 했다.

아위안이 아중의 체육복을 안에 입으라고 했던 이유를 그제야 알았다. 다페이가 아중 애들이 숨어 있다가 자신들을 공격했다고 주장하면서, 밍화중 학생으로 위장하려고 교복을 바꿔 입었지만 밍화중 교복 사이로 아중의 초록색 체육복을 똑똑히 봤다고 했다. 게다가 아중 깡패들이 상대에게 더 큰 상처를 입히려고 신는 공업용 안전화를 신고 있었다며 아중 놈들이 틀림없다고 했다.

나와 아위안은 그 일에 대해 얘기하지 않았다. 추리소설을 많이 읽은 우리는 사건에 대해 쓸데없는 얘기를 하다가 남의 귀에 들어가면 일이 들통날 수 있다는 걸 알았기 때문이다. 우리는 그게 다페이와 아중 깡패들의 싸움인 것처럼 방관자의 입장에서 일이 돌아가는 상황을 즐겼다.

머리를 감싸고 바닥을 구르던 다페이의 비굴한 모습은 또렷한 기억으로 남아 있다. 남을 지배하는 기분은 그 무엇에도 비할 수 없는 쾌감이다. 지금도 그때 일을 떠올리면 짜릿하고 통쾌하다.

약자를 학대하는 것은 재미있는 일이다. 도덕과 교훈이 무엇이든, 질서와 법률이 어떻든, 강자는 이런 쾌감을 누릴 수 있는 이들이다.

강자를 억누르고 약자를 돕는 것이 올바른 길이라고 모두들 입버릇처럼 말하지만, 인간은 태생적으로 강자가 되길 바라는 종족이며, 약자를 착취함으로써 쾌감을 얻는다.

이것이야말로 인생의 가장 궁극적이고 원시적인 의의일 것이다.

4장

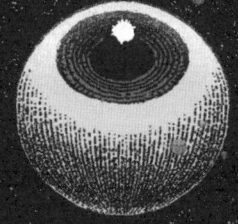

아이잉이 휴대폰을 보았다. 저녁 6시 55분. 약속 시간까지 5분이 남아 있었다.

10분 전 침사추이역에 도착했지만 플랫폼에 앉아 약속 시간이 되길 기다리고 있었다.

고객에게 자신이 이 만남을 간절히 바란다는 인상을 주고 싶지 않았다. 상대에게 특별한 호감이 있는 경우가 아니면 그녀는 늘 약속 시간 1분 전에 약속 장소에 나타난다. 일부러 늦는 여자들도 있었다. 고객을 몸 달게 만들어 자신에게 돈을 더 쓰도록 하는 일종의 '헝거 마케팅'[1]이다. 하지만 그녀는 '비즈

---

1   한정된 물량만 판매해 소비자의 구매욕을 더 자극하는 마케팅 기법.

니스'에서 시간 준수는 기본적인 매너라고 생각했다.

올해 스무 살인 그녀는 약 1년 전 애인 렌털업에 뛰어들었다. 신데렐라를 꿈꾸지도 않고 쉽게 돈을 벌어 명품을 사겠다는 욕심도 없다. 단지 몸을 밑천 삼아 먹고살 수밖에 없었던 것이다.

아이잉은 오래전 부모와 연락을 끊었다. 아빠가 몸이 아파 실직한 뒤 엄마도 아빠와 아이잉의 남동생을 돌보느라 일하지 못하고 공공 임대주택에 살면서 정부의 저소득층 지원금만 가지고 생계를 꾸려야 했다. 아빠의 장애 지원 수당과 저소득층 지원금으로 먹고사는 건 근근이 해결되었지만 아이잉은 집에서 늘 냉대를 받았다.

남아 선호가 심한 부모는 아이잉보다 일곱 살 어린 남동생에게만 돈을 썼다.

"딸 키워봤자 밑지는 장사야. 홀랑 시집가버리면 부모한테 돈을 갖다주겠어?" 엄마는 입버릇처럼 이렇게 말했다.

어릴 적부터 사랑과 관심을 독차지하며 학원에 다닌 남동생은 학교 성적이 좋았지만, 부모의 무관심 속에 자란 아이잉은 중학교에 올라가 사춘기가 되면서 점점 반항심이 생겼고 부모에게 더더욱 눈엣가시가 되었다. 고등학교 때는 결석을 밥 먹듯이 했지만 고3이 된 뒤 HKDSE[2]에서 좋은 성적을 받아 대학에 가야만 집에서 완전히 독립할 수 있다는 걸 깨달았다. 그제야 벼락치기로 공부했지만 너무 늦게 깨달은 탓에 변변한 성적을 받지 못했다. 그녀는 시험 결과를 비웃는 부모와 크게 다투고 가출한 뒤 가족과 인연을 끊기로 결심했다.

비록 대학은 가지 못했지만 전문대학 입학 자격을 얻은 그녀는 2년제 광고 미디어 과정에 지원했다. 전문대학을 졸업한 뒤 홍콩이나 외국 대학의 학사 과정에 편입할 수 있었으므로 인생의 목표를 세우고 자기 힘으로 살길을 개척하기로 했다.

하지만 아무리 높은 뜻을 세워도 가난한 현실을 바꿀 수는 없었다.

전문대학에 학비 지원 제도가 있어서 학자금 대출을 신청했다. 2년 동안 6만 홍콩달러 넘는 학비는 해결된 셈이지만, 졸업 후에 거액의 빚을 갚아야 하는 데다 학교에 다니는 동안 필요한 생활비는 따로 벌어야 했다. 그래서 고민 끝에 독한 마음을 먹고 렌털 애인 일을 시작했다. 가장 짧은 시간에 가장 많은 돈을 벌기 위한 선택이었다.

이 일을 오래 할 수 없으리라는 사실을 그녀는 잘 알고 있었다. 나이를 먹을수록 수입이 점점 줄어들다가 스물일고여덟쯤 되면 한참 지난 이월 상품으로 분류되어 헐값이나 부를 수 있을 것이다. 그래서 젊고 날씬하고 피부도 탱탱할 때 열심히 벌어두어야 했다. 남자와 잠자리도 마다하지 않았다. 그래야만

---

2   Hong Kong Diploma of Secondary Education, 홍콩에서 2012년부터 시행된 6년제 중등교육 수료 시험으로 HKDSE examination 또는 DSE라고도 부른다. 이 시험을 통과해야 대학에 진학할 수 있으므로 대학 입학 자격시험이기도 하다. —원주

몇 년 뒤 생활비까지 모아놓을 수 있기 때문이다. '웃음은 팔아도 몸은 팔지 않는다'며 고상 떠는 위선자들을 제일 혐오했다. 돈이 전부인 요즘 세상에 가난은 흉이지만 매춘은 흉이 아니다. 온종일 뼈 빠지게 일하며 한 평 반짜리 쪽방에서 사느니 차라리 호화 주택에서 풍족하게 살면서 과거를 후회하며 눈물짓는 게 더 낫다고 생각했다.

약속 시간이 가까워지자 붐비는 인파에 섞여 에스컬레이터를 타고 올라간 뒤 출구 쪽으로 향했다. 그녀는 자신을 기다리는 손님을 보자마자 재빨리 비즈니스용 표정을 얼굴에 걸고 설레는 데이트를 하러 온 여자 친구처럼 손을 흔들며 종종걸음으로 다가갔다.

"미안. 오래 기다렸어?" 아이잉이 친근하게 물었다.

"아니, 지금 막 왔어. 밥 먹으러 갈까? 태국 음식 괜찮아?"

"응, 자기가 고른 건 다 좋아."

아이잉이 남자의 팔을 꼭 끌어안자 남자도 자연스럽게 그녀의 손을 잡고 연인처럼 출구를 빠져나갔다.

아이잉에게 이건 사적인 감정이 조금도 개입되지 않은 비즈니스였다. 동종 업계 다른 여자들에 비하면 그녀는 손님을 거의 가리지 않는 편이었다. 발정 난 중년 아저씨든, 자기 말만 지껄이는 찝돌이든, 땀을 비 오듯 흘리는 뚱보든 그녀는 흔쾌히 손님으로 받았다. 그녀의 유일한 철칙은 첫 데이트에서 호텔로 직행하지 않는다는 것이었다. 그건 그녀가 이 업종에 뛰어들면서 자기 자신과 한 약속이었다. 먼저 서로 '교제'를 해야만 육체관계로 넘어갈 수 있었다.

오늘 고객인 데이비드—물론 가명이라는 걸 그녀도 알고 있었다. 그의 인스타그램 계정도 연락용으로 따로 만든 것이었다—와는 첫 만남이 아니었으므로 호텔에 갈지도 모른다는 마음의 준비를 하고 왔다. 사실 그들은 바로 어젯밤 침사추이에서 데이트를 했다. 지하철역에서 그녀는 헤어지기 아쉬운 표정으로 남자를 몇 분이나 꼭 끌어안고 있었다. 남자들은 그런 유혹에 약하므로 빠른 시일 내에 '재방문'할 것이라는 예상은 했지만 이 정도로 효과적일 줄은 몰랐다. 남자가 귀갓길에 바로 애프터 신청 메시지를 보냈던 것이다. 마침 오늘 밤 예약된 고객이 없어 그녀도 곧바로 승낙했다.

이게 웬 떡이야, 하고 그녀는 생각했다.

데이비드는 점잖은 인상이지만 뿔테 안경은 멋으로 쓴 거라는 걸 그녀는 알고 있었고, 팔뚝에 단단하게 잡히는 알통도 오히려 약간 거부감이 들었다. 그녀는 체격이 우람한 손님을 좋아하지 않았다. 그런 사람들은 자기 정력을 과시하려고 침대에서 기괴한 체위를 강요해 사람을 기진맥진하게 만들기 때문이다. 정력은 강할지 몰라도 찬사를 보내고 싶은 마음은 조금도 들지 않았다. 한번은 그런 손님 때문에 발목을 접질려 일주일이나 일을 쉬기도 했다. 아이잉은 사실 섹스에는 별로 관심이 없었고, 여느 여자들처럼 다정하고 자기 고민을 잘 들어주고 함께 있으면 보호받는 느낌을 주는 남자를 원했다. 물론 그녀도 이건 단순한 비즈니스일 뿐 이상과 현실은 다르다는 걸 알고 있었다. 지금은 돈을 버는 게 급선무이고 소울메이트를 찾는 건 나중에 해도 된다고 생각했다.

"매운 거 잘 먹어? 이 푸팟퐁커리 좀 맵지만 맛있어." 네이선 로드의 태국 음식점에서 데이비드가 메뉴판의 사진을 가리키며 물었다.

"매워도 괜찮아. 자기가 좋아하는 거 시켜. 자기가 맛있게 먹으면 난 다 좋아." 아이잉이 다정한 애인 역할을 충실히 연기했다.

아이잉은 이 식사가 매우 흡족했다. 렌털 애인이라는 직업의 큰 장점 가운데 하나는 바로 저녁 메뉴를 고민할 필요가 없고 종종 이렇게 훌륭한 음식도 먹을 수 있다는 것이었다. 예전에 집에서 먹었던 씁쓸한 저녁밥을 떠올렸다. 부모님은 몇 점 되지 않는 고기를 보란 듯이 아들의 밥그릇에만 올려주었고, 그녀는 채소와 밥만 먹어야 했다. 그런 비인간적인 생활로 되돌아가고 싶지 않았다.

"우리 어디 갈까? 같이 걸을까, 한잔할까?" 9시쯤 식사를 마치고 나오며 아이잉이 데이비드의 손을 잡고 물었다.

"마르코폴로에 방 잡아놨어." 데이비드가 주머니에서 카드 키를 꺼냈다. 마르코폴로는 침사추이의 5성급 호텔이었다.

"어머, 이렇게 일찍……"

"일찍 들어가는 게 좋지. 어차피 오버나이트 결제했잖아."
데이비드가 엷은 미소를 지었다. 렌털 애인은 시간에 따라 돈을 받는데 다음 날 아침까지 밤을 함께 보내는 오버나이트는 가격이 꽤 비쌌다.

아이잉은 반대하지 않았지만 속으로 비명을 질렀다. 데이비드의 체격을 보면 오늘 밤 잠을 재우지 않을 것 같았다. 내일 오전 수업에 빠지고 늦잠을 잘 수 있을지 생각했다. 다행인 점이 있다면 상대가 쩨쩨한 손님이 아니라는 사실이었다. 싸구려 모텔보다는 고급 호텔이 욕실도 깨끗하고 침구도 푹신했다.

마르코폴로 호텔에 도착했다. 데이비드가 엘리베이터 16층 버튼을 누르자 문이 천천히 닫혔다. 아이잉은 엘리베이터 문이 닫히자마자 데이비드가 자기 몸을 더듬을 줄 알았지만 그는 점잖게 그녀의 손만 잡고 있었다. 아이잉은 이 남자의 마음을 짐작할 수가 없었다. 수많은 남자를 겪어보았지만 이렇게 속을 알 수 없는 남자는 처음이었다.

"1603······. 이 방이군." 데이비드가 아이잉의 손을 잡고 객실 앞에 서서 카드 키를 손잡이에 가볍게 대자 딸깍, 문이 열렸다.

그가 아이잉에게 먼저 들어가라고 손짓을 했다. 아이잉은 객실에 불이 켜져 있는 걸 보고 그가 자신을 위해 무슨 이벤트를 준비한 것 같다고 생각했다. 침대 위에 아흔아홉 송이 장미 꽃다발이 놓여 있거나, 샴페인이나 케이크 같은 걸 준비해놓았을 수도 있었다. 예전에도 이벤트를 해주는 남자가 있었지만, 그런 남자들은 말투와 행동에서 진심으로 자신에게 푹 빠졌다는 걸 미리 눈치챌 수 있었다.

"어……?" 객실에 들어가 방 안 광경을 보는 순간 아이잉의 몸이 얼어붙었다. 방 안에 다른 사람이 있었던 것이다.

딸깍. 등 뒤에서 문 잠그는 소리에 홱 돌아보자 데이비드가 문을 닫고 있었다.

"다…… 당신들……."

"경찰입니다." 창가에 서 있던 남자가 다가오며 아이잉의 눈앞으로 경찰 신분증을 들어 올렸다. "홍콩섬 총구 강력반 쉬유이 경위입니다."

각각 의자와 소파에 앉은 남녀의 가슴에도 똑같은 신분증이 달려 있었다. 아이잉이 뒤를 돌아보자 데이비드도 주머니에서 신분증을 꺼내 그녀 앞에서 흔들었다.

"난…… 난 몰라요. 이 사람을 따라온 거예요……." 아이잉은 하얗게 질린 얼굴로 이번에는 진짜 잡히는구나, 하고 생각했다. 데이비드가 어제 돈을 지불하고 데이트를 한 뒤 오늘 여기까지 데려왔으므로 그녀가 떳떳하지 못한 거래를 했다는 증거를 모두 확보했을 것이다.

"탄아이잉譚璦瑩 씨, 놀라지 마세요. 렌털 애인 일을 한 것 때문에 찾아온 건 아닙니다." 쉬유이는 차분하게 말했지만 아이잉은 기절할 뻔했다. 그녀는 인스타그램에서 본명을 밝힌 적이 없었고, 고객들은 그녀를 '신디'로만 알고 있었다.

"홍콩엔 성적인 서비스로 돈 버는 걸 금지하는 법률이 없어요. 탄아이잉 씨가 포주에게 통제당하고 있는 게 아니라면 경찰도 아이잉 씨를 어떻게 하지 못해요." 데이비드가 아이잉의 어깨에 손을 얹고 방 한가운데로 데리고 갔다.

"아싱, 앉을 자리 좀." 쉬유이가 소파에 앉은 아싱에게 말한 뒤 데이비드에게 말했다. "자치, 물 한 잔 드려……. 그리고, 그 웃기는 안경은 벗지 그래?"

아이잉은 비장한 표정의 남자 셋과 여자 하나에게 둘러싸여 1인용 소파에 앉은 채 물컵을 단숨에 비웠지만 떨리는 가슴이 진정되지 않았다.

"탄아이잉 씨에게 정식으로 수사 협조를 요청할 수도 있었지만 가족이나 친구들에게 직업이 알려지는 걸 원치 않을 것 같고, 긴급한 상황이기도 해서 이런 방법으로 접촉했어요." 소파 끝에 앉은 쉬유이가 말했다.

자치는 아이잉이 아직 이 상황을 이해하지 못할 거라고 생각했다. 자치는 며칠 전 그녀가 침사추이역 플랫폼에서 칸즈위안과 헤어질 때 재빠른 판단으로 미행 상대를 그녀로 바꿨다. 그는 휴대폰을 들여다보고 있는 그녀에게 몰래 다가가 영업용 인스타그램 계정을 알아내고, 그녀가 칭이역에서 내려 버스를 타고 전문대학 기숙사로 들어갈 때까지 계속 미행했다. 샤오후이는 그 인스타그램 계정에 등록된 전화번호와 기숙사 학생 자료를 조회해 하루도 안 돼서 그녀의 신분을 찾아냈다. 그다음 자치가 '데이비드'라는 이름으로 인스타그램 계정을 개설한 뒤 아이잉에게 연락해 이틀 연속으로 만났다. 그녀를 호텔로 유인한 것은 첫째, 남의 눈을 피할 수 있으며, 둘째, 조사 대상에게 도망칠 구멍이 없고 경찰에 협조하는 것만이 유일한 출구라는 착각을 심어줄 수 있다는 장점 때문이었다.

"우리가 수사하려는 건 아이잉 씨가 아니라 이 사람입니다." 쉬유이가 샤오후이에게 태블릿을 건네받아 아직 얼떨떨한 표정의 아이잉 앞으로 내밀었다. 태블릿에 칸즈위안의 사진이 떠 있었다.

"……앤디?" 아이잉은 조금 정신이 들었다.

"이 자식, 소설에 나오는 이름을 썼네!" 아싱이 웃었다. 무명지의 소설에 '앤디 훠'라는 인물이 나온다는 걸 쉬유이도 기억하고 있었다.

"자기 이름이 앤디라고 했나요?" 쉬유이가 묻자 아이잉이 긴장된 얼굴로 끄덕였다.

"데이트는 몇 번 했어요?"

"두, 두 번이요……."

자치와 쉬유이가 눈빛을 주고받았다. 두 번의 데이트는 그들도 알고 있었다.

"이 사람에 대해 얼마나 알아요?" 쉬유이가 물었다.

"잘 몰라요……. 두 번밖에 안 만났으니까……. 출판사에 다닌다고 했는데 출판사 이름은 몰라요. 그게 사실인지도 모르겠고요……."

"데이트할 때 무슨 얘기 했어요?"

"특별한 얘기는 없었어요. 무슨 영화를 좋아하는지, 어느 식당에 가봤는지, 그런 얘기요……."

아이잉은 '앤디'가 다른 고객들과 달랐다는 걸 그제야 깨달았다. 자기 얘기를 하지 않는 남자들은 대개 섹스가 유일한 목적이고, 섹스가 갈급하지 않은 사람은 직장이나 생활에 대한 고민을 얘기하며 긴 넋두리를 늘어놓는다. 하지만 앤디는 두 번의 데이트에서 섹스를 화제로 올린 적이 없고, 자기 얘기도 거의 하지 않았다. 반대로 은근슬쩍 아이잉의 사생활에 대해 물었다. 기숙사에서 사는지 통학하는지, 가족과의 관계는 어떤지, 어쩌다 렌털 애인 일을 하게 됐는지 등등.

아이잉이 뒤늦게 깨달은 이상한 점들을 말하자 모두의 표정이 심각해졌다. 아이잉은 자기가 말실수를 했나 싶어 겁이 났다.

"그, 그 사람이 언제 문신을 했느냐고 물었어요." 아이잉이 소매를 걷어 올리자 왼팔 팔목 안쪽에 있는 작은 하트 문신이 드러났다. "애인에게 문신이 있는 걸 싫어하는 손님…… 남자들이 가끔 있지만 그 사람은 문신에 관심을 보이면서 개인의 자유라고 했어요."

사실 아이잉은 앤디에게 상당히 호감이 있었다. 그는 가장 이상적인 고객이었다. 돈 잘 쓰고 말수 적고 성적인 서비스를 원하지 않고, 데이트할 때도 추근대지 않고 매너가 좋았다. 게

다가 미남까지는 아니어도 깔끔한 옷차림에 진중한 말투가 매력적이었다. 나이 차이는 조금 나지만 그런 성숙한 남자라면 사귀어도 좋겠다 싶었다. 그가 원조 교제를 제안했다면 아마 받아들였을 것이다.

그녀의 문신 얘기를 듣고 쉬유이의 머릿속에 얼마나 끔찍한 상상이 스쳤는지 그녀는 모르고 있었다. 그는 그녀가 칸즈위안에게 최고의 사냥감일 거라고 판단했다. 가족과 연락을 끊었으니 실종되어도 알아챌 사람이 별로 없고, 렌털 애인이라는 일의 특성상 낯선 곳으로 유인하기도 쉬웠다. 또 문신이 문란한 사생활을 의미하지는 않지만 이런 직업에 종사하는 데다 문신까지 있으므로 평범한 삶에 만족하지 못하는 여자일 거라 짐작할 수 있다. 남의 시선을 의식하지 않고 자기만의 스타일이 뚜렷한 여자가 자기 감정에 따라 주위와 연락을 끊는 것은 흔한 일이므로 혹시 그녀의 실종을 이상하게 여긴 친구들이 신고를 하더라도 MPU는 대수롭지 않게 생각할 것이다.

어쩌면 칸즈위안은 그런 질문을 하며 이 여자를 어떻게 토막 낼지, 어떤 부위를 어떤 사이즈의 표본병에 담을지 머릿속으로 궁리하고 있었을지도 모른다. 여자의 하트 문신을 보며 그는 무슨 생각을 했을까? 그녀의 팔뚝이 길고 가는 병에 들어갈 수 있을지 가늠해보았을까, 아니면 피해자의 신원이 드러나지 않도록 문신이 있는 피부를 도려낸 뒤 고정해야겠다고 생각했을까? 쉬유이는 아이잉의 팔목을 응시하며 범인의 생각을 짐작했다.

쉬유이는 이것저것 자세히 물어보고 그녀에게서 더 얻어낼 만한 유용한 정보가 없다고 판단한 뒤 비로소 본론으로 들어갔다.

"이 남자가 범행을 실토하게 하려는데 탄아이잉 씨의 협조가 필요합니다."

"협조라고요? 어떻게요?" 아이잉이 놀란 눈으로 그를 보았다.

"이 남자가 아이잉 씨에게 다시 연락할 거예요. 다시 만나면 우리가 시키는 대로 질문하세요. 우리가 미리 작전 내용을 짜 놓고 처음부터 끝까지 지켜보면서 이어폰으로 지시할게요. 그대로 따라 하기만 하면 됩니다."

아이잉이 말없이 입술을 깨물며 두려움을 누르고 있다가 겁먹은 얼굴로 물었다. "저…… 저를 이용해서 그 사람을 체포하려는 거예요?"

"증거 수집이에요. 그 남자가……."

"싫어요. 난 못 해요!" 아이잉이 미간을 찡그리며 잘라 말했다. "인권을 침해하고 혐의를 씌우는 데 협조하라는 거잖아요. 그런 짓은 할 수 없어요! 내가 아무리 몸 파는 더러운 여자라고 해도 비열한 방법으로 시민을 통제하는 당신들만큼 더럽진 않아요!"

"진정해요, 탄아이잉 씨. 우린……."

"법 앞에 만인이 평등하다? 퉤! 공무원들은 무슨 핑계든 만들어내겠죠? 당신들이 무슨 못된 짓을 하든 상관없지만 내 도움을 받을 생각은 말아요!"

조금 전까지도 주눅 든 얼굴로 떨고 있던 아이잉이 갑자기 새된 목소리로 외쳤다. 뜬금없는 비난에도 쉬유이는 화를 내거나 반박하고 싶지 않았다. 경찰과 시민 사이에 신뢰가 사라진 요즘 세태에 강하게 맞서봤자 득보다 실이 많다고 판단했기 때문이다. 민중과 직접 접촉하지 않는 고위 공무원들은 만사를 절차와 원칙에 따라 처리하고 효율을 최우선으로 하며 경찰에 대한 시민의 반감에 강경하게 대응할 것을 주장할 수 있지만, 일선 경찰인 쉬유이는 민중의 신뢰를 얻어야만 수사할 수 있었다. 게다가 사람과 사람 사이의 신뢰란 매우 취약한 것이어서, 오랜 세월, 10년 심지어 몇십 년에 걸쳐 천천히 쌓인 신뢰도 사소한 일로 균열이 생기고 하루아침에 완전히 깨질 수 있다는 것을 그는 잘 알고 있었다.

쉬유이가 손을 들어 아이잉과 다투려는 자치를 저지한 뒤 태블릿에 다른 사진을 띄워 아이잉 앞에 내려놓았다.

여성 피해자의 몽타주였다.

"이 여자, 본 적 있습니까?" 쉬유이가 감정을 누르고 차분한 말투로 물었다.

예상치 못한 사진과 질문에 아이잉이 이마를 찌푸리며 고개를 저었다.

"우린 지난달 발생한 사우케이완 토막 살인 사건을 수사하고 있어요. 세간에서는 '은둔족 살인마' 사건이라고 부르죠."

"네?"

"대중과 언론은 자살한 남자가 범인일 거라고 예상하지만 우린 작은 단서 하나도 소홀히 넘길 수가 없어요. 공범이나 진범이 법망을 피해 도망치는 일이 있어서는 안 돼요." 쉬유이가 태블릿을 다시 집어 들고 다른 사진을 찾았다.

"아무리 그래도……."

쉬유이가 A0214라고 번호가 적힌 사진을 열어 아이잉 앞으로 내밀었다.

"아악!" 아이잉이 사진을 보자마자 비명을 지르며 몸을 홱 젖혀 소파에 등을 묻고 손으로 얼굴을 감쌌다. 쉬유이가 보여준 것은 표본병 속 고정액에 담긴 여성 피해자의 머리 사진이었다.

"피해자 중 한 사람이에요." 쉬유이가 여전히 차분한 말투로 말했다. "아직 이 여성의 신원을 확인하지 못했어요. 시신이 열두 토막으로 잘려 유리병 열한 개에 나뉘어 담겨 있다는 것 외에 아무것도 몰라요."

"날, 날 겁박하는 거예요?"

"가능하다면 이런 끔찍한 증거 사진을 시민에게 보여주고 싶지 않아요. 하지만 이 피해자를 자세히 보세요. 특히 입술, 얼굴형, 귀의 생김새와 위치를 보세요."

머뭇머뭇 사진으로 시선을 옮겨 떨리는 눈동자로 몇 초쯤 응시하던 그녀가 갑자기 뭔가에 시선이 박힌 듯 미동도 없이 정지되더니 얼굴에서 핏기가 사라졌다.

"이…… 이 여자…… 나랑……." 아이잉이 더듬거리며 말을 잇지 못했다.

"맞아요. 탄아이잉 씨와 닮았어요." 쉬유이가 칸즈위안의 잡지 인터뷰를 스캔한 이미지 파일을 열었다. 칸즈위안의 사진이 실려 있었다. "아이잉 씨가 알고 있는 '앤디'라는 사람은 소설가예요. 그의 소설 내용 중에 이 토막 살인 사건과 비슷한 부분이 있어요. 이 사건이 일어난 아파트 옆집에 살고 있고 최초 목격자이기도 해요."

쉬유이의 이 말이 사실인지는 따져볼 필요가 있었다. 소설 속 이야기와 이 사건 사이에 공통점이 있다고 단정할 수 없고, 칸즈위안은 셰바이첸의 자살한 시신은 발견했지만 표본병은 발견하지 못했다. 하지만 쉬유이가 거짓말을 한 것은 아니었고, 또 현재로서는 칸즈위안이 가장 유력한 용의자이기도 했다.

"우린 탄아이잉 씨가 범인의 다음 표적일 가능성을 우려하고 있어요." 쉬유이가 이 가설을 제일 마지막에 얘기한 건 먼저 아이잉 스스로 결론을 내리도록 하기 위해서였다. 사람들은 제3자가 알려주는 사실보다 자신이 추론한 가설을 더 신뢰하기 마련이다.

아이잉은 불안감을 감추지 못했다. 새빨간 립스틱도 창백한 입술을 가려주지 못했고 두 손이 덜덜 떨리기 시작했다.

"탄아이잉 씨." 쉬유이가 계속 말했다. "협조를 거부해도 돼요. 아이잉 씨가 온라인에서 그 남자를 차단하고 만남을 거부한다면 그는 아이잉 씨를 포기하고 새로운 목표를 찾겠죠. 하지만 내가 수사했던 사건들을 보면 한번 고른 사냥감에 강하게 집착하는 범인들이 있어요. 그가 그런 성향이라면 다른 방식으로 아이잉 씨를 뒷조사해 기습적으로 범행하겠죠. 그렇다면 막기가 더 어려워요. 아이잉 씨가 우리에게 협조하는 게 최선이에요. 아무것도 모르는 척 연기하면서 정보를 캐내는 게 쉽진 않겠지만, 선제공격으로 확실한 증거를 찾아내 용의자를 체포하는 게 아이잉 씨의 안전을 지키는 최선의 방법이에요."

아이잉은 속으로 득실을 따져보는 듯 말없이 듣기만 했다.

"다른 여성들과 사진 속 불쌍한 피해자를 생각해봐요. 우리 사회에 많은 문제가 있고 헤아릴 수 없는 악이 도사리고 있어요. 아이잉 씨는 지금 그 악을 고발할 수 있는 몇 안 되는 사람이에요. 타인을 위한 일이고, 또 아이잉 씨 본인을 위한 일이에요. 난 해답이 분명한 일이라고 생각해요. 하지만 아이잉 씨가 거절한다면 의사를 존중하겠어요. 어쨌든 범인을 잡는 건 아이잉 씨가 아니라 우리 책임이니까."

"알겠어요……. 좋아요. 할게요." 한참 생각에 잠겨 있던 아이잉이 체념한 말투로 대답했다. 자치와 아싱이 눈빛을 주고받으며 팀장의 '2보 전진을 위한 1보 후퇴' 전략에 감탄했다. 사실 쉬유이의 말은 진심이었다. 만약 아이잉이 끝까지 협조를 거부했다면 그는 이 방법을 포기하고 칸즈위안을 계속 감시하며 다른 단서가 나타나길 기다렸을 것이다.

쉬유이는 아이잉과 기본적인 작전 계획을 세우고 서로 연락할 방법을 점검한 뒤 샤오후이와 아싱에게 장비를 준비하라고 지시했다. 쉬유이는 경찰이 정보원에게 지급하는 보수에 따라 비용을 지급하겠다고 했지만, 아이잉은 순수한 정의감으로 하는 것이라며 거절했다. 살인범을 체포하기 위해 위험을 무릅쓰기로 결심했고 아무리 돈이 궁해도 이런 일에서 돈을 바라지는 않는다고 했다.

"수업이 끝나면 학교에서 어떤 길로 나와요?" 쉬유이는 칸즈위안이 거의 매일 모리슨 힐의 전문대학 근처에 차를 세우고 시간을 보내는 게 의심스럽다는 자치의 보고를 떠올렸다.

"그날그날 예약 상황에 따라 달라요. 예약된 손님이 있을 때는 버스나 지하철을 타고, 없을 때는 걸어서 기숙사로 가요."

"걸어서 기숙사에 간다고요? 완차이에서 청이까지?"

"완차이요?" 아이잉이 어리둥절한 표정을 짓다가 이내 알겠다는 듯 말했다. "제가 다니는 과정은 청이 캠퍼스에서만 수업이 있어서 완차이의 모리슨 힐 캠퍼스까지 가지 않아도 돼요."

쉬유이가 고개를 돌려 자치를 보자 자치도 모르겠다는 듯 어깨를 으쓱였다. 아마도 칸즈위안은 아이잉이 전문대학에 다닌다는 것만 알고 완차이 캠퍼스에서 수업을 듣는다고 생각해서 그녀를 미행하러 모리슨 힐에 갔을 것이다.

세 시간의 회의 끝에 작전을 완성한 뒤 쉬유이는 자치를 시켜 아이잉을 칭이 기숙사까지 데려다주게 했다. 그날 밤 쉬유이는 아성과 자치 대신 다른 부하를 칸즈위안의 집 앞으로 보내 잠복근무하게 했는데 칸즈위안은 밖에 나온 적이 없다고 했다. 이미 아이잉을 목표로 결정했으므로 더 이상 사냥감 물색을 위해 렌털 애인들을 만날 필요 없이 집에서 실행 계획을 세우고 있는 것 같았다. 쉬유이는 당분간은 아이잉이 크게 위험하지 않을 것으로 판단했다. 경찰의 수사가 끝나지 않은 지금 또 다른 여성이 실종되거나 시신이 발견된다면 자신이 용의선상에 오르기 쉽다는 걸 칸즈위안도 알고 있을 것이다. 지금은 목표에 접근해 그녀에 관한 정보를 수집하기 좋은 시기였다. 준비해두었다가 적당한 시기에 이 여자를 세상에서 증발시킨다면 큰 파문을 일으키지 않고 쥐도 새도 모르게 범죄를 완성할 수 있었다.

　그런데 불과 사흘 뒤 아이잉에게서 연락이 왔다. 칸즈위안이 인스타그램으로 연락해 내일 만나자면서 함께 밤을 보낼 수 있느냐고 물었다는 것이다.

　"잠시 기다려달라고 했어요." 아이잉의 떨리는 목소리가 전화기를 타고 흘러나왔다. "쉬 경위님, 그러자고 해요? 거절해요? 나한테…… 뭘…… 하려는 걸까요?"

　칸즈위안이 밤을 보내자고 할 줄은 쉬유이도 예상하지 못했다. 살인 욕망을 억누르지 못한 그가 아이잉의 생활을 모두 파악하고 그녀가 실종되어도 아무도 알아채지 못할 것으로 판단한 뒤 빠르게 해치우려는 걸 수도 있었다. 아이잉의 신변 안전을 위해서라면 제안을 거절하라고 해야 마땅하지만, 경찰은 그녀를 미끼로 칸즈위안을 체포할 계획이었다.

그러므로 경찰에게는 증인과 물증을 동시에 확보할 수 있는 황금 같은 기회였다.

쉬유이는 고민했지만 역시 이 천재일우의 기회를 놓칠 수 없다고 판단했다.

"수락하세요. 그 대신 지금부터 내 지시대로 행동해야 해요." 쉬유이가 스피커폰 기능을 켜고 사무실에 있는 샤오후이에게도 들으라는 손짓을 했다. "우리 계획대로 위장 마이크와 이어폰으로 계속 소통할 거예요. 추가로 위치 추적이 가능한 휴대폰을 주고 우리가 계속 미행하다가 호텔에 들어가면 가까운 곳에서 대기하고 있을게요. 방에 들어가면 그가 먼저 씻게 하고 그사이에 의심스러운 물건을 갖고 있지 않은지 찾아봐요. 밧줄이나 약물, 칼 같은 걸 발견하면 우리가 즉시 방으로 들어갈게요. 그런 걸 발견하지 못하거나 낌새가 이상하면 그가 샤워하는 동안 밖으로 도망치거나, 씻으러 가는 척하고 욕실에 들어가서 문을 잠가요. 우리가 아이잉 씨를 무사히 밖으로 데리고 나올게요."

"어떻게요?"

"경찰이 호텔 객실을 갑자기 조사하는 건 흔한 일이에요. 만약 그자가 아이잉 씨를 집에 데리고 간다면 순경을 시켜서 시끄럽다는 민원이 들어왔다며 찾아가게 할게요. 어떤 방법으로든 아이잉 씨를 안전하게 지킬 거예요."

"알겠어요."

"아이잉 씨." 샤오후이가 끼어들었다. "두 사람이 저녁을 먹는 동안 충분한 자료가 확보된다면 적당한 핑계를 대고 데이트를 일찍 끝내도 돼요. 아이잉 씨를 위험하게 만들지 않을게요."

샤오후이의 말에 아이잉도 안심했다. 아무리 성매매로 돈을 벌고 있어도 자신을 죽이려는 살인마와 성관계를 하는 건 용납할 수가 없었다. 하지만 경찰은 당장 위험하다고 판단되지 않는 한 경솔하게 상황에 개입하지 않을 것이고, 경찰의 개입 없이는 그녀가 칸즈위안의 성적 요구를 거절할 방법이 없었다. 그때 같은 여자인 샤오후이가 끼어들어 경찰에 그녀의 마음을 이해하는 사람이 있음을 알려주었던 것이다. 쉬유이가 샤오후이를 대화에 참여하게 한 이유가 바로 이것이었다.

이튿날 늦은 오후, 각자 만반의 준비를 끝내고 행동 개시할 시간을 기다리고 있었다. 쉬유이는 센트럴구 성범죄 수사 인력 중 두 명을 임시로 투입해 인원을 늘렸다.

"팀장님, 자치에게 연락 왔어요. 칸즈위안이 집에서 나와 출발했대요."

홍콩섬 동쪽 타이쿠싱[3] 주차장에 주차된 차 안에서 아싱이 쉬유이에게 말했다. 강력반이 중요한 작전을 수행할 때마다 작전 통제실로 사용하는 검은색 SUV 차량에 쉬유이, 아싱, 샤오후이와 임시로 투입된 한화와 보니, 미끼 역할을 할 아이잉이 타고 있었다.

"아이잉 씨, 말해보세요."

"아, 아, 마이크 테스트, 하나, 둘, 셋."

아싱이 왼손을 이어폰에 대고 오른손 엄지를 들어 잘 들린다는 신호를 했다. 조금 전 샤오후이가 아이잉에게 하트 브로치를 달아주었다. 아이잉은 브로치를 자세히 살펴보았지만 어디에 마이크가 감춰져 있는지 알 수가 없었다.

"이건 무선 이어폰이에요. 왼쪽 귀에 끼우고 머리로 가려요." 샤오후이가 애플 에어팟과 비슷한 크기의 무선 이어폰을 건넸다.

"너무 눈에 띄지 않아요? 이러다 들키면……." 아이잉이 걱정스럽게 물었다.

"이건 눈에 띄어야 자연스러워요. 휴대폰 블루투스 이어폰이라고 해요. 이어폰은 아무리 작아도 안 보일 수가 없어서 감추려 할수록 더 들키기 쉬워요. 감추려는 의도가 뻔한 이어폰을 들켜버리면 변명할 수가 없잖아요." 아싱이 말했다.

아이잉이 이어폰을 끼고 아싱이 마이크에 대고 하는 말을 들으며 고개를 끄덕이고는 샤오후이에게 보라색 보조배터리

---

3 홍콩섬 동쪽 타이쿠 지역에 위치한 대규모 주상복합 아파트 단지.

를 건네받았다.

"이어폰과 마이크가 이 보조배터리에 연결되어 있어요. 배터리에 유심칩이 있어서 휴대폰 기능도 해요. 우리가 이걸로 아이잉 씨의 위치를 계속 추적할 거예요. 혹시 말로 도움을 요청할 수 없는 긴급 상황이 오면 배터리 옆에 있는 버튼을 3초간 눌러요. 그러면 우리가 신호를 받고 즉시 손을 써서 아이잉 씨를 구할게요."

아이잉이 트럼프 카드만 한 보조배터리를 이리저리 살펴보았지만 평범한 보조배터리와 다른 점을 찾지 못하고 가방에 넣었다.

"실제 충전 기능도 있으니까 테이블에 올려놓고 휴대폰을 충전해도 들킬 일 없을 거예요." 아성이 웃으며 말했다.

사실 아이잉은 영화에서처럼 옷 속에 신호기를 감춰야 하는 줄 알고 걱정하고 있었는데 감청 기술이 이토록 놀라운 수준으로 발전했을 줄은 몰랐다.

쉬유이가 아이잉과 작전을 간단히 확인하고 칸즈위안과 어떤 대화를 나눠야 하는지 다시 한번 당부했다. 다섯 시간 전 아이잉은 쉬유이로부터 경찰이 원하는 정보가 무엇인지 정리한 리스트를 받았다. 은둔족 살인마 사건에 대한 칸즈위안의 생각, 셰바이천과의 관계, 개인적인 범죄 성향 등등이 나열되어 있었다. 가장 이상적인 상황은 칸즈위안 스스로 경찰과 범인만 알 수 있는 디테일한 부분을 무심결에 말해버리는 것이었다. '합리적 의혹'을 찾아낸다면 경찰이 칸즈위안을 체포할 수 있는 충분한 이유가 생기므로 더 깊이 수사할 수 있었다.

"오케이, 행동 개시."

약속 시간 5분 전, 아이잉이 타이쿠싱 한가운데 중정으로 가서 '앤디'의 연락을 기다렸다. 그녀는 아직 칸즈위안이라는 그의 본명을 알지 못했지만—쉬유이는 그녀가 말실수를 할까 봐 알려주지 않았다—몰래 인터넷을 검색해 인터뷰 기사를 찾아보고 그가 '무명지'라는 필명을 쓴다는 걸 알았다. 아이잉은 심호흡을 하며 렌털 애인 역할을 하는 동안 상대가 살인마라는 사실을 최대한 잊기로 했다. 마음에 들지 않는 고객과 데이트를 할 때마다 감정을 숨기고 사랑에 빠진 애인처럼 연기했으므로 이번에도 잘 속일 수 있을 거라고 생각했다.

중정을 서성이며 기다리고 있는데 저편의 의류 매장 쇼윈도 앞에서 마스크를 쓰고 고개를 숙인 채 휴대폰을 들여다보고 있는 아싱이 시야에 들어왔다. 아는 사람인 걸 들키지 않으려고 재빨리 다른 쪽으로 얼굴을 돌렸다. 아싱이 외투 가슴에 뚫린 작은 구멍을 통해 위장 카메라가 전방을 촬영하고, 그 영상이 실시간으로 작전지휘 차량에 있는 쉬유이의 태블릿으로 전송되고 있었다.

이번 작전에서 아싱과 샤오후이는 현장에 접근해 감시하는 역할을 맡고, 쉬유이는 지휘 차량을 지켰다. 임시로 투입된 한화와 보니도 함께 있었지만 미행이 시작되면 지휘 차량 옆에 주차된 다른 차를 타고 지원을 나설 예정이었다.

"칸즈위안이 차에서 내렸습니다. 저는 주차장에서 지시를 기다리겠습니다." 자치가 무전기를 통해 쉬유이에게 보고했다. 쉬유이는 조금 뒤 태블릿을 통해 아이잉이 전화받는 것을 보았다.

"응……. 나 왔어. 중정의 인형 조형물 앞에 있어……."

이어폰에서 아이잉의 목소리가 흘러나왔다. 쉬유이는 차량 안에서 모든 동태를 파악하고 있었다.

2분 뒤 칸즈위안이 영상에 나타났다. 아이잉이 그를 보고 다가가 반갑게 팔짱을 꼈다. 쉬유이는 스무 살의 그녀가 두려움을 극복하고 자연스럽게 애인 연기를 하는 것을 보고 감탄했다. 두 사람의 대화는 평범했지만 쉬유이는 칸즈위안의 부드러운 말투를 처음 들었다.

"상하이 음식점을 예약해뒀어. 상하이 음식 어때?" 칸즈위안이 물었다.

"좋아. 나도 샤오룽바오[4] 먹고 싶었어." 아이잉이 다정한 애인처럼 말했다.

두 사람이 식당으로 들어가자 아싱이 뒤따라 들어가고 샤오후이는 식당 밖에서 기다렸다. 아싱은 칸즈위안과 아이잉의 테이블이 카메라에 잘 찍히는 자리를 골라 앉았다.

---

4 고기소에서 나온 육즙이 들어 있는, 피가 얇은 상하이식 만두.

"아이잉 씨, 테스트예요. 내 말이 들리면 코를 만져요." 쉬유이가 통화 버튼을 눌러 아이잉에게 무전으로 말하자 아이잉이 칸즈위안과 얘기하다가 코가 간지러운 듯 왼손으로 코를 만졌다. 아이잉의 이어폰이 정상 작동되고 있는지 확인하는 동시에 그녀에게 자신들이 보고 있으니 안전하다는 걸 알리려는 목적이었다.

칸즈위안과 아이잉은 오향쇠고기, 오이냉채, 샤오룽바오, 탄탄면, 닭고기탕, 돼지고기완자 등 꽤 많은 음식을 주문했다. 짜장면과 콩국만 주문한 아싱은 보기만 해도 군침이 돌았다. 아싱도 이 식당의 시그니처 메뉴인 샤오룽바오를 먹어보고 싶었지만 팀장이 보고 있으니 마음대로 시킬 수 없었.

"요즘 바빠?" 닭고기탕을 테이블에 올려놓는 종업원을 보며 아이잉이 칸즈위안에게 물었다. 쉬유이는 그녀가 작전을 개시했다는 걸 알았다.

"괜찮아." 칸즈위안이 짧게 대답하고 미소를 지으며 '애인'에게 닭고기탕을 덜어주었다.

"피곤해 보여. 쉬면서 일해."

"일은 내 사정을 봐주지 않지. 빨리 끝내야 하는 일이 있어."

"재택근무가 가능해?" 코로나가 유행하면서 재택근무가 흔해졌으므로 아이잉이 이렇게 묻는 것이 전혀 이상하지 않았다.

"응. 집에서 일해도 게으름을 피울 수가 없지만."

"너무 바쁘면 자기 집 근처에서 만나도 괜찮아. 패스트푸드

점이나 차찬텡에서 같이 밥 먹으면 되잖아." 아이잉이 다정한 미소를 지었다.

"좋아. 다음에는 그렇게 하자."

"자기 집이…… 사우케이완, 맞지? 지난번에 같이 트램 타고 갔잖아. 종점까지 처음 가봤어."

"맞아."

"사우케이완도 월세가 비싸? 졸업하고 온라인 과정을 수강하게 되면 어디에 집을 얻을지 고민이야."

"홍콩에 월세가 안 비싼 곳이 어디 있나?" 칸즈위안이 씁쓸하게 웃었다. "오래된 아파트도 괜찮다면 조금 싸게 얻을 순 있겠지."

"고민해볼게. 자기 집에서 가까이 살면 자주 볼 수 있잖아." 수줍게 미소 짓는 아이잉의 연기가 쉬유이도 속일 수 있을 만큼 자연스러웠다.

"내가 차를 몰고 가서 만나도 돼."

"아…… 그런데, 치안은 어때? 사우케이완 말이야. 여자 혼자 살기가……."

"괜찮아. 나도 오래 살았어."

"그, 그래도, 얼마 전에 거기서 끔찍한 살인 사건이 있지 않았어? 무슨 은둔족 살인마인가……." 아이잉의 입에서 이 말이 나오자 칸즈위안의 안색이 변하는 걸 쉬유이도 보았다.

"그건 아주 드문 일이야." 칸즈위안이 재빨리 표정을 고치고 태연하게 말했다.

"그 사건이 일어난 아파트가 어딘지 알아? 알아둬야 조심할 수 있잖아. 부동산 중개인에게 속아서 그 아파트로 이사 갈지도 모르니까."

"거기……." 칸즈위안이 난감한 표정으로 머뭇거리다가 말했다. "내가 사는 아파트야."

"뭐? 어머, 세상에! 집이 가까워? 범인을 본 적은 없지?"

칸즈위안이 시선을 조금 떨어뜨리며 입을 다물고 아무 말도 하지 않았다.

"왜 그래?"

"우리 다른 얘기 하자." 칸즈위안이 잠깐의 침묵에 사과하듯 고개를 들고 살짝 웃었다.

아이잉은 상대가 그렇게 직접적으로 화제를 중단시킬 줄은 예상하지 못했다. 더 이상 물어볼 수 없겠다고 생각하고 있는데 이어폰 너머에서 쉬유이가 말했다.

"멈추지 말고 더 물어봐요."

아이잉이 미간을 약간 찡그렸지만 순간적으로 표정을 바꾸고 손을 뻗어 테이블에 올려진 칸즈위안의 왼손을 쓰다듬었다.

"범인이 아는 사람이야? 끔찍한 일을 떠올리게 해서 미안해 ……. 무슨 일이 있으면 얘기해봐. 마음에 담아두면 병 돼."

"오랜…… 이웃이었어."

"친구였어?"

"응."

"친구가 그런 일을 했다는 게 믿기지 않아?"

칸즈위안이 비통한 표정으로 말없이 아이잉을 응시했다. 그 순간 그녀는 경찰의 말이 근거 없는 거짓말이라고 생각할 뻔했다. 눈앞에 있는 이 남자가 살인마라는 걸 믿을 수가 없었다. 하지만 그녀는 그의 눈동자를 스치는 한 가닥 이상한 빛을 놓치지 않았다. 그 눈빛이 스치는 순간 그의 표정이 부자연스럽고 작위적으로 느껴졌다.

속으로 뭔가 계산하고 있는 표정이었다.

"난⋯⋯."

칸즈위안이 입을 떼려는데 종업원이 다가와 김이 모락모락 피어오르는 찜통을 테이블에 올렸다. 작은 찜통 안에 맛있게 보이는 샤오룽바오 네 개가 담겨 있었다.

칸즈위안이 아이잉의 따뜻한 손 밑에서 손을 빼고 종업원에게 고개를 끄덕여 고맙다고 한 뒤 "식기 전에 먹자. 뜨거우니까 조심해"라고 말했다. 아이잉도 화제를 더 이어가지 못하고 잠시 물러서서 다시 수줍고 다정한 여자 친구의 표정으로 샤오룽바오를 하나 집어 들고는 후후 불어 '남자 친구'에게 먹여주려고 했다.

그때 멀리 주차장에서 보고 있던 쉬유이가 하필 바로 그 순간 음식을 가져온 종업원을 얼마나 욕했는지 아이잉은 모르고 있었다.

그 후 아이잉은 살인 사건에 대한 화제를 다시 꺼낼 적당한 타이밍을 잡지 못했다. 쉬유이가 이어폰을 통해 지시해주는 대로 대화를 유도했지만 직접적으로 그 사건에 대해 묻지 않는 이상, 본론으로 넘어가기도 전에 칸즈위안이 화제를 다른 쪽으로 돌렸다. 그러다 보니 오히려 아이잉의 학교생활을 화제로 한참 대화를 나누었다.

"광고가 아주 중요해. 출판업계에서 겪어보니 어떤 상품이 잘 팔리느냐 마느냐, 얼마나 오랫동안 팔리느냐는 상품 자체의 품질에 달려 있지만, 상품에 대한 소비자의 첫인상은 상품의 포지셔닝에 따라 결정돼……."

아이잉은 데이트인지 강의인지 헷갈렸지만, 무명지가 베스트셀러 작가이므로 그의 얘기 중에 학교 과제에 활용할 내용이 있을지도 모른다고 생각했다.

"어쩔 수 없군. 플랜 B로 갑시다." 쉬유이가 아이잉에게 말했다.

플랜 B란 호텔에서 칸즈위안이 샤워를 하는 동안 그의 소지품을 뒤지는 것이었다. 칸즈위안이 그날 밤 바로 살인을 저지를 가능성은 적으므로 결정적인 물증은 찾기 힘들겠지만, 그의 옷이나 지갑을 뒤져 사진을 찍은 뒤 기회를 봐서 도망치거나 적당한 평계를 대고 거래를 중단하기로 작전을 짰다.

두 사람이 식사를 마치고 식당을 나왔다. 아싱은 칸즈위안이 종업원을 불러 계산하기 전에 먼저 식당을 나왔다. 아이잉이 더 살갑게 칸즈위안의 손을 잡고 그에게 몸을 밀착시켰다.

"다음은 어디 가? 술 마시러?" 그녀가 물었다.

"차 가져왔어. 호텔에 가서 마시자." 칸즈위안이 아이잉의 손에 깍지를 꼈다. "파크레인에 예약해놨어."

쉬유이가 속으로 탄식을 터뜨렸다. 파크레인은 코즈웨이베이의 4성급 호텔이었다. 작은 호텔의 종업원들은 경찰을 두려워하기 때문에 러브호텔이라면 긴급 상황에 경찰이 개입하기가 쉽지만 투숙객의 프라이버시를 중시하는 4성급, 5성급 호텔은 경찰에 협조하더라도 그 과정이 퍽 빡빡하고 까다롭다.

그러든가 말든가. 나중에 항의가 들어오면 대응하자, 하고 쉬유이는 생각했다.

두 사람은 곧바로 출발하지 않고 타이쿠싱을 천천히 걸으며 쇼핑센터를 둘러보았다. 칸즈위안은 가전 매장에서 피부 활력 증진과 콜라겐 생성을 촉진하는 효과가 있다는 미용 기기를 아이잉에게 선물했다. 아이잉은 2천 홍콩달러가 넘는 기계를 받고 무척 기뻐했지만 자기 임무를 잊지는 않았다. 계획에 돌발 변수가 생기거나 이 남자가 정말 살인마여서 오늘 밤 또 나쁜 마음을 먹는다면 이 기계는 생명을 잃은 얼굴에 쓰게 될 것이므로 긴장감을 떨칠 수가 없었다.

밤 10시가 거의 다 되어 두 사람이 주차장으로 향했다. 두 사람이 칸즈위안의 차에 도착하기 전 쉬유이는 부하들에게 다음 행동을 지시했다. 샤오후이와 자치가 함께 차를 타고 두 사람을 미행하고, 한화와 보니는 먼저 차를 몰고 파크레인에 가서 기다리고, 아싱은 쉬유이와 합류해 자치의 뒤를 따라가기로 했다.

"아싱, 내가 운전할게. 넌……." 쉬유이가 막 차에 오른 아싱에게 말했다. 아싱이 조수석에 앉아 태블릿을 켜자 지도에 아이잉의 위치가 표시되었다. 그들이 탄 차량이 타이쿠완 로드로 막 접어들어 아일랜드 이스턴 코리더를 타려 하고 있었다.

쉬유이의 이어폰에서 음악이 흘러나왔다. 칸즈위안의 카스테레오에서 흘러나오는 음악인 듯했다. 쉬유이도 아는 팝송이지만 제목이 기억나지 않았다. 게다가 그는 칸즈위안과 아이잉의 대화에 집중하느라 노래 제목을 떠올릴 정신도 없었다. 아이잉이 다시 교우 관계나 여자 친구를 몇 명 사귀어봤는지—쉬유이는 여성 피해자가 그의 '애인'이었을 가능성이 있다고 했다—물었지만 칸즈위안은 농담으로 가볍게 대답하고 넘겼다.

"7번 출구에서 인터체인지로 내려갔습니다." 자치가 무전기를 통해 보고했다.

그들의 차는 코즈웨이베이에 도착했지만, 쉬유이와 아싱이 탄 지휘 차량은 아직 아일랜드 이스턴 코리더를 달리고 있었다. 쉬유이는 곧 호텔에 먼저 가서 기다리고 있는 한화로부터 그들이 도착했다는 보고가 올 거라고 생각했지만 또다시 자치의 목소리가 무전기를 타고 전해졌다. 게다가 약간 긴장한 목소리였다.

"차량이 패터슨 스트리트로 접어들지 않고 계속 글로스터 로드를 따라 직진하고 있습니다. 반복합니다. 차량이 패터슨 스트리트로……."

"팀장님, GPS 표시도 보고와 일치합니다. 차가 캐넌 스트리트에 근접하고 있어요." 아싱이 다급하게 말했다.

목적지가 파크레인 호텔이라면 좌회전해서 패터슨 스트리트로 빠져나갔어야 했다. 쉬유이가 통화 버튼을 눌러 아이잉을 불렀다.

"차가 출구를 지나쳤어요. 이유를 물어보세요."

쉬유이의 말이 끝나자 이어폰을 통해 아이잉의 목소리가 들렸다.

"어머? 길을 잘못 가는 거 아니야?"

"시간이 일러서 가는 길에 야경 보면서 드라이브나 하려고." 칸즈위안의 목소리였다.

쉬유이와 팀원들은 이어폰으로 칸즈위안의 대답을 들었지만 그게 사실인지 확신할 수 없었다. 최악의 경우는 칸즈위안이 아이잉을 으슥한 산속으로 데려가는 것이었다. 그러면 아이잉의 상황이 불리해지겠지만, 또 어쩌면 그의 말대로 순수하게 야경을 감상하며 드라이브를 하려는 걸 수도 있었다.

"2호차는 그 자리에서 대기하고, 1호차가 바짝 따라붙어." 쉬유이가 지시했다.

"차량이 커낼 로드 고가도로를 탔습니다. 반복합니다. 커낼 로드 고가도로를 탔습니다." 자치의 목소리가 다시 울렸다.

쉬유이는 재빨리 칸즈위안의 목적지가 어디일지 추리했다. 커넬 로드 고가도로를 따라 직진한다면 애버딘 터널을 거쳐 홍콩섬 남쪽으로 갈 수 있는데, 홍콩섬 남쪽은 인적이 드물어 '으슥한 산속'과 별 차이가 없었다. 불길한 예감이 쉬유이를 덮쳤다.

"차량이 5번 출구로 내려갔습니다······." 자치의 보고에 쉬유이는 정신이 번쩍 들었다. 그렇다면 남쪽으로 가려는 건 아닐 것이다. 그보다는 해피밸리 경마장 일대를 한 바퀴 빙 돌고 호텔로 갈 가능성이 컸다.

"보고합니다. 차량이 퀸스 로드 이스트 방향으로 우회전했습니다. 저희는 출구 아래에서 신호 대기 중이니 GPS로 추적 바랍니다."

"아싱, 차량 위치 보고해." 쉬유이가 말했다.

"퀸스 로드 이스트 퀸엘리자베스 스타디움 앞에서, 서쪽으로······."

아싱이 태블릿 화면을 보며 GPS 위치를 읽고 있는데 모두의 이어폰에서 음악 소리가 뚝 끊겼다.

"어? 주차했나?" 아싱이 보고 있는 GPS 지도에서 차량 표시가 길 한가운데 멈춘 채 움직이지 않았다.

"1호차! 목표 차량의 위치를 보고해!"

"버스에 가려서 확인이 안 됩니다. 반복합니다. 확인이 안 됩니다……."

아직 커넬 로드 고가도로를 달리고 있는 쉬유이가 가속페달을 힘껏 밟았다. 자치와 아싱은 상황의 심각성을 알아채지 못했지만 쉬유이는 작전이 틀어졌다는 걸 직감했다.

이어폰에서 음악 소리도 들리지 않고 주위 소음도 들리지 않았다.

칸즈위안이 주차하면서 카스테레오를 끈 것이 아니라 기계에 문제가 생겨 연결이 끊긴 것이었다.

"1호차! 차량 표시가 스타디움 앞에 있다. 위치를 보고하라!"

"스타디움 앞에 목표 차량이 없습니다. 반복합니다. 목표 차량이 없습니다."

"GPS 표시는 거기에 있어요!" 아싱이 외쳤다.

쉬유이는 GPS가 먹통이 됐다는 걸 알았다. 지도에 보이는 표시는 GPS가 먹통이 되기 전의 위치일 것이다. 통화 버튼을 눌러 아이잉과 연락을 시도했다. "변수가 생겼어요. 빨리 핑계를 대고 차에서 내려요!" 하지만 이어폰 너머에서는 아무 소리도 들리지 않았다. 쉬유이의 경고가 아이잉에게 전달됐는지조차 알 수가 없었다.

"1호차, 퀸스 로드 이스트를 따라서 계속 직진하다가 완차이 지나서 글로스터 로드를 타고 파크레인 방향으로 가." 쉬유이가 지시했다.

"알겠습니다."

자치는 팀장의 지시를 이해했다. 칸즈위안이 드라이브를 하려는 게 사실이라면 록하트 로드와 아스널 스트리트를 거쳐 글로스터 로드를 타고 코즈웨이베이로 돌아갈 것이다. 미행 대상을 놓친 지금으로서는 차량이 앞서가고 있다고 추정하고 전속력으로 달릴 수밖에 없었다.

쉬유이가 아이잉에게 전화를 걸었다. 친구인 척 전화를 걸어 변수가 생겼음을 몰래 알릴 생각이었다. 하지만 신호음이 울리자마자 음성사서함으로 넘어갔다. 쉬유이는 돌이킬 수 없는 최악의 시나리오를 향해 치닫고 있음을 직감했다.

15분 뒤 자치와 쉬유이가 탄 차도 코즈웨이베이로 돌아왔지만 칸즈위안의 흰색 도요타 캠리를 발견하지 못했다. 호텔 밖에서 대기하고 있던 한화와 보니도 캠리를 보지 못했다고 했다. 아이잉의 행방이 묘연했다.

"아싱, GPS 기계 미리 확인했어?" 쉬유이가 히스테릭한 목소리로 물었다. 평소 부하들에게 부드러운 그이지만 일에서 실수가 생기면 아주 매섭게 대했다.

"확인했어요! 배터리도 확인하고, 완충된 걸…… 아…….""

"무슨 문제가 있었어?" 아싱이 머뭇거리자 쉬유이가 다그쳐 물었다.

"아니에요. 몇 번이나 확인했어요. 문제가 있었다면 지원팀 책임이겠죠."

아싱은 사실 뭔가 생각난 게 있었다. 보조배터리로 위장한 추적기에 유심칩이 잘 꽂혀 있는지 확인하려고 케이스를 열었을 때 실수로 어떤 부품이 헐거워졌을 수도 있었다.

유심칩 접촉 불량으로 신호가 끊겼을지도 모른다. 유심칩을 다시 인식하면 연결할 수 있지만, 아이잉에게 추적 장치에 세게 충격을 주거나 흔들어서 헐거워진 부품을 원래 위치로 되돌려야 한다는 걸 알릴 방법이 없었다.

"팀장님, 혹시 파크레인이 아니라, 로즈데일 아닐까요?"[5] 아싱이 말했다. 두 호텔은 이름도 비슷하고 모두 코즈웨이베이에 있는 데다 똑같이 4성급이었다.

쉬유이는 한화와 보니를 계속 파크레인 호텔에서 잠복하게 한 뒤 지휘 차량을 타고 로즈데일 호텔로 향했다. 그 추리가 들어맞길 기대했지만 로즈데일 호텔의 주차 관리 직원은 지난 한 시간 동안 흰색 도요타 캠리를 보지 못했다고 했다. 자치가 근처 호텔을 모두 조사해보자는 의견을 내놓았지만 완차이와 코즈웨이베이에 호텔과 모텔이 워낙 많아서 전수조사는 불가능했다.

"잠깐, 어쩌면 GPS 고장이 아닐 수도 있잖아요?" 샤오후이가 무전기를 통해 말했다. "그들이 사라진 위치에 도르셋과 엠파이어 두 호텔이 있어요!"

쉬유이도 일리 있는 의견이라고 생각했다. 그는 곧장 자치

---

5 '파크레인(珀寧)'과 '로즈데일(珀麗)'의 광둥어 발음이 비슷하다.

와 샤오후이에게 퀸엘리자베스 스타디움 건너편의 두 호텔에 가서 조사하라고 지시했지만 역시 아무 소득이 없었다. 두 호텔의 주차장에서도 칸즈위안의 캠리를 찾을 수 없었다.

째깍째깍 시간이 흘렀다. 쉬유이는 눈먼 사냥개가 된 기분이었다. 드넓은 초원에서 희미한 냄새를 따라 킁킁거리며, 토끼를 입에 물고 숨어 있는 승냥이를 찾아다니는 것 같았다. 순찰대를 동원해 칸즈위안의 차량을 수색해달라고 본부에 협조 요청을 할까 몇 번을 고민했지만, 순찰대가 그의 차를 발견하고 세우라고 한다면 아이잉이 스파이라는 사실을 칸즈위안에게 들킬 것이고, 경찰이 칸즈위안을 체포하지 못한다면 아이잉은 보복 대상이 될 수 있었다. 아이잉이 오늘은 무사히 돌아올 수 있다 해도 칸즈위안이 한두 달 뒤에 범행을 저지른다면 아이잉이 새로운 피해자가 될 수 있었다.

물론 아이잉이 오늘 밤 피살되지 않고 무사히 돌아온다는 전제하에.

"어!"

한 시간쯤 흘러 쉬유이가 거의 포기하고 순찰대에 지원을 요청하려던 그때 아싱이 갑자기 외쳤다.

"GPS가 다시 켜졌어요!"

쉬유이가 고개를 휙 돌려 태블릿을 보았다. 정말로 지도상의 애드미럴티에 차량 표시가 보였다. 동시에 그의 휴대폰이 울리고 아이잉의 번호가 떴다.

"여보세요! 쉬 경위님! 어떻게 된 거예요?"

휴대폰에서 당차게 따지는 아이잉의 목소리가 터져 나오자 쉬유이는 온몸의 긴장이 탁 풀렸다. 그는 휴대폰의 통화 버튼을 누르며 칸즈위안이 일부러 아이잉의 휴대폰으로 전화를 걸어 경찰의 무능함을 조롱하며 시체를 거두어 가라고 통보하는 상황을 상상하고 있었다.

"아이잉 씨! 혼자 있어요?" 쉬유이는 말을 끝내기도 전에 불필요한 질문이라는 걸 알았다. 아이잉이 그를 '쉬 경위'라고 불렀다는 건 칸즈위안이 옆에 없다는 증거였다.

"당연하죠! 그런데 어떻게 된……."

"곧장 애드미럴티 로드 버스 정류장으로 가요. 사람 많은 곳이 안전할 거예요. 지금 데리러 갈게요." 쉬유이가 아이잉의 말을 끊고 서둘러 말한 뒤 아이잉이 알았다고 하자 전화를 끊었다.

쉬유이는 곧장 차를 몰고 애드미럴티로 향했다. 아싱은 아이잉이 가진 추적 장치가 다시 연결된 것을 확인했다. 그들이 끼고 있는 이어폰에서도 다시 아이잉의 주변 소음이 들렸다. 쉬유이는 아이잉이 귀에서 이어폰을 뺐을 거라고 생각했고, 또 무슨 질문을 해야 할지 몰라 말없이 차를 운전했다. 쉬유이는 애드미럴티 로드 버스 정류장에 도착해 버스를 기다리는 사람들 옆에 멀쩡하게 서 있는 아이잉을 확인하고 나서야 겨우 안도의 한숨을 내쉬었다.

"어서 타요." 아싱이 문을 열어주자 아이잉이 굳은 표정으로 재빨리 올라탔다. 일반 차량은 버스 정류장에서 승하차가 금지되어 있으므로 버스를 기다리는 승객들은 어떤 돈 많은 놈이 보란 듯이 법규를 어기는 줄 알고 곱지 않은 시선으로 쏘아보았다.

"쉬 경위님! 사람 갖고 장난치세요? 왜 약속과 달라요?" 차문이 닫히자마자 아이잉이 속사포로 다그쳐 물었다.

"정말 미안해요. 아무 일 없어서 다행이에요." 쉬유이는 대답하지 않고 강력반이 있는 홍콩섬 총구 본부로 차를 몰았다. 본부는 바로 한 블록 떨어진 곳에 있었다.

"아무 일 없다고요……? 잠깐, 호텔 밖에서 대기하고 있는 게 아니었어요?" 아이잉이 소스라치게 놀랐다.

"미안해요. 한 시간 전에 기계 고장으로 퀸스 로드 이스트에서 차를 놓쳤어요……." 쉬유이가 사실대로 털어놓았다.

아이잉이 믿을 수 없다는 얼굴로 그를 노려보았다.

"그럼 그 사람이 날 죽이려 했다면 난 거기서 죽었겠네요? 세상에! 어쩐지 계속 신호를 보내도 대답이 없더라니! 어떻게 이럴 수가……."

"우리 책임이에요. 전적으로 우리 잘못이에요. 미안하지만 노여움을 풀고 한 시간 동안 무슨 일이 있었는지 얘기해주면 수사에 큰 도움이 될 거예요……."

아이잉은 그가 참 뻔뻔하다고 생각했지만 그녀도 묻고 싶은 게 많았으므로 한숨을 크게 한 번 내쉬며 치밀어 오르는 화를 눌렀다. 차가 본부 주차장에 도착했다. 자치, 샤오후이, 한화, 보니도 거의 동시에 도착했다. 쉬유이는 아이잉을 정식으로 조사실로 데려가 조사하지 않고 주차장에서 SUV 차량의 문을 열어놓고 부하들도 함께 그녀의 얘기를 듣도록 했다.

"완차이 퀸스 로드 이스트에서 어디로 갔어요?" 쉬유이가 물었다.

"스터브스 로드로 올라갔어요. 산 위에서 내려다보는 야경이 근사하다면서."

자치가 이마를 탁 쳤다. 엠파이어 호텔 옆 갈림길에서 산 쪽으로 올라갔던 것이다. 거기서 차가 산으로 올라갔을 줄은 예상하지 못했다.

"거기 갔다가 애드미럴티로 갔어요?"

"네. 왜 길을 돌아서 애드미럴티로 가느냐고 물었더니 오히려 이상한 표정으로 나를 보면서 자기가 애드미럴티에 있는 호텔을 예약했다고 말하지 않았느냐고 했어요. 내가 길을 잘못 가는 게 아니냐고 물었을 때 이미 애드미럴티로 가는 걸 알고 있는 줄 알았대요."

쉬유이가 노선을 되짚어보았다. 칸즈위안이 처음부터 애드미럴티로 가려고 했다면 아일랜드 이스턴 코리더에서 인터체인지로 빠져나올 때 아이잉이 왜 패터슨 스트리트 방향 출구를 지나쳤는지 묻는 것이 아니라, 왜 계속 아일랜드 이스턴 코리더를 타지 않고 내려오는지 묻는 걸로 착각했을 것이다. 그렇다면 "가는 길에 야경 보면서 드라이브를 하자"는 칸즈위안의 말이 더 잘 들어맞는다. 목적지가 파크레인인데 완차이까지 가서 드라이브를 한다면 길을 돌아가는 것이지만, 코즈웨이베이에서 애드미럴티로 갈 때 스터브스 로드의 산길을 거친다면 조금 멀어지기는 해도 어쨌든 가는 방향이었다.

"파크레인이 아니었어요?"

"네. JW메리어트로 갔어요. 여기는 파크레인이 아니라 메리어트지 않냐고 했더니 그가 어리둥절하게 자기가 아까 뭐라고 했느냐고 하더라고요. 메리어트로 예약했는데 파크레인으로 말이 잘못 나온 거예요! 원래 파크레인을 예약하려고 했는데 빈방이 없어서 더 비싼 메리어트로 예약한 거라나."

모두 헛웃음을 터뜨렸다. JW메리어트는 애드미럴티에 있는 5성급 호텔이었다. 제일 아이러니한 건 지금 그들이 있는 경찰본부와 길 하나를 사이에 두고 있다는 사실이었다. 심지어 본부 건물 바로 옆에 있는 아스널하우스[6]에서는 창밖으로 호텔 객실이 보였다.

"먼저 바에 가서 술을 두 잔 마셨어요." 아이잉이 계속 말했다. "프런트 데스크 직원이 직접 바에 와서 체크인 수속을 하고 객실 키를 주고 갔어요. 비싼 방을 예약한 것 같아요. 내가 일부러 객실 층수와 번호를 몇 번 반복해서 말했더니 앤디가

---

6 홍콩 경찰 본부에 속한 건물 중 하나.

왜 그렇게 중얼거리느냐고 물었어요. 들킨 줄 알고 깜짝 놀랐다니까요? 형사들이 못 듣는 줄 알았다면 그런 모험을 할 필요도 없었을 거예요!"

"무슨 핑계를 대고 빠져나왔어요? 그가 샤워하는 사이에 소지품을 뒤져봤어요?"

"그래서 내가 아까 사람 갖고 장난치냐고 한 거예요. 왜 똑같은 일을 두 번 겪게 하세요?" 쉬유이는 아이잉의 말을 이해할 수가 없었다.

"장난을 치다니요?"

"앤디가 객실에 들어가서 문을 잠그더니 갑자기 진지한 표정으로 나랑 자려고 여기 온 게 아니라 아무도 없는 데서 할 얘기가 있어서 데려온 거라고 하잖아요. 그 사람이 정말 나한테 무슨 짓을 하려는 줄 알고 얼마나 놀랐는지. 욕실로 들여보낼 방법도 없어서 당황했는데, 그가 휴대폰에 있는 사진을 보여주더니 지난번에 경위님이 호텔에서 했던 말과 거의 똑같은 얘기를 했어요."

"거의 똑같은 얘기?"

"사우케이완 토막 살인 사건의 진범이 날 노리고 있다면서 그와 데이트할 때 정보를 캐내달라고요! 이게 사람을 갖고 노는 게 아니고 뭐예요?"

전혀 생각지도 못한 전개에 쉬유이와 부하들은 서로 얼굴만 쳐다보았다.

"한참 얘기했어요. 경찰들이 듣고 있는 줄 알고 지시가 없는데도 억지로 대화를 질질 끌었잖아요. 그가 많은 얘기를 했어요. 그 남자는 아주 위험한 사람이니까 조심해라. 자길 도와주지 않아도 어쩔 수 없지만 적어도 그 남자와 다시는 데이트를 하지 말아라. 그 사람이 언제든 살인 충동을 참지 못하고 날 토막 살해할 수도 있다……. 무슨 근거로 그런 얘기를 하느냐고 했더니, 증거는 없지만 그 남자에게 살해 동기도 있고 그렇게 볼 만한 정황도 있대요. 경찰은 자살한 사람에게 죄를 덮어씌우고 사건을 대충 종결하려고 하는데 그러면 진짜 범인은 처벌받지 않을 거고, 내가 아주 위험해진다고 했어요. 더 이상 시간 끌 핑계도 없고 이상한 사람이라 화를 내면서 데이트 비용도 안 받고 나와버렸어요. 그 사람은 뒤따라 나오지 않고 자기가 한 말을 잘 생각해보라면서 나중에 다시 연락하겠다고 했고요. 호텔 로비로 내려왔는데도 경위님이 아무 말도 없어서 전화한 거예요."

"그가 보여준 사진 속 남자가 아이잉 씨 단골이었어요?" 쉬유이가 물었다.

"네." 아이잉이 휴대폰 속 앨범을 열고 사진을 찾았다. "사진이 약간 흐릿했지만 누군지 바로 알아봤어요."

아이잉이 휴대폰을 쉬유이에게 건넸다. 아이잉이 클럽으로 보이는 곳에서 어떤 남자와 함께 찍은 셀카였다. 남자는 쉰 살쯤 되어 보였지만 나이에 비해 젊고 세련된 옷차림이었고, 그녀의 깊게 파인 상의 속으로 손을 집어넣으려는 듯 팔을 둘러 어깨를 꽉 잡고 있었다.

"단골이에요. 한 달에 두세 번씩 만났었는데 요즘은 좀 뜸해요. 새 '애인'이 생겼겠죠. 이름은 재스퍼인데 본명은 몰라요."

쉬유이는 약간 음흉한 미소를 짓고 있는 사진 속 중년 남자에게서 묘한 느낌을 받았다. 만난 적은 없지만 어디서 본 것처럼 조금 낯이 익었다.

"경찰은 앤디가 범인이라고 확신하는 거예요? 이게 어떻게 된 거죠?"

강력반 형사들도 아이잉과 똑같은 질문을 속으로 하고 있었다. 쉬유이는 갑자기 등장한 새 인물 때문에 머리가 더 지끈거렸다.

만약 칸즈위안의 말이 사실이라면 경찰은 칸즈위안을 조사하느라 많은 시간을 허비한 셈이었다.

진범에게는 증거를 인멸하고 법망을 피할 수 있는 절호의 시간이었을 것이고, 또 다른 범행을 저질러 새로운 표본을 만들 기회를 찾았을 수도 있다.

소설 《제목 미정》 발췌 • 2

……

'하지만 비틀스가 아무리 대단해도 존 레넌과 폴 매카트니가 비치보이스의 〈펫 사운드Pet Sounds〉 앨범에 자극받지 않았다면 〈페퍼 상사의 고독한 마음 클럽 밴드Sgt. Pepper's Lonely Hearts Club Band〉도 세상에 나올 수 없었을 거야.'

'하지만 비치보이스가 먼저 비틀스를 비롯한 브리티시 로큰롤의 영향을 받아 기존 스타일을 깨고 새로운 시도를 했다는 걸 잊지 마. 브리티시 인베이전[1]이 없었다면 비치보이스도 캘리포니아 스타일의 서핑록에만 머물러 있었겠지?'

---

1 1960년대 중반 영국의 로큰롤, 팝 등이 미국에서 광적인 인기를 끌었던 문화 현상.

아바이는 L과 음악에 대한 대화를 나눌 수 있을 줄 몰랐다. 두 사람은 취향은 달랐지만 20세기 로큰롤을 좋아한다는 공통점이 있었다. 각자 취향이 워낙 뚜렷해 어떤 밴드나 어떤 음악이 더 훌륭한지를 놓고 자주 논쟁을 벌이기는 했어도 두 사람 모두 대화가 통하는 친구가 있는 걸 행운으로 여겼다.

L이 자신의 성별과 나이를 솔직히 털어놓았을 때 아바이는 그녀가 60년 전 미국 음악을 그렇게 잘 알고 있다는 게 미스터리에 가까운 일이라고 여겼다.

'그거 성차별, 연령 차별이야.' L이 채팅방에서 투덜거렸다.

'경험에서 나온 말이야. 젊은 여자들은 요즘 유행하는 음악을 좋아하고, 콜드플레이, 이매진 드래건스, BTS, 미러[2]에 열광하잖아. 나이 많은 아저씨들이나 비치보이스와 에어로스미스를 좋아하지.'

'편견이라니까. 그럼 올드 브리티시 로큰롤을 좋아하는 너도 아저씨란 말이야?'

아바이의 손이 키보드 위에서 멈칫했다. 그는 솔직히 털어놓기로 결심했다.

'맞아. 나 아저씨야. 내가 집에 틀어박혀 지낸다고 했지? 사실, 20년 동안 밖에 나가지 않았어.'

L은 아무 말도 하지 않았다. 아바이는 오랜 세월 은둔 생활을 한 것이 부끄럽지 않았지만 L이 다른 사람들처럼 그 이유로 자신을 싫

---

2 홍콩의 인기 보이 그룹.

어할까 봐 두려웠다. 특히 중년이라는 것 때문에.

그는 L이 자신을 어떻게 생각할지 몹시 마음에 걸렸다.

'사실은, 나도 집에만 틀어박혀 살고 싶어. 밖에 나가지 않고도 먹고살 수 있다면 한 발짝도 나가지 않을 거야. 평생토록. 바깥세상은 자꾸만 괴로운 기억을 내게 일깨워주거든.'

L의 이런 반응은 아바이에게 조금 의외였다. 오랫동안 채팅을 주고받으며 가끔 사소한 일상 얘기도 했기 때문에 L이 사이버 세상에 빠진 집순이가 아니고 게임 밖에서는 독립적이고 외향적인 여자라는 걸 알고 있었다. 인생에 열정이 충만한 줄 알았던 L이 그렇게 소극적인 얘기를 하자 아바이는 조금 놀랐다.

하지만 그는 L의 감정에 충분히 공감했다.

사람은 혼자 있을 때 비로소 진짜 자신을 만날 수 있다. 이 세상은 거짓이 넘치는 곳이기 때문에 무리 생활에 적응하기 위해 사람들은 어쩔 수 없이 가면을 쓰고 무리에 어울리는 척해야 한다. 고통스러운 일을 겪고 삶에 미련이 없는 이에게 사람들은 개떡 같은 이유를 늘어놓으며 "자살로는 어떤 문제도 해결할 수 없어"라든가 "지금은 고통스럽겠지만 시간이 약이야" 같은 소리를 해대며 자기 생각을 강요한다.

상처가 아직 아물지 않았는데도 사회에서 살기 위해 다 나은 척한다. 칼로 가슴을 베인 것처럼 괴로운데도 남들 앞에서는 강한 척해야 한다. 아바이는 "자살로는 어떤 문제도 해결할 수 없다"고 충고하는 사람들의 얼굴에 주먹을 꽂아버리고 싶다. 사람이 문제를 해결하기 위해 산단 말인가? 무슨 컴퓨터 프로그램이라도 된단 말인가?

그러니까 내가 껍데기 속에 숨을 수밖에 없잖아, 라고 아바이는 속으로 소리쳤다.

'자기 생사조차 스스로 결정할 수 없다면 사람이 아니라 노예지.' 아바이가 말했다.

'이 세상과 어떻게 이별할지 생각해본 적 있어?'

'모르겠어. 하지만 어느 날 정말 떠나고 싶어진다면 숯을 사용하겠지. 깔끔하잖아. 별로 고통스럽지도 않대.'

아바이가 잠시 멈췄다가 다시 키보드를 두들겼다. '물론 당분간은 그럴 생각 없어. 어쨌든 집에 틀어박혀서도 생활할 수 있으니까 조금 더 살아도 나쁠 건 없지.'

'그럼 됐어. 네가 죽는 거 싫어. 난 이기적이라 말이 통하는 친구를 잃고 싶지 않아.'

차가운 글로써 주고받는 말이었지만, 아바이는 모니터에서 온기가 느껴지는 것 같았다.

아바이와 L은 점점 더 가까워졌다. 게임과 상관없이 날마다 온라인에서 얘기를 나누었다.

어떤 때는 '굿모닝'이나 '굿나이트'만 주고받기도 했지만 두 사람 모두 얼굴도 모르는 친한 친구가 자기 내면의 헛헛한 틈을 채워주는 기분이 들었다.

그런데 어느 날 작은 실수 때문에 둘의 관계가 바뀌었다.

18Y 156cm 47kg
데이트만 / 한 시간 / 300홍콩달러
점심 식사 / 한 시간 / 500홍콩달러
저녁 식사 / 두 시간 / 1000홍콩달러
RM / 만나서 협의
OVERNIGHT 문의 거절

아바이가 빈둥거리며 영화 스트리밍 사이트를 둘러보고 있는데 L에게서 메시지가 왔다. 메시지를 보고 처음에는 어리둥절했지만 금세 어떻게 된 일인지 알았다. 답신을 보내지 않고 새로 올라온 영화가 있는지 계속 둘러보고 있는데 10분 뒤 또 메시지가 왔다.
 '미안해. 잘못 보냈어.'
 '응.' 아바이가 짧게 대답했다.
 L이 말없이 가만히 있었다.
 '지난번에 얘기한 한국 드라마 속편이 영화로 나온 것 같아. 드라마 안 보고 영화부터 봐도 될까?' L이 아무 반응을 보이지 않자 아바이가 먼저 화제를 꺼냈다.
 '괜찮아?' 한참 뒤 L이 말했다.
 '뭐가?'
 '내가 잘못 보낸 메시지. 그게 뭔지 몰라?'
 '알아.'

아바이가 오랫동안 두문불출했다고 해서 바깥세상에 대해 영 모르는 건 아니었다. 온라인 세상에 각종 최신 정보가 넘치고, 오히려 일반인은 잘 접하지 못하는 것들도 다 알 수가 있다. 그는 그 메시지가 렌털 애인 가격표일 거라 짐작했다. 나이, 키, 체중 등 개인정보와 각 서비스별 가격을 적은 것이었다. '데이트만'이란 거리를 걷고 노래방에 가고 영화를 보는 일반적인 데이트 가격이고, 'RM'은 방ROOM의 줄임말로 성매매를 의미했다.

'날 경멸해?' L이 물었다.

'은둔 생활이나 하는 루저가 어떻게 남을 경멸할 수 있겠어?' 아바이가 혀를 날름 내미는 이모티콘을 보냈다.

'다른 사람들은 날 더러운 창녀라고 하는데.'

'남들이 어떻게 생각하든 신경 쓰지 마. 이 쓰레기 같은 사회에서 생존하려면 어쩔 수 없이 자기 본성을 누르고 굽힐 수밖에 없어. 사람들은 여자가 몸을 팔면 쉽게 돈을 버는 줄만 알지 얼마나 큰 짐을 짊어져야 하는지는 몰라. 매춘이 세상에서 제일 오래된 직업이라는 건 그게 인간의 가장 근원적인 문제라는 뜻이야. 현대인들이 몸 파는 여자에게 도덕적인 잣대만을 들이대는 건 철저한 위선이야!'

L은 아무 대답도 하지 않았고 아바이는 계속 자기 속마음을 얘기했다.

'널 알고 지낸 지 오래됐잖아. 난 네가 너만의 장점을 발휘하지 못한 채 힘들고 남에게 손가락질받는 일을 해야만 하는 건 네게 문제가 있어서가 아니라 이 개똥 같은 세상 때문이라는 걸 분명히 알

아. 현실은 악의와 차별과 이기심으로 똘똘 뭉친 끈적끈적한 합성물 덩어리야. 약자를 짓밟는 건 자기 자신이 숭고한 존재로 올라서는 가장 쉬운 방법이지! 가해자를 숭상하고 피해자를 탓하는 비뚤어진 논리가 이 세상의 철칙이야! 빌어먹을, 말할수록 화가 나서 참을 수가 없어.'

'내가 더럽다고 생각하지 않아?'

'인의예지를 입버릇처럼 떠들면서 돈과 권력으로 타인을 착취하는 개자식들이 더럽지!' 아바이는 너무 흥분해 심한 말을 한 것 같아서 잠깐 멈췄다가 약간 농담을 섞어 분위기를 부드럽게 풀었다. '더러운 걸로 따지면 일주일에 한 번 샤워하는 내가 너보다 훨씬 더러워.'

아바이는 그때 L이 휴대폰을 보며 숨죽여 울고 있다는 걸 알지 못했다. L은 자신에게 얼굴도 모르는 이런 친구가 있어서 참 다행이라고 생각했다.

그날 이후 L은 더 말이 많아졌고, 가끔 변태적이거나 폭력적인 손님 때문에 힘들었던 일까지 털어놓았다. 아바이는 자신이 L의 정신적인 안식처가 되었다는 사실이 좋아서 기꺼이 그녀의 고민을 들어주고 감정을 분출할 방법을 함께 찾아주었다. L은 아바이가 언제나 변함없는 태도로 자신을 대해주는 점이 가장 고마웠다. 아바이가 이 세상에서 자신을 온전히 받아주고 존중해줄 수 있는 유일한 사람이라고 생각했다.

어느 날 L이 오랫동안 망설이고 있던 얘기를 꺼냈다.

'우리 만날까?'

아바이는 뭐라고 대답해야 할지 몰라 자기도 모르게 땀이 밴 손을 꼭 쥐었다.

그는 자신의 껍데기를 꼭 붙잡고 안으로 숨을까 말까 주저했다.

……

5장

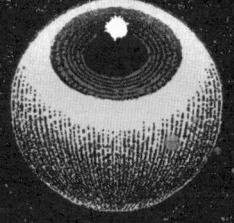

'재스퍼는 누굴까?'

쉬유이가 다른 의자에 발을 걸치고 앉아 아이잉에게 받은 사진이 붙어 있는 화이트보드를 가만히 응시했다.

온종일 회의를 했지만 쉬유이와 팀원들은 결론을 내리지 못했다. 어젯밤 작전은 완벽한 실패였지만 수사에 크나큰 도움이 되었음을 부인할 수 없다. 자치는 계속 칸즈위안을 감시해야 한다고 했지만 쉬유이는 집에 가서 푹 쉬면서 수사 방향을 다시 세우자고 했다. 2주 동안 휴일 없이 일했고, 특히 아싱과 자치는 연일 열두 시간 넘는 잠복근무로 정신적인 피로가 거의 한계에 다다랐을 것이라고 생각했다. 심신이 지친 상태로는 이성적인 판단이 불가능했다.

하지만 쉬유이 자신은 부하들을 퇴근시킨 뒤에도 긴장을 늦추지 않고 사무실에 혼자 남아 사건에 대해 생각하고 있었다. 지금까지 모든 수사는 칸즈위안이 범인 또는 공범이라는 전제하에 이루어졌다. 뭔가 감추고 있는 듯한 그의 행동, 사건과 비슷한 소설 내용, 여러 여자들과의 의심스러운 만남 그리고 형사로서의 직감이 그 근거였다. 하지만 어젯밤 칸즈위안이 탄아이잉에게 제안한 내용은 또 다른 가능성을 제시했다. 그는 확실히 뭔가 감추고 있지만, 그의 의심스러운 행동은 경찰과 마찬가지로 증거를 찾으려는 것일 수도 있었다.

어쨌든 중요한 건 칸즈위안은 이 '재스퍼'라는 남자가 누구인지 알고 있고, 그가 셰바이첸에게 누명을 씌운 토막 살인 사건의 진범이라고 여기고 있다는 사실이었다. '해리성 정체 장애' 가설은 빗나간 듯했다. 칸즈위안이 자신의 '또 다른 자아'를 제3자로 인식하고 있을 수도 있지만, 탄아이잉이 재스퍼라는 신비한 인물의 존재를 알고 있으므로 칸즈위안이 자기 자신을 추적하고 있을 가능성은 없었다.

쉬유이는 그동안 한 가지 생각에만 너무 집중하고 있었음을 깨달았다. 무명지의 작품 중에는 살인마가 주인공인 《사망 신부》 같은 소설도 있지만, 《청소부 탐정 사건 수첩》 같은 본격 추리소설도 있다. 쉬유이는 전자에만 주목해 칸즈위안에게 범죄 성향이 있다고 판단하고, 후자가 탐정을 주인공으로 미스터리를 해결하는 이야기라는 사실은 간과했다. 《청소부 탐정 사건 수첩》의 주인공은 추리소설 작가인데 경찰의 무능함을 비웃으며 자신만이 사건을 해결할 수 있다고 자부한다. 만약 칸즈위안이 그런 생각을 갖고 있다면 그가 보여준 이상한 행동을 모두 납득할 수 있다.

"무슨 근거로 그런 얘기를 하느냐고 했더니, 증거는 없지만 그 남자에게 살해 동기도 있고 그렇게 볼 만한 정황도 있대요."

쉬유이는 탄아이잉의 이 말에 주목했다. 경찰은 이 사건을 수사하면서 피해자의 신분과 셰바이천과의 관계를 조사하는 데만 초점을 맞췄다. 일반적으로 연쇄살인 사건을 수사할 때 '동기'는 큰 비중을 차지하지 않는다. 비정상적인 심리를 가진 범인에게 범행 동기는 필요치 않기 때문이다. 하지만 칸즈위안은 재스퍼에게 살인 동기도 있고 게다가 살인 목적까지 있다고 했다. 쉬유이는 자신이 무엇을 놓치고 있었는지 계속 고민했다. 잔인한 토막 살인을 저지를 동기가 무엇일까?

"팀장님, 아직 퇴근 안 하셨어요?" 한화가 사무실에 들어오다가 쉬유이를 보고 물었다.

"음. 란콰이펑 쪽은 어때?" 쉬유이가 고개를 돌리며 물었다.

"거의 해결됐는데 두 건만 아직 범인을 못 잡았어요. 피해 여성이 만취해서 필름이 끊기는 바람에 어떻게 술을 마셨는지 기억을 못 해요. 어디서부터 수사를 해야 할지 모르겠어요." 한화가 머리를 긁적였다. "그래도 요즘 클럽에 손님이 줄었어요. 보복성 소비 열기가 한풀 꺾인 것 같아요. 앞으로 몇 달은 클럽이 한산할 테니 분구 강력반도 인력이 부족하지 않을 테고, 우리 지원도 필요하지 않을 거예요."

"잘됐군. 잘 처리해봐. 그래야 내가 추천해주기도 수월하니까."

"고맙습니다."

일 처리가 안정적인 한화는 경장으로 자치와 아성보다 직급이 높았다. 쉬유이가 센트럴구 성범죄 수사에 그를 파견한 것도 그 때문이었다. 곧 있을 승진 심사에서 직속상관인 쉬유이의 평가 보고서가 중요한 참고 자료가 될 것이다.

"재스퍼의 신원은 아직 파악이 안 됐어요?" 한화가 화이트보드에 붙어 있는 사진을 가리켰다. 어젯밤 현장에 있었던 그는 수사 상황을 자세히 알지는 못해도 이 중년 남자가 용의자라는 것은 알고 있었다.

"인스타그램 계정을 개설할 때 전화번호로 인증해야 하니까 내일이면 알게 되겠지." 쉬유이가 무심하게 대답했다.

탄아이잉이 재스퍼의 인스타그램 아이디를 경찰에게 알려주었지만 그 계정에는 아무 사진도 올라와 있지 않았고, 프로필에도 '재스퍼'라고만 적혀 있었다. 심지어 팔로워와 팔로우 목록도 비어 있어서 쓸 만한 개인정보가 전혀 없었.

렌털 애인과 연락하기 위해 만든 부계정인 듯했다.

쉬유이는 경찰이 재스퍼에 대해 조사할 수 있도록 그에게 먼저 연락해달라고 탄아이잉에게 다시 도움을 청했지만 그녀는 단호하게 거절했다. 탄아이잉은 첫째, 한 번도 고객에게 먼저 연락한 적이 없고, 둘째, 고립된 채 아무도 모르게 살해당할 수 있는 위험한 상황으로 '다시' 자신을 밀어 넣고 싶지 않으며, 셋째, 경찰에 대한 신뢰가 완전히 사라져서 다시는 오지랖 넓게 괜한 일에 엮이고 싶지 않다고 했다. 하지만 재스퍼에게 연락이 오면 알려달라는 쉬유이의 부탁은 들어주겠다고 했다.

이제부터 쉬유이는 재스퍼가 누구인지 직접 조사해야만 했다.

"이 이름, 우연일까요?" 한화가 사진 밑에 빨간 마커로 쓴 '재스퍼'라는 이름을 유심히 보았다.

"우연?"

"재-스-퍼, '셰바이천'의 광둥어 발음 '쩨곽싼'에서 두 번째와 세 번째 글자 위치를 바꾼 거 같잖아요. '쩨, 싼, 곽' 이렇게요."

쉬유이는 그런 생각을 해본 적이 없지만 웃으며 고개를 저었다. "재는 '쩨'와 비슷하지만 뒤에 있는 두 글자는 너무 다르잖아. 이자가 셰바이천에게 살인죄를 뒤집어씌우고, 경찰 수사에 혼선을 주려고 닉네임도 비슷하게 지은 것 같다는 얘기지?"

"우연의 일치겠죠. 이자가 진범이라면 이름을 이렇게 바꾼다고 해서 더 유리한 것도 없잖아요." 한화가 어깨를 으쓱였다.

"내일이면 알게 되겠지."

쉬유이는 이 재스퍼라는 자의 신원을 쉽게 알아낼 수 있으리라 예상했지만 다음 날 나쁜 소식이 전해졌다.

"전화번호가 없는 계정이에요." 신원 확인을 맡았던 샤오후이가 말했다.

"어떻게 그럴 수가 있어요?" 자치가 물었다. "회원 가입할 때 문자메시지로 본인 인증을 해야 하는데?"

"선불카드 번호였어. 등록만 하면 다시 인증할 필요도 없고, 금액을 충전하지 않으면 번호가 자동 폐기되는 카드야. 실명등록제를 실시하기 전인 3년 전에 개설한 계정이기도 하고."

홍콩 정부는 2023년 초에 비로소 선불카드 실명등록제를 도입했고, 그 전에는 편의점이나 삼수이포[1]의 노점에서 선불카드를 수북이 쌓아놓고 팔았으므로 신원 확인이 불가능했다.

"부계정이면서 언제든 버릴 수 있는 가짜 계정인 것 같아." 아싱이 말했다.

"칸즈위안을 잡아다가 직접 물어볼까요?" 자치가 화이트보드에 적힌 '칸즈위안/무명지'라는 이름 옆 사진으로 시선을 옮겼다. "이 사람, 뭔가 알면서도 말하지 않았잖아요. 수사에 비협조적이니까 적당한 죄명을 씌워서 체포하죠."

"안 통해. 순순히 굽히지 않을 거야. 지난번에 조사할 때도 오히려 우리가 속을 들켰잖아." 쉬유이가 고개를 저으며 얕은 한숨을 뱉었다.

"함정수사로 재스퍼를 유인하면 어때요?" 아싱이 제안했다.

"제가 미끼가 될게요." 샤오후이가 자원했다.

---

[1] 홍콩의 대표적인 빈민가.

"안 돼요. 선배는 스파이 경험도 없고, 남자를 유인할 정도의 미모가 아니잖아요." 자치가 도발하자 샤오후이가 그를 흘겨보았다.

"샤오후이가 모험하게 할 수 없어. 재스퍼가 진범이라면 미끼가 된 형사가 너무 큰 위험을 감수해야 해. 돌발 변수가 생기기도 쉬우니 최후의 수단으로 남겨두자고." 쉬유이가 손을 저으며 끼어들어 자치와 샤오후이 사이에 흐르는 일촉즉발의 긴장 상황을 진정시켰다.

"무슨 다른 방법이 있어요?" 샤오후이가 물었다.

"미끼가 꼭 모습을 드러낼 필요는 없지." 쉬유이가 휴대폰을 톡 두드렸다. "우리도 가짜 렌털 애인 계정을 하나 만들어서 얼굴을 살짝 가린 섹시한 여자 사진을 올려놓고 재스퍼에게 메시지를 보내 유인하자고. 반응이 없으면 두 번째, 세 번째 계정을 만들어서 유인하면 돼. 어차피 SNS에는 그런 스팸 메시지가 넘쳐나니까. 그중 하나라도 마음에 들어 연락하면 우리가 만나러 나가면 되지. 그가 약속 장소에 나타나기만 하면 신분을 알아낼 방법이 있을 거야."

"섹시한 여자 사진을 어디서 구해요? 인터넷에 떠도는 사진을 도용했다가 고소당하는 건 둘째 치고 함정인 걸 들킬까 봐 걱정돼요." 샤오후이가 물었다.

"그건 IT 기술에 능한 아싱이 잘 알겠지." 쉬유이가 아싱을 가리켰다.

"저요?"

"요즘 딥페이크 기술로 여자 연예인 얼굴을 AV 배우의 몸에 붙이기도 하고 AI로 직접 사진을 만들기도 하잖아. 그런 방법으로 렌털 애인 홍보용 사진을 만들 수 있지?"

"아!" 아싱이 쉬유이의 말을 이해하고는 턱을 만지작거리며 말했다. "가능하죠. 지원과와 상의해볼게요. 이틀만 시간을 주세요."

이틀 뒤 아싱이 성과를 보고했다. 진짜와 거의 구분할 수 없는 가짜 사진들이었다. 예쁘고 앳된 여자가 섹시한 옷을 입고 애교를 부리며 가상의 카메라를 향해 유혹의 포즈를 취하고 있었다.

"일부러 탄아이잉과 여성 피해자와 닮은 얼굴을 만들었어요. 이런 타입을 좋아하는 것 같아서." 아싱이 웃었다.

아싱은 '지지'라는 이름으로 인스타그램 계정을 새로 개설한 뒤 프로필에 '19세 천칭자리 대학생'이라고 자신을 소개하고 귀여운 이모티콘 몇 개를 붙였다. 이 계정에 하트나 스마일 문양으로 이목구비 중 일부를 가린 사진 10여 장을 업로드하고 '#PTGF'[2] '#PTGF홍콩' 등을 태그하며 '뉴비예요. 오빠들, 예쁘게 봐주세요. 잘 부탁드려요'라고 썼다.

사진을 올리자마자 메시지를 보내면 의심을 살 것 같아서

---

2 Part-time Girlfriend의 약자.

조금 기다렸다가 다음 날 재스퍼에게 '미끼' 메시지를 보냈다. 사실 계정을 만든 첫날부터 추근대거나 가격을 물어보는 메시지가 30여 통이나 날아오고, 10여 명의 낯선 사람이 팔로우를 했다. 아싱은 굳이 메시지를 보내지 않아도 재스퍼가 수일 내에 스스로 덫에 뛰어들 거라고 예상했지만, 쉬유이가 빠른 수사를 주문했으므로 상관의 명령에 따르지 않을 수 없었다. 게다가 아싱은 며칠 전 GPS 추적 장치 고장으로 이미 상관에게 좋지 않은 인상을 남긴 터였다.

'열아홉 살 대학생이에요. 친구 할래요?' 짧은 미끼 메시지와 함께 인스타그램 계정에 올린 것보다 더 섹시한 사진을 첨부했다. 아싱은 메시지를 받은 재스퍼가 호기심에 지지의 계정을 방문한다면 미끼를 덥석 물 것이라고 예상했다. 쉬유이와 아싱은 몇 가지 작전을 예비로 더 준비해놓고 있었으므로 재스퍼가 메시지를 받고 반응하지 않더라도 어떤 방법으로든 그와의 채팅을 성사시켰을 것이다. 하지만 재스퍼를 유혹하는 건 예상보다 훨씬 쉬웠다. 바로 당일 밤 아싱은 재스퍼의 답장을 받았다.

'주말에 돈 벌어볼래?'

아싱은 젊은 여자 말투를 흉내 내어 재스퍼와 토요일 오후 2시에 만나기로 약속을 잡았다. 재스퍼는 그날 호텔로 직행하자면서 단도직입적으로 가격을 물었다. 아싱이 부담스러운 척 조금 빼면서 우선 친해진 다음에 진도를 나가고 싶다고 하자 재스퍼는 조금 언짢은 듯하면서도 동의했다. 사실 그를 호텔로 유인해놓고 독 안에 든 쥐를 잡는 편이 훨씬 간단하지만, 쉬유이는 은밀하게 수사하기로 했다. 호텔에서 만나기로 한 뒤 약속 시간에 갑자기 취소해 바람맞히면 상대가 이상한 낌새를 채기 쉽고, 또 '지지'가 실제로 존재하지 않는 가상의 인물이라 상대와 호텔에서 만날 수도 없었다. 그보다는 공공장소로 유인한 뒤 경찰이 여러 가지 방법으로 그의 신원을 확인하는 편을 택했다. 미행하며 감시할 수도 있고, 삼합회 지명수배자를 수색한다는 핑계로 직접 그의 신분증을 조사할 수도 있었다. 그러기 위해 약속 장소를 침사추이의 쇼핑센터인 미라 플레이스로 정했다. 인근 클럽 밀집가인 너츠퍼드 테라스의 몇몇 클럽이 삼합회에 접수되었다는 것은 잘 알려진 사실이었고, 그 때문에 경찰의 집중 순찰 구역이었다.

아싱은 재스퍼와 데이트 약속을 한 뒤에도 그가 지지의 인스타그램 계정을 계속 볼 거라고 예상하고, 의심을 사지 않기 위해 AI로 만든 가짜 사진을 계속 올렸다. 아싱은 추근거리는 메시지가 쏟아져 들어오는 상황이 우습기도 하고 씁쓸하기도 했다. 불과 며칠 새 100통 넘게 쌓인 메시지함을 보며 탄아이잉의 수입이 상당할 거라는 생각이 들었다. 이 직업에 뛰어드는 여자들이 많은 이유를 알 것 같았다. 쉬유이에게 수사 상황을 보고할 때도 이런 '지하경제'가 팬데믹 이후 소비 시장 회복에 중요한 역할을 하는지도 모르겠다며 웃었지만, 쉬유이는 이 현상에 투사된 현실을 떠올리며 한숨짓지 않을 수 없었다.

이 도시에 외로운 사람이 그렇게나 많군, 이라고 쉬유이는 생각했다. 렌털 애인은 단순한 성매매가 아니라 연극에 더 가깝다. 고객의 연인을 연기하며 상대에게 생리적인 욕구 충족만이 아니라 정신적인 위안까지 제공한다. 애인 렌털업이 일반 성매매보다 더 호황이라는 사실은 이 도시 사람들이 단순히 성적인 욕구만이 아니라 외로움을 해소하려는 욕구가 더 크다는 점을 시사한다. 하지만 렌털 애인은 신기루 같아서 연극이 끝나고 나면 서로 모르는 사람으로 돌아가고, 외로운 사람은 여전히 외롭다.

"A조, 목표물을 발견하지 못했다."

토요일 오후, 쉬유이와 부하들이 침사추이 미라 플레이스 1관에 도착했다. 쇼핑센터 입구는 널찍하고 3층 높이까지 뻗은 중정과 맞닿아 있었다. 아싱과 샤오후이는 연인인 척 유리문 밖 킴벌리 로드에 서서 쇼핑센터로 혼자 들어가는 남자들을 유심히 살폈고, 자치와 임시로 합류한 한화는 친구를 기다리듯 중정을 서성거렸다. 모두 무선 이어폰을 통해 상황을 보고하고 'L1'로 불리는 2층 난간에서 입구 전체를 내려다보고 있는 쉬유이가 전체 작전을 지휘했다. 재스퍼와 메시지를 주고받는 아싱의 휴대폰도 쉬유이가 갖고 직접 대응하기로 했다.

시계 분침이 '12'를 가리키자 모두 긴장하며 주위를 살폈다. 쇼핑센터가 붐비는 토요일 오후였지만 다행히 발 디딜 틈 없을 정도는 아니어서 쉬유이는 입구로 들어오는 사람들을 하나하나 볼 수 있었다. 아싱, 자치, 한화 모두 목표물이 보이지 않는다고 보고했다. 그들은 마스크를 써도 목표물인지 아닌지 판단할 수 있을 정도로 재스퍼의 생김새와 키 등을 숙지하고 있었다.

"목표물로 의심되는 인물 출현. 녹색 폴로셔츠에 흰색 마스크. 옆문으로 들어갑니다. 3시 방향." 한화가 말했다.

쉬유이가 한화가 말한 방향으로 시선을 돌리자 중키의 중년 남자가 들어오고 있었다. 하지만 그는 입구 근처에서 멈추지 않고 곧바로 에스컬레이터를 타고 지하 매장으로 내려가 어린아이를 데리고 있는 여자와 만났다. 아내와 아들—또는 손자—을 만난 것 같았다.

"녹색 폴로셔츠는 목표물이 아니다. 반복한다. 목표물이 아니다. 계속 주시하라." 쉬유이가 지시했다.

딩동.

그때 쉬유이가 갖고 있던 휴대폰에 메시지가 도착했다.

'도착했어?'

재스퍼의 메시지였다.

"모두 집중. 목표물이 가까이 왔다." 쉬유이가 지시를 내리고 입구 쪽을 주시하면서 휴대폰 화면을 보았다.

'도착했어요. 무슨 옷을 입었어요?'

상대는 쉬유이가 보낸 메시지를 바로 읽었지만 1분이 다 되도록 답장이 오지 않았다.

'어디 있어요?' 쉬유이가 다시 물었다.

'혹시 하늘색 모자에 흰색 원피스를 입고 이름이 F로 시작하는 매장 앞에 서 있어?'

쉬유이는 메시지를 보자마자 1층 매장을 휙 훑었다. 정말로 그 위치에 흰색 원피스를 입고 베레모를 쓴 여자가 서 있었다. 재빨리 입구 양쪽을 보니 자치와 한화가 서성이고 있었지만 근처에 재스퍼인 듯한 남자는 보이지 않았다. 자치와 한화에게 여자를 향해 다가가는 남자가 있는지 지켜보라고 하려는데, 그 여자와 비슷한 나이로 보이는 여자 둘이 반갑게 손을 흔들며 다가가자 그녀도 환하게 웃으며 그쪽으로 갔다.

그 순간 쉬유이는 뭔가 잘못됐다는 걸 느꼈다. 입구 근처에서 그 여자를 볼 수 있는 사람이라면 자치와 한화의 눈에 띄어야 하지만 두 사람은 아직 아무도 발견하지 못했다. 또 재스퍼는 여자의 인상착의를 묘사하면서 옷이 아닌 모자를 먼저 언급했다.

쉬유이가 고개를 번쩍 들어 자신과 같은 층으로 시선을 돌렸다.

재스퍼도 자신처럼 위에서 내려다보고 있을 거라고 판단하고 재빨리 주위를 훑었다. 이게 함정이라는 걸 그가 어떻게 알았을까?

바로 그 순간, 그를 발견했다.

그는 쉬유이보다 한 층 높은 곳의 난간에 기대어 밑을 내려다보고 있었다. 탄아이잉의 사진에서 본 모습과 일치했다. 그 남자는 모자 쓴 여자가 친구들과 만나는 걸 보더니 미간을 찡그리며 난간 뒤로 물러나 자리를 떴다.

"목표물 발견!" 쉬유이가 그가 향하는 쪽으로 달려가며 마이크에 대고 외쳤다. "검은 외투, 파란 셔츠. 미라 플레이스 2관으로 통하는 구름다리 옆에 있다! A조는 2관 쪽에서 덮치고 나머지는 자리를 지켜!"

재스퍼는 미라 플레이스 1관 3층에서 킴벌리 로드를 가로질러 2관으로 건너가는 구름다리 옆 난간에서 1층을 내려다보고 있었다. 쉬유이는 작전이 발각된 최악의 상황임을 직감했지만, 상대가 나타났으므로 일단 체포하면 된다고 생각했다. 천천히 에스컬레이터를 타려는 사람들을 밀치고 두 계단씩 뛰어 3층으로 올라갔다. 사람들 틈에서 재스퍼를 찾지 못하자 구름다리를 통해 2관으로 뛰어갔다가 밖에서 달려온 아싱과 샤오후이와 만났지만 그들도 재스퍼를 보지 못했다고 했다.

"아!" 쉬유이가 자기 이마를 탁 때렸다. 3층 구름다리 옆에 서 있는 재스퍼를 보고 직감적으로 그가 구름다리를 통해 도망쳤을 거라고 판단했지만 1관 3층에서 너츠퍼드 테라스 쪽으로 가는 출입구가 더 있다는 사실이 그제야 생각났다. 그쪽으로 빠져나간 것 같았다. 쉬유이는 재스퍼에게 다시 메시지를 보냈지만 답장도 없고 그의 계정은 이미 폐쇄된 후였다.

"빌어먹을!" 자치가 사무실에 들어오며 의자에 발길질을 했다. "어디서 들통이 난 거야? 탄아이잉이 알려줬나?"

"지나간 건 어쩔 수 없고. 이제 어떻게 할지 생각해야지." 한화가 말했다. 자치가 B팀에서 쉬유이 다음으로 존경하는 사람이 한화였으므로 그의 말에 화를 누그러뜨릴 수밖에 없었다.

"다시 탄아이잉에게 협조를 요청하는 게 나을까요?" 아싱이 말했다. "칸즈위안보다는 설득하기가 쉬울 거예요."

"지금 상황에서 최선의 방법이긴 하지……." 쉬유이가 외투를 벗고 의자에 털썩 앉았다. "샤오후이, 네 생각은 어때? 샤오후이?"

샤오후이는 상관의 질문도 듣지 못한 채 무슨 서류를 펼쳐 살펴보고 있었다.

"선배, 팀장님이 묻잖아요!" 자치가 퉁명스럽게 소리쳤다.

"아…… 죄송해요. 며칠 전에 요청한 자료가 지금 와서." 샤오후이가 서류를 내려놓았다.

"무슨 자료인데?" 아싱이 물었다.

"탄아이잉이 재스퍼와 찍은 사진에 촬영 날짜도 있고, 센트럴구의 'CLUB BB'라는 곳에서 찍은 사진이라고 해서 그날 카드 결제 기록을 달라고 클럽에 요청했어요. 재스퍼가 카드로 결제했다면 결제자 명단에서 사건과 관련 있는 사람을 찾을 수 있을 것 같아서……." 샤오후이가 쉬유이에게 서류를 건넸다.

"맙소사. 그 클럽의 하룻밤 손님이 얼마나 많은 줄 알아요?" 자치가 투덜거렸다. "게다가 현금으로 계산했으면 흔적이 안 남잖아요. 이런 방법은 시간만 잡아먹고 아무 소득이……."

자치가 계속 말하려는데 쉬유이의 안색이 갑자기 변하더니 샤오후이가 건넨 자료를 똑바로 들여다보았다. 그의 손에 들린 서류가 가늘게 떨렸다.

"팀장님, 왜 그러세요?" 아싱이 물었다.

쉬유이가 대답 없이 서류를 책상에 탁 내려놓더니 의자 등받이에 걸쳐놓은 외투를 홱 잡아채 팔에 끼웠다. 그가 책상에 있던 빨간 사인펜을 집어 명단 중 어떤 이름에 동그라미를 치고는 부하들에게 말했다. "나 어디 좀 다녀올게. 따라오지 말고 이 이름 조사해."

팀원들은 영문을 모른 채 서둘러 나가는 팀장의 뒷모습을 쳐다보기만 했다. 그들은 지금 쉬유이의 가슴속에서 뼈저린 후회와 단서를 발견한 흥분감이 부딪쳐 거센 격랑을 일으키고 있다는 걸 알지 못했다.

"쉬 경위님, 또 경찰서에 데려가서 조사하시려고요? 아니면 절 체포하러 오셨나요?"

단칭맨션 2층 칸즈위안의 집 현관에서 칸즈위안이 성난 표정의 쉬유이에게 물었다. 방금 쉬유이는 급하게 차를 세우고 단숨에 계단을 뛰어 올라가 그의 집 초인종을 사납게 눌렀다.

"셰바이천이 무슨 얘길 했어요?" 쉬유이가 물었다.

"뭐라고요?"

"셰바이천에게 대체 무슨 얘길 들었기에 그의 외삼촌을 범인으로 의심하는 겁니까?"

칸즈위안의 표정이 어두워지며 쉬유이의 눈을 똑바로 응시했다.

쉬유이는 카드 결제 명단 속 그 이름을 보자마자 자신이 놓치고 있던 부분을 발견했다. 한화가 무심코 했던 말이 절반은 맞았다. 이름을 지을 때 귀찮아서 맨 앞 글자를 변형하지 않았을 것이다. 셰바이천의 가족 관계를 조사했던 쉬유이는 그의 외삼촌 이름이 셰자오후謝昭虎라는 걸 알고 있었고, 명단 속에 바로 그 이름이 있었다.

또 사진 속 재스퍼가 왠지 낯익었던 건 그의 눈매와 전체적인 윤곽이 셰메이펑과 상당히 닮았기 때문이었다. 조금만 더 냉정하게 보았다면 쉬유이는 사진을 본 순간 그 남자가 셰메이펑의 남동생이란 걸 알았을 것이다.

셰메이펑 모자와 혈연관계이면서 조카의 장례식에도 참석하지 않은 그 남자라는 걸.

망
자
의
고
백
●
3

죽으면 외할아버지를 만날 수 있을까?

사후 세계는 어떤 모습일까? 저승은 깜깜한 암흑일까? 천국과 지옥은 있을까? 영혼은 존재할까?

거기서 할아버지를 만난다면 할아버지는 당신의 충고를 듣지 않은 이 손자를 다정하게 반겨주실까?

생전에 할아버지는 외삼촌을 경계하고 그의 번지르르한 말솜씨에 속지 말라고 신신당부했다.

"아후는 혈육의 정이 없는 놈이다. 그놈에겐 가족도 남이나 마찬가지야. 이용 가치가 있느냐 없느냐만 따지지……." 할아버지는 이렇게 말씀하셨다.

할아버지는 내가 중학교 4학년이던 해 여름에 돌아가셨다.

원래 당뇨병을 앓고 계셨는데 어느 날 집에서 같이 저녁 식사를 하던 중 갑자기 뇌졸중을 일으켜 병원으로 옮겼지만 그대로 우리 곁을 떠나셨다. 할아버지가 하던 신문 가판대도 접을 수밖에 없었고 엄마는 생계를 위해 아르바이트를 그만두고 정식으로 일을 찾았다. 불행 중 다행으로 할아버지가 주택담보 대출을 몇 년 전에 다 갚아 이자 부담이 없었기에 수도와 전기 요금, 식비 등은 엄마 월급으로 충당할 수 있었다. 원래 절약이 몸에 배어 있었으므로 생활에 큰 변화는 없었다.

할아버지가 돌아가셨을 때 친척이 없는 엄마를 대신해 먀오 아저씨가 할아버지의 장례를 도와주었다. 할아버지의 신문 가판대 옆에서 구두 수선을 하는 먀오 아저씨는 할아버지가 화장실에 갈 때 대신 가판대를 봐주곤 했다. 할아버지의 갑작스러운 죽음이 먀오 아저씨에게도 적잖은 충격이었는지 할아버지보다 젊은 아저씨는 얼마 안 가서 일을 접고 손주들을 보며 한가한 노후를 보냈다.

할아버지의 죽음이 남의 일 같지 않았던 듯하다.

사실 장남인 외삼촌이 있었으므로 할아버지의 장례를 남의 손에 맡길 필요가 없었지만 외삼촌은 '중요한 비즈니스' 때문에 바쁘다는 핑계를 대며 할아버지 장례에서 번을 들고 물을 산 것[1]으로 자기 책임은 다했다고 했다. 외삼촌에게 언제나 너그럽기만 한 엄마는 강하게 요구하지 못했고, 엄마가 장례를 주관할 능력이 없으니 먀오 아저씨가 팔을 걷어붙인 것이었다.

먀오 아저씨는 외삼촌의 행동에 화가 나서 외할아버지 대신 그 불효자를 두들겨 패려고 했지만 엄마와 나를 생각해서 참았다.

"누나, 지금 계약이 한 건 있는데 나한테 떨어지는 수수료만 수만 홍콩달러야. 저승에 있는 아버지도 내 일을 방해하고 싶지 않으실걸? 나더러 이 기회를 날리라는 거야?" 그때 외삼촌은 엄마에게 이렇게 말했다.

확실히 그 무렵 외삼촌은 곧 출세해서 가문을 빛낼 사람처럼 평소보다 더 의욕이 넘치고 기세등등했다. 물론 외삼촌이 대단히 출세한다 해도 나와 엄마에게는 아무런 혜택이 없을 것임을 나는 알고 있었다.

할아버지가 돌아가시기 1년 반 전, 그러니까 내가 중2였을 때일 것이다. 일요일 아침에 할아버지가 허리를 삐끗하는 바람에 엄마가 할아버지 대신 가판대에 나갔다. 점심때쯤 외삼촌이 집에 왔는데 일요일인데도 아침에 고객을 만나러 간다며 양복을 멀끔하게 빼입은 차림이었다.

"제 일에는 휴일도 없어요. 고객이 일요일밖에 시간이 안 난다는데 어떻게 안 된다고 해요?" 방에서 책을 읽고 있는데 거실에서 외삼촌이 할아버지에게 하는 말이 들렸다.

"그렇게 바쁜데 집엔 왜 왔어?" 할아버지가 곱지 않은 말투

---

1 중국의 장례 풍습. 발인 때 상주가 망자를 하늘로 인도한다는 의미로 막대기 끝에 흰 천을 묶은 '번'을 들고 가고, 입관 때 동전 한 닢을 물에 던진 뒤 물을 떠다가 망자의 시신을 씻는데 이것을 '물을 산다'고 한다.

로 되물었다.

"집에 오는데 이유가 있어야 해요? 마침 고객을 만나러 근처에 왔다가 누나가 가판대에 나와 있길래 아버지가 편찮으신 것 같아서 왔죠."

"네가 식구를 챙길 줄도 아는구나." 할아버지가 비꼬듯이 말했다.

"파스 붙여드려요? 연고 발라드려요?" 외삼촌이 할아버지의 반응을 무시하고 살갑게 물었다.

"됐다. 아평이 붙여줬다."

그다음은 외삼촌과 할아버지의 일상적인 대화였지만 사실 외삼촌이 일방적으로 얘기하는 것이었다. 요즘 사장에게 인정받고 있다는 얘기, 새로 들어온 후배가 치사한 방법으로 계약을 가로챈 얘기, 어떤 잡지에 나온 유명인 고객의 집에 갔는데 그 집이 얼마나 호화로웠는지 등등. 할아버지는 건성으로 짧게 대꾸했고, 눈치 없는 내가 듣기에도 할아버지는 외삼촌의 허풍이 피곤해 어서 돌려보낸 뒤 침대에 누워 쉬고 싶은 마음이 간절해 보였다.

"아버지, 이제 일을 그만두고 싶으시죠?" 외삼촌이 뜬금없이 물었다.

"일을 그만둬? 사지 멀쩡한데 왜?"

"이제 스트레스 받지 말고 편히 사실 연세예요. 날마다 아침 일찍 가판대에 나가실 거 뭐 있어요?" 외삼촌의 말투가 더 살가워졌다. "보세요. 오늘도 허리 삐끗하셨잖아요. 이제 쉬실 때가 됐단 얘기예요."

"어쩌다 가끔 있는 일이다."

"그건 그렇다 쳐도, 코딱지만 한 가판대로 얼마나 버시겠어요?"

"함부로 말하지 마. 너와 아펑이 삼시세끼 밥 먹고 자란 게 다 그 '코딱지만 한 가판대' 덕분이야. 지금 살 만하다고 옛날을 잊으면 안 된다고 어릴 때부터 누누이 가르쳤건만. 내 말을 귓등으로도 안 듣는 건 알고 있었다만."

"알았어요. 알았어요. 다 제 잘못이에요. 제 말은 이제 아버지가 고단하게 일해봤자 수입이 더 늘지 않을 거란 얘기예요. 이건 인정하시죠? 옛날에나 사람들이 가판대에서 신문 잡지를 샀지, 요즘은 편의점도 경쟁에 뛰어들었어요. 게다가 이제는, 아버지도 인터넷이 뭔지 아시죠? 외국에는 인터넷 신문사들이 있대요. 매일 기사를 인터넷에 올려서 사람들에게 무료로 제공하는 거예요. 집에 컴퓨터만 있으면 신문을 사서 읽을 필요가 없어요. 홍콩도 머지않아 그렇게 될 거예요. 신문 가판대는 점점 수입이 줄어들다가 어차피 문을 닫을 텐데 조금 일찍 관둬도 되잖아요."

"적은 돈이라도 어쨌든 수입이 있잖아. 네놈이 밖으로 도는 동안 이 아비가 너한테 한 번도 손 벌린 적이 없는데, 이제야 네놈에게도 양심이란 게 생겨서 매달 집에 생활비를 주겠다는 게야?" 할아버지의 반어법이었다. 할아버지 말투에서 기쁨이라곤 조금도 느껴지지 않았다.

"맞아요. 그런 셈이죠. 이제 제가 아버지에게 득이 될 일을 하겠다고요!"

"무슨 일?"

"이번에 우리 회사가 '부의 선택'이라는 새 사업을 시작해요. 보험, 예금, 투자를 하나로 결합한 상품인데 고속 성장하는 동남아 시장을 겨냥해서 미국의 유명 투자은행과 손잡고 만든 이머징마켓 펀드예요. 수익률도 굉장하고 리스크도 없어요. 판매 한도가 정해져 있어서 단골에게만 추천하는 상품인데, 팔도 안으로 굽는다고 좋은 상품이 있으니 우리 집 몫으로 조금 빼놨죠……."

외삼촌은 청산유수 같은 언변으로 무슨 레버리지, 자산유동화증권, 파생상품 등 알아들을 수 없는 전문용어를 섞어 한참 동안 얘기했다. 솔직히 말하면 외삼촌이 그걸 정확히 이해하고 있는지도 알 수 없었다. 할아버지는 점점 짜증이 치미는 것 같았다. 살며시 방문을 열자 문틈으로 할아버지의 몹시 언짢은 얼굴이 보였다. 외삼촌은 개의치 않고 서류철을 펼쳐 보여주며 길게 설명했다.

"나한테 이런 걸 살 돈은 없다." 할아버지가 마침내 더는 못 참겠다는 듯 외삼촌 회사 이름이 찍힌 서류철을 밀쳐냈다. "도박은 네 돈으로 해. 다 잃어도 어차피 네 돈이니까. 난 아편과 바이천을 건사하느라 이런 데 쓸 돈 없어."

"투자는 도박이 아니에요. 요즘같이 인플레이션이 심할 때는 돈을 굴려서 불리지 않으면 나중에 손해 본다니까요."

외삼촌이 자세를 고치며 서류를 집어 들고 할아버지에게 말했다. "1만 홍콩달러 정도는 쉽게 융통하실 수 있잖아요. 그걸로 '부의 선택' 펀드를 사두면 나중에 아천[2]이 대학 가도 학비 걱정 없고……."

"나한테 1만 홍콩달러가 어디 있어?" 할아버지가 놀란 얼굴로 물었다.

"이 집으로 담보대출 받으면 1만 홍콩달러는 쉽게 나와요. 부의 선택 수익률이 은행 대출금리보다 훨씬 높으니까 걱정 마세요."

"허튼소리!" 할아버지가 버럭 화를 내며 아픈 허리도 잊은 듯 소파에서 벌떡 일어나더니 외삼촌에게 삿대질을 하며 욕을 퍼부었다.

"집을 잡고 도박을 하라고? 네놈이 미쳤구나!"

"도박이 아니라 투……."

"도박이든 무슨 '선택'이든 관심 없다! 잘못되면 우리 세 식구 길바닥으로 나앉으라는 거냐? 헛꿈을 꾸든 말든 그건 네 일이고! 내 집을 건드릴 생각은 하지 마!"

2 셰바이천의 애칭.

"아버지, 이건 진짜 흔치 않은 기회예요. 아버지는 돈을 벌어서 좋고 저는 실적을 올려서 좋은데 왜 안 하세요?"

"개놈아! 네 실적 때문에 이러는 걸 모를 것 같아? 우리한테 그렇게 피해를 준 걸로도 모자란 게냐? 너 출세하려고 가족까지 이용해? 썩 나가지 못해!"

외할아버지의 불호령이 떨어지자 눈치 빠른 외삼촌은 말대꾸도 하지 않고 실실 웃으면서 마음이 바뀌면 전화하라고 말하고 돌아갔다. 할아버지는 뭐라고 중얼거리며 외삼촌이 두고 간 펀드 서류를 쓰레기통에 처박았다.

"어이쿠." 할아버지가 쓰레기통에 서류를 버리고 돌아서다가 방문 앞에 서 있던 나와 눈이 마주쳤다. 할아버지는 내가 방에서 듣고 있다는 걸 생각하지 못한 것 같았다. 쓸데없는 일에 신경 쓰지 말라고 나무랄 줄 알았는데 뜻밖에도 나를 보고 놀란 할아버지의 미간에 깊은 골이 파이며 눈동자에 슬픈 빛이 스쳤다.

"미안하다, 바이천. 미안하다."

내가 잘못했다고 말하기 전에 할아버지가 먼저 내게 미안하다고 했다. 할아버지가 내게 왜 사과를 하시지? 아들과 다투는 모습을 외손자인 내게 보여주고 싶지 않았던 걸까?

"허리는 괜찮으세요?" 내가 화제를 바꿔 할아버지의 허리를 가리켰다.

"고약한 놈 때문에 화가 나서 허리 아픈 것도 잊어버렸어."

할아버지가 부드러운 미소를 지었다. "바이천, 명심해라. 사람은 착실하게 살아야 한다. 화무십일홍[3]이라고 했어. 네 외삼촌이 나중에 정말 출세해서 사장이 된다 해도 그 자리를 오래 지키지는 못해. 사람의 운은 돌고 도는 게다. 또 아무것도 이루지 못한다 해도 남을 해치려는 마음을 먹어서는 안 돼. 이 할아비 말을 꼭 명심해라."

나는 얼떨결에 고개를 주억거렸다.

비록 아위안과 함께 다페이를 때려눕힐 때의 쾌감을 여전히 기억하고 있었지만. 그건 단 한 번이어도 잊을 수 없는 강렬한 느낌이었다.

그때 할아버지가 내게 사과한 이유를 몇 년 뒤에야 알았다.

일찍 알았더라면 내 인생이 조금 달라졌을지도 모른다…….

아니.

그럴 리 없다. 내 운명은 내가 태어나는 순간에 이미 결정되었을 것이다.

---

3 花無十日紅, 열흘 동안 붉은 꽃은 없다는 뜻으로 흥한 것은 쇠할 때가 있음을 비유하는 말.

6장

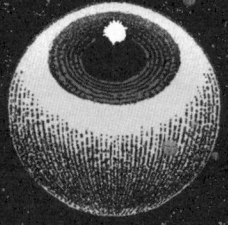

"들어와서 얘기하시죠." 칸즈위안이 현관에서 몸을 틀어 공간을 내주며 쉬유이에게 안으로 들어오라는 눈짓을 하고는 그의 뒤를 주시했다. 처음에는 자신이 부하와 함께 오지 않았는지 보려는 줄 알았지만 곧 그 동작의 진짜 의도를 알았다. 옆집 셰메이펑이 그들의 대화를 듣지 않았는지 확인했던 것이다. 특히 그녀의 남동생을 용의자로 지목한 그들의 대화를 그녀가 듣지 않았길 바랐다.

"셰자오후가 범인일 거라고 생각하는 이유가 뭡니까?" 칸즈위안이 현관문을 닫자 쉬유이가 물었다.

"무슨 말씀이신지 모르겠군요." 칸즈위안은 굳은 표정으로 말했지만 쉬유이는 자신이 먼저 카드를 펼쳐 보이길 기다리고 있다는 걸 알았다.

"탄…… 'CINDY.T'라는 계정을 쓰는 렌털 애인을 우리가 접촉했어요. 당신이 그녀와 세 번 만났고 셰자오후를 조심하라고 경고했다는 걸 알고 있어요."

쉬유이의 말에 칸즈위안이 눈썹을 약간 찡그리며 그를 응시했다.

칸즈위안이 침묵하자 쉬유이가 계속 말했다. "증거는 없지만 셰자오후가 살인을 했다고 볼 만한 정황과 살인 동기가 있다고 신디에게 말했죠? 당신이 아는 정보를 제공해주시죠."

칸즈위안이 턱을 만지작거리며 비우호적인 시선으로 쉬유이를 보다가 천천히 소파에 앉았다. 소파 옆 테이블에 켜진 채 놓여 있는 노트북 컴퓨터가 쉬유이의 눈에 들어왔다. 노트북 옆에 포스트잇이 잔뜩 붙은 책도 몇 권 있었다. 그가 북토크에서 말했던 마지막 작품을 쓰고 있던 것 같았다.

"제가 용의자인가요?" 칸즈위안이 물으며 손을 뻗어 노트북을 닫았다. 쉬유이의 입에서 탄아이잉의 이름이 나왔을 때 칸즈위안은 자신이 용의자로 지목당했음을 안 듯했다.

"진상이 밝혀지기 전엔 누구든 용의선상에서 배제하지 않아요." 쉬유이가 대답했다. "하지만 현재 유력 용의자는 칸 선생이 아니니까 협조를 부탁합니다."

몇 시간 전 침사추이에서 작전이 실패하고 셰자오후가 함정을 피해 도망치자 쉬유이는 수사 대상의 우선순위를 바꿀 수밖에 없었다.

"쉬 경위님의 눈에 우리 같은 추리소설 작가는 모두 탁상공론밖에 할 줄 모르는 머저리들 아닌가요? 정말로 제 개인적인 의견이 필요하세요?"

"칸 선생과 칸 선생의 직업에 대해 호불호는 없어요. 우리가 원하는 건 실제 사실과……" 쉬유이는 상대의 뼈 있는 말에 개의치 않고 계속 말했다. "그 사실에 근거한 객관적인 의견이에요."

쉬유이가 상대의 의견을 경청할 준비가 되어 있다는 제스처를 보냈지만 칸즈위안은 여전히 믿을 수 없다는 눈빛으로 그를 보았다. 쉬유이가 정보를 캐내기 위해 어쩔 수 없이 태도를 굽히는 척하는 게 아닌지 의심하는 것 같았다. 냉랭한 분위기는 그대로였지만 쉬유이는 솔직히 다 털어놓기로 했다. 자기 진심을 상대가 믿어주든 말든, 진실을 밝혀 망자의 원한을 풀어줄 수만 있다면 자존심을 조금 꺾는 건 문제가 되지 않았다.

두 사람의 시선이 잠시 부딪혔지만 칸즈위안이 먼저 피했다. 일단 내면의 장벽을 낮추고 상대와 대화해보기로 마음먹은 듯했다.

"경찰은 처음부터 이 사건을 변태 살인마의 연쇄살인으로 규정했죠." 칸즈위안이 말했다. "피해자의 시신을 토막 내고 유리병에 넣어 보존한 수법이 '비 오는 밤의 도살자'와 비슷한 건 맞아요. '밀워키의 식인종'이라 불리는 제프리 다머와도 비슷하고요. 누구라도 범인이 쾌락을 위해 또는 비정상적인 욕망 때문에 살인을 저지른 것으로 생각할 수 있어요. 하지만 만약 범인이 그런 사건으로 위장하려 했다면 경찰은 합리적인 단서들을 많이 놓치게 될 겁니다. 쉬 경위님, 일반적인 경우 한 방에서 시신 세 구가 발견되면 경찰은 어디서부터 수사하죠?"

"사건 현장에 있었던 사람을 조사하고, 그다음엔 사망자의 주변 인물들을 조사하죠. 원한 관계가 있는지……."

"또 그들의 죽음으로 이득을 보는 사람을 조사하겠죠." 칸즈위안이 쉬유이의 말허리를 잘랐다. "바이천의 자산을 조회해보지 않으셨죠?"

"경찰을 무시하지 말아요. 제일 먼저 그의 계좌를 조회했어요. 주식으로 꽤 많은 돈을 벌었다는 것도 알고 있어요. 그걸 몰랐다면 바이천의 돈을 그의 어머니에게 대신 전달해주었느냐고 칸 선생에게 묻지도 않았겠죠."

"저는 '자산'을 물었습니다만. 그 집이 누구 명의로 되어 있는지 아세요?" 칸즈위안이 옆집과 사이에 있는 벽을 가리켰다.

"셰바이천의 어머니 아닌가요?"

"바이천이에요."

"뭐라고요?"

"저 집은 원래 바이천의 외할아버지 집이었어요. 할아버지는…… 음, 1997년에 돌아가셨을 거예요. 할아버지가 생전에 변호사를 찾아가 유언장을 작성하셨다는 걸 돌아가신 뒤에 알았어요. 십수만 홍콩달러의 예금은 아들과 딸에게 공평하게 나눠줬지만, 저 집은 바이천에게 주셨어요. 그때 바이천이 미성년자였기 때문에 법률적으로 어떻게 상속이 이루어졌는지, 변호사가 대신 관리했는지는 모르겠지만, 3년 뒤 바이천이 만 열여덟 살이 되자마자 바이천의 명의가 됐어요."

"외할아버지가 그렇게 하신 이유가 있어요?" 쉬유이가 물었다.

"할아버지가 아들을 싫어하셨어요." 칸즈위안이 쓴웃음을 지었다. "자세한 집안 사정은 잘 모르지만 부자 사이가 안 좋다는 건 이웃들도 다 아는 사실이었어요. 메이펑 아주머니가 주관이 없는 분이라 아마도 할아버지는 딸에게 집을 물려주었다가는 아들이 누나를 속여 재산을 빼앗을까 봐 걱정했던 것 같아요. 바이천이 영특하지는 않아도 최소한 메이펑 아주머니보다는 사리 분별이 뚜렷하니까 집을 빼앗기지는 않을 거라고 생각하셨겠죠. 어쨌든 저 집은 바이천의 유일한 안식처니까요."

"잠깐, 그게 토막 살해된 두 피해자와 무슨 관계가 있죠?"

"저는 바이천 얘기를 하고 있는 거예요. 저는 바이천이 외삼촌에게 살해당했다고 의심하고 있어요."

"셰바이천의 자살은 의심의 여지가 없어요!" 쉬유이가 자기도 모르게 언성을 높였다.

"자살이 확실하다고 해도 누군가의 압력으로 자살한 게 아니라고 장담할 수 있으세요? 셰자오후가 예전에 무슨 일을 했는지 아시죠? 언변 좋고 사람 마음을 잘 읽는 재주가 없다면 보험회사에서 팀장까지 오르고 MDRT[1]인가 뭔가 하는 그룹에 끼지도 못했겠죠."

쉬유이는 말문이 막혀 대답하지 못했다. 결제자 명단에서 자신이 기억하고 있는 셰자오후라는 이름을 보자마자 단칭맨션으로 달려왔을 뿐, 그에 대한 다른 정보는 전혀 아는 게 없었다.

"셰자오후에 대해 조사도 해보지 않고 절 찾아오신 건가요?" 칸즈위안이 숙제를 해 오지 않은 학생을 꾸짖는 선생님 같은 표정으로 말했다.

"팀원들이 조사하고 있어요. 난 칸 선생이 가진 정보를 요청하러 온 거예요." 쉬유이가 난처한 기색을 최대한 감추고 그럴듯한 핑계를 붙였다.

칸즈위안이 머리를 긁적이며 한숨을 쉬더니 하는 수 없다는 듯 피식 웃으며 소파에서 일어났다.

"좋아요. 이왕 시작한 일이니 끝까지 도와드리죠. 따라오세요."

칸즈위안이 닫혀 있는 방문을 열고 전등 스위치를 켰다. 쉬유이가 그를 따라 방에 들어가자 작은 창 하나를 제외하고 사방 벽에 모두 책장이 세워져 있고 책과 앨범, 영화 DVD가 빼곡하게 꽂혀 있었다. 바닥에도 책들이 산처럼 수북이 쌓여 있어서 깔끔하게 정돈된 거실과 완전히 다른 세상처럼 어수선

---

[1] Million Dollar Round Table, 전 세계 보험업계에서 고소득을 올리는 보험모집인들만 가입할 수 있는 모임.

했다. 창가 쪽 책장 옆에 있는 책상도 책, 필기구 등 잡동사니로 뒤덮여 있었다. 하지만 그 순간 쉬유이의 눈길을 가장 사로잡는 건 책상 옆 H형 거치대에 기대어져 있는, 높이 90에 너비 60센티미터 크기의 화이트보드였다. 거기에 파란색과 빨간색 마커로 글씨가 쓰여 있고 신문 스크랩과 프린터로 출력한 사진이 빈틈없이 붙어 있었다. 화이트보드 한가운데에는 '셰자오후'라고 쓰여 있고, 그 위에 몰래 찍은 듯한 사진이 붙어 있었다.

쉬유이는 화이트보드를 보자마자 무슨 용도인지 알았다. 강력반에서 사건을 수사할 때 관련 인물과 단서들을 써놓는 것과 비슷했다. 강력반에 있는 화이트보드보다 크기는 작지만 자료량은 더 많았다.

"한 달 동안 쉴 틈 없이 바빴죠." 칸즈위안이 화이트보드를 두드리며 셰자오후 사진과 그 옆에 쓰여 있는 파란 글씨들을 가리켰다. "젊어 보이지만 이 사람 올해 쉰여덟이에요. 르둥보험에서 보험대리점 지점장까지 하다가 15년 전에 해고당하고 자격도 취소됐어요. 100만 달러 연봉을 받다가 하루아침에 업계에서 퇴출당했으니 심각한 규정 위반을 저지른 것 같은데 재판까지 가지 않고 회사 내부적으로 무마했어요. 20여 년간 일한 보험업계를 떠난 뒤 여러 직업을 전전했지만 전부 별 볼일 없었을 거예요……. 지금은 온라인으로 전자제품을 팔면서 부업으로 야간에 택시 운전을 하고 있어요."

쉬유이가 화이트보드에 붙은 사진을 자세히 보았다. 티셔츠와 칠부바지를 입고 가슴에 파란 슬링백을 멘 차림으로 빨간 택시 옆에 서서 담배를 피우고 있는 그의 모습이 탄아이잉의 클럽 사진 속 인물과 전혀 다른 사람 같았다. 칸즈위안에게 뭘 물어보려는데 갑자기 사진 속 배경이 쉬유이의 시선을 사로잡았다.

"완차이 얏신 스트리트?" 쉬유이가 사진을 가리키며 물었다.

"네. 거기서 주간조 택시 기사와 교대해요. 며칠 동안 감시하고 손님을 태우고 가는 그를 미행까지 했지만 범행 증거를 찾지 못했어요. 그가 가끔 큰 배낭을 메고 일하러 갈 때가 있어요. 처음에는 택시 기사로 위장하고 마약 밀매를 하는 게 아닌지 의심했지만 정상적인 택시 운전을 하더군요. 의심스러운 승객도 없고……."

쉬유이는 칸즈위안의 얘기를 들으며 속으로는 자치가 조금 더 경험이 있었더라면 칸즈위안이 얏신 스트리트에 가는 목적을 눈치채고 셰자오후의 존재를 더 일찍 알 수 있었을 거라는 생각을 했다.

"온라인 쇼핑몰과 택시 운전 부업이 부끄러운 일은 아니지만, 10여 년 전 보험왕으로 끗발을 날렸던 사람이니까 지금 자기 처지에 굴욕감을 느낄 수도 있고, 불법적인 수단으로 큰돈을 벌 궁리를 할 거라는 건 합리적인 추측이 아닐까요?" 칸즈위안이 지금 두 사람이 있는 공간을 보라는 듯이 오른손 검지로 방의 두 귀퉁이를 가리켰다. "단칭맨션은 오래된 아파트라 주변 시세보다 싼 편이지만 전용면적이 넓어서 당장 팔아도 700만이나 800만 홍콩달러는 받을 수 있어요. 바이천이 세상을 떠나면 집은 메이펑 아주머니 명의가 될 거고, 셰자오후에게 누나를 속이는 건 예전에 고객에게 보험을 팔던 것보다 훨씬 쉽겠죠……. 이 큰 집에 혼자 살아서 뭣 하냐는 둥, 우울함을 떨치려면 환경을 바꿔야 한다는 둥, 집값의 절반만 '빌릴' 수 있어도 300에서 400만 홍콩달러는 되니까 그걸 밑천으로 재기할 수도 있고 펑펑 써버릴 수도 있죠. 이 정도면 살인 동기가 충분하지 않습니까?"

"그런 정보를 어떻게 알아냈어요?" 쉬유이가 물었다.

"여기서 30년 가까이 살았으니 보고 들은 게 많죠. 2009년인가 2010년쯤에 셰자오후가 메이펑 아주머니에게 돈을 빌려 달랬다가 거절당하자 행패를 부린 적이 있어요. 그때 대화를 엿들었는데 셰자오후가 수십만 달러를 빚지고 빚쟁이들한테 시달리고 있다고 했어요. 직장에서도 쫓겨난 백수라 도움을 청할 곳이 메이펑 아주머니밖에 없는데 메이펑 아주머니도 몇만 홍콩달러밖에 없다고 하자 동생을 나 몰라라 한다며 아주머니에게 심하게 화를 냈어요. 사실 그 전에도 급전이 필요하다고 해서 아주머니가 얼마 안 되는 통장을 다 털어서 도와줬는데 고마운 줄도 모르고 돈을 더 달라고 요구한 거였어요. 그 뒤로 한참 동안 찾아오지 않더니 나중에 또 와서 언제 그랬느냐는 듯이 대하더군요. 다른 돈줄을 잡은 거겠죠……. 참, 셰자오후가 예전에는 저 집에 같이 살았다고 하니 열쇠를 갖고 있을 수도 있어요. 바이천에게 누명을 씌우고 어떤 방법으로 죽인 뒤에 자살로 위장했을 수 있어요. 그를 수사해볼 필요가 있어요."

"셰바이천의 외삼촌이 이 사건과 관련 있다는 걸 알면서 왜 우리에게 말하지 않았어요?" 쉬유이가 불만을 속으로 누르며 물었다.

"다음 날 뉴스를 보고 자세히 알고 나서야 셰자오후에게 의심이 들었어요. 그 후에 경찰에게 얘기하지 않은 건……." 칸즈위안이 쉬유이를 휙 흘겨보았다. "그때 쉬 경위님은 바이천을 범인으로 단정하셨죠. 바이천이 어머니 모르게 방에 피해자들을 감금했을 거라고 하셨잖아요. 쉬 경위님이라면 그 상황에서 내 의견을 말하는 게 무슨 소용이 있다고 생각하셨겠습니까?" 쉬유이는 말문이 막혔다. 그날 그가 조금 날카로웠던 게 사실이었다. 표본병에 담긴 토막 시신이 너무 끔찍한 데다 셰메이펑이 사회복지사나 정신과 의사에게 도움을 요청하지도 않고 은둔 생활을 하는 아들을 방치했다는 사실에 자기도 모르게 욱하는 감정이 치밀었다. 평소 부하들에게 사적인 감정에 휘둘리지 말고 사건을 냉정하게 대하라고 당부하는 그가 중요한 순간에 실수를 저지르는 바람에 수사를 난관에 빠뜨리고 말았다.

"토막 난 채 보관된 두 피해자는 셰자오후와 무슨 관계가 있나요?" 쉬유이가 씁쓸한 감정을 누르고 화제를 전환했다.

"짚이는 점은 있지만 아직은 말하고 싶지 않습니다." 칸즈위안이 가슴 앞에서 팔짱을 꼈다. "저는 이 사건을 신문 기사를 통해 파악했기 때문에 부정확한 내용을 근거로 한 억측일 수도 있어요. 제 의견이 실제 증거와 상충한다면 경위님은 제 '모든 의견'을 가치 없는 것으로 치부하시겠죠. 먼저 돌아가서 셰자오후에 대해 제가 말씀드린 정보가 사실인지 확인해보세요. 제 말이 사실인 걸 확인한 뒤에 다시 얘기하시죠."

손님을 내쫓는 그의 말이 조금 무례하기는 했지만 쉬유이도 수긍했다. 셰자오후에 대해 더 많이 알아야 보다 대등한 입장에서 흥정하며 그에게 더 많은 정보를 얻어낼 수 있었다. 하지만 쉬유이는 현관문을 나서기 전 그에게 한 가지 질문을 던졌다.

"칸 선생의 처음 가설대로 변태 연쇄살인마의 범행이 아니라면 범인은 어째서 피해자의 시신을 토막 내 표본으로 만드는 엽기적인 일을 했을까요?"

"쉬 경위님, 추리소설 속 살인 계획이 살인 자체에 초점을 맞추고 있다고 생각하시나요?" 칸즈위안이 동문서답 같은 질문을 던졌다.

"그렇지 않나요?"

"아닙니다. 저는 아니라고 생각합니다." 칸즈위안의 입가가 살짝 말려 올라갔다. 독자 앞에서 강연하는 작가 무명지로 돌아간 듯했다. "살인은 아주 단순해요. 한 사람을 죽이는 건 한두 마디 말로도 가능하죠. 추리소설의 진짜 트릭은 '시체 처리'에 있어요. 범인은 살인을 저지른 뒤 들키지 않기 위해 시신을 훼손해 증거를 인멸하려고 합니다. 하지만 사람의 몸을 완전히 없애는 건 쉽지 않죠. 불태워 없애려고 해도 섭씨 900도에서 두 시간을 태워야 뼈를 가루로 만들 수 있습니다. 이런 온도까지 올라갈 수 있는 화로를 특별 제작해야만 가능한 일입니다. 강한 산성 용액을 이용한다면 그릇이나 하수관이 파손될 위험이 있고요. 바다에 던지거나 깊은 숲에 매장해도 사람들에게 발견되는 건 시간문제예요. 운이 좋다면 수십 년 동안 아무도 모를 수 있지만, 운이 나쁘면 바로 다음 날 발견될 수도 있어요. 추리소설 속 범인이 트릭을 쓸 때 시신을 처리하는 일에 집중하거나 혹은 이 번거롭고 복잡한 일을 생략하기 위해 무고한 제삼자를 살해하거나 의외의 사고나 자살로 위장해 '시체의 존재'에 합리적인 명분을 만들기도 하죠. 하지만 사실 이런 수단들 외에 실행 가능한 방법이 하나 더 있습니다."

"무슨 방법인가요?"

"시신을 아주 가까운 곳에 보관하는 거죠. 교외에 파묻는 것보다는 집에 보관하는 게 나아요. 일단 운반해야 한다면 시신을 통째로 옮길 경우 리스크가 크기 때문에 시신을 토막 내서 들고 옮기기 편한 크기로 만드는 게 여러모로 좋습니다."

쉬유이는 정상인이라면 이렇게 기괴한 방식을 사용할 수 없을 거라고 생각했다. 반박하고 싶었지만 설득력 있는 근거가 생각나지 않았고, 칸즈위안이 대화를 계속 이어갈 생각이 없다는 걸 느꼈기 때문에 우선 강력반으로 돌아가 부하들과 논의하기로 했다.

쉬유이는 며칠 동안 조사해 칸즈위안에게 입수한 정보의 진위를 확인했다. 셰자오후의 개인정보는 기본적으로 모두 사실이었다. 셰자오후는 1965년생으로 셰메이펑보다 다섯 살 아래이고 1981년 중학교 졸업 후 직업 전선에 뛰어들어 한 증권회사에서 사환으로 일했다. 그러다가 나중에 야간 고등학교를 나와 보험모집인 자격증을 딴 뒤 르둥보험에 입사했다. 르둥보험이 다국적 대형 보험회사는 아니지만 홍콩 보험업계에서는 중견기업이었다. 셰자오후는 2001년 매니저로 승진해 새로 입사한 젊은 보험모집인들을 이끌게 되었다.

보험모집인은 보험을 팔고 회사로부터 모집 수당을 받는데, 매니저가 되면 자신이 보험을 팔아 받는 수당 외에도 부하 직원들의 판매 실적에 따라 인센티브를 받을 수가 있다. 능란한 말재간과 빠른 눈치로 높은 실적을 거둔 셰자오후는 매니저로 승진해 부하 직원이 생기자 MDRT에 가입할 수 있는 충분한 자격 조건을 갖추게 되었다. MDRT는 보험업계의 국제적인 단체로 보험모집인이라면 누구나 가입 신청을 할 수 있지만 일정 수준의 매출액과 수익을 달성해야 한다는 자격 조건을 두고 실적이 우수한 보험모집인들만 회원으로 받았다. 셰자오후는 MDRT 가입 자격을 획득했을 뿐 아니라 사내 우수 사원상도 수상해 훈장 두 개를 양쪽에 달았고, 점점 더 돈 많은 고객들을 상대하게 되어 구역매니저, 심지어 지역총괄매니저로 승진할 날도 멀지 않은 것 같았다.

그런데 셰자오후의 호시절은 7년 만에 막을 내리고 모든 게 원점으로 돌아갔다.

2008년 셰자오후는 가장 왕성하게 활동할 나이인 마흔셋에 르둥보험에서 해고되고 보험모집인 자격도 박탈당했다. 그 무렵 르둥보험에서 근무했던 사람은 당시 회사에서 한 구역매니저가 염정공서[2]에 체포되었다는 소문을 들었다고 했다. 업계 용어로 '가짜 계약', '계약 슈팅'이라고 부르는 비리를 저질렀기 때문이었다. 가짜 계약이란 타인의 개인정보를 이용해 당사자도 모르는 상태로 보험계약을 체결한 뒤 보험모집인이 수당과 실적 인센티브를 받고 나서 계약을 해지하는 것이고, 계약 슈팅이란 실적이 부진한 부하 직원에게 매니저가 판매한 계약 건을 넘겨준 뒤 부하 직원이 받은 수당을 상납받고, 해당 실적으로 인한 인센티브도 받는 것이다. 부하 직원은 수당을 매니저에게 상납하지만 실적을 올릴 수 있으니 나쁠 게 없었다. 두 가지 모두 허위 서류로 회사를 속여 수당을 더 많이 타

---

[2] 廉政公署, ICAC(Independent Commission Against Corruption), 홍콩의 반부패 수사 기구.

내는 것이므로 비리 범죄에 해당했다. 전 르둥보험 직원은 셰자오후도 그 비리를 저질렀지만 핵심 인물이 아닌 데다 증거도 부족해서 염정공서가 그를 기소하지 않았고, 그럼에도 직업윤리를 위반한 것은 분명하기 때문에 회사에서 해고당하고 보험모집인 자격증도 취소되었다고 했다.

"그때 셰자오후가 다른 비리도 저질렀다는 소문이 있었어요. 고객과 짜고 보상금을 허위로 타냈다거나, 고객과 하룻밤 자는 대가로 액수가 큰 계약을 따내라고 부하 여직원에게 강요했다거나……. 또 무슨 비밀이 있는지는 몰라도 퇴사한 직원의 고객은 항상 그 팀에서 데려가더라고요." 그가 말했다.

그 후 15년 동안 셰자오후의 행적을 추측할 수 있는 자료는 많지 않았다. 세무 기록을 보면 그는 몇 년 동안 무직 상태였다가 '타이거 A'라는 이름으로 사업자등록을 냈다. 업종은 소매업이고 주소지는 간단한 우편물 전달 서비스 등을 제공하는 비상주 사무실이었다. 쉬유이는 타이거 A가 칸즈위안이 말한 온라인 쇼핑몰일 것으로 추측했다. 요즘 이런 비상주 사무실을 임대해 우편 주소지나 연락처로 삼는 소규모 창업자들이 많았다. 게다가 고급 오피스 밀집 지역인 센트럴에 위치해 있으므로 고객의 신뢰를 얻기도 쉬워서 사업에 도움이 될 터였다. 타이거 A를 인터넷에서 검색해보니 그런 이름의 온라인 쇼핑몰이 있었다. 주로 게임 CD, 온라인 게임 주변기기, 게임기, 컴퓨터 제품을 취급했지만 이것들과 전혀 무관하게 명품 시계나 카메라 렌즈 등 고가 제품도 있었다. 아싱은 그 쇼핑몰에서 판매하고 있는 제품 중에 원래보다 높은 가격에 파는 한정판 제품이 많다는 점을 발견했다. 어떤 한정판 게임기는 원래 가격의 세 배에 판매되고 있었고, 명품 시계는 위조품이 아닌지 의심스러웠다.

야간에 택시 운전을 한다는 것도 사실이었다. 자치가 얏신 스트리트에서 잠복하다가 셰자오후의 택시를 보았다. 차량 번호를 통해 그 택시의 차주가 누구이고 어떤 택시회사에 임대를 주었는지 확인한 뒤 셰자오후가 그 회사에 고용되어 있음을 확인했다. 셰메이펑이 살고 있는 단칭맨션의 집도 칸즈위안의 말대로 셰바이첸의 단독 명의로 되어 있었고, 셰바이첸이 사망했으므로 법적으로 직계가족인 셰메이펑이 상속받게 되었다. 은행 기록을 보면 셰자오후의 주소는 홍콩섬 서던구 웡축항에 있는 레지던스 아파트였지만 몇 달 전까지 완차이에서 살았다. 두 지역의 임대료와 면적 차이를 생각해보면 완차이 아파트의 계약 기간이 만료되어 더 비싸고 좁은 레지던스 아파트에서 임시로 지내며 오랫동안 임대할 집을 천천히 알아보고 있는 중인 듯했다.

"셰자오후에게 확실히 혐의가 있긴 하군요." 회의에서 아싱이 말했다. "칸즈위안의 말대로 범행 동기와 정황이 충분해요. 닳고 닳아서 불법을 무서워하지 않고 법망을 피할 수만 있다면 수단과 방법을 가리지 않을 자예요. 칸즈위안의 의견을 더 들어보고 그에게 증거물을 일부 보여주면 더 유용한 단서를 알려줄지도 몰라요."

"칸즈위안과 손잡는 건 좋은 생각이 아닌 것 같아요." 자치가 반대했다. "그가 셰자오후와 공범인지도 모르잖아요. 함께 범행해놓고 경찰을 이용해서 상대를 제거하려는 걸지도 몰라요. 셰자오후를 제거하고 셰메이펑을 꼬드겨 집을 독차지하려는 수작일 수도 있잖아요?"

"논리가 맞지 않아. 그럴 계획이었다면 처음부터 셰자오후의 존재를 감추지 않고 그에게 혐의점이 있다는 걸 슬쩍 귀띔해줬겠지. 그게 자신에게 더 유리하니까." 아싱이 말했다.

"공범이 아니라 해도 그는 경찰에 반감을 갖고 있어요. 일개 작가가 수사 방향을 좌지우지하고 있다는 게 외부에 알려지면 경찰의 명예가 실추되는 걸로 그치지 않을 거예요. 모든 걸 정치적으로 해석하는 요즘 세태에 팀장님과 반장님이 억울한 일을 당할 수도 있어요." 자치가 말했다.

"그건 자네들이 걱정할 필요 없어. 우린 사건 해결에만 집중하자고. 나머지는 윗분들이 처리할 거야." 쉬유이가 말했다.

"지금은 입장과 신분을 따질 때가 아니야. 수사에 도움이 된다면 누구의 도움이든 받는 게 최선이지." 아싱이 자신을 비롯해 회의에 참석한 모든 사람을 가리켰다. "인력이 부족해. 팀장님까지 해도 네 명밖에 안 되잖아. 칸즈위안 한 사람의 도움이라도 무시할 수 없어. 그의 행동이 의심스러웠지만 지금 보면 그럴 만한 이유가 있었잖아. 게다가 그가 탄아이잉을 찾아낸 걸 보면 아직 우리에게 말하지 않은 단서가 더 있는 것 같아. 셰자오후에 대한 정보도 더 있을 거야."

"아싱 선배는 칸즈위안이 범인이 아니라고 확신하는 거예요? 저는 아직 유보적인 입장이에요." 자치가 말했다.

"어제 곰곰이 생각해봤는데 칸즈위안이 범인이라는 가설에는 모순이 많아. 칸즈위안이 토막 살인을 했다면 두 가지 가능성이 있어. 하나는 셰바이천과 그가 공범이었는데 셰바이천이 말도 없이 갑자기 자살한 것이고, 또 하나는 그가 셰바이천에게 자살을 강요하거나 살해한 뒤 자살로 위장해서 셰바이천에게 죄를 뒤집어씌운 거야. 하지만 이 두 가지 가설 모두 성립되지 않아."

"왜요?" 자치가 이해할 수 없다는 듯 물었다.

"칸즈위안이 셰바이천의 자살을 예상하지 못했다면 문을 부수고 들어가서 죽은 셰바이천을 발견했을 때 제일 먼저 옷장 속 토막 시신을 어떻게 처리할지 생각했어야 해. 셰바이천에게 아직 숨이 붙어 있다면서 거실로 옮겨서 응급조치를 하겠지. 그러면 경찰이 도착했을 때 방을 조사하지 않을 수도 있으니까. 아니면 경찰이 도착하기 전에 방의 배치를 바꿔놓을 수도 있었어. 쓰레기와 상자들을 옮겨 옷장 앞을 막아놓았다면 경찰이 발견하지 못했을 수도 있지. 그게 아니라도 최소한 방문 앞에 서서 경찰의 행동을 주시하다가 경찰이 옷장에 가까이 가려고 하면 무슨 방법으로든 관심을 다른 데로 돌렸을 거야. 추리소설 작가에게 그 정도는 식은 죽 먹기일 테니까."

"그가 그렇게 하지 않았는지 어떻게 아세요?"

"어제 셰자오후가 모는 택시 차주와 택시회사를 조사하러 갔다가 예전 동료를 만났어." 아싱이 앞에 있는 서류를 펼치고 메모 속에 있는 이름을 가리켰다. "별명이 키다리인 동료인데 내가 이스트 카오룽 기동대에 있을 때 같은 조였어. 마침 그 동료가 셰바이천의 자살 현장에 처음 출동했더군. 그래서 자세히 물어봤는데 그날 칸즈위안은 방에 들어오지 않고 계속 거실에서 셰바이천의 어머니를 위로하고 있었대."

"선배 말이 맞다고 쳐요. 그래도 칸즈위안이 셰바이천이 범행을 저지르고 두려워서 자살한 걸로 위장했을 수도 있잖아요?"

"그랬다면 누군가 셰바이천에게 죄를 뒤집어씌웠을지 모른다고 주장할 필요가 없었겠지. 그대로 흘러가게 내버려두었다면 우린 셰바이천이 범인이라는 결론을 내리고 사건을 종결했을 테니까." 아싱이 어깨를 으쓱였다. "그리고, 키다리의 파트너가 토막 시신을 발견한 것도 우연이었대. 그들이 발견하지 못했다면 식환서에서 셰바이천의 시신만 수습해서 떠났을 거고, 그랬다면 셰바이천에게 살인죄를 뒤집어씌우는 계획은 물거품이 되지 않겠어?"

"칸즈위안에게 해리성 정체 장애가 있을지도 모른다고 했던 사람이 바로 선배잖아요……." 자치가 물러나지 않고 끈질기게 반박했다.

"그 추리는 그가 셰자오후를 추적하고 있다는 걸 몰랐을 때 얘기지. 자신의 다른 인격을 범인으로 지목하고 있다는 가설이었어. 그가 정말 이중인격을 갖고 있어서 자기 자신이 범인인 줄 모르고 셰바이천의 외삼촌을 범인으로 지목하고 있는 거라면 두 인격이 서로의 존재를 모르고 있다는 뜻이겠지. 그런데 일주일 넘게 감시했지만 정신이 이상하다고 의심할 만한 일은 없었어. 매일 완차이에 차를 몰고 갔던 이상한 행동도 그럴 만한 이유가 있었던 걸로 밝혀졌잖아."

아싱의 추론은 상당히 구체적이고 설득력도 있었다. 쉬유이는 자치가 칸즈위안이 나쁜 사람이라는 사고의 함정에 빠져 선입견을 갖고 있다고 생각했다.

"키다리에게 이 사건을 어떻게 생각하는지 물어봤어." 아싱이 다시 앞에 있는 서류로 시선을 옮겼다. "처음에는 칸즈위안이 셰바이천의 형제인 줄 알았대. 가족의 자살 현장을 목격한 사람들에게 나타나는 일반적인 모습대로 상당한 충격을 받고 괴로워하는 기색이었으니까. 아무리 침착한 척해도 떨리는 손과 말투만 보아도 그런 감정은 느낄 수가 있지. 키다리가 운이 나빠서 아직 기동대에 남아 있지, 관찰력이 좋고 신중해서 나보다 더 형사에 어울리는 사람이야. 그의 말을 믿어도 좋아. 그의 의견을 참고해봐도 칸즈위안은 셰바이천이 자살할 줄 전혀 모르고 있었고, 그가 이 사건의 주범이거나 공범이었을 가능성도 희박해."

"샤오후이의 의견은 어때?" 쉬유이가 아까부터 말없이 듣고만 있는 샤오후이에게 물었다.

"칸즈위안이 범인이든 아니든 그에게 일부 증거를 보여주고 의견을 들어봐도 좋을 것 같아요." 샤오후이가 자치와 아싱을 번갈아 보았다. "그에게 죄가 없다면 똑똑한 그의 의견이 수사에 도움이 될 테고, 만일 그가 정말 범인이라면 우리에겐 범인에게 접근할 수 있는 절호의 기회겠죠. 스스로 허점을 드러내길 기다릴 수 있고요."

쉬유이가 시원스럽게 웃었다. "자치, 아싱, 이번엔 샤오후이의 완승이야. 샤오후이, 그자가 무슨 정보를 감추고 있는지 내일 사우케이완에 같이 가서 보자고."

샤오후이는 기분 좋게 웃고, 샤오후이의 명쾌한 한마디에 머쓱해진 자치와 아싱은 코를 긁었다.

다음 날 오전 10시, 쉬유이와 샤오후이가 칸즈위안의 집 초인종을 눌렀다. 미리 연락을 받은 칸즈위안은 놀라지 않고 문을 열었지만 그리 호의적인 표정은 아니었다. 샤오후이는 대화가 순조롭지 못할 것 같아 걱정했지만 쉬유이는 어떤 소득이든 있을 것으로 기대했다. 칸즈위안이 두 사람에게 차를 대접한 것은 어느 정도 호의가 있다는 뜻이었기 때문이다.

"셰자오후에 대한 제 얘기가 사실이었죠?" 칸즈위안이 의자를 당겨 쉬유이와 샤오후이와 마주 보고 앉은 뒤 깍지 낀 양손을 허벅지에 차분히 내려놓았다.

"네. 그런데 아직 한 가지 의문이 남았습니다." 쉬유이가 기선을 빼앗기지 않으려고 고맙다고 말하지 않고 자연스럽게 반격했다.

"뭐죠?"

"셰자오후와 렌털 애인 신디의 관계를 어떻게 아셨나요?"

칸즈위안의 얼굴에 약간 불쾌한 감정이 떠올랐다. 그가 턱을 긁으며 떨떠름하게 말했다. "알겠어요. 결국 그 얘길 하게 되는군요. 난 셰자오후가 바이천과 계속 연락을 주고받았다고 의심하고 있어요."

"그렇다면……."

"성급하게 결론 내리지 마시고요. 저는 그들이 공범이라고 생각하진 않아요." 칸즈위안이 쉬유이의 추론을 미리 차단했.

"바이천은 분명하게 말한 적이 없지만 가끔 말속에 등장하는 '온라인 친구'가 사실 그의 외삼촌일 거라고 생각했어요. 2008년 금융 위기 이전에 저는 미국의 서브프라임 위기가 심각하다고 판단하고 바이천에게 주식 투자에 신중하라고 경고했지만 바이천은 '시장을 잘 아는 그 친구'가 계속 호황일 거라고 했다며 들으려 하지 않았어요. 바이천을 끈질기게 설득해서 보유 주식을 대부분 팔고 그중 얼마를 떼어 '풋 워런트'[3]를 매수하게 했어요. 결과적으로 5월에 2만 5천 포인트였던 항생지수[4]가 10월에 1만 2천까지 떨어졌죠. 바이천은 손실을 피했을 뿐 아니라 풋 워런트로 큰 수익을 냈어요. 바이천과 게임 채팅으로만 대화했지만 좀 이상한 걸 느꼈어요. 바이천이 그 '온라인 친구'를 가까운 연장자로 여기고 있는 것 같았죠. 그래서 그가 셰자오후일 거라고 추측했어요."

쉬유이와 샤오후이도 칸즈위안의 추측이 타당하다고 생각했다. 보험회사는 수익을 위해 재테크 관련 보험 상품을 많이 팔고 있고, 그 때문에 보험모집인들이 그런 상품을 팔기 위해 재무 컨설팅 자격증을 따는 일이 흔하기 때문이다.

"셰바이천이 그 온라인 친구가 누군지 말하지 않았나요?"

"그래서 제가 셰자오후일 거라고 의심한 겁니다. 그자가 바이천에게 자기와 연락하는 걸 아무에게도 말하지 말라고 했겠죠. 자기가 주는 시장 정보는 내부 기밀이라서 누설한 게 알려지면 고발당할 거라는 핑계를 댔을 거예요. 바이천이 은둔 생활을 하게 된 것도 외삼촌의 영향일 수 있어요. 셰자오후가 한참 잘나가면서 출세하니까 바이천도 집에 틀어박혀 주식 투자만 해도 큰돈을 벌 수 있을 거라 생각했겠죠."

"셰자오후가 정말 그 이유 때문에 비밀을 지키라고 했을까요? 별로 좋은 의도는 아니었을 것 같은데요?" 샤오후이가 물

---

3 특정 가격에 주식을 매도할 수 있는 권리를 말하며, 특정 가격에 주식을 매수할 수 있는 권리인 콜 워런트와 반대되는 개념이다. 주가가 상승하면 콜 워런트 투자자가 수익을 얻고, 주가가 하락하면 풋 워런트 투자자가 수익을 얻는다. ―원주

4 홍콩증권거래소의 주가지수.

었다.

"좋은 의도였을 리 없죠. 그건 대어를 낚기 위한 미끼였어요. 바이천이 소유한 저 집 말입니다." 칸즈위안이 옆집과 사이에 있는 벽을 가리켰다. "당시 돈을 잘 버는 셰자오후에게는 1년 수입의 절반도 안 되는 집값이었지만, 바이천의 외할아버지가 집을 아들인 자신이 아닌 외손자에게 물려줬다는 걸 참을 수가 없었겠죠. 조카를 잘 구슬려놓았다가 나중에 기회를 봐서 집의 소유권을 빼앗을 생각이었을 거예요. 지금 생각해보면 그 자식은 처음부터 바이천을 살해할 계획을 갖고 있었어요. 실행에 옮기지 않았을 뿐……."

"두 사람이 20년 동안 계속 연락을 주고받았다는 거예요?"

"제 추측이에요. 하지만 사이가 좋았다가 나빴다가 했을 거예요. 2008년 이후 한동안 바이천이 그 온라인 친구 얘기를 하지 않았어요. 그땐 둘 사이가 소원했겠죠. 바이천이 그의 말대로 주식을 계속 보유했더라면 밑천까지 다 날렸을 테니까. 그 후에 셰자오후가 메이펑 아주머니에게 빚을 갚아야 한다며 돈을 빌려달라고 한 것도 아마 그 때문이었을 거예요. 그런데 몇 년 뒤에 바이천이 그 온라인 친구 얘기를 다시 하기 시작했어요. 그땐 셰자오후가 바이천이 사고 싶어 하는 한정판 게임 제품을 주문해주면서 환심을 샀던 것 같아요. 그때쯤 바이천이 그 온라인 친구 얘기를 부쩍 많이 했어요."

쉬유이는 셰자오후의 온라인 쇼핑몰과 셰바이천의 방에 있던 게임 캐릭터 피규어와 특별 한정판 게임 제품이 잘 맞아떨어진다고 생각했다.

"아마 작년 여름쯤일 거예요." 칸즈위안의 어조가 바뀌었다. "바이천이 채팅을 하다가 이상한 질문을 했어요. 렌털 애인이 직업인 여자를 어떻게 생각하느냐고요. 왜 그런 질문을 하는지 몰랐지만 마침 일본에서 팬데믹 기간에 매독 환자가 오히려 증가했다는 기사를 읽었을 때였어요. 매독은 외국 관광객을 통해 유입된다는 기존의 관점과 달리, 최근 경기 불황으로 인해 원조 교제를 하는 여성이 급증한 것과 관련이 있는 것으로 추정된다는 내용이었어요. 성매매 업소에 고용된 사람들은 고용주가 정기적인 검사를 받게 하지만 사적으로 성매매를 하는 사람들은 그렇지 않으니 원조 교제나 애인 대행을 하는 경우 사회적인 질병 문제를 일으키기 쉽죠……. 얘기가 너무 멀리 갔군요. 아무튼 그때 별생각 없이 '성병에 옮기 쉽겠지' 하고 대답했다가 바이천과 다퉜어요. 바이천이 대뜸 화를 내면서 공감 능력이 부족하고 약자를 멸시한다며 저를 나무라더니 갑자기 채팅방에서 나가버리더군요. 나중에 바이천이 화가 풀린 뒤에 들으니 그 온라인 친구가 바이천에게 '남자끼리 하는 얘기'를 하면서 남자가 렌털 애인을 만나는 건 양쪽 모두에게 좋은 일이라며 바이천에게 여자 사진까지 보여줬대요. 바이천은 그 사진을 보고 호기심이 생겼던 거죠."

"성인 남자가 여자에게 호기심을 갖는 게 이상한가요?" 샤오후이가 물었다.

"바이천은 자기 방에서 한 발짝도 나오지 않는 은둔형 외톨이였어요. 걔는 애니메이션 캐릭터에게 마음이 흔들렸으면 흔들렸지 현실 세계의 여자에게는 흥미가 없었어요. 그 온라인 친구가 자기가 단골로 만나는 렌털 애인의 사진을 보여주면서 소개해주겠다고 했대요. 가격도 깎아줄 수 있다면서. 성병 감염 문제는 있지만 그렇게 해서라도 바이천 스스로 집 밖으로 나오길 바라는 마음에 저도 반대하지 않았어요. 그때까지만 해도 셰자오후가 얼마나 위험한 인물인지 몰랐으니까요. 데이트 나갈 때 입을 옷을 빌려줄 수 있다고 농담도 했어요. 하지만 결국 바이천이 포기했어요. 3차원 여자보다 2차원 여자가 더 낫다면서요.[5] 사진 속 여자가 누굴 닮았느냐고 물었더니 대답을 못 했어요. 한참 얘기해보니 사진 속 렌털 애인이 걔가 좋아하는 게임 캐릭터처럼 손목에 하트 문신을 갖고 있어서 호기심이 들었다고 하더군요."

칸즈위안은 쓴웃음을 지으며 어깨를 으쓱였지만, 쉬유이와 샤오후이는 새로 알게 된 정보에 집중하느라 다른 반응을 보이지 않았다.

"그래서 사건이 터진 뒤 신디를 찾아내 셰자오후의 범행 증

---

[5] 현실 세계의 여자보다 애니메이션 속 여자 캐릭터에 더 매력을 느끼는 심리를 표현할 때 현실 세계 여자는 '3차원 여자', 애니메이션 캐릭터는 '2차원 여자'라고 부르곤 한다.

거를 찾도록 도와달라고 했나요?" 쉬유이가 물었다.

"네. 하지만 사진 속 여자가 누군지는 몰랐어요. 이름도 잊어버렸고요. 신디였나 케이시Cathy였나, 영어 이름을 얘기한 적이 있는데 C로 시작하고 Y로 끝난다는 것밖에 기억나지 않았어요. 사막에서 바늘 찾기였죠. 캐시Cassy, 체리Cherry 등등 비슷한 이름을 가진 렌털 애인들을 하나씩 다 만나가며 손목에 하트 문신이 있는지 확인했어요. 다섯 번째 데이트에서 신디라는 그 여자를 찾아냈죠."

쉬유이와 샤오후이가 눈빛을 주고받았다. 칸즈위안이 이상한 데이트를 했던 이유가 드디어 밝혀졌다.

"우연의 일치로 이름이 비슷하고 손목에 하트 문신이 있는 다른 여자일 수도 있잖아요?" 쉬유이가 물었다.

"물론 그럴 수 있죠. 이름이 비슷한 여자를 10여 명 추려냈지만 큰 기대 없이 한번 해보자는 생각으로 만났어요. 그중에서 찾지 못한다면 다른 방법으로 셰자오후에게 접근해 은밀히 조사하려고 했어요. 그런데 신디를 만나자마자 이 여자가 바로 셰자오후의 사진 속 여자라고 100퍼센트 확신했어요. 다른 여자를 더 만나볼 필요도 없었어요."

"왜죠?"

"얼굴형과 입술이 경찰에서 공개한 피해 여성의 몽타주와 많이 닮았더군요. 셰자오후가 좋아하는 타입일 거라고 추측했어요. 게다가 이름도 비슷하고 하트 문신도 있었으니까요. 그 모든 게 우연의 일치라면 어쩔 수 없지만요."

쉬유이는 칸즈위안의 말에 담긴 뜻을 이해했다. 셰자오후가 탄아이잉을 자주 만난다는 사실이 셰자오후와 신원 미상의 여성 피해자와의 관계를 간접적으로 증명할 수 있었다. 우연의 일치일 가능성을 배제할 수는 없지만, 셰자오후가 이런 얼굴의 여자에게 성적 욕구를 느낀다면 여성 피해자도 그와 잠자리를 한 뒤 살해되었을 것이다.

이 도시에서 가장 흔한 살인 동기는 돈과 욕정이다.

"여성 피해자도 렌털 애인이거나 성매매 여성이었을 거라고 생각하시나요?" 쉬유이가 물었다.

"쉬 경위님, 제가 그렇게 많은 정보를 드렸는데 불공평하다고 생각하지 않으세요? 이제 제 질문에 대답해주시죠." 칸즈위안의 표정이 약간 굳었다.

"좋습니다. 질문하세요."

"제가 셰자오후를 주시하고 있다는 걸 신디에게 들으신 거죠?"

"네."

"신디가 경찰에 신고했나요?"

쉬유이는 이 질문에 숨겨진 의도를 알았으므로 잠시 생각하다가 솔직히 말하기로 했다.

"아뇨."

"그렇겠죠. 그런 직업에 종사하는 여자가 먼저 경찰을 찾아갈 리가 없죠." 칸즈위안이 쓴웃음을 지었다. "저를 얼마나 오랫동안 미행하셨나요?"

상대의 질문이 커브 없이 직구로 날아와 꽂히자 샤오후이의 표정이 얼어붙었다. 쉬유이는 자치를 데리고 오지 않아 다행이라고 생각했다. 욱하는 성미의 자치였다면 의자에서 튕기듯 일어나 "그게 당신과 무슨 상관이야?"라고 되받아쳤을 것이다.

"2주쯤이요. 칸 선생의 행적이 의심스러워서 우리가 신디에게 접근했어요. 안전하게 보호해줄 테니 두 사람의 데이트를 감시할 수 있도록 도와달라고 했어요."

"보호해주겠다, 라……. 제가 유력 용의자였겠군요. 감청도 했습니까?"

"그건 말씀드릴 수 없습니다." 미행과 감청은 경찰 상부로부터 허가받은 일이었지만 쉬유이는 당사자에게 감청 사실을 인정하고 싶지 않았다.

"후, 하셨다는 얘기군요. 하긴, 신디가 셰자오후를 잡을 덫을 놓는 데 협조하겠다고 했다면 저도 감청해서 증거를 녹음하려고 했을 겁니다." 칸즈위안은 공권력의 수사권이 부러운 듯 가슴 앞에서 팔짱을 끼고 고개를 들어 천장을 보았다. "지난번에 오셨을 때 경위님은 셰자오후에 대해 기본적인 정보도 모르고 있었어요. 경위님은 그날에야 제가 신디에게 말한 사람이 누구인지 아셨고, 저는 신디에게 그자의 본명을 말하지 않았어요. 어차피 말했어도 신디가 몰랐을 수도 있겠죠. 문제는 그날이

제가 신디와 데이트한 지 며칠이 지난 뒤였다는 겁니다. 신디가 셰자오후와 연락이 되지 않자 경찰은 다른 방법으로 셰자오후의 신분을 확인하려고 했을 겁니다. 쉬 경위님은 지난번 방문 이후 며칠이 지난 오늘 저를 찾아오셨고요. 이 모든 걸 종합해보면 경찰은 아직 범인을 체포할 수 있는 충분한 증거를 발견하지 못했고, 그래서 제게 정보를 더 얻어내러 오셨겠죠."

쉬유이는 진심으로 눈앞에 있는 이 남자를 적으로 돌리고 싶지 않았다. 상대는 조금 섬뜩할 정도로 똑똑했다. 그의 추리가 100퍼센트 정확하지는 않지만 80~90퍼센트는 사실이었다.

"제가 신디에게 말한 사람이 셰바이천의 외삼촌이라는 걸 어떻게 알아내셨는지 궁금하군요." 칸즈위안이 말했다. "저는 신디가 셰자오후의 급소라고 생각합니다. 냉정하다고 생각하실지도 모르지만 동서고금을 막론하고 미인계는 상당히 효과적인 전략이죠. 특히 상대가 자의식이 과도한 남자라면 미인 앞에서 더 쉽게 무장 해제되어 비밀을 말해버립니다. 그를 취하게 해서 취중진담을 내뱉도록 만들 수도 있고요."

"그 방법은 안 됩니다. 무고한 여성에게 그런 모험을 강요할 순 없어요." 쉬유이가 말했다. "신디는 셰자오후에게 연락해달라는 우리 부탁을 거절했어요. 사진과 그가 연락할 때 사용한 인스타그램 계정만 제공했어요. 그래서 우리가 그를 미끼로 유인했지만 작전이 성공하지 못했어요. 그의 신분은 다른 경로를 통해 확인했고요. 하지만 작전을 들키는 바람에 이젠 신디도 그를 유인할 수 없을 것 같군요."

"미끼요? 작전을 들켰다고요?"

쉬유이가 가짜 인스타그램 계정으로 셰자오후를 유인했다가 놓친 일을 간략하게 얘기했다. 그가 미라 플레이스 3층에서 주위를 관찰하고 있던 것으로 보아, 이미 경찰이 자신을 주시하고 있다는 걸 알 가능성이 있다는 얘기도 했다. 칸즈위안은 경찰이 사용한 가짜 계정을 물어보더니 그 자리에서 인스타그램을 검색해 AI로 만들어낸 사진을 확인했다. 한 손으로 턱을 괴고 '좋아요'가 수없이 달린 그 사진들을 쭉 살펴보던 칸즈위안이 중얼거렸다.

"음…… 아니에요……. 그놈이 운이 좋았던 거예요……."

"아니라고요?"

"작전을 들킨 게 아닐 겁니다." 칸즈위안이 고개를 들고 두 사람을 보았다. "경찰이 가짜 메시지로 셰자오후를 유인했다고 하셨죠? 다른 팔로워에게 온 메시지에도 답장을 보냈나요? 이 계정에 100명 넘는 팔로워가 있으니 가격을 묻는 메시지가 적어도 서른이나 마흔 개는 왔겠죠?"

"팀원에게 물어보진 않았지만 아마 답장을 안 보냈을 거예요."

"그게 결정적인 실수였어요." 칸즈위안이 피식 웃었다. "셰자오후와 약속을 잡은 뒤에도 계속 사진을 올린 건 잘하셨지만, 셰자오후 한 사람에게만 답장을 보냈기 때문에 의심을 샀을 겁니다. 요즘 페이스북, 텔레그램 등등에 렌털 애인들을 평가하고 정보를 주고받는 비밀 커뮤니티가 많아요. 이런 미인이 갑자기 '데뷔했으니' 그런 커뮤니티에서 이슈가 되었겠죠. 이 여자가 모든 잠재 고객에게 답장을 보내지 않으면 사기를 치려는 걸로 의심받기 쉬워요. 제가 셰자오후라도 상대에게 홍보 메시지를 받으면 경계심이 들어 온라인 커뮤니티에서 이 여자의 평판을 찾아볼 것 같군요. 하지만 여자의 외모가 워낙 자기가 좋아하는 타입이니까. 신디나 여성 피해자와 닮았죠. 조금 의심스럽기는 하지만 만나보려고 했을 거예요. 그래도 만일에 대비해 높은 곳에서 지켜보다가 문제가 없으면 나타나려고 했겠죠. 여자를 바람맞히고 계정을 폐쇄한 것도 경찰이 자신을 토막 살인 용의자로 쫓고 있는 걸 눈치챘기 때문이 아닐 수 있어요. 이 '지지'라는 여자가 범죄 집단과 연결된 꽃뱀이라고 생각했을 가능성이 커요."

칸즈위안의 분석을 듣고 쉬유이는 안도의 한숨을 쉬었지만 칸즈위안이 그렇게 말한 의도를 알아챘다.

"그렇더라도 신디에게 협조를 강요할 수는 없어요. 본인의 결정을 존중할 겁니다."

"후, 정말 고지식한 양반이군."

"칸 선생도 신디에게 부탁을 거절한다면 다시는 셰자오후를 만나지 말라고 했잖아요? 신디의 신변 안전을 걱정해서 그런 거 아닙니까? 그녀가 이 일에 더 깊이 개입했다가 또 다른 피해자가 될 수 있다는 걸 알고 있잖아요?" 쉬유이가 말했다.

"신디가 셰자오후를 계속 만나더라도 셰자오후는 그녀를 해치지 않을 겁니다. 제가 한 말은 2보 전진을 위한 1보 후퇴 같은 거였어요. 호의를 보여주는 척해야 부탁을 들어줄 것 같아서." 칸즈위안이 자신의 조금 비열한 전략을 털어놓고 싶지 않았다는 듯 쓴웃음을 지었다.

"그녀를 해치지 않는다고 어떻게 장담합니까?"

"경찰이 공개한 정보에 근거가 있어요. 경찰은 피해자의 신원 확인을 위해 언론에 기본적인 정보를 공개했습니다. 현재 발견된 토막 시신은 남녀 각 한 구씩 두 구인데, 남자는 20대, 여자는 열다섯에서 스무 살 사이로 보이고, 가장 큰 의문은 남성 피해자는 사망한 지 10년이 넘었지만 여성 피해자는 최근 반년 사이에 사망한 것으로 추정된다는 겁니다. 일반적으로 연쇄살인범은 단순히 살인 충동 때문에 살인을 저지르죠. 그런데 살인 충동을 10년 넘도록 억누를 수 있었다면 그가 정말로 비정상적인 욕망 때문에 살인을 한 것인지, 다른 목적이 있어서 치밀한 계획을 세우고 범행을 저지른 것인지 의심스럽습니다. 10년이 넘도록 다섯 번도 안 되게 살인을 저지른 연쇄살인범은 역사적으로도 거의 없었어요."

"다른 피해자도 있지만 시신이 발견되지 않은 거라면요?" 샤오후이가 반박했다.

"1년에 두 명만 살해했다고 쳐도 피해자가 스무 명이 넘어요. 그들이 실종된 걸 아무도 알아채지 못했다 해도 범인은 토막 난 시신들을 보관할 장소가 필요하겠죠. 세계 최고의 인구 밀도를 자랑하는 이 홍콩에서 표본병 수백 개를 아무도 모르게 감추는 건 애초에 불가능한 일이 아닙니까? 그리고 전 홍콩 경찰이 그렇게 위험한 인물을 그토록 오랫동안 찾지 못할 만큼 무능하다고 생각하지 않습니다."

칸즈위안은 분위기를 부드럽게 하려고 한 말이었지만 쉬유이는 정색하고 반문했다. "가능성이 낮다고 해서 배제할 수는 없잖아요?"

"지난번에 왔다가 돌아가실 때 제가 한 말을 기억하세요?"

"범인은 시신을 들키지 않으려고 시신을 토막 내는 거라고 했죠."

"그렇습니다. 하지만 똑똑한 범인은 이 수법의 또 다른 장점을 알죠. 엽기적인 수법의 살인 사건 중에는 '무동기 살인'이 많습니다. 엽기적인 방식으로 처리한 시신이 발견된다면 경찰은 제일 먼저 변태 살인마의 무동기 살인일 가능성을 떠올리겠죠. 거꾸로 생각하면, 영리한 범인은 피해자와 사적인 관계가 있으면서도 잔인한 수법으로 시신을 처리해 경찰과 대중을 오도할 수 있을 겁니다."

"그건……."

띠리리, 띠리리.

쉬유이가 칸즈위안의 말에 반박하려는데 그의 휴대폰이 울렸다. 쉬유이는 휴대폰을 꺼내 발신자를 확인하고 일어나 현관

쪽으로 가서 전화를 받았다. 자치에게 걸려 온 전화였으므로 칸즈위안에게 통화 내용을 들려주고 싶지 않았다. 그는 30초도 안 되어 전화를 끊고 다시 칸즈위안과 샤오후이 쪽으로 돌아왔다.

"급한 일이 생겨서 이만 가봐야겠습니다." 쉬유이가 샤오후이에게 손짓을 했다.

"이 사건과 관계된 일인가요?" 칸즈위안이 차분히 물었다.

"그건 말할 수 없습니다."

"걱정 마세요. 따라가겠다고 할 만큼 눈치가 없진 않으니까요." 칸즈위안이 웃었다. "영화나 소설을 보면 아마추어 탐정을 수사에 끌어들이는 형사는 모두 머저리들이죠."

"수사에 협조해주셔서 감사합니다. 앞으로 또 부탁드릴 일이 있을 겁니다." 쉬유이는 의례적인 인사를 한 뒤 그의 집을 나왔다. 단칭맨션을 빠져나오며 샤오후이가 물었다.

"팀장님, 아까 무슨 전화……."

쉬유이가 차오르는 흥분을 누르며 입가에 미소를 띠었다.

"여성 피해자의 신원을 알아낸 것 같군."

소설 《제목 미정》 발췌 · 3

……

몇 년 동안 L은 수많은 남자 친구를 사귀었다.

비록 돈과 이익을 바탕으로 한 관계였지만.

L에게 인생이란 다양한 역할을 연기하는 한바탕 연극이었다. 그녀에겐 자아가 없었다. 배우에게는 자아가 필요치 않다. 그녀는 남자 친구를 연기하는 손님들 앞에서 한 겹 분장을 두르고 그들이 원하는 이상적인 여자 친구의 역할을 최선을 다해 연기했다. 때로는 불처럼 뜨겁게, 때로는 서리처럼 차갑게, 또 때로는 애교스럽게, 때로는 가녀리게.

얼마나 가까이 살을 맞대든 L의 영혼은 망망대해에 뜬 조각배처럼 파도를 따라 정처 없이 떠다녔다.

'남자 친구'는 동상이몽을 하는 낯선 타인이었다.

그 낯선 이들 중에 L의 인생 항로를 바꿔놓을 뻔했던 남자가 세 명 있었다.

A는 성공한 사업가였다. 그와 동업자는 트렌드를 재빨리 파악해 e스포츠 매니지먼트사를 차리고 중국에서 사업을 확장했다. 그들이 훈련시킨 게이머들이 국제 대회에서 우수한 성적을 낸 덕분에 갓 서른이 넘은 젊은 나이에 큰 성공을 거두었다.

그는 L의 첫 스폰서였다.

두 달 만에 끝난 관계였지만 L은 그 남자에게서 영혼의 안식을 찾은 것 같았다. A는 그녀에게 물질적인 풍요 외에도 특별한 안정감을 주었다. 그와 함께 있으면 L은 모든 걸 잊고 가상의 여자 친구 역할에만 온전히 몰입할 수 있었다.

신기루에 불과하다는 걸 그녀도 알았지만 기꺼이 행복을 연기하고 가상에 심취할 수 있었다.

두 달 뒤 A는 사업상 외국에 나가야 해서 부득이하게 이 거래를 중단할 수밖에 없다고 말했다.

L은 그를 원망하지 않았고 이게 당연한 수순이라는 걸 잘 알고 있었다. 가슴속에 생채기가 하나 더 생겼지만 그러려니 했다.

A는 그녀에게 아무것도 남기지 않았고 이별 후 다시 모르는 사람으로 돌아갔지만, L에겐 그로 인해 취미가 하나 생겼다. 처음 그와의 관계가 시작됐을 때 L은 A가 하는 일을 더 많이 알기 위해 일부러 온라인 게임을 했다. 그때는 A에 대해 더 많이 알고 '파트너'

로서 의무를 다하겠다는 생각이었다.

그런데 시간이 갈수록 그녀는 온라인 게임이 자신과 잘 어울린다고 느꼈다. 현실에서처럼 가상의 세계에서도 여러 가지 캐릭터를 연기할 수 있기 때문이다. 현실에서든 온라인 세계에서든 그녀는 자기 캐릭터에 따라 연기할 뿐이었다.

두 번째로 깊이 사귄 남자는 음악을 하는 B였다.

B에게는 음악 프로듀서, 앨범 제작자, 작곡가, 편곡가, 영화음악가 등 다양한 신분이 있었지만, L은 그것들이 모두 가짜라는 걸 알고 있었다. 젊은 시절 B는 정말로 음악가였지만 지금은 직원 수십 명을 둔 작업실 사장일 뿐이었다. 그는 직접 오선지에 악보를 그려 작곡할 필요가 없었다. 직원을 시켜 작곡하고 자기 마음에 들 때까지 수정하게 한 뒤 자기 이름을 붙여 팔았다.

유부남인 B는 A보다 더 통이 커서 따로 사둔 아파트에 들어가 살게 해주었다. L은 자신이 그의 '세컨드'인지, '애완동물'인지 정확히 알 수 없었지만 캐묻고 싶지 않았다. 이 역할을 잘 연기하기만 하면 된다는 걸 알고 있었기 때문이다.

"네 이름이 유명한 노래 제목이란 거 알아?" 어느 날 B가 L을 안고 있다가 불쑥 물었다.

"그래?"

"철자는 다르지만 발음은 '라일라Lyla'와 똑같아."

B는 영국의 유명한 기타리스트의 이야기를 들려주었다. 친구의 아내를 사랑했던 그가 짝사랑하는 마음을 담아 그 노래를 만들었

는데, 나중에 친구가 이혼한 뒤 그녀와 정말로 결혼하게 되었고 친구도 그들의 결혼식에 하객으로 참석해 팝 음악계의 아름다운 전설이 되었다는 얘기였다.[1]

"해피 엔딩이네."

"하지만 그들도 오래가진 못했어. 남자의 알코올중독 때문에 10년 만에 이혼했지."

오래오래 행복하게 잘 살았다는 동화 속 이야기는 현실에는 없는 거라고, L은 생각했다.

B와 사귀는 동안 L은 팝에 관심을 갖기 시작했다. 한가할 때 B가 소장하고 있는 앨범들을 들었는데 특히 60~70년대 미국 로큰롤이 마음에 들었다. 같은 〈서머타임〉이라도 엘라 피츠제럴드의 감미로운 목소리보다는 재니스 조플린의 처연하고 가학적인 음색과 편곡이 더 마음에 들었다. 하지만 B와의 관계도 넉 달 만에 끝이 났다.

A와 마찬가지로 B도 일 때문에 당분간 외국에 나가야 한다며 관계를 끝내자고 했다. 언젠가 닥칠 일이라는 걸 알고 있었으므로 그를 잡으려 하지 않았지만 "너한테 싫증 났어"라고 솔직히 말하지 못하고 똑같은 핑계를 대는 남자들이 조금 우습다고 생각했다. 상대의 감정에는 무관심하고, 자신이 의리 없고 비열한 남자로 보이는 걸 용납하지 못하는 남자의 자존심 때문일 거라고 추측했다. 그녀는 단순하고 멍청한 여자애를 연기하며 상대의 삼류 연극에 장

---

[1] 에릭 클랩턴과 비틀스 멤버 조지 해리슨의 아내 패티 보이드의 러브스토리. 에릭 클랩턴은 그녀를 사랑하는 마음을 담아 〈라일라(Layla)〉라는 노래를 만들었다.

단을 맞춰주었다.

'외국'에 나간다는 말이 진심이라고 느낀 건 C뿐이었다.

C는 A나 B와 달리 L의 스폰서가 아니라 그저 단골 고객이었다. 처음에는 섹스만을 위해 만났지만, 얼마 후부터는 같이 밥을 먹고 자기 인생의 고민을 털어놓으며 얘기를 나누다가 헤어졌는데 L은 어떤 역할을 연기해야 할지 몰라서 오히려 더 난감했다.

그녀는 진정한 자신을 누구에게도 보여주고 싶지 않았다.

젊은 사진작가인 C는 L을 만날 때마다 자기 작품을 보여주었다. 처음에는 예술성 같은 걸 느끼지 못하고 비슷비슷한 풍경 사진이 따분하다고 생각했지만 C의 설명을 들으며 구도의 미감과 빛과 그림자의 대비, 피사체에 담긴 주제와 사진작가의 감정 등을 차츰 이해하게 되었다. 예술이 그녀의 삶 속으로 들어가자 심미적인 화제를 두고 대화를 나누고 작품에 대한 자기 의견을 말할 수도 있게 되었다.

C의 솔직함에 L의 경계심은 차츰 옅어지고 심지어 그와 단순한 물질적 교환 이상의 관계로 발전할 수 있을 거라는 환상을 품고서, 물질이 아닌 영혼의 만족을 추구하는 예술가의 삶을 동경하게 되었다.

하지만 아름다운 꿈도 역시 꿈일 뿐, 현실이 될 수 없었다.

"아버지가 싱가포르에 와서 사업을 물려받으래." 어느 날 C가 우울한 목소리로 말했다. C는 사진작가가 된 뒤로 돈을 벌어본 적이 없지만 대기업 사장인 아버지 덕에 돈 걱정 없이 젊음을 한껏 불사를 수 있었다. 하지만 젊음이 영원할 수는 없었다. 더 이상 참을 수 없었던 그의 아버지가 경제적 지원을 끊고 기업을 물려받으라고 명령했던 것이다. C는 아버지 뜻을 거스르고 L과 둘이 멀리 도망쳐 가난하지만 꿈을 품은 예술가로 살까 하는 고민도 했지만, 현실의 그에게는 그럴 만한 포부도 야망도 없었으므로 하룻밤 고민 후 아버지의 뜻에 따르기로 결정했다.

예상한 일이었으므로 L은 상처받지 않았다. C가 아버지의 믿음을 저버리고 여자를 선택할 만큼 강단 있는 성격이 아니라는 걸 그녀는 잘 알고 있었다.

다만 왜 그랬는지 몰라도, 그날 밤 그녀는 혼자 집에서 날이 밝을 때까지 숨죽여 울었다.

얼마 후 L은 온라인에서 서로에 대해 아무것도 모른 채 누군가와 대화할 수 있다는 걸 알았다. 가상 세계에서는 서로 얼굴을 볼 수 없고 나이, 성별, 신분, 배경 그 무엇도 알지 못하기 때문에 오히려 오랫동안 감추고 있던 진정한 자신의 모습으로 타인과 대화할 수 있었다.

그녀의 인생에 A, B, C가 남기고 간 얼룩이 섞여 예전과 달라진 모습이라고 해도 말이다.

'모래언덕 쪽이 좀 수상해. 오솔길로 가.'

아바이가 게임에서 L에게 했던 첫마디였다.

알게 된 지 1년이 넘도록 만난 적은 없지만 L은 아바이가 자신에게 공기처럼 자연스러운 존재가 되었다고 느꼈다. 그녀는 아바이노 사기처럼 사회에서 주변화된 개체라는 걸 직감적으로 알았다. 남들은 그녀가 사회의 가장자리에 간당간당하게 발붙이고 서서 서로 상처를 핥아줄 수 있는 사람을 찾는 줄 알겠지만, 그녀는 그렇지 않다는 걸 잘 알고 있었다. 그녀는 아바이와 자신이 서로를 이해할 수 있는 소울메이트라고 생각했다.

그녀는 충동적으로 아바이에게 만나자고 했던 날을 떠올렸다. 그녀는 그것이 둘의 관계를 깰 수 있다는 걸 알고 있었고, 그런 결과를 감당할 자신이 없었지만 간절한 바람을 말해버리기로 했다.

'너무 오랫동안 집에 처박혀 살아서 외출하는 기능이 사라졌어.'

아바이가 농담처럼 말했다.

'내가 오빠 집으로 갈게. 2층에 산다고 했지? 오빠 가족들도 모르게 창문으로 들어갈 수 있어.'

아바이는 조금 주저했지만 L의 제안을 받아들였다. 다만 창을 넘어 들어오라고 하는 게 미안해서 L과 시간 약속을 한 뒤 집에 아무도 없을 때 창밖으로 열쇠를 던져주고 후문으로 들어오게 해주었다. 첫 대면이라 조금 어색했다. 아바이는 누군가와 얼굴을 보며 대화한 지 너무 오래된 탓에 몹시 긴장되었다. 거의 20년 만에 그의 '껍데기'에 방문객을 받아들인 것이었다. 하지만 L은 금세 마음이 편안해졌다. 아바이가 채팅으로 얘기했던 것들이 방 안에 모두 있었기 때문이다. 어떤 소설이 재미있는지, 어떤 게임기가 특이한지, 어떤 앨범이 소장 가치가 있는지 등등. 이 '고치' 안에 들어와보니 아바이가 가상 세계와 현실 세계에서 똑같은 모습이라는 걸 확인할 수 있었다.

"와, 오빠도 이 앨범 있네. 내 이름이잖아." L이 책장에서 데릭 앤드 더 도미노스Derek and the Dominos[2]의 앨범 〈라일라와 또 다른 사랑 노래들Layla and Other Assorted Love Songs〉을 꺼내 표지에 있는 '라일라LAYLA'라는 단어 중 첫 번째 A를 손가락으로 덮었다.

"맞아. 맞아."

"그런데 그 두 사람 결국 헤어졌어." L이 앨범 커버 하단에 있는 가수 이름을 가리키며 씁쓸하게 웃었다.

"그…… 그건 원래 비극이야." 아바이가 책장에서 책 한 권을 꺼내 건네며 우물쭈물 말했다. "그, 그, 불행한 남자의 이야기야."

아바이는 라일라라는 이름이 12세기 페르시아 시인이 쓴 이야기에서 따온 것이라고 얘기했다. 어릴 적 친구인 케이와 라일라는 서로 사랑했지만 라일라의 아버지가 그녀를 다른 남자와 결혼시켰다. 라일라가 결혼한 뒤에도 케이가 그녀를 잊지 못하고 집착하자 사람들은 그를 '미치광이'라는 뜻의 '마즈눈Majnun'이라고 불렀다. 마즈눈은 사랑하는 여자를 다른 남자에게 뺏긴 슬픔을 견디지 못하고 사막을 떠돌며 시를 읊었고, 라일라도 우울해하다가 결혼 후 오래지 않아 세상을 떠났다. 얼마 후 마즈눈도 라일라의 무덤 옆에서 죽은 채 발견되었는데 그 옆 바위에 시 세 편이 새겨져 있었다.

L은 아바이의 이야기를 듣고 코끝이 시큰해지며 눈물이 뺨을 타

---

[2] 에릭 클랩턴이 속해 있던 밴드.

고 흘렀다. 왜 갑자기 눈물이 흘렀는지 그녀도 알 수가 없었다. 천년 전 어느 불행한 남녀의 쓸쓸한 영혼을 위한 애도였을까. L이 갑자기 울자 아바이가 당황해 휴지를 뽑아 건넸다. 갑자기 감정이 북받친 딸 앞에서 어쩔 줄 모르는 아버지 같았다.

아바이는 L이 흘린 눈물의 의미를 알지 못했지만, 이유를 물을 필요도 없고 아무 말도 할 필요가 없다는 걸 알고 있었다.

그는 L이 왜 만나자고 했는지 알 것 같았다. 서로 얼굴을 보아야 말로 표현할 수 없는 감정을 전달할 수 있고, 상처투성이인 자아를 위로해줄 수 있기 때문이다.

외로운 두 영혼이 그 순간 진정으로 서로를 만났다.

……

7장

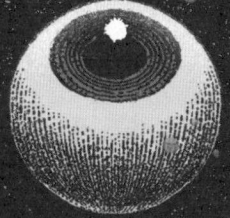

"알았어. 지금 갈게. 기다리시라고 해."

쉬유이와 샤오후이가 단청맨션에서 칸즈위안을 만나고 있을 때 자치는 완차이 경찰서 상황실에서 걸려 온 전화를 받았다. 한 시민이 사우케이완 토막 살인 사건에 관해 제보할 것이 있다며 찾아와 수사관을 만나게 해달라고 요청했고, 담당 경찰이 제보 내용을 간단히 듣고 유용한 정보일 수 있다고 판단해 강력반 사무실로 연락한 것이었다. 완차이 경찰서는 홍콩섬 총구 본부 빌딩에서 걸어서 몇 분 거리에 있었으므로 자치가 직접 가서 제보자를 만나기로 했다.

"또 제보야?" 자치가 휴대폰을 주머니에 넣고 일어나는 것을 보고 아싱이 물었다. 두 사람은 셰자오후의 온라인 쇼핑몰인 타이거 A에 대해 조사하고 있었다. 자치는 8천 홍콩달러 넘는 가격이 붙은 레이싱 휠을 보고 검은돈을 세탁하는 수법일지 모른다며 혀를 찼지만, 게임 용품 시세를 잘 아는 아싱은 오히려 그 상품이 이 쇼핑몰에서 제일 소박한 가격이라고 했다. 그때 완차이 경찰서에서 걸려 온 전화가 그들의 무의미한 대화를 끊었다.

"네. 또 영양가 없는 소문일지도 모르죠." 자치가 어깨를 으쓱였다.

여성 피해자의 몽타주를 언론에 공개하고 시민들의 제보를 받기 시작한 뒤 피해자를 안다는 사람들의 제보가 빗발쳤지만 수십 건의 제보 중 신빙성 있는 것은 하나도 없었고, 조사해보면 아직 살아 있는 사람이 대부분이었다. 자치와 아싱이 잠복해 칸즈위안을 감시하는 동안 시민의 제보를 선별하고 처리하는 일은 모두 샤오후이가 맡았다. 탄아이잉과 재스퍼로 수사의 초점이 옮겨진 뒤에는 자치가 제보자를 만나거나 전화 통화로 정보를 확인하는 일을 도와주었지만 대부분은 시간 낭비였다.

자치는 MPU에서 좋은 소식이 올 거라고 기대했지만 아직 소득이 없었다. 그가 만난 실종자의 부모들은 대부분 시신을 확인한 뒤 이래도 괴롭고 저래도 괴로운 복잡한 표정을 지었다. 딸이 이토록 잔인하게 살해당하지 않았음에 안도하면서도 한편으로는 실종된 딸도 비슷한 일을 당하지 않았을까 하는 불안감이 그들을 괴롭혔다. 물론 억지로 이어 붙인 시신을 보고 충격을 받거나 기절하는 사람들도 적지 않았지만, 예상외로 어머니들이 아버지보다 인내력이 더 강하다는 사실에 자치도 조금 놀랐다.

여자는 피해자가 자기 가족인지 아닌지 확인하는 데 집중하는 반면, 남자는 토막 난 시신에서 범인의 악의를 느끼기 때문일 거라고 자치는 생각했다.

상황실에서 그를 기다리고 있는 사람은 키가 자그마한 부인이었다. 수수한 옷차림에 나이는 40대 후반에서 쉰 살 정도 되어 보이는 평범한 모습이었지만 자치는 그녀를 보자마자 다른 제보자들과는 다른 느낌을 받았다. 아마도 침착한 얼굴로 허리를 곧게 펴고 앉은 자세 때문인 듯했다. 자치가 부인을 회의실로 안내했다. 부인은 자신을 랴오씨라고 소개한 뒤 은둔족 살인마 사건의 여성 피해자가 자신이 아는 사람인 것 같다고 했다.

"내 친구의 딸인 것 같아요." 부인이 말했다.

"왜 그 친구분이 직접 오시지 않았나요?"

"작년에 코로나로 죽었어요."

자치는 조금 놀랐지만 지난 3년간 전 세계에서 수백만 명이 사망했으므로 이 사건과 관계된 사람이 사망한 것도 이상한 일은 아니었다.

부인이 가방에서 사진 두 장을 꺼냈다. "그 친구의 유품이에요. 딸과 함께 찍은 사진이죠. 그 친구의 딸이 피해자의 몽타주와 닮았다는 걸 우연히 알았어요. 딸도 오래전에 실종됐으니 경찰에 알려야 할 것 같았어요."

자치가 사진을 건네받아 자세히 살펴보았다. 성인 여자와 여자아이가 함께 찍은 사진이었는데 한 장은 실내에서 찍은 것이었다. 그들 뒤에 있는 창문과 창밖으로 보이는 건물을 보니 공공 주택의 거실인 듯했다. 사진 속 성인 여자는 20대로 보였다. 가까이에서 클로즈업해 찍은 사진이라 옷차림은 볼 수 없었지만 연한 화장기에도 미모가 상당하다는 걸 알 수 있었다. 흰 조끼를 입은 열 살쯤 되어 보이는 아이가 여자의 어깨에 머리를 기대고 있는데 웃고 있는 양 볼에 앙증맞은 보조개가 파였다. 여자의 미소는 약간 부자연스러워 보였다. 엄마와 딸의 평범한 가족사진이었는데, 각도로 볼 때 딸이 휴대폰으로 찍은 셀카이고 엄마는 갑자기 딸이 사진을 찍는 바람에 어색한 표정으로 찍힌 듯했다.

또 한 장은 야외에서 찍은 사진이었다. 배경에 있는 화단과 나무로 보아 어떤 공원에서 찍은 듯했는데 모녀가 나란히 서 있었다. 엄마는 예쁘게 단장하고 환한 미소를 짓고 있지만 딸은 카메라를 보지도 않고 무표정하게 다른 곳을 응시하고 있었다. 자치는 그 소녀가 첫 번째 사진 속 여자아이의 언니인 줄 알았지만 자세히 보니 바로 그 아이였다. 첫 번째 것보다 2~3년 뒤에 찍은 사진인 듯했다. 제법 소녀티가 나는 얼굴이 엄마와 닮아 보였고 체형도 더 성숙해진 모습이었다.

이 사진을 보고 자치는 부인이 제보하기로 한 이유를 알 것 같았다. 사진 속 소녀는 여성 피해자와 확실히 비슷했다. 사진을 뒤집어 뒷면에 뭐라고 쓰여 있는지 보았지만 두 장 모두 아무것도 쓰여 있지 않았고 특정 회사 프린터의 전용 인화지인 듯 워터마크만 나란히 찍혀 있었다.

"이 아이가 실종됐다고요? 언제요?"

"4년인가 5년 된 것 같은데 잘 모르겠어요. 그 애를 직접 본 적은 없고 걔 엄마만 알아요."

자치가 더 물으려는데 첫 번째 사진의 어떤 부분이 갑자기 그의 눈에 확 들어왔다. 여자아이의 왼쪽 쇄골에 있는 점 세 개였다. 손가락 끝으로 문질러 사진에 묻은 얼룩이 아닌 것을 확인했다. 세 개의 점이 일직선으로 나 있고 떨어져 있는 간격도 거의 동일했다. 제일 오른쪽에 있는 점은 목에 가깝고 나머지 두 점이 그 아래로 이어져 있었다. 그 점 세 개가 눈에 들어온 순간 자치가 차가운 숨을 훅 들이마셨다.

수없이 보았던 장면이 눈앞을 스쳤다.

여성 피해자의 몸에도 똑같은 위치에 점 세 개가 있었다. 첫날 부검실에서 부검의의 설명을 들을 때 그 점을 보았고, 그 후 실종자 가족들을 데리고 시신을 확인하러 가서 부검실 직원이 냉동고에서 시신을 꺼낼 때마다 피해자의 얼굴과 쇄골에 있는 점 세 개를 열 번도 넘게 보았다.

하지만 자기 기억에 오류가 있을 수도 있으므로 부인을 강력반 조사실로 데려가 더 자세히 조사하기로 했다. 강력반에 도착한 자치는 우선 부인을 접견실로 안내한 뒤 사진을 가지고 서둘러 자기 자리로 가서는 서랍에서 돋보기를 꺼냈다.

"왜 그래?" 아싱이 물었다.

자치는 대답도 하지 않고 돋보기를 꺼낸 뒤 컴퓨터를 켜고 토막 시신 사진을 찾아 열었다. 모니터 화면에 여성 피해자의 쇄골을 확대해서 찍은 사진이 나타나자 자치는 스탠드를 켜고 돋보기로 제보자에게 받은 사진을 자세히 들여다보았다.

"선배가 좀 봐요." 자치가 숨을 크게 들이마시며 아싱에게 돋보기를 건넸다. 사진과 모니터를 반복해서 대조하던 아싱의 입에서 짧은 탄성이 터져 나왔다.

"여성 피해자야?"

자치가 고개를 끄덕이며 팀장에게 전화를 걸어 보고했다.

15분 뒤 쉬유이와 샤오후이가 본부에 도착했다. 제보자는 접견실에서 차분히 기다리고 있었다.

"여성 피해자 맞는지 확인했어?" 쉬유이가 사무실에 들어오며 자치에게 물었다. 자치가 사진 두 장을 건넨 뒤 컴퓨터 모니터에 띄워져 있는 피해자의 쇄골 사진을 더 확대했다. 쉬유이도 사진을 대조해본 뒤 자치의 판단에 동의했다.

"신원은?"

"이름은 궈쯔닝郭子甯이고 2006년생이래요. 올해 초나 작년

말에 피살됐다면 열여섯 살이죠. 피해자의 어머니 쑨수칭孫秀卿은 작년 8월 코로나에 감염돼서 프린스 오브 웨일스 병원에서 사망했대요. 모녀의 이름 모두 경찰에 기록이 없어요. 제보자는 이 여자아이가 행방불명된 지 몇 년 됐다고 했지만 MPU에는 기록이 없어요. 더 자세한 건 팀장님이 직접 물어보세요."

쉬유이가 고개를 끄덕이고는 중요한 증인이 기다리고 있는 접견실로 서둘러 향했다.

"쉬유이 경위입니다. 제보해주셔서 감사합니다. 조사 과정을 녹화해도 될까요?"

"네. 괜찮아요."

아싱이 카메라를 조작한 뒤 녹화가 시작되었음을 쉬유이에게 손짓으로 알렸다.

"이 사진에 있는 사람들과 어떤 관계이신가요? 이 사진들을 어떻게 갖고 계신 거죠?"

"제가 하는 일을 먼저 말씀드려야겠군요." 부인이 조심스럽게 대답했다. "저는 '푸른 해바라기'에서 자원봉사를 하고 있어요."

"성매매 여성들을 돕는 단체 말인가요?"

"네."

홍콩에 성매매를 직접적으로 금지하는 법은 없지만 타인을 매음하게 함으로써 돈을 버는 것을 금지한다든가, 공공장소에서 비윤리적인 거래를 하거나 매음 장소를 운영하지 못하도록 막는 등 '우회적으로' 금지하는 법률 조례들이 많았다. 그 때문에 성매매 여성이 혼자 거주하며 집에서 영업하는 방식이 생겨났다. 푸른 해바라기는 성매매 여성들의 권익 문제에 관심을 가진 민간단체였다. 성매매 여성들은 범죄 피해를 입거나 단속 경찰에게 불이익을 당하고도 신고하지 못하는 경우가 많았는데 푸른 해바라기는 그런 여성들에게 도움의 손길을 내밀었다. 푸른 해바라기는 성매매 여성들의 권익을 지키는 역할을 하고 있으므로 성매매 산업을 철저히 근절하려는 경찰과는 입장과 주장이 달랐고, 그 때문에 이 부인도 자기 직업을 밝히기를 조심스러워했지만 쉬유이는 그 단체에 대해 선입견이나 편견이 없었다.

"궈쯔닝의 엄마가 성매매 여성이었나요?" 쉬유이가 사진 속 여자를 가리키며 물었다.

"수칭은 마사지사였어요. 우린 마사지 업소 종업원들도 지원했어요."

속칭 '골장'이라고 부르는 마사지 지압 센터에서 암암리에 성매매가 이루어지고 있다는 사실을 쉬유이도 알고 있었다. 쑨수칭도 그런 업소에서 일하다가 푸른 해바라기 자원봉사자를 알게 된 것이다.

"제가 이 사진을 어떻게 갖고 있는지 말씀드릴게요." 부인이 말했다. "작년 초 다른 사람의 소개로 수칭을 알게 됐어요. 수칭은 정신적으로 몹시 힘든 상태였죠. 우리 단체는 법률 및 의료 지원 외에 성매매 여성들의 심리 건강에도 관심을 갖고 있어요. 몇 년 동안 전염병으로 인해 마사지사들의 수입이 급감했고, 혼자 사는 수칭은 우울증으로 위험한 선택을 할 수도 있는 위태로운 상태였어요. 그래서 제가 수칭을 찾아가 여러 번 대화를 나눴어요."

"혼자 살았다고요? 남편이 없었나요?"

"호적상으로는 있지만 오래전에 집을 나가 연락이 끊겼대요. 수칭의 병세가 심각해도 연락이 닿지 않았어요. 그 남자가 딸의 생부가 맞는지도 정확히 얘기한 적이 없어요. 원래 수칭은 딸과 둘이 살았는데 딸이 열두 살 때 가출해서 곁에 아무도 없었죠. 저도 수칭을 몇 번 만난 게 전부이고 수칭에 대해 아주 잘 알지는 못했어요. 휴대폰 영상통화가 마지막 만남이 될 줄은 몰랐어요. 수칭은 코로나에 걸려 심각한 상황이 되고 나서야 병원으로 옮겨졌고, 결국 깨어나지 못했어요. 서른서너 살밖에 안 된 젊은 나이였어요. 그때 죽음을 예상했는지 자기한테 무슨 일이 생기면 잘 부탁한다고 했는데 그 말이 현실이 되고 말았네요."

"딸이 열두 살에 가출했다고요? 신고하지 않았대요?"

"안 했대요. 자기가 하는 일 때문에 경찰에 연락하기가 꺼려졌고, 또 자신도 그 나이 때 가출해서 자립했기 때문에 집에 들어올 때가 되면 알아서 들어올 거라고 생각했대요. 수칭이 죽고 나서 그녀가 일하던 곳에 유품을 정리하러 갔다가 서랍에서 딸과 찍은 사진들을 봤어요. 말은 모질게 해도 딸이 보고 싶었던 거죠." 부인이 테이블 위 사진을 가리켰다.

"작년부터 사진을 갖고 있었는데 왜 사건이 발생했을 때 곧바로 신고하지 않으셨나요?"

"잊고 있었어요. 작년 8월에 수칭의 장례를 치러주고 유품은 푸른 해바라기 사무실 캐비닛에 보관해두었어요. 며칠 전에 캐비닛을 정리하다가 수칭의 유품을 봤는데 한 자원봉사자가 이 사진을 보고 은둔족 살인마 사건 피해자와 닮은 것 같다고 하더라고요. 그래서 나이를 계산해보니 피해자와 비슷한 것 같아서 신고하러 왔어요. 솔직히 말해서 수칭이 죽기 전에 난 그녀의 얼굴도 제대로 알지 못했어요. 매일 마스크를 쓰고 있어서 자세한 생김새를 못 봤어요."

쉬유이가 사진을 보니 부인의 말이 사실인 듯했다. 쑨수칭이 여성 피해자와 많이 닮았고 나이 계산도 들어맞았다.

"경위님…… 수칭의 딸이 정말 이 사건의 피해자가 맞나요?" 부인이 물었다.

"아직 확실하진 않지만 그럴 가능성이 커 보이는군요. 특징도 일치하고요. 더 조사해보겠습니다."

"수칭의 딸이 맞다면 모녀의 인생이 너무 기구해요……. 여성 피해자의 시신이…… 토막 났다고요? 이렇게 말하면 너무 냉정하게 들릴 수도 있지만 수칭이 일찍 세상을 떠난 게 다행이에요. 딸이 그렇게 된 걸 아느니 차라리 죽는 게 나아요. 모녀 사이에 무슨 일이든 좋게 말로 하면 될 텐데 어쩌다 그렇게 사이가 틀어졌는지……" 부인이 고개를 저으며 탄식했다.

"집 주소를 아세요?"

"초이훙 아파트[1]였는데 몇 동 몇 층이었는지 잊어버렸어요. 수첩에 적어놨을 거예요. 사무실에 가서 찾아볼게요."

"부탁드립니다. 찾으면 알려주세요. 저희도 따로 조사해보겠습니다." 쉬유이가 말했다. 쑨수칭이 언제 병사했는지 아니까 병원 기록을 조회해보면 주소를 알 수 있을 것이다.

"이것도 있는데 수사에 도움이 될지도 모르겠어요." 부인이 가방에서 신분증을 꺼내 쉬유이에게 건넸다.

궈쯔닝의 아동 신분증[2]이었다.

"수칭이 죽기 전 내게 맡긴 유품 중에 이게 있었어요." 부인이 씁쓸하게 말했다. "딸이 두고 나간 신분증을 계속 보관하고 있었던 거예요. 딸이 이것 때문에라도 집에 올 거라고 믿고 있었겠죠."

부인이 돌아간 뒤 쉬유이는 팀원들에게 각자 임무를 부여하고 새로 알아낸 단서를 서둘러 확인했다. 과연 바로 다음 날 새로운 사실이 추가로 밝혀졌다. 여성 피해자의 지문은 훼손되

---

[1] 1960년대에 지어진 홍콩 도심에서 가장 오래된 공공 주택단지.
[2] 홍콩 법률에 만 11세가 되면 30일 이내에 반드시 부모나 후견인이 아동을 데리고 가서 아동 신분증을 발급받도록 규정되어 있다. 만 18세가 되면 성인 신분증으로 교환 발급받게 된다. —원주

었지만 궈쯔닝의 개인정보를 가지고 훼손된 부분을 감안해서 대조하자 매우 높은 일치도가 나왔다. 한편 쑨수칭 모녀가 살았던 초이홍 아파트의 주소를 입수한 뒤 경찰이 내부를 조사할 수 있도록 허가해달라고 주택서[3]에 협조 요청을 보냈다.

강력반 일행이 나우치완의 초이홍 아파트에 도착해보니 미리 연락받은 순찰대 순경들이 질서유지를 하고 있었지만 이미 구경꾼이 많이 모여 있었다. 경찰이 은둔족 살인마 사건의 피해 여성 신원을 확인했다는 소식을 듣고 기자가 심층 취재를 위해 만반의 준비를 한 채 기다리고 있었다. 주택서 직원이 현관문을 열어주자 쉬유이가 집 안으로 들어갔다. 여느 공공 주택의 저소득층 가구와 별로 다르지 않았다. 소박하고 오래된 가구, 백화현상으로 군데군데 하얗게 변색된 벽, 잡동사니와 종이 상자, 플라스틱 상자, 유리병 등이 빈틈없이 놓여 있는 싸구려 선반 등등. 테이블과 의자 위에 두껍게 쌓인 먼지로 오랫동안 빈집이었음을 알 수 있었다.

"거주자가 작년에 사망했는데 왜 빈집으로 방치됐지? 공공주택이 부족해서 5년 이상 대기해야 한다고 들었는데." 아싱이 말했다.

"이 집에 세 명이 사는 걸로 등록되어 있어. 쑨수칭과 그의 남편 궈타오안郭韜安, 딸 궈쯔닝. 궈타오안이 집을 나가 연락이

---

3 공공 주택에 관한 사무를 담당하는 홍콩의 정부 부처.

끊겼지만 쑨수칭이 주택서에 알리지 않은 것 같아. 그래서 쑨수칭이 사망한 후에도 서류상으로는 궈씨 부녀 두 사람이 살고 있는 것으로 되어 있지." 샤오후이가 말했다.

"사망한 지 반년이 넘었는데 그동안 임대료는 누가 낸 거야?"

"주택서 직원에게 물어봤더니 임대료를 밀리지 않았대. 자동이체를 해놓았나 봐. 가족이 없으니 은행에서도 사망 사실을 알 수 없어서 계좌를 동결시키지 않은 거야."

"공공 주택의 임대료가 싸다고는 해도 제보자는 쑨수칭의 은행 잔고가 몇만 홍콩달러도 안 될 거라고 했는데 반년 넘게 임대료가 빠져나갈 수 있었겠어?"

아싱의 말에 쉬유이는 칸즈위안에게 들었던 말을 떠올렸다. 칸즈위안은 범인이 피해자와의 관계를 감추려고 일부러 연쇄살인으로 위장했을 가능성이 있다고 했다. 그렇다면 이 돈의 출처가 의문의 인물과 관계가 있을지도 모른다. 쉬유이는 팀원들에게 이 단서에 관해 조사하라고 지시했고, 그 결과 엉뚱한 곳에서 의문의 해답을 찾아냈다. 자금의 출처가 바로 홍콩 정부였던 것이다.

"쑨수칭이 오래전에 저소득 가정 지원금을 신청했어요. 매달 나오는 지원금이 임대료로 빠져나간 거예요." 자치가 쑨수칭의 은행 거래 내역을 가지고 와 보고했다.

쉬유이는 자신이 칸즈위안의 말에 너무 휘둘린 것이 아닌지 돌이켜 생각했다. 그의 추리가 논리적이기는 하지만 모두 사실은 아니다. 실제로 범행 후 몇 년이 지나서 다시 살인을 저지른 연쇄살인범도 있었고, 궈쯔닝은 면식범이 아닌 낯선 사람에게 감금당한 뒤 살해되었을 수도 있다. 셰자오후가 조카에게 살인죄를 뒤집어씌울 동기와 그럴 만한 정황이 있지만 '동기'와 '정황'만 있을 뿐 실제 증거는 없다. 셰자오후를 용의선상에 올린 가장 큰 이유는 함정수사 때 현장에서 도망쳤기 때문인데, 칸즈위안은 그가 인스타그램으로 먼저 접근한 여자를 의심해서 약속 장소에 나타나지 않고 경계한 것이라고 했다. 그렇다면 셰자오후가 이 사건과 관련 있다고 판단할 수 있는 근거가 없다. 현재 유일하게 셰자오후에게 불리한 증거는 탄아이잉과 궈쯔닝이 닮았고, 셰자오후가 좋아하는 타입이라는 사실뿐이다. 하지만 이것도 단순한 우연일 가능성을 배제할 수 없다.

셰자오후에 관한 증거를 모으는 데 시간을 낭비할 순 없어, 라고 쉬유이는 생각했다.

"팀장님, 여기 좀 와보세요……." 자치가 쉬유이를 부르자 샤오후이와 아싱도 동시에 고개를 돌려 그를 보았다. 자치가 창가에 놓인 서랍장의 밑에서 두 번째 서랍을 열어놓고 거기에서 시선을 떼지 못하고 있었다.

"뭐가 있어?" 아싱이 물었다.

자치가 서랍에서 작은 액자를 꺼내 가까이 다가온 쉬유이에게 건넸다. 쉬유이는 액자 속 사진을 보자마자 흠칫 놀랐다.

증거였다.

세 사람이 함께 찍은 사진이었다. 배경과 옷차림으로 볼 때 제보자가 경찰에 제출한 두 번째 사진과 같은 날 찍은 것 같았다. 어떤 공원에서 찍은 것이었고, 쑨수칭과 궈쯔닝의 자세와 표정은 지난번 사진과 비슷하지만 쑨수칭 옆에 그녀의 허리에 팔을 감고 다정하게 선 한 중년 남자가 있었다.

바로 셰자오후였다.

사진 속 셰자오후는 수수한 옷차림이었다. 탄아이잉과 찍은 클럽 사진에서처럼 세련되지 않지만, 칸즈위안이 얏신 스트리트에서 몰래 찍은 사진에서처럼 후줄근하지도 않았다. 가족과 나들이를 나온 평범한 남자 같았다. 파란 셔츠에 검은색 긴바지를 입었는데 소매를 약간 걷어 올려 손목을 드러냈고 셔츠 위쪽 단추 두 개가 풀어져 있었다. 그는 카메라를 향해 차분한 미소를 짓고 있었고, 쑨수칭은 남자의 따뜻한 품속에서 행복감에 도취된 듯 두 볼이 발그레했다.

셰자오후에게서 클럽 사진에서 보았던 껄렁한 분위기는 느낄 수 없었다. 두 장의 사진을 나란히 놓는다면 어둠의 세계에서 놀던 깡패가 개과천선해 가정적인 남편과 아빠로 평범하게 살아가고 있다고 생각할 것이다. 하지만 쉬유이는 그럴 리 없다는 걸 알고 있었다. 사진의 순서가 뒤바뀌었기 때문이다. 오히려 성실한 가장이 유혹을 뿌리치지 못하고 타락해 향락에 빠져 지내는 상황에 가까웠다.

"셰자오후가 바로 궈타오안인가?" 아싱도 놀랐다.

"아니겠지. 가족사진처럼 보이지만 부부가 아닐 수도 있어." 샤오후이가 말했다.

"이웃에게 물어보면 알 수 있겠지." 쉬유이가 사진을 자세히 들여다보다가 샤오후이에게 함께 나가자는 손짓을 했다. 자치는 아싱과 남아서 계속 집 안을 조사했다.

딩동.

쉬유이가 옆집 초인종을 누르자마자 현관문이 벌컥 열리며 마흔 살쯤 되어 보이는 파마머리 여자가 고개를 내밀었다. 문 뒤에서 바깥 상황을 계속 엿듣고 있었던 것 같았다.

"강력반 형사입니다." 쉬유이가 경찰 신분증을 보여주었다. "옆집에 대해 물어볼 것이 있습니다."

"어쩐지 수상하더라니까요!" 여자가 쉬유이의 말을 끝까지 듣지도 않고 말했다. "그 집 여자 딱 봐도 평범한 사람은 아니었어요. 그렇고 그런 일을 하는 여자들 있잖아요. 한참 안 보이더니 무슨 죄를 지었어요?"

"사망하셨습니다."

"어머나! 무서워라! 삼합회에 제거당한 거죠? 비명횡사할 줄 알았다니까요……."

"병사하셨습니다." 쉬유이는 여자의 쓸데없는 얘기를 계속 듣고 싶지 않아 틈을 주지 않고 물었다. "이 사진 속 남자를 보신 적이 있나요?" 자치가 찾은 사진을 그녀에게 보여주었다.

"응?" 여자가 고개를 살짝 숙여 사진을 보더니 별로 호의적이지 않은 미소를 입가에 띠었다. "아후네요. 물론 알죠. 안 보인 지 한참 됐어요. 싸우고 헤어진 거 아니에요?"

여자의 입에서 '아후'라는 말이 나오자 쉬유이와 샤오후이는 지금 그녀의 말이 중요한 증언임을 직감했다. 셰자오후가 쑨수칭의 집을 드나들었고 이웃도 알고 있었던 것이다.

"쑨수칭 씨와는 무슨 관계인가요?"

"흥? 무슨 관계요? 허리를 감싸고 사진 찍은 거 보면 모르세요? 그 여자 기둥서방이었어요."

"자주 왔나요?"

"자주 왔느냐고요? 여기서 한참 살았어요." 여자가 미간을 잔뜩 구겼다. "술집 여자죠? 밤에 나갔다가 아침에 들어오더라고요. 요사스럽게 치장하고 남자들한테 눈웃음이나 살살 치고. 내 남편이 자제력이 부족한 남자였으면 그 여자한테 진즉에 넘어갔을 거예요. 10여 년 전에 남편이랑 애 데리고 이사 왔을 때는 조금 젊긴 해도 평범했어요. 그런데 남편이 집을 나가고부터 본성을 드러내더라고요. 창피한 줄도 모르고 뻔뻔하게. 그러다가 어디서 꾀었는지 아후가 안방 차지하고 들어가서 동거를 했어요……. 그래도 예전에 그 건달 같은 남편보단 번듯했어요. 허구한 날 집에서 빈둥거리는 백수에 기둥서방이지만. 남들은 몸 팔아 돈 벌어서 어리고 잘생긴 기둥서방을 들이던데 저 여자는 아버지뻘 되는 남자를 먹여 살리더라고요.

세상 참 요지경이지……."

샤오후이도 미간을 찡그렸지만 증인이 하고 싶은 말을 다 털어놓게 하는 게 형사의 기본적인 수사 기법이었으므로 듣기 싫은 얘기라도 다 들어주고 그 내용을 자세히 분석해야 했다.

"아후가 언제부터 저 집에 살기 시작했나요? 쑨수칭 씨와 언제 헤어졌는지 아십니까?"

"살기 시작한 건 한 10년 전쯤? 맞다. 쯔닝이 초등학교 2학년인가 3학년이었어요. 쯔닝도 엇나가서 중1 때 가출한 뒤로 한 번도 안 왔어요. 애가 없어졌는데도 저 여자도 아후도 애 얘기를 한 번도 안 하더라니까요. 아마 사고 쳐서 여자소년원에 들어갔겠죠. 어렸을 때는 귀엽고 착했는데……. 아후가 안 보인 건 쯔닝이 가출하고 1년 뒤쯤일 거예요. 코로나 번지기 1년 전이니까 4년 전이겠네요. 둘이 대판 싸우더니 여자가 아후에게 가지 말라고 울고불고 매달렸어요. 쯧쯧, 얼마나 억지를 부리고 떼를 썼으면 아후도 못 견디고 도망쳤겠어요……."

"아후와 쑨수칭의 딸은 사이가 어땠어요?"

"특별할 게 뭐 있겠어요? 물론, 세상에 어떤 딸이 엄마의 애인과 같이 사는 걸 좋아하겠어요. 쯔닝도 아후가 같이 사는 걸 좋아하지 않았던 거 같아요. 엄마가 애인만 위하고 애는 나 몰라라 하니까 쯔닝이 엇나간 거지. 젊은 엄마가 살림도 서툰데 게다가 매춘부잖아요……. 엄마와 딸은 똑같이 이웃들에게 아는 체도 안 하는데 아후는 마주치면 인사도 하고 말도 걸었어요. 그런데 무슨 사건을 수사하시는 거예요? 아후가 관련이 있어요?"

"아닙니다. 쑨수칭 씨 가족의 연락처를 찾고 있습니다." 쉬유이가 거짓말로 둘러댔다. 궈쯔닝의 피살 사실이 공개되면 기자들이 쑨수칭의 이웃에게 정보를 캐내려고 할 것이다. "다른 가족이 있는지 모르세요?"

"몰라요. 친척이나 친구가 찾아오는 걸 한 번도 못 봤어요. 아후의 본명도 몰라요. 사람들이 아후, 아후 하니까 그런 줄 아는 거지……."

"협조해주셔서 고맙습니다." 쉬유이가 명함도 건네지 않고 샤오후이와 자리를 떴다. 형사는 나중에 더 생각나는 것이 있으면 연락할 수 있도록 증인에게 자기 연락처를 알려주는 습관이 있지만 이 이웃의 경우 얻을 수 있는 정보에 비해 시간 낭비가 심했기 때문이다. 자치와 아싱은 쑨수칭의 집에서 추가로 단서를 발견하지 못했다. 궈쯔닝의 성적표와 교과서, 쑨수칭에게 온 은행과 공공기관의 우편물이 전부였는데, 그걸로는 모녀에 관해 특별한 사실을 파악할 수 없었다. 기껏해야 궈쯔닝이 초등학교 5~6학년 때 성적이 떨어지고 문제집에 풀지 않은 부분이 많아 공부에 관심이 없었다는 것, 또 쑨수칭의 수입이 불안정했지만 빚은 없었다는 것 정도만 알 수 있었다.

"칸즈위안의 말이 맞았어요." 증거가 담긴 상자를 차에 실은 뒤 자치가 한숨을 쉬었다. 어제 쉬유이는 팀원들에게 칸즈위안의 추론에 대해 얘기했다. 궈쯔닝의 신원이 확인되면 그의 추론을 반박할 수 있을 거라고 생각했지만 결과적으로 그의 추론이 정확하다는 사실만 확인한 셈이었다.

"동거 애인의 딸을 왜 죽였지?" 샤오후이가 혼잣말처럼 중얼거렸다.

"쑨수칭이 바람을 피우자 복수하려고 그 딸을 죽였나? 아니면 궈쯔닝에게 무슨 비밀을 들켰나? 그래서 입막음을 하려고……." 아싱이 말했다.

"제 생각에는 역시 변태 살인인 것 같아요. 어느 날 셰자오후가 택시를 몰다가 우연히 궈쯔닝을 손님으로 태운 거예요. 클수록 점점 자기 엄마를 닮아가는 궈쯔닝에게 성욕을 느껴서 납치 후 성폭행하고 살해했을 수도 있어요." 자치가 칸즈위안의 추리를 너무 믿지 말라고 충고하듯 입을 삐죽거렸다.

쉬유이가 그날 저녁 경찰서에서 간단한 언론 브리핑을 열었다. 피해 여성의 이름을 공개하고 그녀를 아는 사람은 경찰에 제보해줄 것을 부탁했으며, 빠른 시간 내에 궈쯔닝의 행방불명된 아버지 궈타오안을 만나 조사할 것임을 밝혔다. 하지만 셰자오후가 도주할 것을 우려해 그에 관한 모든 정보는 일절 공개하지 않았다. 기자들은 셰바이천이 범인인 줄 알고 있었으므로 범인이 어떻게 피해자를 납치해 살인을 했는지에 대해 집중적으로 질문했지만, 쉬유이는 아직 수사 중인 사안이라 대답할 수 없다는 말만 반복했다. 각종 언론에서 셰바이천이

'비 오는 밤의 도살자'를 모방해 한밤중에 피해자를 납치해 살해한 뒤 시신을 은밀히 집으로 옮겨 토막 냈다거나, 튄문 색마 사건4을 모방해 공공 주택단지에서 밤늦게 귀가하는 여자만을 골라 성폭행하고 살해했으며 그 때문에 초이홍 아파트에 사는 궈쯔닝이 피해자가 된 것이라는 등 온갖 추측을 내놓았다.

쉬유이와 부하들은 셰자오후와 이 사건의 관련성을 입증할 증거를 찾는 것이 현재 가장 큰 난제라는 걸 잘 알고 있었다. 그 증거를 찾으려면 먼저 셰자오후와 조카 셰바이천의 관계를 확실히 파악해야 했다. 토막 시신이 셰바이천의 방에서 발견되었으므로 셰자오후를 범인으로 지목하려면 설득력 있는 근거를 제시해야 했다. 셰자오후가 살인해 시신을 토막 낸 뒤 모종의 방법으로 시신을 조카의 방으로 옮겼음을 증명할 수 있는 증거가 필요했다. 물론 이 가설에도 수많은 허점이 존재했다.

적어도 쉬유이는 여전히 셰바이천에게 아무 죄가 없다는 걸 믿을 수가 없었다. 셰바이천이 외삼촌과 공모했어야만 사건의 퍼즐이 온전하게 완성되었다. 장기간 은둔 상태로 지내는 셰바이천의 눈을 피해 시신이 담긴 표본병 수십 개를 그의 옷장 속에 감출 방법이 도무지 떠오르지 않았다. 하지만 두 사람이 공모했다면 셰바이천이 어째서 외삼촌을 대신해 토막 시신

---

4 린궈웨이(林國偉)라는 남자가 1992년 4월부터 1993년 8월까지 홍콩 튄문에서 여자 열세 명을 성폭행하고 그중 세 명을 살해한 사건.

을 숨겨주었는가, 또 그런 다음 왜 자살했는가 하는 의문에 답해야 했다. 양심의 가책 때문이었을까, 발각될 것에 대한 두려움 때문이었을까? 그렇다면 왜 셰자오후의 범행을 세상에 알리는 유서를 남기지 않았을까? 외삼촌의 위협 때문에? 혈연의 정 때문에 죄를 혼자 짊어지려고 했던 걸까? 아니면 이 모든 게 셰자오후의 계획이고 셰바이천은 세뇌되어 순순히 조종당한 걸까?

"셰자오후를 잡아다가 물어보는 게 낫겠어요. 어차피 피해자와 몇 년을 같이 살았고 유력 용의자로 알려진 셰바이천의 외삼촌이니까 이 사실만으로도 그를 조사할 명분은 충분해요." 다음 날 회의에서 아싱이 건의했다.

"하지만 지금 우리가 가진 증거로는 그를 기소할 수 없어요. 최대 48시간 동안 잡아뒀다가 풀어줘야 하는데 그를 수사하고 있다는 사실만 알려질 뿐이에요." 자치가 말했다.

"잠복해서 감시하는 건 어때?" 샤오후이가 말했다.

"효과가 있을지 의문이에요. 그를 유인해서 허점을 캐낼 사람이 있다면 모를까." 자치의 말에 모두 탄아이잉을 이용하려던 칸즈위안의 계획을 떠올렸다.

"칸즈위안의 의견을 들어보는 게 좋겠군." 쉬유이가 말하자 이번에는 팀원 세 명도 이의를 제기하지 않았다. 아후와 궈쯔닝의 관계가 밝혀지면서 셰자오후를 범인으로 지목하는 칸즈위안의 주장이 전혀 근거 없는 추리가 아니라는 게 입증되었기 때문이다.

다음 날 오후 쉬유이의 연락을 받은 칸즈위안이 강력반 사무실에 도착했다. 이번에는 좁은 조사실이 아니라 화이트보드와 슬라이드, 긴 테이블이 있는 회의실로 그를 안내했다. 칸즈위안은 달라진 예우에도 으쓱하지 않고 줄곧 차분한 태도를 유지했다. 피해 여성의 신원이 확인되었다는 뉴스가 보도되었으므로 칸즈위안도 경찰이 무슨 요청을 하려고 자신을 불렀는지 짐작할 수 있었고, 또 하루빨리 증거를 찾아 범인을 체포해야 할 때라는 걸 잘 알고 있기 때문인 듯했다.

"궈쯔닝의 집에서 뭘 찾으셨나요?" 칸즈위안이 앉자마자 질문했다.

"셰자오후가 10년 전 궈쯔닝의 엄마와 사귀었고, 그 모녀의 집에서 6년 정도 같이 살았다는군요." 쉬유이는 푸른 해바라기 자원봉사자에게 제보를 받고 궈쯔닝의 집을 수색하기까지의 과정, 이웃 여자의 증언까지 빠짐없이 얘기했다. 칸즈위안에게는 거짓말이 통하지 않고 오히려 역효과를 불러올 것임을 알고 있었다. 또 셰자오후에 관한 정보를 알려준 사람이 칸즈위안이므로 경찰이 놓친 단서를 그가 발견할지 모른다는 기대감도 있었다.

"모든 증거를 자세히 보고 싶습니다. 부검 보고서와 셰자오후에 관해 경찰이 조사한 자료도요." 칸즈위안이 차분하지만 단호한 어조로 요구했다. 원칙상 그의 요구를 거절해야 했지만 인력 부족과 교착상태에 빠진 수사 상황 때문에 쉬유이는 원칙을 조금 어기기로 했다. 대신 그는 회의실을 나가기 전 자치에게 회의실에 남아 칸즈위안의 질문에 대답해주며 '협조'하라고 지시했다. 칸즈위안의 일거수일투족을 감시하며 증거가 훼손되지 않도록 관리하라는 팀장의 숨은 뜻을 자치도 알아들었다. 자치는 아직 칸즈위안에 대한 의심을 완전히 내려놓지 못했다. 그가 공범이 아니라고 해도 셰바이천의 죄를 감춰주려고 할 수 있으므로 매의 눈으로 칸즈위안을 감시하며 그가 의심스러운 행동을 하지 않는지 지켜보았다.

두 시간 뒤 자치가 칸즈위안이 증거를 다 살펴보았다며 팀장과 팀원들을 회의실로 불렀다.

"이 증거와 보고서들로 제 추리가 정확했음이 입증되었습니다. 이 사건은 정신이상자의 무동기 연쇄살인이 아니라 그런 사건처럼 보이게 위장한 것입니다. 자기 죄를 숨기고 법망을 피하려는 계획이죠."

칸즈위안은 표정 변화 없이 말했지만 쉬유이는 그의 눈동자에 스치는 득의양양한 눈빛을 놓치지 않았다. 그는 흩어진 유물 조각들 사이에서 서로 연결된 본래 모습을 상상해내고 흥분감을 감추지 못하는 고고학자 같았다.

"뭘 찾아냈나요?"

"지난번에 제가 셰자오후에게 바이천을 살해할 동기가 있다고만 말씀드렸죠? 그가 나머지 두 피해자를 살해했을 가능성에 대해 말씀드리죠."

칸즈위안이 테이블에 놓인 부검 보고서를 집어 들고 그 속에서 사진 한 장을 꺼냈다. 여성 피해자의 팔뚝 사진이었다.

"피해자의 팔에 있는 화상 흉터는 사망 전에 학대당한 증거가 되죠? 저도 그 점에 동의합니다. 특히 팔 뒤쪽에 담뱃불로 인한 화상 흉터가 있는 경우, 자해일 가능성은 거의 없죠……." 칸즈위안이 빙긋 웃었다. "하지만 이 점은 바이천이 범인일 수 없다는 걸 증명하는 더 확실한 증거입니다. 바이천은 담배를 피우지 않았습니다."

"몰래 피웠을 수도 있잖아요?" 자치가 반박했다.

"아무리 온라인 쇼핑이 편리해졌다고 해도 온라인으로는 담배를 살 수 없습니다. 온라인 쇼핑몰에서는 팔지 않고, 혹시 밀수한 담배를 파는 쇼핑몰이 있는지 세관에서 철저히 조사하고 있어요. 우회적인 방법으로 담배를 대리 구매할 수도 있겠지만, 정말로 담배가 필요했다면 제게 사다 달라고 부탁할 수 있었겠죠. 1층 편의점에서 사다 주면 되니까요. 제가 흡연을 반대했던 것도 아니고."

쉬유이는 속으로 뜨끔했다. 칸즈위안이 말하기 전까지 아무도 그 점을 생각하지 못하고 있었다.

"흉터의 피부색이 다 다른 건 피해자가 오랫동안 학대당했다는 증거입니다." 칸즈위안이 사진 속 동그란 흉터를 가리켰다. "하지만 이게 '상처'가 아니라 다 아문 '흉터'들이라는 점에 주목해야 합니다. 피해자가 감금과 학대를 당하다가 살해되었다면 새로 생긴 상처들이 있어야 합니다. 다시 말해서, 피해자가 피살되기 전 감금을 당했다면 범인은 학대한 뒤 화상이 다 아물기를 기다렸다가 살해했다는 뜻입니다. 자연스러운 경우는 아니죠. 사람을 담뱃불로 장기간 학대한 변태가 한참 동안 학대 욕구를 억누르고 있다가 '쾌락'을 포기하고 상대를 죽일까요? 그래서 저는 이것이 다른 상황에서 생긴 흉터라고 생각합니다. 설령 동일인의 소행이라 할지라도요."

"동일인? 그것도 셰자오후라는 얘긴가요?" 아싱이 물었다.

"궈쯔닝이 가출하기 2년 전부터 셰자오후에게 장기간 성폭행을 당한 것 같습니다."

"2년이요? ……아직 열 살이었을 텐데?" 샤오후이가 놀라서 반문했다. 그녀도 범인이 변태 살인마일 거라고 예상했지만 초등학생에게 손을 댔다는 건 상상할 수 없었다.

칸즈웨이안이 증거 상자에서 궈쯔닝의 성적표를 꺼냈다. "초등학교 5학년 1학기까지는 중간이었던 궈쯔닝의 성적이 2학기부터 떨어지기 시작하더니 6학년 때는 더 급격하게 하락했어요. 중학교 입학 후에 성적이 떨어졌다면 새 학교에 적응하지 못했거나 동급생들에게 따돌림을 당했을 거라고 추측할 수 있지만 궈쯔닝은 초등학교 5학년 때부터 성적이 갑자기 떨어졌죠."

"너무 대담한 가설인 것 같군요." 쉬유이가 말했다.

"이 사진도 제 가설을 뒷받침하는 증거입니다." 칸즈위안이 세 사람이 함께 찍은 사진을 테이블에서 집어 올렸다. "궈쯔닝의 표정은 굳어 있는데 엄마와 셰자오후는 꼭 붙어 있는 것 보이시죠? 저는 이걸 보고 흔한 막장 드라마를 떠올렸습니다. 계부가 의붓딸을 성폭행하자 의붓딸이 친엄마에게 알렸지만 엄마는 딸에게 입 다물고 참을 것을 종용하는 스토리 말입니다."

칸즈위안이 또 다른 사진을 집어 올렸다. "같은 날 찍은 이 사진을 보면 더 확실해집니다. 궈쯔닝은 카메라도 보지 않고 있죠. 사진을 찍어주는 사람과 눈을 마주치기 싫은 겁니다. 일가족 세 명이 놀러 갔다면 셋이 함께 사진을 찍을 때는 지나가는 사람에게 부탁하겠지만 모녀 둘만 찍은 사진은 당연히 아후가 찍어줬겠죠."

"그 말이 사실이라면, 셰자오후는 왜 몇 년이 지나서 전 애인의 딸을 살해했을까요?" 쉬유이가 물었다.

"아직 정보가 부족해서 판단하기 이릅니다만, 세 가지 가능성을 생각해볼 수 있습니다." 칸즈위안이 셋이 함께 찍은 사진을 가리켰다. "먼저 제가 발견한 것들을 말씀드리죠. 경찰이 찾은 은행 거래 내역을 보면 쑨수칭의 계좌에 오랫동안 돈이 별로 없었지만 유독 이 시기에는 수입이 좋았어요. 아마도 그때 고급 콜걸이었던 것 같습니다."

"수입이 좋았다는 걸 어떻게 알아요?"

칸즈위안이 주머니에서 열쇠고리 크기의 막대기처럼 생긴

것을 꺼내더니 돌려서 열고 버튼을 눌렀다. 보석상에서 흔히 쓰는 돋보기인데 LED 램프도 달려 있었다. 칸즈위안이 세 사람의 사진 위에 돋보기를 대고 쉬유이에게 자세히 보라고 했다.

쉬유이는 미심쩍은 표정으로 가까이 다가가 사진을 보았다. 칸즈위안이 셰자오후의 왼쪽 손목에 찬 시계를 돋보기로 확대했다. 파란색 문자판에 갈색 시곗줄이 매치된 아날로그시계인데 문자판에 숫자가 없이 열두 개 눈금만 표시되어 있고, 상부 정중앙에 타원형 로고가 박혀 있었다. 자세히 보니 로고의 첫 글자가 알파벳 P였다.

"바로 이 시계예요." 칸즈위안이 휴대폰을 열어 손목시계를 판매하는 사이트를 보여주었다. "아주 인기 있는 브랜드는 아니지만 파르미지아니 플러리에라는 스위스 명품 브랜드예요. 이 시계 가격이 10만 홍콩달러가 넘죠. 셰자오후는 르둥보험에서 해고당하고 금융 위기 때 빚더미에 올라앉았어요. 그런데 불과 몇 년 뒤에 명품 시계를 차고 다닌 겁니다. 이웃 사람도 그가 기둥서방이라고 했다면서요. 그럼 쑨수칭의 수입이 좋았다는 뜻이겠죠?"

"보험회사에 다닐 때 산 시계일 수도 있잖아요. 아니면 얼마 남지 않은 재산으로 일부러 명품 시계를 사고 쑨수칭을 사귄 뒤에는 빚쟁이들을 피해 애인 집에 얹혀살았을 수도 있고요." 아싱이 다른 추측을 내놓았다.

"이 시계는 2015년에 나온 모델이에요." 칸즈위안이 인터넷 사이트의 자료를 가리켰다. "또 쑨수칭을 보세요. 그녀가 들고 있는 가방도 명품이에요. 셰자오후가 기생충처럼 쑨수칭의 등골을 빼먹었을 가능성이 크다고 봅니다. 그는 말솜씨 좋은 보험모집인이었어요. 쑨수칭처럼 혼자 아이 키우며 사는 젊은 여자를 꾀는 건 식은 죽 먹기일 겁니다."

"그가 여자를 등쳐먹는 쓰레기인 것과 이 사건이 무슨 관계가 있습니까?" 자치가 조금 짜증스럽게 물었다.

"피해 남성의 신원을 아직 파악하지 못하셨죠? 피해자가 그 '사라진 사람'이라면 모든 게 맞아떨어지지 않습니까?"

일순간 회의실의 모든 게 멈췄다. 쉬유이와 팀원들은 칸즈위안이 누구를 말하는지 알아듣고 깜짝 놀랐다. 피해 남성이 궈타오안, 즉, 궈쯔닝의 실종된 아빠일 거라는 뜻이었다.

"피해자 둘의 나이 차이가 크지 않아 그들이 부녀 사이일 가능성을 생각해보지 않으셨죠? 하지만 남자의 사망 추정 시기가 궈타오안이 실종된 시기와 거의 일치합니다……." 칸즈위안이 별로 어려운 추리도 아니라는 듯 가볍게 말했다.

"잠깐, 셰자오후가 궈타오안의 가정을 파탄 내려고 이 끔찍한 계획을 세웠다는 겁니까?" 아싱이 놀란 표정으로 물었다.

"지금 밝혀진 단서로는 제일 합리적인 추리죠." 칸즈위안이 어깨를 으쓱였다. "제 생각에는 거액의 빚을 진 셰자오후가 직업도 없이 빈둥거리고 삼합회와도 왕래가 잦은 궈타오안을 노린 겁니다. 그의 젊은 아내 쑨수칭의 미모도 탐이 났겠죠. 그녀의 남편을 제거한 뒤 오갈 데 없는 여자를 꼬드겨 매춘으로 돈을 벌게 하고 자신은 놀면서 돈만 받아 챙긴 거예요. 이 사회의 밑바닥에 있는 사람들은 누구의 관심도 받지 못해요. 그들이 죽든 살든 아무도 신경 쓰지 않죠. 부자가 10달러를 도둑맞으면 경찰은 그의 지위와 신분에 눌려 호들갑을 떨면서 도둑을 잡으러 다니지만, 가난한 사람들은 한 가정이 통째로 사라져도 아무도 관심이 없는 게 현실입니다."

"함부로 말하지 말아요. 경찰은 빈부 차별 없이 누구나 똑같이 대해요."

"강력반 여러분은 모두 진심과 성의를 다해 위급한 사람을 구한다손 치더라도 수만 명의 경찰 개개인이 모두 여러분처럼 강직하고 믿을 수 있다고 생각하세요? 상황실에서 당직을 서는 말단 경찰이 귀찮다는 이유로 시민의 신고를 묵살한다면 그 사건은 세상에 알려질 기회조차 없어요. 인간의 본성은 원래 허점투성이예요. 그중에서도 최악인 건 우리가 이 사실을 부인한다면 그 허점들이 점점 더 깊고 넓어지고, 악인들이 그 허점을 노려 취약 계층의 생명과 재산을 빼앗고 더 많은 불행을 만들어낸다는 겁니다."

쉬유이도 칸즈위안의 말이 틀리지 않다는 걸 알고 있었으므로 반박할 수가 없었다.

"더 끔찍한 가설을 말씀드리죠." 칸즈위안이 테이블 위 사진을 가리키며 다시 셰자오후로 화제를 돌렸다. "이자는 원래 쏜

수칭에게는 관심이 없었을 가능성이 큽니다. 처음부터 당시 열 살도 안 된 궈쯔닝을 노렸을 수도……."

"맙소사, 어린애를 노리고 그 애 엄마를 일부러 사귀는 사람이 세상에 어딨어요?" 자치가 놀라서 반박했다.

"요즘 사람들은 블라디미르 나보코프[5]의 명작 소설도 모르는군요." 칸즈위안이 비꼬듯이 말했다. "셰자오후가 궈쯔닝에게 비정상적인 욕망을 품고 2~3년 동안 한집에 같이 살면서 쑨수칭을 세뇌해 자기 말에 전적으로 복종하게 한 다음 궈쯔닝이 아홉 살, 열 살이 되자 본색을 드러낸 거죠. 이웃 사람도 궈쯔닝이 자주 가출했다고 말했어요. 셰자오후에게 강간당하는 게 싫어서 집을 나갔던 겁니다. 여기에 하나의 가설이 더 있습니다. 어쩌면 궈쯔닝이 셰자오후가 자기 아빠를 살해했다는 비밀을 알았을 수도 있어요. 그래서 가출할 수밖에 없었던 겁니다. 몇 년 뒤 궈쯔닝의 행방을 찾아낸 셰자오후가 입막음을 위해 그녀를 살해했고요. 그녀의 아빠처럼."

쉬유이는 칸즈위안이 얏신 스트리트에서 몰래 찍은 사진을 떠올렸다. 사진 속에서 셰자오후는 택시에 기대서서 담배를 맛있게 피우고 있었다. 그걸로 보아 그가 골초일 것으로 추측할 수 있고, 궈쯔닝의 몸에 있는 흉터는 그 악마가 강간할 때

---

[5] 소아성애를 주제로 한 소설 《롤리타》의 작가. 주인공은 미성년자인 롤리타에게 접근하기 위해 소녀의 엄마와 결혼한다. —원주

일부러 학대한 흔적일 수 있었다. 한두 번이 아니었으므로 화상 흉터마다 피부색이 달랐던 것이다.

쉬유이는 그 남자가 어린아이를 얼마나 잔인하게 짓밟고 학대했을지 상상만 해도 구역질이 났다. 열 살짜리 아이가 그런 끔찍한 일을 어떻게 감당할 수 있을까? 그 마음속에 얼마나 큰 상처가 생겼을까?

제일 잔인한 건 그 아이가 불과 몇 년밖에 더 살지 못하고 살해당한 뒤 열몇 토막으로 잘려 얼마 남지 않은 존엄조차도 흔적 없이 뭉개졌다는 사실이었다.

"하지만, 지금 말한 건 여러 가지 가능성 중 하나일 뿐입니다." 칸즈위안이 갑자기 말투를 바꿨다.

"또 다른 추리가 있어요?"

"셰자오후가 궈쯔닝을 성폭행한 건 사실이겠지만, 피해 남성이 궈타오안일 가능성은 70퍼센트 정도일 겁니다." 칸즈위안이 테이블의 다른 쪽에 있던 피해 남성의 부검 보고서를 앞으로 당겼다. "고정액의 영향으로 사망 추정 시기는 오차가 클 겁니다. 부검의는 10년이 넘었을 거라고 했죠. 우리가 상상하는 11년, 12년 전이 아니라 15년, 16년 전에 사망했을 수도 있어요. 셰자오후가 르둥보험에 다니고 있던 시기죠."

"근거는요?"

"그때 살인을 했다면 최소 투자로 최대 이익을 얻을 수 있었으니까요. 수사 자료를 보니 셰자오후가 르둥에서 사기 스캔들에 연루되는 바람에 해고당했더군요. 제가 그였다면 살인으로 빚을 해결할지 고민했을 겁니다. 제일 간단한 방법은 허위로 보험금을 타내는 거죠. 가족도 없고 외로운 백수를 꼬드겨서 보험금 수익자로 삼고, 불치병 환자를 물색한 다음 허위 서류를 꾸며 그의 앞으로 보험을 드는 겁니다. 그런 다음 그가 사망하면 공범과 보험금을 나눠 갖는 거죠. 물론 셰자오후는 공범을 죽여 후환을 없애고 보험금도 독차지했겠죠."

"그럼 궈쯔닝이 살해된 이유는 뭔가요?"

"모르겠어요. 첫 번째 가능성과 마찬가지로, 셰자오후가 살인했다는 걸 알게 되는 바람에 입막음을 당했을 수 있겠죠. 궈타오안의 토막 시신이 담긴 표본병을 궈쯔닝의 집에 보관하고 있었는데, 궈쯔닝이 가출한 뒤 셰자오후가 그 병들의 위치가 달라진 걸 발견하고 언젠가는 궈쯔닝을 죽여 후환을 제거하려고 했겠죠." 칸즈위안이 '살인' '입막음' 같은 화제를 무덤덤한 말투로 아무렇지도 않게 꺼내자 쉬유이는 추리소설 작가들은 다 이런가 하는 생각이 들었다.

"쑨수칭 모르게 시신을 집에 숨길 수가 없잖아요?" 자치가 물었다.

"비 오는 밤의 도살자 사건에서 범인의 가족들은 집에 시신이 감춰져 있는 걸 몰랐어요."

"피해 남성이 궈타오안일 가능성은 70퍼센트라고 했죠? 그럼 보험 사기였을 가능성이 30퍼센트인가요?"

"아뇨. 그건 20퍼센트밖에 안 돼요."

"나머지 10퍼센트는요?"

"그건 저도 모르겠습니다. 여러분의 처음 추측대로 변태 살인마의 범행일 수도 있겠죠. 남자는 어떤 일로 셰자오후에게 원한을 산 동료이고요. 변태들은 아주 사소한 일에도 참을 수 없는 살인 충동을 느끼죠. 그게 아니면, 몇 년 뒤에 우연히 귀쯔닝을 만났을 수도 있고요. 귀쯔닝이 어렸을 때 강간을 했든 안 했든, 성장한 귀쯔닝을 만나자 기형적인 욕망을 억누르지 못하고 강간을 하다가 우발적으로 목을 졸라 살해한 뒤 목에 있는 압박흔을 감추려고 시신을 토막 내서 표본으로 만든 겁니다. 아무튼 저는 이 사건이 무동기 살인이라고 믿지 않습니다. 시신을 토막 낸 것이 범인의 괴벽이라고 생각하지도 않고요. 본질적으로 이건 극단적인 변태 성향을 가진 자의 범행일 겁니다."

"본인의 추리에 확신이 없으시군요?" 자치가 피식 웃었다.

"현실은 소설이 아닙니다. 독자의 기대에 가장 부응하는 것이 사실이 아닐 수도 있어요. 때때로 진실이 더 허무맹랑하고 황당하기도 해요. 아무리 작은 가능성이라도 무시할 수 없는 이유죠." 칸즈위안이 자치의 비꼬는 투에 반응하지 않고 어깨를 으쓱였다.

"칸 선생의 추리 중 어느 하나도 셰바이천의 방에서 시신이 발견된 이유를 설명하지는 못하는군요." 쉬유이가 말했다.

"그 점에 대해서는 제 생각을 뒷받침할 충분한 단서가 아직 없습니다. 제 생각을 말해도 여러분은 아마 제멋대로 억측한다고 생각하실 거예요. 하지만 바이천이 결백하다는 제 생각에는 변함이 없습니다. 바이천은 셰자오후에게 속은 겁니다. 토막 시신을 영화 소품이라고 속여서 잠시 보관해달라고 했을 수도 있어요."

"그렇게 허술한 핑계를 누가 믿어요?" 자치가 말을 툭 내뱉듯이 던졌다.

"때로는 아주 허술한 핑계가 먹힌다는 걸 강력반 형사님들도 잘 아시잖아요. 비 오는 밤의 도살자 사건에서 범인은 그렇게 많은 사람을 죽이고 친구에게 시신의 사진을 인화해달라고 했는데도 들키지 않았어요. 그때 그가 친구에게 말한 핑계도 허술하지 않았나요?"

자치는 뭐라고 말하고 싶었지만 반박할 수가 없었다. 40년 전 비 오는 밤의 도살자 사건에서 범인은 사람을 살해해 시신을 토막 내고 사진 찍은 뒤 사진관을 운영하는 친구에게 인화해달라고 부탁했지만 친구는 경찰에 신고하지 않았다. 살인범이 자신이 부업으로 사진 촬영을 하고 있는데 부검실에서 해부된 시신을 촬영한 것이라고 둘러댔기 때문이다. 친구는 그 말을 믿었을 뿐 아니라 동료가 사진을 보고 놀랄까 봐 직접 사진을 인화했다. 그 사건이 발각된 것은 순전히 우연이었다. 범인이 다섯 번째로 인화를 부탁했을 때 마침 인화기가 고장 나는 바람에 친구는 그 필름을 다른 지점에 보내 인화하게 했고, 사진을 본 지점 직원이 의심스럽다며 경찰에 신고했던 것이다.

"하지만 셰바이천이 이 사건과 관련 있다는 내 생각에는 아직 변함이 없어요." 쉬유이는 계속 품고 있던 의문을 꺼내기로 했다. "셰자오후가 범인이라면 그가 단칭맨션에 시신을 보관해 조카에게 죄를 뒤집어씌우려 했다는 추리는 논리에 맞지 않아요. 이 추리는 '셰자오후가 조카 명의의 단칭맨션 아파트를 가로채려 했다'는 칸 선생의 주장과 상충해요. 시신이 발견되면 그 아파트는 흉가가 되어 집값이 최소한 40퍼센트는 떨어질 텐데, 그렇게 되면 셰자오후가 이 계획으로 얻을 수 있는 이익이 반토막 나는 셈이잖아요? 그가 그렇게 똑똑하다면 다른 방법으로도 얼마든지 이익을 극대화하면서 소란을 일으키지 않고 누나와 조카의 재산을 가로챌 수 있겠죠?"

"집값이 40퍼센트 떨어져도 현재 집값이 이미……." 칸즈위안이 말하다 말고 쓴웃음을 지었다. "이러니까 단서가 부족한 상황에서 제 의견을 말하고 싶지 않다고 한 겁니다. 보세요. 지금 제가 무지한 바보처럼 보이잖아요. 아직 설명할 수 없는 부분이 많다는 걸 인정합니다. 하지만 그래도 역시 제 친구를 믿고 싶어요."

"그럼 이제 어디서 단서를 찾아야 할까요?" 샤오후이가 물었다.

"현실은 소설이 아니라는 게 꼭 나쁜 일만은 아니죠. 추리소설 주인공은 모든 의문에 다 대답해야 하지만, 현실의 경찰은 용의자를 법정에 세울 수 있는 합리적인 의문을 찾아내 검찰에 일을 넘기면 그만입니다." 칸즈위안이 테이블에 놓인 서류들을 가리켰다. "단칭맨션 부근 점포에 설치된 CCTV를 모두 입수하셨죠? 점포에서 인도를 향해 찍은 녹화 영상이요. 지루한 노동이겠지만 그걸 확인하는 게 가장 효과적인 방법이라고 생각합니다."

"우리가 그걸 자세히 조사하지 않았을 거라고 생각하세요? 몇 번씩 돌려 봤······."

"그때와 지금은 뭘 찾는지가 달라졌잖아요." 칸즈위안이 자치의 말을 끊었다. "지난번에는 바이천이 집 밖으로 나온 적이 있는지, 궈쯔닝이 집 근처에 나타나지 않았는지 살펴보았겠죠. 이번엔 셰자오후를 찾으세요. 어느 날 단칭맨션 근처에서 그의 모습이 찍혔는데 메이펑 아주머니가 그날 동생이 안 왔다고 한다면 그게 단서가 아니겠어요?"

"불가능해요." 쉬유이가 고개를 저었다. "그때 CCTV를 확인하는 데만 지금 인력의 두 배를 투입했어요. 그러고도 다섯 개 점포의 CCTV 화면을 확인하는 데 일주일이 넘게 걸렸어요. 하지만 결과적으로 아무런 단서도 못 찾았죠. 사람들이 전부 마스크를 쓰고 있어서 식별할 수가 없어요. 궈쯔닝이 수개월에서 반년 사이에 사망했다는 부검 결과가 있으니 날짜 범위를 좁힐 수도 없어서 90일 분량의 녹화 화면을 모두 돌려 보았어요. 8배속으로 봐도 하루 분량을 보는 데 세 시간이 걸리고, 90일 분량을 다 보려면 180시간이 걸려요. 상점 한 곳의 영상을 보는 데 걸리는 시간이니까 여기에 5를 곱해야죠."

"아뇨. 이번에는 훨씬 수월할 거예요. 셰자오후가 시신을 옮길 때 여행 가방이나 수레를 이용했을 테니까요."

쉬유이와 팀원들은 그제야 칸즈위안의 말을 이해했다. 지금까지 경찰은 '셰바이천이 범인이다'라는 관점에서 수사를 진행했다. 단칭맨션을 살인 현장으로 가정한다면 CCTV 영상에서 찾아야 하는 것은 '사람'이지만, '셰자오후가 범인이다'라는 관점에서 접근한다면 시신을 다른 곳에서 운반해 왔으므로 그들이 찾는 것은 '물건'이 된다.

"시신이 발견되기 전 석 달 이내로 범위를 좁혀도 될 것 같아요. 저는 바이천이 셰자오후의 시신 운반과 표본병 제작을 도왔다고 생각하지 않습니다. 셰자오후는 완성해서 밀봉된 상태의 표본병을 운반했을 거예요. 몇 번에 걸쳐서 옮겼을 수도 있어요. 그렇다면 사망일과 근접한 날짜일 가능성이 커요. 인력이 부족하면 영상을 복사해주세요. 제가 도와드릴게요." 칸즈위안이 말했다.

"그건 안 돼요. CCTV 영상은 개인 프라이버시에 관한 중요한 물증이라 외부로 유출할 수 없어요."

"그럼 제가 여기 와서 보는 건 가능하겠군요? 어차피 이 증거와 보고서도 다 보여주셨잖아요." 칸즈위안이 테이블에 놓인 크고 작은 상자들을 가리켰다.

쉬유이도 딱히 반대할 이유를 찾을 수 없어서 그의 제안에 동의했다. 자치와 샤오후이에게 원래 하고 있던 수사―궈타오안이 피해 남성일 가능성, 궈쯔닝의 가출 후 행적―를 계속하게 하고, 아싱에게 칸즈위안과 함께 CCTV 영상을 살펴보게 했다. 그 후 며칠 동안 칸즈위안은 출퇴근하는 직장인처럼 매일 아침 일찍 강력반 사무실에 도착해 모니터 앞을 지키고 앉아 몇 배속으로 영상을 보다가 밤늦게 마지막 팀원이 퇴근할 때 마지못해 일어나 귀가했다.

"밤을 새워도 괜찮아요." 어느 날 밤 9시가 넘어서 이제 그만 집에 가라고 권하는 쉬유이에게 그가 말했다.

"난 안 괜찮아요." 쉬유이는 이 '방문객' 혼자 본부 사무실에 남아 있도록 할 수 없었고, 부하에게 그와 함께 철야 근무를 하라고 시키고 싶지도 않았다. CCTV 영상을 확인하는 일은 용의자를 미행하는 일과 달리 절박하게 매달린다고 해서 꼭 성과가 나오는 것도 아니었다. 몸을 상하게 하면서까지 이 일에 매달릴 수는 없었다.

말은 그렇게 했지만 칸즈위안이 따분한 거리 영상을 끈질기게 돌려 보고, 그 지루한 일을 며칠째 쉬지 않고 하는 것을 보고 쉬유이는 일부러 늦게 퇴근하면서 그가 조금 더 영상을 볼 수 있게 해주고 있었다.

"매일 열 시간 넘게 이 영상을 보는 데만 매달리고 있는데,

새 책 안 써도 돼요?" 일주일 뒤 수요일 밤 8시가 조금 넘어서 쉬유이가 사무실 구석에 임시로 만들어놓은 칸즈위안의 책상에 다가가 커피 한 잔을 내려놓았다. 팀원들은 모두 퇴근하고 쉬유이는 센트럴구 란콰이퐁의 성범죄 사건 수사 보고서를 정리한다는 핑계로 남아 야근을 하며 칸즈위안이 영상을 조금 더 볼 수 있게 해주고 있었다.

"고맙습니다." 칸즈위안이 고개도 돌리지 않고 빠르게 움직이는 사람과 차들에 시선을 고정한 채 턱을 살짝 까딱였다. "새 작품 원고는 다 썼어요. 조금 수정하고 윤문하는 일만 남았어요."

"마지막 작품이라고 했죠?"

칸즈위안이 일시정지 버튼을 누르고 고개를 들어 쉬유이를 보았다.

"네." 칸즈위안은 쉬유이가 그걸 알고 있다는 데 조금 놀란 듯했지만, 그가 자신을 조사했으므로 그 사실을 알고 있는 게 이상한 일은 아니라고 생각했다.

"소재가 뭐예요?" 쉬유이가 무심코 물었다. 사실 그는 칸즈위안의 작품에 관심이 없었고 자연스럽게 화제를 이어가기 위한 질문이었다.

"마흔 살의 은둔형 외톨이와 원조 교제 소녀의 러브스토리요."

"셰바이천을 소재로 했어요?" 쉬유이가 의외라는 듯 물었다.

"아뇨. 그건 아니에요." 칸즈위안이 쓴웃음을 지으며 고개를 저었다. "그냥 판타지 같은 거예요. 허구의 이야기죠. 내 감정을 이입해서 만든 이야기예요. 바이천이 궈쯔닝과 아는 사이였을 리 없어요."

"하지만 이 상황을 아는 사람들은 셰바이천의 이야기라고 생각하겠죠?"

"그 이야기에서는 아무도 죽지 않아요. 잔인한 토막 살인 장면은 더더욱 나오지 않고요."

"추리소설 아니에요?"

"추리소설이라고 반드시 살인이 등장하진 않아요." 칸즈위안이 커피 한 모금을 마셨다.

"그럼 추리와 로맨스를 섞은 거예요?"

"음…… 제가 잘못 얘기한 것 같군요. 사실 사랑은 주제가 아니에요. 오히려 그 반대로 '고독'에 관한 이야기죠."

"무슨 말인지 모르겠군요."

"책이 나온 뒤에 사서 보시면 아실 거예요." 칸즈위안은 더 말하기 귀찮다는 듯 몸을 돌려 재생 버튼을 누르고 다시 영상에 집중했다.

"참, 의대 다녔다는 걸 왜 숨겼어요?" 쉬유이가 문득 생각난 질문을 던졌다.

"일부러 숨긴 건 아니에요. 말하지 않은 거지." 칸즈위안이 일시정지 버튼을 누르지 않고 시선을 모니터에 고정한 채 대답했다.

"기자에게 그걸 공개하지 말라고 했다는 걸 알아요."

"사람들은 의사의 길을 포기하고 작가가 된다는 것에 비현실적인 환상을 품고 있어요. 그런 사람은 반드시 제2의 루쉰[6]이나 서머싯 몸[7]이 될 거라고 생각하죠. 전 그냥 장르소설을 쓰는 사람이에요. 독자들이 내 소설에 과도한 기대를 품고 인생을 구원할 이치를 찾으려 한다면 내가 괴로울 것 같았어요."

"《셜록 홈스》를 쓴 코넌 도일도 의사였잖아요."

"그는 정식 면허를 가진 의사였고, 의사는 본업이고 글쓰기는 부업이었어요. 미디어에서 나를 '홍콩의 코넌 도일'이라고 띄우는 건 더더욱 원치 않았어요. 요즘 가십 잡지들이 자극적인 제목을 남발하는 걸 잘 아시잖아요."

"그렇긴 하죠."

"하지만 어떤 부분에선 코넌 도일과 비슷하다고 해도 상관없어요. 그는 억울하게 유죄판결을 받은 두 사람의 누명을 벗겨주었고 영국의 상소 제도 개혁을 이끈 중요한 인물이기도 해요."

"사실 난 칸 선생이 왜 이렇게 셰바이천의 결백을 증명하기 위해 매달리는지 모르겠어요." 억울한 누명이 대화 속에 등장

---

6 중국 작가. 일본에서 의대를 다니다가 중국인의 몸이 아닌 병든 정신을 일깨우는 것이 더 중요하다는 생각에 의대를 포기하고 작가가 되었다.

7 영국 소설가. 의사 면허를 취득하고 의사가 되었지만 문학에 더 큰 매력을 느껴 전업 작가로 전향했다.

하자 쉬유이는 다시 사건으로 화제를 돌렸다.

"셰바이천이 살아 있다면 칸 선생의 행동을 이해하겠지만, 이미 사망했는데 이렇게까지 집착할 필요가 있어요? 경찰도, 언론도, 대중도 이토록 다급하게 이 사건의 진실을 밝혀야 한다고 생각하지 않아요."

"아무도 관심을 갖지 않아서 이러는 거예요. 죽은 사람이 악인을 처벌받게 할 수는 없으니까, 살아 있는 내가 대신 그 일을 해야 한다고 생각해요."

"아무리 친한 친구라고 해도 이렇게까지 할 필요가 있어요?" 쉬유이가 책상에 놓인 리스트를 손가락으로 가볍게 두드렸다. 확인이 완료된 영상과 의심할 만한 점을 발견하지 못한 영상을 기록해놓은 리스트였다.

"바이천은…… 내 생명의 은인이에요."

"생명의 은인이라고요?"

"갈레이 빌딩 화재 기억하세요?"

뜬금없는 질문에 쉬유이는 조금 어리둥절했다. 1996년 11월 오후, 카오룽 조던에 있는 갈레이 빌딩에서 대형 화재가 발생했다. 빌딩 전체가 화마에 휩싸여 이튿날 낮이 되어서야 화재가 완전히 진압되었는데 사망자 40명과 부상자 80명이 발생한 홍콩 역사상 최악의 고층 빌딩 화재 사건이었다.

"그때 거기에 있었어요?"

"우린 그때 중3이었고 화재가 일어났을 때 그 빌딩의 한 안과에 있었어요. 바이천이 목숨을 걸고서 발목을 접질린 나를 업고 십몇 층 계단을 뛰어 내려오지 않았다면 나는 사망자 명단에 들어 있었을 거예요."

쉬유이도 그때 열여섯 살이었지만 뉴스에서 보았던 끔찍한 화재 장면을 또렷이 기억하고 있었다. 짙은 유독가스와 불길에 발이 묶여 15층 창문에서 살기 위해 뛰어내린 사람도 있었다. 나중에 고층에서 검게 탄 채 발견된 시신들은 지옥을 방불케 했던 당시 현장을 짐작하게 했다. 한순간의 망설임이 생사를 가르는 긴박한 상황이었다.

"그 사건의 부상자들이라고요? 홍콩섬에 살면서 왜 카오룽에 있는 안과에 갔어요?" 쉬유이가 물었지만 칸즈위안은 대답하지 않았다.

"칸 선생……."

쉬유이는 상대가 일부러 자기 질문을 모른 척하는 것이 아니라는 걸 알았다. 칸즈위안은 되감기 버튼을 눌러 영상을 몇 초 뒤로 돌린 뒤 정상 속도로 재생하고 있었다.

천천히 고개를 돌려 쉬유이를 보는 칸즈위안의 눈이 두 배는 커져 있었다. 수면 부족으로 눈가가 거무스름했지만 사냥감을 포착한 사냥꾼처럼 눈동자가 형형하게 빛났다.

언뜻 보면 지극히 평범한 화면이었다. 노부인이 지팡이를 짚고 천천히 지나가고 있었다. 그런데 그때 찻길 너머 인도에서 검은 마스크를 쓰고 수레를 밀고 가는 중년 남자가 쉬유이의 시야에 들어왔다. 수레에는 겉면에 아무 글씨도 표시도 없는 커다란 종이 상자가 실려 있었고, 수레를 밀고 가는 사람은 칠부바지에 티셔츠를 입고 있었다.

화면 속에 작게 찍힌 데다 입과 코가 마스크에 가려져 있었지만, 그 남자가 셰자오후라는 걸 쉬유이도 알아볼 수 있었다. 키와 체형, 헤어스타일이 일치할 뿐 아니라 가슴 앞으로 멘 파란색 슬링백도 칸즈위안이 얏신 스트리트에서 몰래 촬영한 사진 속 가방과 똑같았다.

망자의 고백 • 4

 죽음은 두렵지 않다. 두려운 건 준비 없는 갑작스러운 죽음이다. 지금도 꿈에서 그 지옥을 본다.
 똑같은 장면이 자꾸 꿈에 나온다. 내가 아위안을 부축하고 있다. 한 치 앞도 보이지 않는 새까만 암흑. 검은 연기가 목구멍과 콧속으로 빨려 들어오고 우린 허겁지겁 계단을 뛰어 내려가고 있다.
 현실과 다르게 계단의 끝이 보이지 않고 우리는 출구를 못 찾고 헤맨다. 유독가스가 점점 자욱해지고 뒤에서 지옥 같은 열기가 등을 덮치는데 검게 탄 시체가 발에 차인다.
 악몽에서 소스라치게 놀라 깰 때마다 눈앞의 모든 게 불타고 있는 환각을 느낀다. 가슴속 깊은 곳에서 차오른 공포감이 눈에 보이지 않는 괴물처럼 목을 졸라 나를 질식시킨다.

나는 종종 이 모든 것이 그 빌어먹을 4류 학교에서부터 시작되었다고 생각한다.

밍화중이 한 자선단체의 보건 프로젝트에 참가해 학생들이 시력검사를 하고 안경을 맞출 때 지원금을 받을 수 있게 되었다. 하지만 지정된 안과에 가야 했기 때문에 어느 날 방과 후 아위안과 지정 병원이 있는 카오룽 조던의 갈레이 빌딩에 갔다. 그날이 바로 재앙의 날일 줄은 까맣게 몰랐다.

그날의 기억이 거의 사라져 내가 그날 병원으로 이송되어 검사를 받았는지는 기억나지 않지만, 집에 돌아온 날 할아버지는 엄마보다 더 걱정스러운 기색으로 혹시 후유증이 있을지 모르니 조금이라도 이상하면 병원에 가야 한다고 누누이 당부하셨다. 할아버지는 그 이듬해 여름에 갑자기 돌아가셨다. 가끔 할아버지가 평소 당신 수명이 줄더라도 자손이 평안하게끔 해달라고 기도하셨기 때문에 내가 그날 화를 모면한 대신 할아버지가 생명을 내놓은 것이 아닐까 하는 생각이 든다.

"그러니까 보험이 중요해요. 천재지변은 느닷없이 닥친다니까……."

그때 외삼촌도 나를 보러 왔다. 물론 그날도 할아버지와 큰소리를 내며 다퉜다. 외삼촌은 '부의 선택'인가 하는 펀드 얘기는 다시 꺼내지 않았지만 할아버지와 엄마에게 생명보험과 건강보험이 얼마나 유용한지 침이 마르게 얘기했다.

"생각해보세요. 이번에는 천만다행으로 바이천이 화를 면했지만 불행이 언제 어디서 닥칠지 아무도 모르는 거예요. 연기를 너무 많이 마셔서 장기간 입원을 하게 되면 보험으로 보장받을 수……."

"퉤! 퉤! 퉤! 입 닥치지 못해!" 할아버지는 누구든 불길한 얘기를 하는 것을 질색하셨다.

"저는 그냥 사실을 얘기한 거예요. 하늘의 구름을 예측할 수 없듯이 사람의 복과 화도 내다볼 수 없다고 했어요. 현대사회는 사람 목숨에도 가격표를 붙이는데 그냥 죽는 것보다 보험을 들어놓으면 살아 있는 가족들에게 보상금이라도 두둑이 남겨줄 수 있잖아요."

나중에 할아버지가 뭐라고 욕을 했는지는 잊어버렸지만 아무튼 외삼촌은 그날도 할아버지에게 쫓겨났다. 외삼촌과 내가 가까워진 건 내가 중학교 5학년을 졸업하고 난 뒤의 일이다.

머리가 좋은 아위안은 중5 때 중등교육 검정시험에서 우수한 성적을 받아 유명한 칼리지의 중6 과정에 진학했지만 나는 학업을 계속하지 않고 한 교육 관련 회사에 들어가 수습생으로 일하기 시작했다. 내 업무는 대부분 교재 복사, 교구 정리, 서류 스캔, 학생 자료 대조 및 입력 등등 따분한 일의 반복이었다. 급여는 높지 않았지만 어쨌든 사무직이라 집집마다 돌아다니며 물건을 팔거나 뙤약볕 아래에서 물건을 나르는 것보다는 훨씬 수월했다.

어느 날 밤 9시가 넘어 피곤한 몸을 끌고 지하철역으로 향하는 길에 외삼촌을 만났다.

"이렇게 만나기도 힘든데 어디 가서 한잔할까?"

"저는 월급이 적어서 보험 들 돈이 없어요." 내가 먼저 선수를 쳤다.

"내가 설마 너한테 보험을 팔겠냐?" 외삼촌이 웃으며 내 어깨를 두드렸다. "조카가 사회에 나온 지 반년이 넘도록 이 외삼촌이 제대로 축하도 못 해줬구나. 말 나온 김에 밥이나 먹으러 가자. 저녁 안 먹었지?"

할아버지의 경고가 귓가를 맴돌았지만 배가 너무 고파서 외삼촌을 따라 밥을 먹으러 갔다.

밥을 먹는 동안 외삼촌과 일상적인 얘기만 나누었다. 사실 외삼촌이 정말로 내게 보험을 들라고 하지 않는 것이 조금 의외였다. 밥을 다 먹고 헤어질 때 삼촌은 시간 나면 또 연락하겠다고 했다. 나로서는 돈도 아끼고 맛있는 밥도 먹을 수 있는데 거절할 이유가 없었다.

그 후 두세 달 동안 외삼촌은 자주 나를 찾아왔다. 일주일에 한 번 이상은 꼭 만났는데 할아버지가 선입견 때문에 외삼촌을 오해했던 것 같다는 생각이 점점 들었다. 외삼촌은 직장에서 살아남는 비결을 알려주고, 업계에서 떠도는 소문을 흥미진진하게 들려주었다. 또 사내 정치의 비정함을 귀띔해주면서 사회 초년생인 내가 나아가야 할 방향을 알려주었다.

"바이천, 그 회사 수습생으로 일하기엔 네가 너무 아까워."
한번은 외삼촌이 내게 말했다.

"대기업에 가려면 학력이 중요하잖아요. 저는 중학교 5학년까지밖에 안 나왔으니까 지금 하는 일이 어울려요."

"난 중3까지밖에 안 다녔는데 지금 잘나가는 거 안 보여?" 외삼촌이 일부러 옷깃을 한번 튕겼다. 외삼촌이 입은 양복이 명품이라는 건 나도 알고 있었다.

"저는 삼촌과 다르잖아요."

"옛말에 남자는 외삼촌을 닮고, 여자는 고모를 닮는다고 했어. 나도 하는데 너라고 왜 못 해?"

"제가 공부를 더 해야 한다는 말씀이세요?"

"그렇게 먼 계획은 아니고." 외삼촌이 짧게 소리 내어 웃었다. "내가 새 직장을 소개해주마. 옌스그룹 인사부에 다니는 친구가 있어. 내가 인맥으로 옌스그룹 사무직에 넣어줄게. 급여가 지금의 두 배는 될 거야."

"저한테도 그렇게 좋은 일이 있을 수 있어요?" 나는 깜짝 놀랐다. 옌스는 여러 분야에서 사업을 하고 있는 유명한 대기업이었다.

"물론이지. 그 대신 너도 날 위해서 작은 일을 하나 해줄 수 있겠지?"

"무슨 일인데요?"

"네가 지금 일하고 있는 회사에서 입찰 공고를 냈어. 기존에 있던 보험이 만기가 됐는지 직원들의 건강보험과 생명보험을 가입할 새로운 보험회사를 찾고 있대. 지금까지 입찰에 참여한 업체들의 입찰서를 복사해서 주기만 하면 돼. 간단하지?"

"나한테 도둑질을……."

"쉿!" 외삼촌이 목소리를 낮췄다. "도둑질이 아니라 정보를 알아보는 것뿐이야. 비즈니스는 전쟁이라고. 정보를 정탐하는 건 흔한 일이야. 지피지기라고 하지. 내 상사한테 그 정보를 주면 경쟁사의 약점을 파악해서 더 매력적인 조건으로 입찰할 수가 있어."

"범죄 아니에요?"

"바이천, 너무 고지식하게 굴지 마. 우리가 유리한 조건으로 입찰한다 해도 다른 업체가 낙찰받을 수도 있잖아. 회사 임원한테 뇌물이라도 주게 다리 놔달라는 것도 아니고. 실수가 생겨도 기껏해야 네가 잘리면 그만이겠지. 어차피 내가 널 좋은 회사에 취직시켜줄 거니까 뒷일은 걱정하지 않아도 돼. 비즈니스의 세계는 이렇게 돌아가는 거야. 고지식하게 원칙만 지키면 평생 수습생을 못 벗어나."

외삼촌이 날 겁주려고 과장해서 말하는 줄은 알고 있었지만 사실 나는 그 제안에 솔깃했다. 옌스에 취직할 수 있다면 지금보다 앞날이 훨씬 밝을 것이라고 생각했다.

이 위험한 제안을 받아들여야 할까?

그때 문득 얼굴을 감싸고 바닥을 구르던 다페이의 모습이 떠올랐다.

그래, 이 세상은 약육강식이 지배하는 거야. 현실에 안주하면 잡아먹히고 말 거라고. 이런 생각이 뇌리를 스쳤다.

외삼촌 말대로 남자는 외삼촌을 닮는 것 같다.

나는 부탁을 들어주기로 하고, 다음 날 상사 몰래 컴퓨터를 켜고 그때까지 들어온 입찰서 여섯 건을 출력했다. 내가 무엇을 출력하는지 아무도 신경 쓰지 않았다. 일반 회사들은 정보보안이 허술하니까 모든 학생의 개인정보를 복사해도 아무도 눈치채지 못할 거라고 생각했다.

내가 임무를 완수하자 외삼촌은 무척 기뻐하며 똑똑하다고 칭찬했다. 나도 원하던 대로 옌스그룹에 취직했지만 뜻대로 일이 잘 풀리지 않았고 비열한 소인배들도 더 많았다. 결국 얼마 후 사표를 내고 다른 직장으로 옮겼다. 새 직장은 직원이 여섯 명밖에 안 되는 작은 회사였는데 옌스그룹과 비교도 안 되는 작은 규모였지만 훨씬 마음 편히 일할 수 있었다.

다만 그 후 내게 불행이 닥칠 줄은 몰랐다. 어쩌면 나는 옌스그룹을 나오지 말았어야 했는지도 모른다. 아니, 애초에 외삼촌의 제안을 거절하고 그 교육회사에서 계속 수습생으로 일했어야 했는지도 모른다.

어차피 이젠 모든 게 무의미해졌지만.

8장

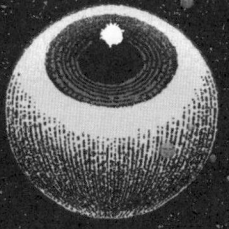

"셰자오후가 분명해."

다음 날 아침 쉬유이가 회의를 소집하자 자치, 아싱, 샤오후이가 모두 평소보다 일찍 출근했다. 그들은 전날 밤 칸즈위안이 CCTV 화면에서 뭔가 발견했다는 소식을 쉬유이에게 들었다. 팀원들이 영상을 몇 번이고 반복해서 돌려 본 뒤 그 남자가 셰자오후일 가능성이 크다는 결론을 내렸다. 더 중요한 건 영상 속에서 그가 여행 가방보다 몇 배나 큰 종이 상자를 수레에 싣고 지나간다는 사실이었다. 단칭맨션에서 리헝은행 정문을 바라보는 쪽으로 설치된 CCTV 영상이었다. 셰자오후가 화면의 오른쪽 뒤로 사라진 다음 어디로 갔는지는 찍히지 않았지만 조금 더 가면 교통섬이 있고 거기서 차도를 건너면 바로 단칭맨션이었다.

"촬영된 날짜는 올해 1월 6일 토요일이고, 시간은 저녁 7시 정각." 쉬유이는 부하들에게 현재 확인된 정보들을 알려주었다. "아쉽지만 같은 시간대의 다른 영상에는 찍히지 않았어. 이 몇 초가 전부야."

"상자 속에 시신 표본병이 있었을까요? 전부 들어갔을까요? 자치가 수레에 실린 종이 상자를 유심히 살폈다. 이사할 때 쓰는 대형 짐 상자처럼 보이는 그것은 조금 낡아 보였고, 고무 로프로 수레에 단단히 고정되어 있었다. 영상으로는 무게를 판단할 수 없지만 수레를 미는 셰자오후의 동작으로 볼 때 어느 정도 무게가 있는 것 같았다.

"영상에는 한 번만 찍혔지만 여러 번에 나눠서 운반했을 수도 있어." 쉬유이가 말하며 화이트보드에 그려진 지도를 가리켰다. "사우케이완 메인 스트리트 이스트에 차를 세워놓고 거기서부터 수레를 밀고 공원을 가로질러 단칭맨션까지 간 것 같아."

"택시로 시신을 운반했다고요?" 샤오후이가 물었다.

"그랬겠지. 그가 택시 운전을 하는 시간이고 택시 운전을 할 때 메는 가방을 멨으니까." 쉬유이가 파란색 슬링백을 가리켰다. 택시 기사는 손님에게 거슬러 줄 지폐와 동전을 늘 준비해두어야 하기 때문에 대부분 웨이스트백이나 슬링백을 메고 다녔다.

"이상한데요. 차를 왜 거기다 세웠을까요? 징평가든 주차장에 시간제 유료 주차를 하면 단청맨션까지 더 가깝잖아요." 아싱이 물었다.

"유료 주차장에는 CCTV가 있잖아." 쉬유이가 짧게 대답했지만 팀원 모두 그의 말을 알아들었다. 셰자오후가 다른 CCTV 영상에 나타나지 않는 것은 아마도 그가 일부러 CCTV를 피했기 때문일 것이다. 리헝은행 정문의 CCTV가 길 건너편을 찍고 있기 때문에 그의 모습이 포착된 것이었다. 쉬유이가 은행에 CCTV 영상을 제공해달라고 요청했을 때 언변이 청산유수인 지점장은 CCTV 영상이 사건 수사에 큰 도움이 될 거라고 장담했다. 그러면서 은행을 나서는 사기꾼의 모습이 그 카메라에 찍힌 적도 있다며 그 정도면 악당들의 천적이라고 해도 과언이 아니라고 했는데 하늘의 장난처럼 정말로 그의 말이 현실이 되었다.

"정말로 셰자오후가 그날 시신을 셰바이천의 집으로 옮겼다면 셰메이펑도 당연히 알고 있겠죠. 그럼 셰메이펑도 공범일까요?

"안 그래도 어제 칸즈위안과 그 얘기를 나눴는데 그가 반증을 내놓았어." 쉬유이가 이메일 출력본을 꺼내 테이블에 내려놓았다. "셰자오후가 셰메이펑이 출근한 사이에 시신을 옮긴 게 아니라면 셰메이펑은 혐의를 벗어날 수 없지. 그런데 칸즈위안이 화면 왼쪽 하단에 적힌 날짜와 시간을 보며 한참 생각하다가 자기 휴대폰에 메모해둔 일정을 보더니 1월 6일 저녁에 셰메이펑이 집에 없었다는 증거를 찾았다고 하더군. 연초에 팬데믹으로 인한 집합 금지령이 해제되자 식당들이 손님을 끌기 위해 여러 가지 이벤트를 했잖아. 1월에 셰바이천이 어머니에게 주는 돈을 그에게 보내면서 식사권도 함께 전해달라고 부탁했대. 이게 그때 식사권을 다운로드한 이메일과 영수증이야."

자치, 아싱, 샤오후이가 상체를 당겨 테이블에 놓인 종이를 보았다. 카오룽시티에 위치한 윗와이힌이라는 광둥요리 식당의 '로브스터 디너' 할인 식사권이었다. 사진 속 요리는 중식이지만 플레이팅은 프랑스 요리처럼 근사했고 전체적으로 아주 비싸 보였다. 이메일에는 식사권 사용 방법이 안내되어 있었는데 1인당 598홍콩달러인 가격을 328홍콩달러에 특가 판매한 것이었다. 그 아래 구매 내역을 보니 이 식사권을 두 장 구매했고 지정 일자가 바로 1월 6일이었다.

"칸즈위안은 이게 그날 셰자오후가 놓은 덫일 거라고 장담했어. 셰자오후가 셰바이천을 시켜서 어머니에게 식사권을 선물하게 했는데 그게 바로 누나가 없는 틈에 조카 방에 시신을 옮겨놓으려는 수법이었다는 거지."

쉬유이는 "난 그런 줄도 모르고 메이펑 아주머니에게 바이천이 효자라고 칭찬을 했어요"라고 말하며 미간을 찡그리던 칸즈위안을 떠올렸다. 자신이 셰자오후에게 간접적으로 이용당했다는 사실이 분한 것 같았다.

"셰메이펑과 칸즈위안이 그날 밤 같이 이 식당에 갔대요?" 자치가 물었다.

"칸즈위안은 가지 않았어. 아마 친구인 샹씨 아주머니와 함께 갔을 거라고 하더군. 그도 그날 저녁에 약속이 있어서 외출했던 것 같은데 오래된 일이라 정확하지 않대. 하지만 집에 있었더라도 아파트 방음이 잘되어 이상한 낌새를 알아채지 못했을 거라더군." 쉬유이가 샤오후이에게 말했다. "윗와이힌에 연락해서 그날 저녁 셰메이펑의 알리바이를 확인해봐. 난 낮에 집에 찾아가서 직접 물어볼게. 셰자오후가 정말 누나가 외출한 틈을 타 시신을 집으로 옮겼다면 셰메이펑이 귀가했을 때 이상한 점이 있었을 수도 있어. 셰메이펑의 증언이 아주 중요해."

샤오후이가 고개를 끄덕이며 중식당 정보를 메모했다. 그때 아싱이 말했다. "지금 제일 중요한 문제는 셰바이천이 자진해서 외삼촌을 도왔는지, 아니면 위협을 받아 어쩔 수 없이 시신을 보관했는지 밝히는 거예요."

"지난번에 위대하신 작가님께서 셰자오후가 시신을 영화 소품으로 속였을 수 있다고 했는데, 셰바이천의 지능이 초등학생 수준이라면 몰라도 그걸 누가 믿겠어요?" 자치는 아직 칸즈위안에게 떨떠름한 감정이 남아 있었다. 그는 자기 언변으로 칸즈위안을 이길 수 없다는 걸 알고 있으므로 그가 없는 자리에서만 참고 있던 불만을 터뜨렸다.

"팀장님, 어젯밤에 이 문제에 대해서도 얘기하셨어요?" 샤오후이가 물었다.

"칸즈위안은 셰바이천이 피해자라고 계속 주장하고 있지만 난 아직 셰바이천이 의심스러워." 쉬유이가 고개를 저었다. "교사를 당했든 속았든 위협을 당했든, 셰바이천이 자살한 이유를 합리적으로 설명할 수가 없어. 셰자오후가 고의로 조카에게 누명을 씌워 희생양으로 삼고 그의 집까지 가로채려고 했을 수도 있지만, 정말로 그가 상대의 자살을 유도할 수 있었을까? 강압적인 수단으로 약점을 잡아 자살할 수밖에 없게 만든 거라면 그 약점은 또 뭘까? 셰바이천은 왜 반항하지 않았을까? 조카의 치명적인 약점을 잡았다면 굳이 시신을 세상에 공개할 필요 없이 집을 내놓으라고 위협할 수 있잖아? 과거 사례들을 보면 범인은 '시신의 출현'을 막을 수 없는 상황에 몰렸을 때 제삼자에게 죄명을 뒤집어씌우지. 하지만 이 사건에서 셰바이천이 자살하지 않았다면 단칭맨션에 토막 난 시신 두 구가 감춰져 있다는 사실을 아무도 알지 못했을 거야. 심지어 피해자는 실종자 명단에도 없었어. 앞으로 10년이 더 흘러도 사건은 그대로 묻혀 있을 수 있었단 얘기지. 이 수수께끼를 아직 풀지 못했어."

"최면에 걸린 상태였을까요?" 아싱이 불쑥 말을 꺼냈다.

"최면?"

"최면사가 남의 행동을 통제하는 걸 인터넷에서 본 적 있어요. 셰자오후도 셰바이천에게 어떤 신호를 설정해서 궈쯔닝의 시신이 발각되면 셰바이천이 죄를 뒤집어쓰고 자살하게 만들었을 수도 있어요. 다만 어떤 이유로 그 신호가 일찍 작동해서……"

"아싱 선배도 작가가 된 거예요?" 자치가 퉁명스럽게 내뱉었다. "최면은 소설에나 나오는 거지, 현실에 그런 게 어디 있어요?"

"아냐. 현실에도 있어. 심리 치료에 최면술이 유용하게 쓰이고 있어. 1985년 브레마 힐 살인 사건에서도, 1993년 튄문 살인 사건에서도 증인이 최면 상태에서 중요한 단서를 기억해냈어. 실제 사례가 있다고……"

"치료나 기억을 되살리는 것과 누군가를 조종하는 건 차원이 완전히 다르다고요!"

쉬유이가 부하들의 논쟁을 말리려는데 휴대폰 진동음이 울렸다. 한화가 문자메시지를 보냈다.

'팀장님, 이거 보셨어요?'

짧은 문자메시지에 유튜브 링크가 첨부되어 있었다.

한화는 공적인 일이 있을 때만 연락하기 때문에 쉬유이도 길게 생각하지 않고 링크를 눌렀다가 동영상 제목을 보고 흠칫 놀랐다.

"아싱, 노트북 가져와."

상관의 표정이 심상치 않은 걸 보고 아싱과 자치도 논쟁을 멈추고 즉시 노트북을 가져다가 쉬유이 앞에 놓았다. 유튜브 메인 페이지에 올라와 있는 영상이었다. 업로드한 지 한 시간도 되지 않았는데 이미 알고리즘에 의해 인기 추천 동영상으로 올라와 있었다. 팀원들도 그 섬뜩한 제목을 보았다.

전격 공개! 은둔족 살인마 피해자의 단짝 친구 출연! 변태 살인마를 만나는 건 시간문제

영상이 올라온 곳은 가십 잡지 《팔주간》의 유튜브 채널이었다. 채널 소개에 잡지사의 홈페이지 주소도 있었다. 영상 섬네일의 가운데에 긴 머리 여자의 뒷모습이 있고, 경찰이 공개한 궈쯔닝의 몽타주가 모서리에 있었다. 쉬유이가 재생 버튼을 눌렀다. 처음 3분은 이미 언론에 공개된 사건 내용을 정리한 것으로 새로울 것이 없었지만, 그 후 'Y'라는 이니셜로 자신을 소개하며 궈쯔닝과 함께 산 적이 있다는 스무 살 여성이 등장했다. 음성변조를 거친 괴이한 목소리보다 그녀가 말하는 내용이 더 귀를 따갑게 긁었다.

"그때 아닝[1]이 살 곳이 없어서 우리 집에서 같이 살게 해줬어요. 아닝이 '장사'를 시작한 지 얼마 안 됐을 때였을 거예요. 내 단골 중에 비싼 값을 주고 '스리섬'을 원하는 손님이 있었는데 그가 인터넷에

---

1 궈쯔닝의 애칭.

서 찾은 다른 여자가 바로 아닝이었어요. 그땐 나도 열여섯밖에 안 됐었는데 딱 보니까 아닝은 나보다도 더 어리더라고요. 나이를 속였구나 싶었어요……. 그 손님이 어떻게 그걸 몰랐겠어요? 다 알면서 모른 척한 거죠."

"아닝과 한 달 정도 같이 살았어요. 내성적이고 말수가 적은 애였는데 엄마도 이 바닥에서 일한다고 하더라고요. 아빠는 집을 나간 지 오래됐는데 깡패인 것 같았고요. 어디서 구했는지 다른 사람의 신분증을 갖고 있었어요. 훔쳤는지도 모르죠. 머리에 피도 안 마른 애가 열여덟 살이라고 우겨봤자 그걸 누가 믿어요?"

"신고를 안 한 건 사망자가 정말 아닝인지 확실하지 않아서예요. 나랑 살 때 걔가 열두세 살이었는데 크면서 많이 변했더라고요. 그것도 그렇지만 내가 경찰한테 어떻게 설명을 하겠어요? 나도 '장사'하는 여자라고 어떻게 말해요? 아닝의 손님도 신고를 안 했을걸요? 신고했다가는 미성년자와 성매매를 했다는 걸 자백하는 꼴인데 처벌받지 않겠어요?"

"걔랑 살 때 되게 잘해줬어요. 어쨌든 내가 선배잖아요. 근데 걔가 고집이 보통이 아니에요. 좋게 가르쳐줘도 내 말을 안 들었어요. 한 번은 내가 스폰서를 두는 게 사실은 별로 남는 장사가 아니다. 한 달에 2만, 3만씩 받으면 많이 주는 것 같지만 바짝 일하면 보름도 안 돼서 벌 수 있는 돈이다. 이렇게 얘기를 해도 걘 한 남자를 스폰서로 두는 게 더 좋다고 생각했어요. 또 절대로 남자 집에 가지 말고 모텔에서 거래하는 게 안전하다고 했는데도 자꾸만 집으로 부르는 손님을 받더라고요. 그래서 그때 내가 홍콩에 변태가 얼마나 많은 줄 아느냐고 따끔하게 충고했어요. 십몇 년 전에 원조 교제하던 스폰서에게 토막 살해를 당한 여자도 있었잖아요? 그 살인마가 죽은 여자의 뼈를 시장에 가지고 갔다던데, 얼마나 끔찍해요? 그래서 네가 자꾸 그렇게 위험하게 손님을 받으면 변태 살인마한테 걸려서 쥐도 새도 모르게 세상에서 사라지는 건 시간문제라고 따끔하게 충고했어요."

"아휴, 결국 그런 꼴이 됐잖아요. 은둔족은 전부 변태예요. 아닝이 변태에게 유인당해서 죽은 게 틀림없어요. 내 생각엔 그 은둔족이 밤에 몰래 밖으로 나와서 살인을 한 게 아니라 아닝이 제 발로 그 집에 들어가서 살해당한 거예요. 살인범의 엄마도 공범일 거예요. 변태가 우발적으로 아닝을 죽였고 그 뒤에 엄마가 시신을 토막 내는 걸 도와줬을 수도 있어요. 마흔 살 백수 아들을 방치하는 엄마라면 이미 정상이 아니잖아요. 범인이 죽었으니 그놈은 어쩔 수 없겠지만 형사들이 그 엄마를 체포해야 해요. 아들이 살인을 저지르게 내버려둔 것도 직접 살인한 것만큼 큰 죄잖아요? 나 같은 소시민이 아무리 말해봤자 높은 데 있는 형사님들에겐 지나가는 개소리겠지만 두 달 동안 수사하고도 밝혀낸 게 없잖아요. 묻는 말에 전부 '노코멘트'라고 해버리고 누구의 비판도 받아들이지 않아요. 죄를 지었으면 벌을 받아야 하잖아요. 최소한 공범에게 일부 책임은 물어야 한다고 생각해요."

Y가 자기 생각을 속사포처럼 쏟아낸 뒤 기자는 라디오방송에서 피해 여성이 원조 교제를 했을 것이라고 추측했던 패널

을 불러놓고 궈쯔닝의 피살은 자업자득인 면이 있다는 결론을 내린 뒤 영상을 마무리했다.

"풰! 늘 아무것도 모르는 것들이 이러쿵저러쿵 떠들어대지! 우리가 셰메이펑을 조사하지 않은 줄 알아? 셰메이펑은 전혀 몰랐던 게 확실하다고!" 자치가 벌컥 성을 냈다.

"고작 한 달 같이 살았으면서 단짝 친구는 무슨." 샤오후이는 제목 장사로 관심을 끌려는 잡지사의 꼼수가 얄미웠다.

"팀장님, 저 Y라는 여자를 찾아서 심문해볼까요?" 아싱이 물었다.

"됐어. 내가 걱정하는 건 그쪽이 아니야." 쉬유이가 의자에서 일어났다. "저 동영상을 본 기자들이 셰메이펑을 비난하는 기사를 내보낼 텐데 기자들이 자꾸 사건을 파헤치다가 셰자오후와 궈쯔닝의 관계를 냄새 맡는 게 문제지. 셰자오후가 몸을 움츠리면 우리 수사가 힘들어질 거야. 늦기 전에 빨리 무슨 수를 써야겠어."

네 사람은 경찰서를 출발해 단칭맨션으로 향했다. 쉬유이의 예감이 정확했다. 셰메이펑의 집 밖에 기자들이 진을 치고 있었다. 강력반 형사들이 도착하자 그들이 우르르 몰려들어 마이크와 녹음용 휴대폰을 내밀고 앞다퉈 질문했다. 쉬유이는 기자들에게 경찰이 수사 중이며 혐의점이 조금이라도 있다면 한 사람도 놓치지 않을 것이라고 밝히고, 아직은 그 누구도 체포하지 않았다는 말을 덧붙였다. 그의 말에는 《팔주간》과 인터뷰한 제보자의 말에 근거가 없으며 셰메이펑은 용의자가 아니라는 의미가 내포되어 있었다. 쉬유이는 몇 가지 질문에 대답한 뒤 주민에게 피해를 끼칠 수 있다는 이유로 기자들에게 돌아가달라고 부탁하고 자치와 아싱에게 단칭맨션 입구를 지키게 했다. 하지만 기자들은 은둔족 살인마의 어머니와 마주치길 기대하며 돌아가지 않고 입구 밖을 서성거렸다.

기자들을 내보낸 뒤 쉬유이가 셰메이펑의 집 초인종을 눌렀지만 인기척이 없었다.

"일하러 가신 걸까요?" 샤오후이가 말했다.

쉬유이가 대답하려는데 복도 저쪽에서 문 열리는 소리가 났다. 쉬유이가 다가가자 칸즈위안이 문틈으로 고개를 내밀고 눈인사를 했다.

"기자들을 내쫓으셨어요?" 칸즈위안이 물었다.

"내쫓은 건 아니고, 돌아가달라고 정중하게 요청했어요." 쉬유이가 평소보다 점잖은 투로 말했다. "셰 여사님이 거기 계신가요?"

"아뇨." 칸즈위안이 자기 등 뒤를 가리켰다. "일단 들어와서 얘기하시죠."

쉬유이는 칸즈위안이 기자들을 경계한다는 걸 알아채고 샤오후이와 함께 집 안으로 들어갔다.

"오늘 아침 《팔주간》 동영상을 보자마자 메이펑 아주머니께 다른 데로 피해 계시라고 했어요." 칸즈위안이 말했다.

"어디로 가셨나요? 우리가 오늘 1월 6일 저녁 일을 조사하러 올 거라는 걸 알았잖아요?"

"당분간 샹씨 아주머니 댁에서 지내실 거예요. 그날 메이펑 아주머니와 로브스터 디너에 함께 가셨다는 그 친구분이에요."

"누군지 기억해요. 셰바이천의 장례식에서 샤오후이도 봤을 거예요. 샹씨 아주머니 집이 어디죠? 우리가 그리로 가죠."

"마온산이요. 메이펑 아주머니가 주소를 적어놓고 가셨어요. 잠깐 기다리세요." 칸즈위안이 현관 옆 신발장 위에 놓인 잡동사니 틈에서 쪽지를 꺼냈다.

쉬유이가 쪽지를 받으려고 손을 뻗는데 칸즈위안이 갑자기 손을 움츠리며 쪽지를 감췄다.

"저도 동행하게 해주시죠." 칸즈위안이 요구했다.

"경찰 수사는······."

"내가 있어야 메이펑 아주머니도 더 마음 놓고 말씀하실 거예요."

생각해보니 그의 말에 일리가 있었다. 또 셰메이펑이 어떤 단서를 기억해낸다면 그 자리에서 칸즈위안에게 확인할 수 있으니 왔다 갔다 하는 시간을 아낄 수도 있었다.

"그럽시다." 쉬유이가 대답하며 현관문을 열었다.

"잠깐, 이렇게 보란 듯이 나가려고요? 기자들이 미행해서 메이펑 아주머니를 찾아내면 어쩌시려고요?"

"설마 변장을 하라는 건 아니겠죠?"

칸즈위안이 빙긋 웃으며 거실의 다른 쪽 벽을 가리켰다. "단칭맨션은 집마다 뒷문이 있다는 걸 잊으셨나요?"

세 사람이 뒷문과 뒷계단을 통해 내려와 철문을 열자 단칭맨션 뒤편의 좁은 골목이 나왔다. 쉬유이가 고개를 들어보니 회백색으로 칠한 공장형 빌딩 외벽과 수도관과 전선 케이블이 깔린 단칭맨션의 설비실이 마주 보고 있고, 그 왼쪽으로 셰바이천의 방 창문이 보였다. 그 옆으로 보이는 창문은 칸즈위안의 집일 것이다.

"칸 선생의 집에서도 이 골목이 보입니까?" 쉬유이가 물었다.

"아뇨. 바이천의 집에는 큰길 쪽으로 창이 난 방이 있지만, 저희 집은 창 앞이 큰 빌딩으로 막혀 있어요. 어떤 창문을 내다보아도 볼만한 풍경은 없어요."

"누가 이 철문을 여닫으면 거기까지 소리가 들리겠죠?"

"저 방에 있어야 들리죠." 칸즈위안이 창문을 가리켰다. "저번에 들어가보신 그 서재예요. 셰자오후가 한밤중에 후문으로 드나든 게 아닌지 물어보실 거라면 제 대답은 별로 도움이 안 될 겁니다. 저는 책상에 엎드려서 자지 않아요."

사실 쉬유이는 칸즈위안을 떠보고 싶었다. 그는 셰자오후가 아니라 셰바이천을 염두에 두고 한 말이었다. 그는 아직 셰바이천이 몰래 외출해 셰자오후와 접촉했을 가능성을 완전히 배제하지 않고 있었다. 이렇게 지나가듯 질문을 던졌을 때 칸즈위안이 뭔가 감추려고 한다면 그 질문에 숨은 의도를 알아채고 한 박자 늦게 대답하거나 날카롭게 날을 세우고 반박할 것이라고 예상했다. 하지만 셰자오후를 염두에 두고 묻는 것으로 알아듣고 선선히 대답하자 쉬유이는 칸즈위안이 진심으로 그 비열한 사내가 범인이고 바이천은 피해자라고 믿고 있다고 생각했다.

세 사람은 기자들을 피해 강력반의 SUV를 세워둔 징펑가든 주차장에 도착했다. 쉬유이는 자치에게 전화를 걸어 단칭맨션 입구를 조금 더 지키며 기자들을 잡아두고, 아싱은 조용히 자동차 열쇠를 가지고 주차장으로 오라고 지시했다.

"이 차는 팀원들에게 주고 우린 내 차로 움직이는 게 좋겠어요. 메이펑 아주머니를 만나고 돌아오는 길에 경찰서까지 모셔다드리죠." 칸즈위안이 제안하자 쉬유이도 그게 좋겠다고 생각했다. 샤오후이가 자치에게 전화를 걸어 상황을 알린 뒤 세 사람은 칸즈위안의 흰색 도요타 캠리를 세워둔 자리로 갔다.

차가 이스턴구 해저터널을 통해 사틴 방면으로 향했다. 쉬유이는 조수석에 앉고 샤오후이는 뒷좌석에 앉았다.

"메이펑 아주머니를 심문하면 셰자오후를 체포하실 건가요?" 칸즈위안이 운전하며 물었다.

"아직은 안 돼요."

"왜요? 셰자오후가 시신을 옮기는 장면으로 혐의가 충분히 입증되잖아요? 게다가 궈쯔닝과의 관계도……."

"DOJ에서 셰바이천이 이 사건에서 어떤 역할을 했느냐고 질문할 텐데 그걸 합리적으로 설명할 방법이 아직 없어요."

"셰자오후가 바이천을 조종한 거라니까요. 그가 궈쯔닝의 엄마를 조종해 등쳐먹은 이력이 있다는 것만으로도 충분히 증명되지 않습니까?"

"지금 셰자오후를 기소한다면 검사에게 셰바이천이 시신을 보관해준 공범이라고 설명할 수밖에 없어요. 배심원들에게는 셰바이천이 외삼촌에게 조종당했다는 증거보다 그들이 공모 관계라는 증거가 더 설득력 있어요."

"그건 사실이 아니라고요!" 칸즈위안의 언성이 높아졌다.

"지금은 그 어느 쪽도 사실을 증명할 수가 없어요. 셰자오후가 일단 법원에 송치되면 그때부터는 치열한 변론전이 펼쳐져요. 그때는 진실이 무엇인가가 아니라, 누가 더 설득력 있는 논리를 찾아내느냐가 관건이에요."

"그게 거짓말이라고 해도요?"

"입증하기 힘든 논리라고 해도요." 쉬유이는 '거짓말'이라는 표현을 일부러 피했다.

"그렇다면 저도 바이천의 결백을 증명할 수 있겠군요. 설득력 있는 주장을 펼치기만 해도 된다면." 칸즈위안이 입을 비죽거렸다. "예를 들면 바이천을 오랫동안 악독한 외삼촌에게 짓밟히고 세뇌당한 불쌍한 이미지로 만드는 거죠. 항간에서 생각하듯이 집에 틀어박혀 사는 백수가 아니라 '재택 주식 투자자'였다는 사실도 거래 내역으로 충분히 증명할 수 있어요. 아니면 셰자오후에 의해 최면에 걸린 상태로 그가 가져온 시신을 감춰줬다고 주장할 수도……."

"셰자오후가 자살을 유도하는 신호를 설정해놓았는데, 뜻밖의 사건으로 그 신호가 발동해서 셰바이천이 숯을 피우고 자살하게 만들었다는 거죠?" 쉬유이가 자기도 모르게 아싱이 했던 얘기를 했다.

"그렇죠. 아주 훌륭한 스토리예요. 심리학자를 섭외해서 확인 서명을 받아 배심원들을 믿게 만들기만 하면 해결되는 거죠. 하하하."

"최면으로 한 사람이 스스로 목숨을 끊게 만들 수는 없겠죠?"

"그렇겠죠. 하지만 경위님 말처럼 사건이 법원에 송치되면 더 이상 진실에 초점이 맞춰지지 않겠죠."

뒤에서 말없이 듣고 있던 샤오후이도 분위기가 조금 이상해지고 있음을 느꼈지만 끼어들 수가 없었다. 쉬유이와 칸즈위안의 대화는 더 이상 이어지지 않았고 서로 한마디도 하지 않아 불편한 침묵이 차 안을 가득 채웠다. 몇 분 뒤 칸즈위안이 어색함을 풀려는 듯 LED 모니터의 버튼을 눌러 음악을 틀었다.

"데이비드 보위?" 음악이 흘러나오자 쉬유이가 물었다.

"아, 팬이세요?" 칸즈위안이 물었다.

"아뇨. 친구 집에서 많이 들어서 이 목소리만 알아요. 이 노래는 처음 듣는군요."

"2003년에 발표한 앨범 〈리얼리티Reality〉예요. 요즘 운전할 때 이 앨범을 들어요. 보위는 이 앨범을 발표한 뒤로 10년 동안 신곡을 내지 않다가 2013년에 〈더 넥스트 데이The Next Day〉를 발표했어요."

"보위의 팬이시군."

"팬은 아니에요. 브리티시 로큰롤 중에서는 비틀스를 좋아하는 편이에요." 칸즈위안이 잠시 멈췄다가 이어서 말했다. "이건 바이천이 제일 좋아하는 앨범이라서 요즘 듣고 있어요."

"그가 음악을 좋아했나요? 방에는 음반이 별로 없었던 것 같은데. 소설, 애니메이션, 게임 CD가 더 많았잖아요."

"요즘은 다들 스트리밍으로 음악을 들어요. CD는 시장에서 거의 사라졌어요. 바이천은 유독 이 앨범만 좋아했어요. 특히 네 번째 곡이요."

"유명한 곡이에요? 보위의 노래는 70년대 것밖에 몰라요. 〈스페이스 오디티Space Oddity〉나 〈더 맨 후 솔드 더 월드The Man Who Sold the World〉 같은."

칸즈위안이 대꾸하지 않고 모니터의 건너뛰기 버튼을 세 번 누르자 스피커에서 어둡고 처연한 피아노 연주가 흘러나오다가 매력적인 목소리가 들렸다.

"〈더 론리스트 가이〉, '가장 고독한 남자'." 칸즈위안이 무덤덤하게 노래 제목을 읊었다.

쉬유이는 셰바이천이 이런 음악을 좋아했다는 사실이 조금 의외였다. 그 순간 그는 칸즈위안이 셰바이천의 결백을 입증하는 데 집착하는 이유를 조금 알 것 같았다. 이런 멜로디를 좋아하는 사람은 악한 짓을 저지를 것 같지 않았다. 속절없는 슬픔과 고통을 표현한 가사는 숱한 세파를 겪은 고독한 여행자가 자신의 불행에 한숨지은 뒤 쓴웃음 한 가닥을 애써 떠올리는 장면을 연상케 했다. 셰바이천이 정말로 외삼촌 대신 시신을 숨겨주었다면 칸즈위안의 말대로 셰자오후가 어떤 수단을 이용해 요구를 거부할 수 없는 궁지로 몰았을 것이고, 자살만이 그가 할 수 있는 유일한 저항이자, 숙명에 대한 저항이었을 것이다.

20분 뒤 차가 마온산에 도착했다. 칸즈위안은 우선 셰메이펑에게 전화를 걸어 그녀가 알려준 대로 상씨 아주머니가 사는 공공 분양주택인 캄헤이코트를 찾아갔다. 상씨 아주머니는 원래 사우케이완에 살았지만 8년 전 남편이 세상을 떠나고 홀로되자 딸과 사위가 사는 마온산으로 이사해 함께 살았다. 하지만 이사 간 뒤에도 사우케이완의 옛 이웃들을 만나러 자주 오곤 했다.

"쉬, 쉬 경위님, 난 진짜 아무것도 몰라요……. 제발 믿어주세요. 바이천은 착한 아이예요. 걔가 사람을 죽였을 리도 없고 나도 무슨 공범 같은 거 아니에요……. 그 여자애는 우리 집에 온 적이 없어요. 방에서 나오지도 않은 바이천이 무슨 원조 교제를 한답니까……. 흑흑……."

"경찰이 어쩜 그렇게 막무가내예요? 힘없는 늙은이라고 무시하는 거예요? 천박한 잡지에서 헛소리한 걸 가지고 득달같이 사람을 잡으러 와요? 실속 없이 체면만 지킬 줄 알고. 이러고도 공정과 정의를 입에 올리다니……."

쉬유이가 샹씨 아주머니 집에 들어서자마자 두 노인이 숨쉴 틈도 주지 않고 한 사람은 흐느끼며 애원하고, 한 사람은 친구 앞을 막아서면서 따지고 항의했다.

"노여움 푸시고 진정하세요. 셰 여사님을 체포하러 온 게 아닙니다. 여쭤볼 게 있어서 왔어요." 쉬유이가 칸즈위안을 가리켰다. "셰 여사님, 칸 선생도 같이 왔어요. 저희가 체포하려고 왔다면 순찰대를 데리고 왔겠죠. 안 그렇습니까?"

셰메이펑은 긴장된 표정으로 칸즈위안을 흘끔 보더니 칸즈위안이 고개를 끄덕이며 부드럽게 웃어 보이자 그제야 조금 마음이 놓이는 듯했다. 샹씨 아주머니도 화를 누그러뜨리고 뒤로 조금 물러났다.

"이분이 샹씨 아주머니시죠? 셰 여사님을 돌봐주셔서 고맙습니다. 단칭맨션에 기자들이 몰려드는 바람에 셰 여사님과 차분히 얘기도 못 할 뻔했습니다." 쉬유이가 말했다.

"알고 지낸 게 몇 년인데요. 아펑에게 힘든 일이 있으면 당연히 도와줘야죠! 우리 외손주가 올해 대학 기숙사에 들어가서 마침 빈방이 있어요. 우리 딸도 아펑이 여기서 지내는 걸 대찬성했어요."

"따님과 사위는 출근했나요?"

"네. 각각 센트럴과 침사추이로 출퇴근해요. 사장님이 좋으신 분들이라 코로나 때도 감원을 안 했는데 요즘 경기가 회복되지 않아서 내년쯤엔 다른 길을 찾아봐야 할 거 같대요……."

쉬유이는 집에 셰메이펑과 샹씨 아주머니 둘뿐인 것을 확인하고 정보가 새어 나갈 걱정이 없다고 판단한 뒤 본격적으로 질문을 시작했다.

"셰 여사님, 올해 1월 6일 저녁에 있었던 일을 여쭤보러 왔습니다."

"몇 달이나 지난 걸 어떻게 기억해요……."

"금요일 저녁이었어요. 칸 선생 말로는 여사님이 로브스터 디너를 드시러 가셨다던데요."

쉬유이의 말에 두 부인이 동시에 반색했다. 그 반응만 보아도 칸즈위안의 말이 사실이라는 걸 알 수 있었다.

"아, 맞아요, 맞아. 윗, 무슨 힌이었는데…… 카오룽시티에 있고……."

"윗와이힌! 아유, 거기 로브스터 디너가 아주 맛있었어요. 양은 좀 적지만." 샹씨 아주머니가 끼어들어 말을 거들었다. "말이 난 김에 하는 말이지만, 사람들은 바이천에 대해 잘못 알고 있어요. 집에 틀어박혀 지내도 엄마를 끔찍이 위했어요. 얼마나 효자였는데요! 우리 딸은 같이 살자고 나를 여기로 데려오긴 했어도 로브스터 디너는 한 번도 안 사줬어요. 우리가 다 늙어서 큰 욕심이 있어서 그러는 게 아니고 가끔은 그렇게 성의 표시를 해야 자식들 마음도 알고 그러는 거지……."

"그날 집에서 몇 시에 출발하셨어요?" 쉬유이가 셰메이펑에게 물었다.

"6시 반쯤일 거예요. 내가 길을 헤맬까 봐 샹씨와 카오룽시티 성윙토이역에서 7시 반에 만나 같이 가기로 했었으니까."

"두 분만 가셨어요?"

"네. 식사권이 두 장이었으니까요." 샹씨 아주머니가 대답했다.

"식사는 몇 시까지 하셨어요?"

"9시쯤?" 셰메이펑이 기억을 더듬는 듯 고개를 갸우뚱했다.

"9시 맞아요. 내가 정확히 기억해요. 딸한테 10시 전에 집에 도착할 거라고 얘기했었어요. 카오룽시티에서 집까지 지하철로 45분 걸려요." 샹씨 아주머니가 덧붙였다.

"셰 여사님, 그날 귀가하셨을 때 평소와 다른 점은 없었나요?"

"다른 점이요? 없었는데요……."

"아드님과 얘기를 나누지는 않으셨어요?"

"걔 방에서 무슨 소리가 희미하게 들리기는 했어요. 게임을 하는 건지 영화를 보는 건지 몰라서 방해하지 않았어요. 평소에도 걔가 바쁠 때 노크를 하면 버럭 화를 냈어요……. 주식 거래를 할 때는 1초 차이로도 돈을 벌고 잃는다는 걸 아니까 최대한 말을 걸지 않으려고 했어요……."

"그날도 평소와 똑같았나요?"

"음…… 아, 다른 점이 하나 있었어요. 그날은 설거지를 안해놓았더라고요."

"설거지요?"

"외출하기 전에 카레라이스를 만들어서 방 앞에 놓고 갔는데 돌아와보니 빈 그릇을 그대로 문 앞에 내놓았더라고요. 평소에는 다 먹은 그릇을 깨끗이 씻어서 내놓거나 주방에 가져다 놓는데 그날은 어쩐 일인지 씻지 않고 내놓았어요. 뭘 하느라 바빴나 봐요."

"그 후에는 이상한 일이 없었나요?"

"아마…… 없었을걸요. 그 후에는 평소와 똑같았어요. 갑자기…… 갑자기 바보 같은 짓을 저지른 그날까지요……."

"집에 손님이 자주 오는 편인가요?" 셰메이펑이 또 슬픔에 잠기면 더 질문할 수 없을 것 같아서 쉬유이가 재빨리 화제를 바꿨다.

"아뇨. 샹씨가 올 때도 근처에 나가서 애프터눈티를 마시거나 공원에서 얘기를 나눠요……."

"여사님의 동생분도 안 오세요?"

"아후요? 걔는 오지요. 두세 달에 한 번 정도. 어쩌다 자주 올 때는 한 달에 두세 번도 오고요."

"그놈은 아펑한테 돈 뜯어 가려고 오는 거지!" 샹씨 아주머니가 못마땅한 표정으로 끼어들었다. "직업 없는 바이천도 생활비를 내놓는데 만날 큰 사업 한다고 큰소리치는 아후는 자기 누나를 현금인출기로 안다니까요. 흥!"

375

"아니야. 요즘 돈 융통이 안 돼서 그렇지. 요 몇 년 코로나 때문에 모든 업종이 다 불경기잖아."

"돈이 없긴 왜 없어! 내가 원래 말을 안 하려고 했는데, 얼마 전에 방역 조치가 풀려서 마작 친구랑 센트럴 융키에 거위구이 먹으러 갔다가 란콰이퐁 근처에서 아후를 봤어. 쉰 넘은 나이에 젊은 애들처럼 쫙 빼입고 우리 손자 또래 어린 여자랑 팔짱 끼고 가던걸! 욕심 많은 그놈이 착한 누나 통장을 노리고 올 때마다 4천, 5천씩 뜯어 가는 거라고!"

"사…… 사람을 잘못 봤을 거야."

"그럴 리 없어! 바이천 일이 터지고도 누나 보러 한 번을 안 왔잖아. 안 그래? 장례식에도 안 왔지! 피도 눈물도 없는 놈! 그런 놈은 차라리 의절해버리는 게 낫지."

"셰 여사님, 동생분이 요즘 집에 안 오시나요?" 쉬유이가 물었다.

"네……. 전화 통화는 해요. 걔가 우리 모자한테 무관심해서가 아니라……."

"마지막으로 보신 게 언제죠?"

"작년 11월인가 12월인 거 같아요."

"거봐! 해가 바뀌어도 친누나를 보러 오지도 않잖아!" 샹씨 아주머니가 울화통을 터뜨렸다.

쉬유이가 고개를 돌려 샤오후이와 칸즈위안과 눈빛을 주고받았다. 조금 전 그 말로 셰자오후가 1월 6일에 셰메이펑을 만나러 온 것이 아니라는 사실이 확인되었고, 그 후에도 누나를 보러 오지 않았다는 사실을 알아냈다. 경찰의 주의를 끌지 않으려고 사건 현장에 나타나지 않는 것 같았다.

쉬유이와 샤오후이는 셰메이펑에게 경찰이 추가로 협조를 부탁할 일이 생길 수 있으니 당분간 멀리 여행을 가지 말라고 부탁한 뒤 칸즈위안의 차에 올랐다. 칸즈위안은 그들을 강력반으로 데려다주러 가는 길에 쉬유이에게 사건에 관한 얘기를 꺼내지 않았다. 셰메이펑의 증언을 들었어도 둘의 의견 차이가 좁혀지지는 않았다는 걸 두 사람 모두 알고 있었기 때문이다. 은행의 CCTV 화면과 셰메이펑의 증언을 근거로 셰자오후를 체포할 수는 있지만, 셰바이천의 역할에 대해서는 둘의 생각이 팽팽한 평행선을 달리고 있었다.

"팀장님, 궈타오안 쪽에 소식이 있습니다." 사무실에 들어서자마자 단칭맨션에서 먼저 돌아와 있던 자치가 쉬유이에게 보고했다. "궈타오안이 삼합회인 것 같았다고 해서 당시 웡타이신구에서 삼합회를 수사했던 친구에게 부탁해 알아봤는데요, 2010년쯤 삼합회에 스파이로 잠입했던 동료가 궈타오안을 알고 있는 것 같대요."

"만나기로 했어?"

"네. 지금 바로 옆 본부 빌딩 마약수사팀에 있대요. 정오쯤 오기로 했어요."

"오면 불러줘. 직접 얘기를 들어보고 싶군."

정오 무렵 건장한 체격에 우락부락하게 생긴 30대 남자가 강력반으로 자치를 찾아왔다. 자치는 그의 별명이 '싸움개'라는 건 알고 있었지만 사나운 불테리어를 연상케 하는 그의 외모를 보고 나서야 그런 별명이 붙은 이유를 알았다. 또 그가 오래전 삼합회에 잠입할 스파이로 낙점된 이유도 알 것 같았다. 삼합회 조직원들과 섞여 있어도 전혀 위화감이 없을 듯한 외모였다. 싸움개는 팀장인 쉬유이와 직접 대면하게 될 줄 예상하지 못했다. 쉬유이가 말단 팀장이기는 하지만 경장인 그에 비하면 몇 단계나 높은 직급이었으므로 자치가 그를 소개하자 긴장된 표정으로 경례를 했다.

"난 신경 쓰지 말아요. 자치가 다시 보고하는 수고를 덜어주려고 온 거니까." 회의실에서 쉬유이가 싸움개에게 앉으라고 손짓을 하며 말했다.

"궈타오안을 아세요?" 자치가 에두르지 않고 단도직입적으로 물었다.

"찾으시는 사람이 맞는지 모르겠어요. 사진 있나요?" 싸움개가 말했다. 그의 굵직한 목소리도 쉬유이보다 연장자 같은 느낌이었다.

"아쉽게도 없어요. 그 대신 아내와 딸의 사진은 있어요." 자치가 서류철에서 증거 사진을 꺼냈다.

"음……." 싸움개가 사진을 보자마자 고개를 끄덕였다. "맞아요. 'GT안'의 아내예요. 아주 미인이죠. 예쁜 마누라를 뒀다고 깡패들이 부러워했어요."

"GT안? 조직원이었어요?"

"아뇨. 일이 있을 때만 운전을 해줬어요. 운전 실력이 끝내준다나. GT안이라는 별명도 그래서 붙었어요." 싸움개가 웃었다. "깡패들이 실제 차로도 폭주하지만 레이싱 게임도 많이 해요."

자치는 조금 생각하다가 그 말의 의미를 깨달았다. 셰바이천에 대해 조사하다가 레이싱 게임에 대해 조금 알게 된 덕분이었다. 다만 'GT안'이라는 별명 중 GT가 그랜드 세프트 오토[2]의 약자인지, 그란 투리스모[3]의 약자인지는 알 수 없었다.

"그에 관한 정보를 얼마나 알고 있어요?" 자치가 물었다.

"자세히 알지는 못해요. 웡타이신구의 마약 거래를 수사하려고 잠입했을 때 두세 번 마주친 게 전부인데 그것도 조직원 회식 때 우연히 본 거라 잘 기억이 안 나요. 찾고 계신 사람과 나이와 주소가 비슷해서 그 사람일 수도 있겠다고 생각한 거예요." 싸움개가 사진을 가리켰다. "이 사건의 피해 여성이 그 엄마를 많이 닮았고, 피해자의 이름과 사진을 보고 GT안이 생각났어요. 그때 GT안이 '돼지껍데기'라는 두목과 친했어요. 원래 직업은 짐꾼인데 열아홉 살에 애 아빠가 되는 바람에 삼

---

[2] Grand Theft Auto, 오픈월드 액션 어드벤처 게임 시리즈. '차량 절도'를 뜻하는 제목처럼 플레이어가 오픈월드 배경을 돌아다니며 자동차를 탈취해 도주하는 등 다양한 범죄를 저지르는 게임.

[3] Gran Turismo, 자동차 레이싱 게임 시리즈.

합회에서 운전을 해주며 부업으로 돈을 벌고 있다고 했던 기억이 나요."

"삼합회 두목이라니……. 이 돼지껍데기라는 사람을 찾기가 쉽지 않겠는데요." 자치가 쉬유이를 보며 한숨을 쉬었다.

"찾으실 필요 없어요. 4년 전에 죽었어요. 그 야우마테이 삼합회 패싸움 사건 때요."

쉬유이도 그 사건을 기억하고 있었다. 삼합회끼리 구역 다툼을 벌이다가 협상이 결렬된 뒤 대규모 폭력 충돌이 벌어져 네 명이 사망했다.

"궈타오안을 아는 사람은 더 없어요?"

"모르겠어요. 돼지껍데기파가 흡수될 때 조직원들이 뿔뿔이 흩어져서 찾기 힘들 거예요."

"GT안은 어떻게 생겼어요?" 수사 방향이 막히자 쉬유이는 일단 기본적인 정보부터 수집해보기로 했다.

"말랐고 키는 170에서 175 사이예요. 잘생겼어요. 타이완 스타 저우위민을 조금 닮았어요."

'체형은 상당히 비슷해.' 쉬유이는 열네 개 유리병에 나눠 담긴 남성 피해자를 떠올렸다.

"다른 특징은 없어요?"

"음…… 잘 기억이 안 나요. 두세 번 본 게 전부라서요. 얘기를 나눠보지도 않았고요." 쉬유이가 자치에게 고개를 끄덕이자 자치가 서류철에서 사진 한 뭉치를 꺼냈다.

"마음의 준비를 하세요. 토막 시신 사진이에요. 이 사람이 궈타오안이 맞는지 봐줘요." 싸움개가 고개를 끄덕이고는 무덤덤한 표정으로 사진을 한참 살펴보았다.

"죄송해요. 잘 모르겠어요. 이목구비가 다 뭉개졌네요."

"괜찮아요." 쉬유이가 말했다.

싸움개가 사진을 가지런히 겹쳐 자치에게 돌려주면서 제일 위에 있는 사진에서 시선을 떼지 못했다.

"왜 그래요?" 그걸 본 쉬유이가 물었다.

"이게 오른팔이죠? 흉터가 있는지 살펴봤는데 없네요."

"흉터?"

"GT안은 교통사고로 오른팔을 다친 적이 있어요. 혹시 흉터가 있는지 봤는데 없네요."

"흉터가 팔꿈치 쪽에 있었으면 토막 낼 때 사라졌을 수도 있겠죠." 자치가 말했다. 그런데 이 말을 듣자마자 어떤 생각이 쉬유이의 뇌리를 스쳤다. 어쩌면 이게 사건의 중요한 단서일지 모른다는 직감에 일단 말을 아꼈다.

"응? GT안의 아내가 어떻게 아후와 같이 있지?"

싸움개가 무심코 흘린 말에 쉬유이와 자치가 깜짝 놀랐다. 자치가 사진을 정리하는 사이 서류철 속에 있던 사진이 싸움개의 눈에 띈 것이다. 쑨수칭 모녀와 셰자오후가 함께 찍은 그 사진이었다.

"셰자오후를 알아요?" 쉬유이가 놀라며 물었다.

"아후가 세자오후예요? 본명은 몰라요." 싸움개가 사진 속에서 쑨수칭을 안고 있는 세자오후를 가리켰다. "이 남자도 조직원들 회식에서 한두 번 봤어요."

"궈타오안과는 어떤 사이예요?" 자치가 물었다.

"어떤 사이요? 둘이 얘기하는 걸 본 적이 없어서 서로 아는 사이인지는 모르겠어요. 아후가 돼지껍데기와 무슨 일을 같이 하는 것 같았는데 자세히는 몰라요. 돈세탁 같은 거였어요. 그때 내 목표물이 돼지껍데기가 아니어서 자세히 알아보진 않았어요. 듣기로는 아후가 원래 보험업을 하던 사람이라 유용한 수단을 잘 알고 있는 데다 돼지껍데기에게 큰돈을 빚지는 바람에 그의 일을 도와주고 있다고 했어요."

쉬유이는 뜻밖의 소득에 크게 고무되었다. 빠져 있던 퍼즐 조각들이 채워지고 세자오후가 궈쯔닝 가족을 고의로 파탄 냈을 거라는 가설에 더 힘이 실렸다.

《팔주간》의 보도가 큰 이슈가 되는 바람에 쉬유이도 브리핑을 열고 기자들의 질문에 응대하지 않을 수 없었는데 새로운 단서의 출현으로 그도 자신감이 생겼다. 자세한 내용은 공개할 수 없지만 수사에 진전이 있음을 자신 있게 밝히며 불필요한 루머의 확산을 막고 경찰 수사를 조금 더 기다려달라고 말할 수 있게 되었다. 그런데 그가 브리핑 준비를 다 마쳤을 때 상관인 차이 경감이 그를 불렀다.

"오늘 뉴스 때문에 총경님이 화가 많이 나셨네." 차이 경감의 미간에 얕게 주름이 파였지만 쉬유이를 나무라는 말투는 아니었다.

그가 말하는 총경이란 홍콩섬 총구 부지휘관으로, 차이 경감의 상관인 홍콩섬 형사부장보다도 직급이 더 높은 사람이었다.

"셰바이천의 어머니를 체포해 심문해야 한다고 생각하세요?" 쉬유이가 물었다.

"아니. 체포하고 말고는 둘째 치고 이게 경찰을 비난하는 여론에 또 다른 빌미를 제공할 수 있다는 점이 신경 쓰이는 거지. 가십 잡지가 원조 교제 여성의 입을 통해 경찰의 무능을 날카롭게 지적했고 그에 동조하는 댓글이 많이 달렸어. 상부에서는 당연히 작은 일이 쓸데없이 부풀려질까 봐 우려하는 것이지. 언론 브리핑에서 사건이 해결됐다고 발표할 수는 없겠나?"

이번에는 쉬유이의 미간이 구겨졌다. 형사사건에서 용의자가 이미 사망한 경우, 경찰이 기소할 수 있는 충분한 증거를 수집한다면 사건을 종결시키고 언론에 수사 결과를 발표할 수 있다. 하지만 증거가 충분하지 않다면 수사를 잠시 중단하고 새로운 증거가 나온 뒤에 수사를 재개하게 된다. 쉬유이는 상관의 말뜻을 알아들었다. 기본적으로 셰바이천의 방에서 토막 시신이 발견되었고 여성 피해자가 성매매 여성임이 밝혀졌으므로 현재까지 나온 정황증거만으로도 셰바이천을 살인으로 기소하기에 충분하다. 남성 피해자는 아직 더 수사해야 하지만 적어도 두 건의 살인 중 한 건은 해결된 셈이었다.

문제는 진짜 용의자인 셰자오후가 아직 살아 있다는 사실이었다.

쉬유이가 상관에게 새로운 수사 상황을 보고하자 차이 경감의 미간 주름이 더 깊어지더니 턱을 만지작거리며 생각에 잠겼다.

"그러니까 자네는 그 은둔형 외톨이의 외삼촌이 진짜 범인이라고 생각하는 거야? 피해자 둘은 부녀 사이고?" 차이 경감이 물었다.

"네. 오늘 마약수사팀 형사의 증언도 셰자오후에게 살인 혐의가 있다는 중요한 증거입니다."

"DOJ에서 받아들이지 않을 거야." 차이 경감이 고개를 저었다. "의문점들이 너무 사소하고 어느 하나에 집중되지 않아서 논리가 부실해. 은행 CCTV 화면도 그가 시신으로 '의심되는' 물건을 옮기는 장면이잖나. 검사가 얼마든지 반박할 수 있어. 검사는 그런 모험을 하지 않으려 할 걸세. 물증은 못 찾았나?"

"아직입니다. 몇 달 전 일이라 증거를 찾기가 쉽지 않습니다."

"또 셰자오후가 진범이라면 셰바이천은 왜 자살을 했지? 범죄를 도와준 게 발각될까 봐 두려워서?"

"아직 확실치 않지만 위협당했을 가능성이 큽니다." 자신이 가치 없다고 묵살했던 가설을 상관 앞에서 말하고 있는 제 모습에 쉬유이가 속으로 씁쓸하게 웃었다. 자기도 모르는 사이에 칸즈위안에게 영향을 받았던 것이다.

"중요한 의문점을 설명할 증거를 제시하지 못하면 DOJ가 받아들이지 않을 거야."

"그래서 시간이 더 필요합니다."

"지금 한시가 급하다니까. 비난 여론이 계속 높아지고 있어. 그건 우리가 해결할 수 있는 문제가 아니야. 내가 상부를 설득해서 벌어줄 수 있는 시간은 이틀뿐이라네. 이틀 뒤에도 검사가 셰자오후를 살인죄로 기소할 수 있는 확실한 증거를 찾지 못한다면, 범인이 살인을 저지르고 발각될까 봐 두려워 자살한 사건이라고 발표하게."

"그건 진실이 아닙……."

"자넨 진실이 뭔지도 모르잖아. 셰자오후가 이 사건과 관련 있을 거라는 의심뿐이지 증거가 없어. 상식적으로 셰바이천이 성매매 여성을 집으로 불러들였다가 우발적으로 살해했고, 범행을 들킬까 봐 시신을 토막 냈다는 이야기가 훨씬 설득력 있지 않나?"

"그럼 궈타오안은요? 그는 셰바이천과 알지도 못하는 사이입니다. 그를 살인할 동기를 가진 사람은 셰자오후뿐이고요."

"우린 피해 남성의 신원을 증명할 수가 없어. 노숙자일 수도 있잖아. 십수 년 전 셰바이천이 뒷골목에서 시비가 붙어서 우발적으로 살해하고 시신을 감췄는지도 모른다고. 샌디리지 공동묘지에 신원 미상의 시신이 수백 구나 묻혀 있어. 우린 인구 700만의 이 도시에 미제 사건과 신원을 알 수 없는 시신들이 있을 수밖에 없다는 사실을 받아들여야만 해."

쉬유이는 말문이 막혔다. 그도 이런 억지스러운 논리로 대중을 설득할 수 없고, 증거도 없는 그의 주장이 남들에게 황당하게 들릴 거라는 사실을 알고 있었다.

"우린 상황을 넓게 고려해야 해." 차이 경감이 쉬유이의 어깨를 두드렸다. "이 사건이 경찰에 또 다른 위기를 불러오고 경찰에 대한 시민의 반감이 더 커진다면 흑사회와 사기꾼, 범죄자들만 어부지리를 얻을 거야. 이미 결론이 난 사건을 끌어안고 자폭할 필요는 없잖아? 최대한 양보해서 설령 셰자오후가 진범이라 해도, 시신을 대신 보관해준 셰바이천도 범죄를 저지른 거야. 셰바이천이 성매매 여성을 유인해 살인한 것으로 결론을 내린다면 자넨 일부 진실을 공개한 셈이지. 그러면 범인은 죗값을 치르고 경찰은 위신을 세우고 비난 여론을 잠재울 수 있으니 모든 면에서 최선의 결과가 아니겠나?"

하지만 억지로 책임을 전가해서 얻는 위신은 거품일 뿐이라고, 쉬유이는 속으로 생각했다. 모래사장에 짓는 건물은 탄탄할 수 없다. 기초가 부실하면 높이 지을수록 점점 기울어지고 무너졌을 때 피해도 크다. 일시적인 안정을 추구하며 위기를 모면하는 데 급급하다면 장기적인 안정과는 점점 멀어질 수밖에 없다.

하지만 쉬유이는 상관의 말에 반박하지 않고 몇 초쯤 침묵한 뒤 요구에 순종했다. 본심을 거스른 행동이었지만 큰 시스템에 속한 일원으로서 수행해야 할 책임이라고 타협했다. 게다가 차이 경감의 말이 완전히 틀린 것도 아니었다. 증거가 있어야만 셰자오후가 범인임을 입증할 수 있다. 셰바이천이 이용당하고 위협받다가 자살을 선택할 수밖에 없었다는 것도 그의 개인적인 추측에 불과했다. 부하들에게 상부의 지시 사항을 전달하자 새로 찾은 단서를 포기하고 더 깊이 파고들 수 없는 상황에 모두 분통을 터뜨렸지만 명령에 따를 수밖에 없었다. 주어진 이틀 안에 증거를 찾기 위해 최선을 다하겠지만 헛수고로 돌아갈 수 있다는 최악의 경우도 예상해야 했다.

"팀장님, 윗와이힌에 CCTV 영상을 달라고 요청해놓았어요. 내일이면 그날 밤 셰자오후가 셰메이펑을 만나러 간 게 아니라는 증거를 확보할 수 있어요. 오늘은 일단 퇴근할게요."

저녁 7시, 샤오후이가 퇴근하고 사무실에 쉬유이만 남았다. 그는 사진과 글씨가 빼곡한 화이트보드 앞에 앉아 생각에 잠겼다. 그의 시선이 한가운데 있는 셰자오후의 사진 주위를 맴돌았다. 상관의 요구를 받아들이기는 했지만 48시간은 현재 봉착한 두 가지 난제를 해결하기에 턱없이 부족한 시간이었다. 그는 이미 셰바이천의 살인 정황을 대중에게 어떻게 설명할 것인지 머릿속으로 생각하고 있었지만 석연찮은 마음을 털어낼 수가 없었다.

'아무도 관심을 갖지 않아서 이러는 거예요. 죽은 사람이 악인을 처벌받게 할 수는 없으니까, 살아 있는 내가 대신 그 일을

해야 한다고 생각해요.'

화이트보드에 있는 칸즈위안의 사진에 시선이 닿자 그가 했던 말이 떠올랐다. 셰바이천이 제일 좋아하는 노래가 흐르는 차 안에서 얘기하던 그의 쓸쓸한 말투도, 대화재 때 셰바이천이 자기 목숨을 구해줬다고 말하던 표정도, CCTV 화면에서 셰자오후를 발견했을 때 상기된 표정도 떠올랐다.

하지만 이틀 뒤 쉬유이는 그를 배신해야 하고, 모든 노력이 수포로 돌아가게 될 것이다.

쉬유이는 경찰서를 나와 집으로 향하지 않았다. 적어도 죽은 친구를 위해 필사적인 싸움을 벌이는 그 남자에게 지금 상황을 솔직하게 털어놓아야 할 것 같았다. 이틀 뒤 그가 뉴스를 보고 충격에 빠지지 않도록.

차를 주차장에 세워놓고 단칭맨션으로 향하는데 조금 앞에서 장바구니를 들고 천천히 걷고 있는 칸즈위안이 보였다. 빠르게 걸어 그를 따라잡으려는데 상대가 갑자기 걸음을 멈추고 길가에서 손을 뻗어 구걸하고 있는 노숙자에게 말을 걸었다. 노숙자는 70~80대로 보였고 표정을 분간할 수 없을 만큼 자글자글한 주름이 얼굴을 덮고 있었다. 칸즈위안이 장바구니에서 빵 한 봉지를 꺼내 노숙자에게 건넸다. 쉬유이는 그 노인이 웃고 있는지 울고 있는지, 선의에 고마워하고 있는지, 돈이 아닌 음식을 건네는 칸즈위안을 원망하고 있는지 알 수가 없었다.

"이렇게 따뜻한 분인 줄 미처 몰랐군요."

칸즈위안이 다시 걸음을 옮기자 쉬유이가 빠른 걸음으로 다가가 담담하게 말을 건넸다.

"응? 쉬 경위님?" 칸즈위안이 쉬유이의 시선을 따라 길 건너에서 게걸스럽게 빵을 먹고 있는 노숙자를 보았다. "보셨어요?"

"아는 사람이에요?" 쉬유이가 물었다.

"아는 것까진 아니고요. 이 동네 사람들은 저분을 창씨 할아버지라고 불러요. 공원 저쪽에 집 없는 노인들이 몇 명 더 있어요. 가끔 마주치면 먹을 걸 드리곤 해요."

"돈을 주지 않고요?"

"돈을 주면 그 돈으로 노름을 할지 술을 마실지 누가 알아요?"

"도와주는 사회복지사가 없나요?"

"모르겠어요. 길게 얘기해본 적은 없어요. 길고양이에게 밥을 주는 사람들처럼 자기만족을 위해 이러는 거죠."

쉬유이는 칸즈위안이 일부러 마음에 없는 말을 하고 있다고 느꼈다.

"쉬 경위님, 오늘 아침에 만났는데 여긴 또 웬일이세요? 수수께끼를 풀어달라고 오셨어요? 아니면 새로 찾은 증거를 분석해달라고 오셨나요?" 단칭맨션 입구에 도착했을 때 칸즈위안이 물었다.

"둘 다 아닙니다. 나쁜 소식을 전하러 왔어요."

"네?"

"들어가서 얘기해도 될까요?"

칸즈위안은 의아한 표정을 지었지만 거절하지 않고 쉬유이에게 먼저 들어가라는 눈짓을 했다.

"상부의 지시예요. 이틀 안에 셰자오후와 이 사건의 연관성을 밝힐 증거와 셰바이천이 위협당했다는 증거를 찾아야 해요. 안 그러면 셰바이천이 성매매 여성을 유인해 살해한 단독 범행으로 결론짓고 사건을 종결해야 해요."

두 사람이 칸즈위안의 집에 들어서자마자 쉬유이가 말했다. 칸즈위안이 눈썹을 추어올렸다가 다시 차분한 표정으로 물컵이 놓인 테이블 옆으로 다가갔다.

"차 한잔하시겠어요? 아니면 그냥 물?" 칸즈위안이 물을 따르며 물었다.

"칸 선생은 아무렇지도 않아요? 경찰이 이틀 후면 모든 범행을 셰바이천에게 뒤집어씌울……."

"물론 아무렇지 않을 리 없죠. 그냥, 난 애초에 당신들이 진실을 밝혀줄 거라고 기대하지 않았어요." 칸즈위안이 차갑게 말했다.

"우린 계속 최선을 다해 수사……."

"최선을 다했다는 건 나도 알아요. 하지만 내가 말했죠? 당신과 당신 팀원들이 성실하고 신뢰할 수 있는 사람들이라는 건 믿더라도 경찰 시스템 전체가 그렇다고 생각할 만큼 순진하진 않다고요. 시스템에 속한 모든 사람은 언제나 현실적인 선택을 하죠. 두 가지 선택지가 앞에 있을 때 자기 윤리 기준을 위배하지만 않는다면 리스크가 적은 쪽을 선택하는 게 인지상정이에요. 다만 이 평범한 선택이 쌓이면 '악'이 될 뿐입니다……. 아니, 난 개인의 사상이 부족하고 제도화된 환경에서 나타나는 '악의 평범성' 같은 한나 아렌트의 사상을 말하는 게 아니에요. 당신의 상관과 당신은 범죄 해결률을 높이고 경찰의 명망을 탄탄하게 구축하는 것이 대중의 복지를 위한 일이며, 악당들을 두려움에 떨게 하고 어둠의 세력이 선량한 시민을 해치지 못하게 막는 것이 '대의'라고 판단했겠죠. 바이천 한 명이 희생하면 수천수만 명의 안온한 생활을 보장할 수 있는데 진실이 무슨 의미가 있느냐고 생각했겠죠. 하지만 정의를 명분으로 앞세운 그런 선택은 결코 정의가 아니에요. 정의의 이름으로 행하는 악입니다."

쉬유이는 칸즈위안의 훌륭한 언변을 또 한 번 확인했다. 이번에는 그의 말에 반박하고 싶지 않았고 오히려 정확히 핵심을 파고드는 말이라는 걸 속으로 인정했다.

"세상이 그렇게 돌아가고 있다면, 우리는 어쩔 수 없이 두 가지 중 피해가 적은 쪽을 선택할 수밖에 없어요." 쉬유이가 체념한 듯 말했다.

"그래요. 하지만 그건 당신 선택이고, 내겐 다른 선택지가 있어요."

"다른 선택?"

"쉬 경위님, 내가 나중에 알고 상처를 받을까 봐 미리 알려주러 온 선의는 고맙게 받겠습니다." 칸즈위안의 입가에 별로 호의적이지 않은 미소가 떠올랐다. "그 보답으로 경위님이 바이천이 살인범이라고 발표한 뒤에 일어날 일을 미리 알려드리죠. 궈쯔닝과 셰바이천의 외삼촌이 어떤 관계인지에 대한 지라시가 기자들 사이에 퍼질 겁니다. 셰자오후가 돈을 노리고 사람을 죽인 사건이라는 소문이 세상을 뜨겁게 달구겠죠. 결국 경찰은 무능하고 경솔하다는 비난을 수습하기 위해 동분서주할 거예요."

"당신!" 상대가 그런 수단까지 생각하고 있을 줄 몰랐던 쉬유이가 태도를 바꾸어 강하게 반격하려고 했다. "증거도 없으면서……."

"그래요. 내겐 증거가 없어요. 하지만 메이펑 아주머니에게서 셰자오후의 사진을 입수한 기자들이 이웃에게 물어보러 다니고, 궈쯔닝의 초등학교 시절 담임교사를 찾아가 그녀가 무슨 이유로 초등학교 6학년 때 성적이 급격하게 나빠졌는지 물어보며 대중의 상상을 자극하겠죠. 이 모든 일이 빠르고 순조롭게 진행될 거라고 확신합니다. 제일 흥미로운 점은 대중은 진실이든 거짓이든 선정적이고 흥미로운 내용이기만 하면 허구의 이야기를 계속 퍼뜨린다는 사실이에요. 당신의 상관들은 왜 이 사건을 법원으로 보내 시시비비를 가리도록 하지 않았는지 그제야 후회하겠죠. 법정에 올렸다면 적어도 통제 불능의 상황으로 번지지는 않았을 테니까."

쉬유이는 진퇴양난에 빠졌음을 깨달았다. 앞에 있는 이 남자가 하지도 않을 행동을 허장성세로 떠벌릴 사람이 아니라는 것도 알고 있었다.

"그러면 사람들은 셰바이천도 셰자오후의 살인과 시체 은닉을 도운 공범이라고 여길 텐데."

"그렇겠죠. 어쩔 수 없지만 적어도 바이천 혼자 모든 죄를 짊어지게 하는 것보다는 훨씬 나아요. 하지만 경찰이 얼마나 큰 곤경에 처하게 될지는 예측할 수가 없군요."

"협박하는 겁니까?"

"협박이요? 쉬 경위님, 뭘 잘못 알고 계시는군요." 칸즈위안이 소파에 앉았다. "내가 뭘 요구하고 조건을 내걸어야 협박이죠. 난 그렇게 할 생각이 조금도 없습니다. 당신들이 어떻게 하든 난 셰자오후의 일을 세상에 알릴 겁니다. 난 원래 남의 손을 빌릴 계획이 아니었어요. 공교롭게도 당신들이 찾아왔기에 순순히 협조한 겁니다."

쉬유이는 그제야 상황을 확실히 깨닫고 차가운 숨을 훅 들이마셨다. 처음에 그가 셰바이천을 '은둔족 살인마'로 판단하고 적당히 수사를 종결했더라도 칸즈위안은 셰자오후의 죄증을 수집한 뒤 언론을 통해 진실을 폭로했을 것이고, 경찰은 또 한 번 웃음거리가 되었을 것이다. 쉬유이는 자신이 안이하게 사건을 덮지 않은 덕분에 강력반이 위기를 피했음을 다행스럽게 여겼다.

다만, 그 폭탄은 완전히 해체된 것이 아니라 폭발이 미뤄졌을 뿐이었다.

"무슨 일이 있어도 그렇게 하겠다는 겁니까?" 쉬유이가 물었다.

"네. 타협의 여지는 없습니다."

쉬유이는 칸즈위안을 똑바로 노려보며 이 대답이 결코 번복되지 않으리란 걸 그의 눈빛에서 읽어냈다.

"후." 한참 만에 쉬유이가 깊은 한숨을 내뱉으며 옆에 있는 의자를 당겨 앉았다. "이게 하늘의 뜻이겠죠. 기자들에게 폭로하기 일주일 전에 미리 알려주겠어요?"

"공보팀에 대응 방안을 준비하게 하려고요?"

"아뇨. 미리 사표를 내려고요. 잘못을 저지른 경찰이 이미 옷을 벗었다면 상부에도 변명거리가 생기겠죠. 내 부하들이 애꿎은 비난을 피할 수도 있을 테고."

"훗, 좋은 방법이군요. 알겠습니다." 칸즈위안이 웃으며 말했다. "이렇게 쉽게 포기하실 줄은 몰랐는데."

"쉽게 포기한다고요? 완패가 분명한데 불복해봤자 내 얼굴에 먹칠하는 거 아닙니까?"

"이게 바둑이라면 경위님은 삼류 기사예요."

"젠장, 끝까지 비아냥거리는군." 쉬유이는 화를 내지는 않았지만 경찰의 품위를 내려놓고 감정을 여과 없이 내보였다.

"비아냥거리는 게 아니에요. 내가 경위님이라면 필사적으로 매달려서 승부를 역전시킬 방법을 찾을 거예요."

"그게 가능해요?"

"이미 한 가지 선택지는 눈앞에 있잖아요."

"무슨 선택지?"

"상관의 지시대로 이틀 안에 셰자오후의 범행 증거와 바이천의 자살 이유를 찾아내는 것."

쉬유이가 쓴웃음을 지었다. "고작 이틀이라고요! 이틀 안에 그게 됩니까?"

"하느님은 단 엿새 만에 세상을 창조하셨는걸요."

"썰렁한 농담 따위 집어치워요."

"좋아요. 진지하게 얘기할게요." 칸즈위안이 어깨를 으쓱였다. "이틀은 짧은 시간이긴 하지만 화학분석을 하기에는 충분한 시간이죠? 상부에서 물증을 요구한다면 지문, 혈흔, 옷의 섬유나 유품 같은 걸 검사해보면 되잖아요?"

"그걸 어디서 찾아요? 설마 셰자오후 집에 가서 증거를 찾아오라는 건 아니겠죠? 수색영장을 신청할 순 있겠죠. 하지만 그건 경찰이 그자를 체포하겠다는 뜻이에요. 더군다나 우린 아직 살인 현장이 어딘지도 알지 못해요. 집을 수색했다가 빈손으로 돌아오면 기껏해야 48시간 동안 그자를 붙잡아둘 수 있을 뿐이에요. 그 후에는 증거를 찾기가 더 힘들어질 거고요."

"집 말고도 그가 운전하는 차가 있잖아요."

"택시에서 살인을 했다는 거예요?"

"아뇨. 그건 나도 모르죠. 하지만 경찰 수사 기록을 보면 셰자오후에겐 차가 없어요. 그렇다면 그 택시를 이용했을 수 있죠. 택시에서 궈쯔닝을 살해했을 수도 있고, 아니면 토막 내기 전 시신을 택시로 옮겼을 수도 있고요."

"설사 그렇다 해도 이렇게 오래됐는데 세차하고 증거를 다 지웠겠죠."

"그렇겠죠. 하지만 지금 할 수 있는 수사가 그것밖에 더 있어요? 시간이 얼마 없으니 마지막 하나에 모든 걸 걸어봐야죠. 결국 헛수고가 될지도 모르지만 끝까지 포기하지 않고 최선을 다하려면 이 방법밖엔 없어요."

"집이든 차든 수색하는 건 영장을 발부받아 체포한 뒤에나 가능한 일이에요." 쉬유이가 손을 내저으며 등받이에 힘없이 몸을 기댔다.

"아뇨. 집과 차는 달라요. 집은 그의 집이지만, 차는 그의 차가 아니잖아요."

쉬유이의 눈이 번쩍 뜨였다. 셰자오후는 작은 택시회사에 고용된 기사이고, 그 회사는 차주들에게 임대료를 내고 차량을 임대해 영업을 하고 있었다.

"무슨 핑계를 댈 수 있을지 모르지만, 경찰이 요구한다면 차주들도 성가신 걸 원치 않으니 순순히 차를 보여줄 거예요. 그러면 셰자오후 모르게 차를 수색할 수 있겠죠. 어차피 택시회사는 셰자오후에게 다른 택시를 배정해주면 그만이니까."

쉬유이는 어둠 속을 비추는 한 가닥 빛을 보았다. 실낱같은 기회지만 해볼 만한 방법이었다. 두 사람은 머리를 맞대고 차주, 택시회사, 셰자오후의 여러 가지 반응을 예상해 대응 방법을 고민하고, 인맥을 이용해 감식팀과 과학수사연구소의 협조를 받을 수 있는 가장 이상적인 경로를 궁리했다.

"하지만 이게 성공해도 셰바이천이 자살한 이유는 설명할 수 없어요." 쉬유이가 말했다.

"세뇌당한 거라니까요……. 경위님도 최면 상태에서 특정 신호로 자살하게 만들었을 수 있다고 하셨잖아요. 우선 그걸로 둘러대세요." 칸즈위안은 그들이 오전에 차에서 논쟁하다가 결론 없이 중단했던 얘기를 다시 꺼냈다.

"그 논쟁은 그만둡시다."

"난 진지해요. 어차피 법정에 가서 전문가를 증인으로 세우면 되잖아요. 아무리 황당한 얘기라도 믿는 사람들이 있어요. 요즘 재판이 다 그렇지 않아요? 같은 사건을 놓고 원고와 피고 양측 전문가가 완전히 상반된 주장을 펼치는데 결국 어느 쪽 주장에 손을 들어줄지는 판사 마음이에요. 판사에게 그런 쪽으로 전문 지식이 있을 리도 없고요. 예를 들어 일반인들은 '세뇌'라고 하면 1950~1960년대에 발전된 그 이론들만 떠올리겠지만 과거에는 들어본 적도 없는 세뇌 수단들이 인터넷에 퍼져 있어요. 《1984》 속 내용은 시대에 뒤떨어져 보일 정도라고요. 그 분야를 잘 모르는 판사는 전문가를 증인으로 세우려 하겠죠? 아무 관계도 없는 외부인이 재판을 좌지우지하는 격이잖아요? 하지만 게임의 룰이 그렇다면 우리도 그 룰에 따라 '전문가'의 도움을 받으면 되는 거예요."

"진실이 뭔지 알고 싶지 않아요?"

"물론 알고 싶죠. 하지만 시간이 없잖아요. 상부에서 진실을 중요하게 여기지 않으니 우리도 그에 맞출 수밖에요."

쉬유이는 반박하려다가 한 사람을 떠올렸다.

"도움을 청할 만한 전문가가 있긴 한데……."

"이용할 수 있는 전문가예요?"

"거참, 이용은 무슨." 쉬유이가 눈을 흘겼다. "정신과 의사 친구가 있어요. 그 친구에게 셰바이천이 조종당했을 가능성이 있는지 조언을 구해볼게요."

"증인으로 세울 수 있어요?"

"증인으로 세우려는 게 아니라 정말로 전문가의 의견을 들어보려는 거예요. 홍콩에서 일하다가 10년 전에 은퇴하고 남편과 고향으로 돌아가 영국 애시퍼드에 정착한 의사예요."

"애시퍼드요? 켄트주?" 칸즈위안이 조금 놀라며 반문했다.

"무슨 주인지는 몰라요. 영국 남동부인 거 같아요. 영국에 가게 되면 꼭 자길 만나러 오라고 했어요. 거기 가봤어요?"

"어릴 때 켄트주 캔터베리에서 잠깐 살았어요."

"그래요? 쭉 단칭맨션에서 산 줄 알았는데."

"부모님이 사고를 당하기 전 영국으로 이민 갔었어요. 부모님이 모두 돌아가시고 어쩔 수 없이 할머니 집으로 오게 됐죠."

이 말을 할 때 칸즈위안은 다른 사람인 것 같았다. 그의 그런 모습을 처음 본 쉬유이는 어떻게 반응해야 할지 몰라서 듣고만 있었다.

"내 얘긴 여기까지만 하죠." 칸즈위안이 원래의 말투로 돌아왔다. "지금 영국에 있다면 전화로 물어볼 수밖에 없겠군요. 법정에 증인으로 부르려면……."

"너무 멀리 갔어요. 그건 일단 의견을 듣고 난 뒤에 생각합시다. 어차피 지금 제일 큰 문제는 물증을 찾을 수 있느냐 없느냐니까. 이게 실패하면 다른 얘긴 할 것도 없어요."

그날 밤 쉬유이는 영국에 있는 닥터 바이에게 메시지를 보냈다. 그녀는 그가 범인과 격투를 벌인 뒤 외상 후 스트레스 장애를 겪을 때 치료해준 의사였다. 영국인이지만 중국 문화를 사랑하는 그녀는 '브라운'이라는 성에서 따온 '바이'라는 중국식 성을 더 좋아했다.

'나 요즘 너무 한가해서 죽을 지경이에요. 메일로 사건 자료를 보내줘요. 살펴볼게요.'

닥터 바이의 메시지 끝에 혀를 쏙 내민 이모티콘이 붙어 있었다. 쉬유이는 일흔이 넘었어도 마음은 여전히 젊은 그녀를 생각하며 싱긋 미소를 지었다. 그는 자료를 정리해 닥터 바이에게 보내며 급한 일이지만 자료가 워낙 방대해 다 살펴보기가 쉽지 않을 거라며 과로하지 말라는 당부도 덧붙였다. 그는 셰자오후가 셰바이천을 정신적으로 통제해 저항하지 못하고 시신을 숨겨주고 심지어 자살까지 하게 만들 수 있는지 알고 싶었다.

다음 날 아침 쉬유이는 부하들에게 이틀간 해야 할 일을 간략히 알려준 뒤 계획을 실행에 옮겼다. 우선 셰자오후가 운전하는 택시의 차주를 찾았다. 일흔 가까운 노인으로 은퇴 후 택시회사에 차를 빌려주고 임대료로 생활하고 있었다. 쉬유이는 그를 찾아가 그 차가 범죄에 이용됐을 가능성이 있는데 경찰이 절차에 따라 수사하고 차량을 증거물로 압수한다면 2~3주 동안 택시를 운행할 수 없겠지만, 적극적으로 협조해준다면 며칠 안에 차를 돌려받을 수 있을 것이라고 말했다. 어느 쪽을 선택해야 손실이 적은지 명확했으므로 10분도 안 걸려서 노인의 승낙을 받았다. 심지어 그는 직접 적당한 핑계를 대고 택시회사에서 차를 잠시 가져와주겠다고 했다.

"차량 정기 점검을 해야 한다고 하시게요?" 쉬유이가 물었다.

"아니. 차량 점검은 택시회사가 알아서 하지. 연기 학원에 다니는 조카가 과제로 영화를 찍는데 빌려줘야 한다고 할 거예요." 노인이 말했다.

쉬유이는 노인이 택시회사 직원과 통화하는 것을 옆에서 지켜보았다. 택시회사는 임시로 다른 차량을 배치해야 하는 번거로움 때문에 차주의 요청을 달가워하지 않았지만 오래 거래한 차주라 어쩔 수 없었다. 회사 직원은 주간조 기사에게 연락해 교대 시간에 완차이 얏신 스트리트가 아닌 쉬유이가 알려준 장소로 택시를 가져다주게 했다.

"아후에겐 미안하다고 전해줘요." 노인이 직원에게 말했다. 노인이 아후와 아는 사이인 듯했지만 노인에게 아후에 관해 묻지 않기로 했다. '범죄와 관련 있는' 사람이 주간조인지 야간조인지 임시 기사인지 밝히지 않았기 때문이다. 오후 4시 아싱이 차를 받은 뒤 감식팀 동료에게 전해주었다. 다음 날 아침 과학수사원에 일부 단서들을 넘겨 화학 검사를 진행하려면 감식팀 직원이 오늘 밤 야근을 해야 할 것이다. 하지만 그들이 유의미한 단서를 발견할 수 있을지, 단서를 찾더라도 단 이틀 내에 그걸 밝혀낼 수 있을지 확신할 수 없었으므로 쉬유이는 한 가지 방법을 더 준비해두었다.

이틀 내에 셰자오후를 체포하기로 한 것이다.

제일 이상적인 상황은 감식팀에서 순조롭게 증거를 찾아내는 것이었다. 그럴 수만 있다면 강력반은 절차에 따라 용의자를 심문하고 DOJ에 자료를 넘긴 뒤 다음 날 용의자를 법원으로 보내 심문하게 할 수 있었다. 그다음은 셰자오후를 합법적으로 구금할 수 있는 48시간 이내에 감식팀이 물증을 찾아내는 경우였다. 상부의 지시를 위반하게 되지만 역시 규정에는 부합했다. 최악의 상황은 감식팀이 아무것도 찾아내지 못하는 것이었다. 그렇게 되면 쉬유이는 '심문 후 범죄 관련성을 발견하지 못했다'는 이유로 셰자오후를 석방하고 '셰바이첸이 성매매 여성을 유인해 살해한 단독 범행'으로 언론에 발표할 수밖에 없었다. 하지만 쉬유이에게 이것은 '복선'을 깔기 위한 수단이었다. 얼마 후 칸즈위안이 셰자오후와 궈쯔닝의 관계를 언론에 폭로할 것이고, 경찰은 '셰자오후를 조사했지만 충분한 증거를 찾지 못했다'는 이유로 일부 면책을 시도해볼 수 있었다.

다음 날 오후 3시가 되도록 감식팀에서 아무 연락이 오지 않자 쉬유이는 작전 수행을 지시했다. 자치, 아싱, 한화, 보니가 차 두 대에 나눠 타고 셰자오후를 미행하며 언제든 그를 체포할 준비를 하고, 샤오후이와 쉬유이는 사무실에 남아 감식팀의 연락을 기다렸다.

"셰자오후가 톰슨 로드에서 교대했대요. 임시로 배차된 택시예요." 자치의 보고를 받은 샤오후이가 쉬유이에게 말했다.

시간이 점점 흘러 저녁 8시가 되었지만 감식팀에서 좋은 소식은 오지 않고 미행조만 수시로 목표물의 행적을 보고했다. 셰자오후는 시내를 누비며 승객을 태우고 내려주었고 수상한 점은 발견할 수 없었다. 금요일 퇴근 시간이라 택시를 잡으려는 승객들이 평소보다 많아서 5시부터 쉬지 않고 승객을 태웠다. 쉬유이는 아무리 늦어도 새벽까지는 체포할 것이라고 말해두었으므로 팀원들도 조심스럽게 택시를 미행했다.

한편 초조하게 연락을 기다리던 쉬유이가 감식팀에 전화를 걸어 진행 상황을 물어보려는데 뜻밖의 메시지가 날아왔다.

'메일 보냈어요. 너무 늦지 않았길 바라요.'

닥터 바이의 메시지를 받자마자 메일함을 열어보니 학술 논문 여러 편과 온라인 링크가 첨부된 메일이 와 있었다. 서둘러 메일 내용을 훑어보다가 키워드 몇 개를 발견한 순간, 칸즈위안과 셰메이펑이 했던 말이 떠오르며 꽉 막혔던 체증이 일시에 뚫리는 듯 머릿속이 환해졌다.

"미행조에 합류하시려고요?" 외투를 입고 밖으로 나가는 쉬유이를 보고 샤오후이가 물었다.

"아니. 단칭맨션에 다녀올게. 소식 있으면 즉시 알려줘."

쉬유이가 차에 올라 가속페달을 힘껏 밟았다. 사우케이완에 도착해 주차한 뒤 성큼성큼 빠른 걸음으로 칸즈위안의 집 앞에 도착해서는 다급하게 초인종을 눌러댔다. 칸즈위안이 문을 열어주며 밤 11시에 찾아와 방해하느냐며 한 소리 하려는데 쉬유이가 먼저 물었다.

"두 달 전 평일에 셰바이천과 게임이나 애니메이션에 대해 얘기할 때 다른 얘기 못 들었어요?"

"아뇨. 일상적인 얘기만 했어요." 칸즈위안이 대답하며 쉬유이를 집 안으로 들였다.

"왜 방에서 나오지 않고 은둔하는지, 왜 바깥세상이 두려운지 물어본 적 없어요?"

"말했잖아요. 나도 모른다고요!" 칸즈위안이 잠시 멈췄다가 물었다. "설마 그걸 알아냈어요?"

"아뇨. 그런데 우리가 중요한 문제를 잘못 생각하고 있는 것 같군요."

"그게 뭐죠?"

"셰자오후는 셰바이천에게 최면을 걸지도 않았고, 세뇌하거나 조종하지도 않았어요. 그가 자살한 건 다른 사람 때문이에요."

"그럴 리 없어요! 최면을 걸지 않았다 해도 위협당한 게 틀림없⋯⋯."

"그를 자살하게 만든 건 당신과 셰 여사님이에요."

칸즈위안이 경악한 얼굴로 쉬유이를 노려보았다.

"그게 무슨 헛소리예요?"

"두 사람이 고의로 그를 자살하게 했다는 게 아니라 두 사람이 아무것도 하지 않았기 때문에 그가 결국 그렇게 됐다는 말입니다. 칸 선생, 생활을 바꿔보라고 셰바이천을 설득해본 적 없죠?"

"오랫동안 절친하게 지낸 친구예요. 본인이 자기 환경에 불만이 없었으니 아픈 상처를 자극하지 않았어요."

"지속성 우울장애였어요."

쉬유이가 닥터 바이의 메일에서 본 새로운 단어를 말했다.

"셰바이천이 우울증이었다는 겁니까? 웃기지 마세요. 거의 채팅으로만 대화했지만 우울증이었다면 내가 왜 그걸 몰랐겠어요? 나보다도 농담을 더 잘했어요⋯⋯."

"그건 기분부전장애예요. 주요우울장애와 다르고 증세가 뚜렷하지 않아요. 내가 말한 영국 정신과 의사에 따르면, 만성 우울증은 발견하기가 쉽지 않아서 같이 사는 가족이나 함께 일하는 동료도 알아채지 못할 수 있대요. 흔히 '미소 우울증' 또는 '고기능 우울증'이라고 불리는 정신 문제는 지속성 우울장애와 관련이 있어요. 환자의 행동은 일반인과 차이가 없지만 내면의 감정이 우울하기 때문에 남 앞에서는 웃고 뒤에서는 눈물을 흘려요. 오랫동안 은둔 생활을 한 셰바이천은 타인과의 교류가 거의 없었으니 주위에서 우울 증세를 알아채기가 더 힘들었을 거예요."

"그냥…… 당신 추측이죠?"

"물론 입증할 수 없지만 이 결론을 가리키는 객관적인 증거들이 많아요." 쉬유이가 휴대폰을 꺼내 닥터 바이가 보낸 자료 중 하나를 열어 칸즈위안에게 내밀었다. "일본의 히키코모리를 연구한 학자에 따르면, 사회와의 격리는 우울증의 초기 증상이고 격리된 생활은 우울증을 지속하게 하는 악순환이 만들어진대요. 셰바이천에겐 우울증이 있었고 20년 동안 치료되지 않고 지속되었던 거예요."

"바이천이 직장에서 해고당해 우울증에 걸렸다는 건가요?"

"아뇨. 그건 우울증을 발병시킨 작은 계기였을 뿐 그 씨앗은 이미 오래전에 뿌려졌을 거예요. 두 사람이 갈레이 빌딩 화재를 경험했다고 했죠?"

칸즈위안이 쉬유이를 똑바로 응시하며 그의 다음 말을 기다렸다.

"닥터 바이는 그런 비참한 사건을 경험한 사람에게 외상 후 스트레스 장애가 나타날 가능성이 크고, 그게 불안장애나 우울증을 일으킬 수 있다고 했어요. 나도 그걸 경험한 사람이에요. 그런 기분장애가 신체적인 문제를 일으킬 수 있다는 걸 누구보다 잘 알아요. 셰바이천이 화재를 겪었을 때 후유증을 잘 다스리지 못했다면 내면에 웅크린 공포와 슬픔이 오랫동안 나쁜 영향을 미쳤을 거예요."

쉬유이는 칸즈위안의 차에서 들었던 〈더 론리스트 가이〉를 떠올렸다. 그날은 그런 멜로디를 좋아하는 사람은 살인을 저지를 수 없을 것 같다고 생각했지만, 닥터 바이의 메일에서 일부 우울증 환자에게 슬픈 노래를 좋아하는 경향이 나타난다는 내용을 보고 셰바이천에게 살인이 아닌 자해 경향이 있다는 생각이 들었다.

"칸 선생과 셰 여사님은 셰바이천과 그의 상황에 대해 진지하게 얘기해보지 않고 은둔 생활을 하도록 내버려뒀어요. 그의 마음속에서는 변하고 싶다고 외치고 있는 줄도 모르고 말이죠. 사회복지사에게 도움을 청할 수도 있고, 정신과 의사나 심리 치료사에게 조언을 구할 수도 있었지만, 계속 회피하고 20년이나 방관했던 겁니다. 두 분은 셰바이천이 현재 생활에 불만이 없다고 착각하고 있었지만 사실 도저히 견딜 수 없는 위험한 상황에 다다르게 된 거예요. 닥터 바이가 메일에 이렇게 썼어요. '사람들은 우울증 환자가 자살하기 전 전조 증상이 있을 거라고 생각하지만 사실 대부분의 자살 사건은 갑자기 일어나요. 당사자가 그 결정을 내리게 된 이유를 남들은 알 수가 없어요. 자살자 본인조차 감정을 통제하지 못하는 이유를 잘 몰라요.'"

칸즈위안의 얼굴에 노기가 차올랐다. 쉬유이는 가늘게 떨리는 그의 어깨를 보고 그가 이 냉정한 지적에 반박하지 못한다는 걸 알았다.

"당신 말이 옳다고 칩시다……. 그래도 셰자오후가 어떻게 죄를 뒤집어씌웠는지는 설명할 수 없어요……." 칸즈위안은 일단 쉬유이의 의견을 받아들인 듯 더 중요한 문제를 꺼냈다.

"우린 오류에 빠져 있었어요." 쉬유이가 고개를 저었다. "이건 연결된 사건이 아니에요. 두 개의 무관한 사건이에요."

"두 개요?"

"셰자오후의 살인과 시신 은닉, 그리고 셰바이천의 자살. 이 두 가지 일이 별개라고요."

"어떻게 그럴 수가 있죠? 말도 안 돼요."

"아뇨. 그래야 모든 게 맞아떨어져요." 쉬유이가 차분하게 대답했다. "풀리지 않는 의문이 있었어요. 토막 시신은 셰바이천이 자살한 후에 발견됐어요. 다시 말해서 셰자오후는 남에게 죄를 뒤집어씌울 필요가 없었어요. 토막 살인을 저질렀다는 걸 아무도 몰랐으니까. 하지만 셰자오후에겐 자기 집이 아닌 가장 안전한 장소에 시신을 잠시 보관해야 하는 사정이 있었어요. 셰바이천의 자살은 그에게도 뜻밖의 일이었을 겁니다. 이런 가설을 세운다면 그의 모든 행동을 설명할 수 있어요."

"잠시 보관하려고 했다고요?"

"우선 칸 선생의 분석에 동의해요. 셰자오후가 시신을 토막 내 표본으로 만든 목적은 두 가지였죠. 하나는 자기 손이 닿는 가까운 곳에 감춰두기 위해서고, 또 하나는 그것들을 버려야 할 때 연쇄살인범의 무동기 살인으로 위장해 수사관들을 오도하기 위해서. 하지만 셰자오후가 표본병을 단청맨션에 감춘 건 두 번째 목적 때문이 아니었어요. 첫 번째 목적이 외부 요인으로 방해받자 일시적으로 보관할 장소가 필요했던 겁니다. 그가 그 무렵 완차이에서 웡축항으로 이사를 했어요."

"시신을 새집으로 옮겨 가면 되잖아요?"

"아뇨. 지금 살고 있는 곳은 레지던스 아파트예요. 공간도 협소하거니와 청소원이나 관리 직원이 그걸 발견하게 될 수도 있어요. 원래 살던 집 주인과 임대계약을 연장하지 못하면서 갑자기 새집을 구하지 못해 임시로 단기 거주하고 있을 거예요. 그래서 시신을 처리할 방법을 궁리하다가 은둔 생활을 하는 조카의 방이 최적의 장소라고 생각했겠죠. 셰바이천의 방은 어머니조차 들어갈 수 없으니까."

"그러니까 셰자오후는 바이천을 위협해 시신을 잠시 맡겼을 뿐 바이천을 자살하게 만든 건 아니란 말입니까?"

"아뇨. 바이천은 위협당하지 않았을 거예요. 어쩌면 방 안에 시신이 감춰져 있다는 것조차 몰랐을 수도 있어요." 쉬유이가 자신도 믿을 수 없는 추리를 내놓았다.

"몰랐다고요?"

"셰자오후가 조카 몰래 시신을 그의 방으로 옮긴 것 같아요."

"어떻게 그럴 수가 있어요?"

"1월 6일 저녁 셰 여사님이 카레라이스를 만들어 셰바이천의 방문 앞 서랍장에 놓아두었다고 했죠? 셰자오후가 기회를 노리고 있다가 셰 여사님이 외출한 사이에 몰래 집에 들어가서 카레라이스에 수면제를 넣은 겁니다. 셰바이천이 그걸 먹고 잠들자 단칭맨션 후문을 통해 시신을 가지고 들어가서 셰바이천의 옷장에 숨긴 거예요."

"그걸 어떻게……. 아, 바이천이 그날 설거지를 해놓지 않았다고 했죠……." 칸즈위안도 쉬유이가 그걸 알아챈 이유를 깨달았다.

"맞아요. 셰 여사님이 평소에는 식사 후에 그릇을 깨끗이 씻어놓던 바이천이 유독 그날만 씻지 않고 내놓았다고 했어요. 셰자오후가 자물쇠를 따고 들어가 조카가 잠든 걸 확인한 뒤 시신을 옷장에 넣었어요. 셰바이천에게 그릇을 씻어서 내놓는 습관이 있다는 걸 몰랐으니까 빈 그릇을 문밖에 그대로 내놓았겠죠. 집에 돌아온 셰 여사님이 방에 들어올까 봐 안에서 방문을 잠그고 창을 통해 나왔어요. 셰바이천은 자고 일어나서 자기가 창문을 잠그지 않은 걸로 착각했겠죠. 자기도 모르게 수면제를 먹었고, 잠든 사이에 토막 시신이 담긴 표본병 20여 개가 옷장 속에 숨겨졌다는 건 생각도 못 하고."

"잠깐, 그렇게 해서 셰자오후가 얻는 게 뭡니까? 바이천이 옷장 속 시신을 발견하면 큰 소란이 벌어질 텐데?"

"셰바이천은 그걸 발견하지 못했잖아요!" 쉬유이가 애석한 웃음을 지었다. "방 안에 갇혀 사는 셰바이천은 외출복을 입을 필요가 없으니 옷장을 한 번도 열지 않았던 거예요. 그가 렌털 애인에게 관심을 보였을 때 데이트에 입을 옷을 빌려주겠다고 했다면서요? 그가 평소에 옷장 문을 열 필요가 없었다는 걸 칸 선생도 잘 알죠?"

"추리가 너무 대담하잖아요?"

"셰바이천이 외삼촌에게 조종당해 범죄를 도왔다는 추측에 비하면, 셰바이천이 옷장 속에 시신이 들어 있는 것도 몰랐다는 추측이 지금 상황에 더 들어맞잖아요? 칸 선생은 셰자오후가 집을 빼앗을 목적으로 셰바이천과 계속 연락을 주고받았다고 생각하죠. 나는 그게 주된 목적이 아니었다고 생각해요. 그는 셰바이천의 생활을 파악해두었다가 자기 범행이 발각되거나 예상치 못한 일이 생겼을 때, 예를 들면 집주인이 집을 비워달라고 할 때, 조카를 희생양으로 삼으려 했던 거예요."

"하지만 언젠가는 바이천이 시신을 발견하지 않겠어요?"

"그게 바로 셰자오후의 가장 악랄한 점이에요." 쉬유이가 경멸하는 표정을 지었다. "칸 선생의 말처럼 셰자오후는 연쇄살인마의 무동기 살인으로 위장하려고 했어요. 발각되더라도 자신까지 수사 대상이 되지는 않을 거라고 생각했겠죠. 셰바이천이 그 끔찍한 시신을 발견하고 용기를 내어 어머니에게 알리거나 경찰에 신고하더라도 그 토막 시신들이 어떻게 자기 방에서 발견됐는지 설명할 수 있겠어요? 결국 정신분열증을 가진 셰바이천이 자기도 모르는 사이 밖에서 살인을 했다는 누명을 쓰게 됐겠죠. 지금처럼."

칸즈위안은 말없이 손으로 턱을 받치고 볼을 만지작거리며 생각에 잠겼다.

"칸 선생." 쉬유이가 차분한 어조로 말했다. "당신이 나보다 더 탐정 같아요. 두뇌 회전, 관찰력, 분석력 모두 나보다 한 수 위예요. 하지만 셰바이천의 죽마고우이기 때문에 맹점에 빠졌어요. 당신은 셰자오후가 셰바이천을 조종했을 거라는 믿음을 포기하지 않았고 그 바람에 빗나간 추리를 붙잡은 채 가장 단순하고도 합리적인 가능성을 생각하지 못한 겁니다. 당신 말이 맞아요. 셰바이천은 죄가 없어요. 하지만 애초에 친구가 자신에게 말도 하지 않고 자살했다는 사실을 부정했기 때문에 이 해답을 간과했어요. 닥터 바이가 보내준 자료 중에 이런 내용이 있더군요. 많은 자살자의 유족들이 가족이 생전에 보낸 위험 신호를 알아채지 못한 자신을 책망한다고. 하지만 조금 전에 말했듯이 많은 자살자들이 사전에 아무런 조짐도 없이 자살해요. 그러니까 칸 선생도, 셰 여사님도 자책할 필요가 없고 셰바이천의 결정에 대해 책임감을 느낄 필요도 없어요."

"그 가설을 근거로 셰자오후를 체포할 수 있어요?" 한참 침묵하고 있던 칸즈위안이 복잡한 표정으로 물었다.

"애석하게도, 이것 역시 결정적인 물증은 아니에요."

그때 품 안에 있던 휴대폰이 진동하면서 쉬유이의 말을 끊었다. 휴대폰을 꺼내 발신자 번호를 본 순간 심장이 요동치기 시작했다.

"샤오후이, 좋은 소식 있어?" 쉬유이가 전화를 받으며 칸즈위안에게 손짓을 했다.

"감식팀에서 연락이 왔어요. 셰자오후의 택시 트렁크 깔개에서 길이 5밀리미터에 두께 1밀리미터의 유리 조각이 발견됐대요!" 샤오후이가 거친 숨을 고르며 말했다.

"유리 조각?"

"표본병이요! 감식팀에서 대조했더니 궈쯔닝의 왼쪽 허벅지가 담긴 유리병 뚜껑 가장자리에 아주 작은 흠이 있는데 그 유리 조각과 맞아떨어진대요!"

쉬유이가 허공에 주먹을 휘두르고는 칸즈위안을 향해 엄지를 치켜세웠다.

"그거면 됐어. 바로 자치에게 알려!"

"잠깐만요, 팀장님. 아직 안 끝났어요."

"또 뭘 찾았대?"

"네. 뒷좌석 틈에서 몇 달 전에 생긴 미량의 혈흔을 발견했대요. 혈흔검사는 하기 힘들지만 혈흔에 머리카락 두 가닥이 붙어 있는데 법의관이 대조해보니 귀쯔닝의 것이 맞대요!"

됐다! 짧은 한마디가 쉬유이의 머릿속을 스쳤다. 이 두 가지 물증에 닥터 바이의 의견을 더하면 검사가 셰자오후를 기소하는 데 문제가 없을 것이다.

"자치에게 내 휴대폰으로 현재 위치를 보내라고 해. 내가 직접 가서 체포한다고." 쉬유이가 말했다.

쉬유이가 전화를 끊고 칸즈위안에게 말했다. "표본병의 유리 조각과 귀쯔닝의 피 묻은 머리카락을 찾았대요. 조금 전 칸 선생의 질문에 다시 대답할게요. 셰자오후를 체포해도 검사가 이의를 제기하지 않을 거예요. 내일 아침 뉴스를 봐요."

"지금 체포하러 가세요?" 쉬유이가 현관을 나서려는데 칸즈위안이 물었다.

"네."

"저도 같이 갈게요."

예상치 못한 요청에 쉬유이가 난처한 표정을 지었다.

"영화나 소설에서 아마추어 탐정을 수사에 끌어들이는 형사는 모두 머저리들이라면서요."

"지금 수사가 아니라 체포하러 가시는 거잖아요. 방해하지 않는다고 약속할게요." 칸즈위안이 잠깐 멈췄다가 말했다. "친구를 대신해서 그자의 최후를 직접 봐야겠어요."

두 사람이 몇 초쯤 말없이 서로를 바라보았다.

"이번엔 내가 운전할게요." 쉬유이가 거절하지 않고 현관문을 열었다.

두 사람은 쉬유이의 차에 올랐다. 목표물이 퀸스 로드 센트럴에 있다는 자치의 보고에 따라 빠르게 차를 몰고 아일랜드 이스턴 코리더를 타고 센트럴로 향했다. 가는 길에 두 사람은 서로 한마디도 하지 않았고 중저음의 엔진 소리는 곧 다가올 비극의 끝을 알리는 배경음악 같았다.

"목표물이 방금 웰링턴 스트리트에서 취객을 태우고 린드허스트 테라스를 지나고 있습니다. 좌회전해서 할리우드 로드를 거쳐 미드레벨로 갈 것 같습니다." 쉬유이의 차가 홍콩 컨벤션 센터 앞을 지날 때 차에 있는 무전기에서 자치의 목소리가 들렸다.

"알았다. 난 코튼 트리 드라이브에서 곧바로 미드레벨로 올라가겠다. 정차하고 승객이 하차한 후에 체포한다." 쉬유이가 부하들에게 전달했다. 용의자가 체포당할 때 궁지에 몰리면 제삼자에게 위해를 가하는 경우가 있으므로 승객이 하차한 후에 체포하기로 한 것이다. 5분 뒤 쉬유이와 칸즈위안이 미드레벨의 매거진 갭 로드에 도착했다. 자치가 실시간으로 알려주는 목표물의 이동 상황을 따라가다가 한화와 보니가 탄 2호차를 따라잡았다. 자치와 아싱이 탄 1호차는 계속 목표물에 바짝 붙어 미행하고, 지원을 맡은 2호차는 작전이 개시되면 바로 달려가기 위해 100미터쯤 뒤에서 1호차를 뒤따르고 있었다.

"목표물이 멈출 기미가 보이지 않습니다. 스터브스 로드로 향하고 있는 것 같습니다." 자치가 보고했다.

쉬유이는 계속 2호차를 따라 산길을 통해 동쪽으로 가고 있었다. 자정 가까운 시각이라 드문드문 고급 주택이 있는 산길이 더 으슥해 보였다. 지나가는 사람은 없지만 반대쪽 차로에서 수시로 마주 오는 차들이 있었다.

"목표물이 속도를 늦췄습니다."

피크 로드로 접어든 뒤 자치가 뒤따르는 차량 두 대에 알렸다. 쉬유이는 주택도 없는 그 길에서 속도를 늦춘 것이 이상하다고 생각했다. 잠시 후 자치는 셰자오후가 차를 세우지 않고 예상대로 스터브스 로드 쪽으로 계속 달리고 있다고 보고했다. 스터브스 로드를 지나가다가 산 아래 야경이 눈에 들어오자 쉬유이는 얼마 전 칸즈위안을 미행하다가 여기서 실패했다는 사실이 생각났다. 그런데 지금 그 사람이 자기 옆 조수석에 앉아 범인을 체포하러 함께 가고 있다는 사실이 왠지 아이러니했다.

스터브스 로드로 접어들었지만 택시는 멈추지 않고 계속 달리다가 웡나이청 갭 로드를 거쳐 남쪽으로 향했다. 쉬유이와 팀원들은 모두 승객이 리펄스베이에 사는 부자일 것으로 추측했다. 하지만 택시는 성 요한 전쟁기념비를 지나 좌회전하더니 타이탐 레저부아 로드 쪽으로 향했다. 자치는 그제야 승객의 목적지가 어디인지 알았다. 타이탐 레저부아 로드는 막다른 길이었다. 그 길 끝에는 홍콩파크뷰라는 대규모 호화 주택단지밖에 없었고, 나갈 때는 차를 돌려서 길을 돌아 나가야 했다.

'잘됐군.' 쉬유이가 속으로 중얼거렸다. 뒤따라오는 차 세 대를 뚫고 도망칠 수는 없으므로 셰자오후는 이미 독 안에 든 쥐였다.

"응? 목표물이 하이킹로 입구에 차를 세웠습니다. 반복합니다. 목표물이 하이킹로 입구에 차를 세웠습니다. 반복합니다."

하이킹로는 컨트리파크와 바비큐장 입구에 있었고 홍콩파크뷰 입구와는 100미터 이상 떨어져 있었다. 홍콩파크뷰 주민이 이곳에서 하차할 리는 없었고, 술에 취한 사람이 한밤중에 혼자 하이킹을 하거나 바비큐를 구워 먹을 리도 없었다.

"1호차는 계속 직진하고, 2호차는 퇴로를 막아." 쉬유이가 명령을 내렸다. 아싱은 택시가 서 있는 곳을 지나쳐 홍콩파크뷰 입구에 차를 세워놓고 명령을 기다리고, 한화와 보니는 헤드라이트를 끄고 택시 후방 40미터쯤 떨어진 곳에 조용히 멈춰 서서 감시했다.

"아무도 안 내립니다." 한화가 보고했다.

"좀 더 기다려." 쉬유이가 말했다. 셰자오후가 미행당하는 걸 눈치챈 게 아닌지 걱정됐다. 다급해진 그가 승객을 잡고 인질극을 벌인다면 상당히 곤란해질 것이다.

하지만 1분이 다 되도록 아무 낌새가 없었다. 택시 안에 불빛도 없어서 한화와 보니도 어떤 상황인지 파악할 수가 없었다.

"저 자식 뭘 하는 거야?" 칸즈위안이 무심코 내뱉었다. 쉬유이는 2호차 뒤에 차를 세웠다. 어두워서 자세히 보이지 않았지만 택시의 윤곽을 볼 수 있었다.

"손님이 타는 걸 확실히 봤어?" 쉬유이가 무전기에 대고 물었다.

"확실합니다. 웰링턴 스트리트에서 노란색 상의에 청바지를 입은 외국인 여자가 탔어요. 걸음걸이가 많이 취한 것 같았어요."

그 순간 쉬유이는 몇 분 전 택시가 피크 로드에서 속도를 늦췄던 이유를 알아챘다. 그가 갑자기 차에서 뛰어내려 택시를 향해 전력 질주를 했다. 한화도 그걸 보고 급히 차에서 내려 그를 따라가고 보니는 핸들을 잡고 언제든 차로 막아설 준비를 했다. 자치와 아싱도 보니에게 상황을 보고받고 반대쪽에서 달려왔다.

"손 들어!" 쉬유이가 망설임 없이 택시로 달려가 권총을 뽑아 드는 동시에 차 문을 벌컥 열고 안으로 총구를 겨누었다. 급하게 달려온 한화, 자치, 아싱도 동시에 그 장면을 목격했다. 젊은 외국인 여자가 옷매무새가 흐트러진 채 인사불성으로 뒷자리에 쓰러져 있고, 바지를 무릎까지 내린 셰자오후가 엉거주춤하게 그녀 위에 엎드려 있었다. 뒤에서 차 문이 열리자 엉덩이를 드러낸 셰자오후가 기겁해서 고개를 돌려 어두침침한 가로등 불빛 아래 서 있는 네 사람을 보았다.

"이 자식이!" 자치가 셰자오후를 덥석 잡고 끌어내 바닥에 내동댕이쳤다. 한화는 보니에게 여자를 살펴보라고 손짓했다.

"아니에요. 오, 오해요! 저 여자가 먼저 유혹한 겁니다!" 셰자오후가 벌벌 떨면서 소리쳤다. 그는 자신을 향하고 있는 권총에 놀라 바지를 올리지도 못했다.

"하마터면 늦을 뻔했군." 여자 승객이 청바지를 제대로 입고 있는 걸 보고 한화가 안도의 한숨을 내쉬었다.

쉬유이가 직접 셰자오후에게 수갑을 채우고 미란다원칙을 고지하자 셰자오후는 입도 벙긋 못 하고 망연자실하게 서 있었다. 자치와 아싱은 범인을 자기들 차에 데려가 태우고, 보니는 강간당할 뻔한 여자를 보살피며 구급차를 부른 뒤 다친 곳을 확인해 증거를 남겼다.

예상치 못한 전개에 놀란 칸즈위안은 차에서 내려 멀찌감치 서서 그 광경을 보고 있었다. 쉬유이가 다가와 가볍게 웃으며 말했다.

"잘됐죠?"

"여자 승객은요?"

"괜찮아요. 저 쓰레기만 바지를 벗고 있었어요."

칸즈위안이 안도했다.

"어떻게 아셨어요?" 칸즈위안이 물었다.

"적당한 장소를 찾으려고 피크 로드에서 속력을 늦췄던 거예요." 쉬유이가 고개를 돌려 구급차와 순찰대의 지원을 기다리고 있는 부하들을 보았다. "감식팀에서 궈쯔닝의 머리카락을 찾았으니 저 승객도 비슷한 상황일지 모른다고 생각했죠."

"검사가 셰자오후를 기소할 수 있겠죠?"

"현행범으로 체포했으니 검사도 그냥 넘어가진 못할 거예요." 쉬유이가 웃었다. 칸즈위안은 택시 쪽을 보며 아직도 얼떨떨한 표정이었다.

"일이 일단락된 것 같군요……."

"웃어요, 웃어." 쉬유이가 칸즈위안의 어깨를 두드렸다. "적어도 오늘 밤 저 여자가 제2의 궈쯔닝이 되는 건 막았잖아요."

칸즈위안이 떨떠름하게 웃었다. 어쨌든 친구의 자살은 돌이킬 수 없는 사실이고, 종결된 사건은 이미 일어난 비극의 연장일 뿐이었다.

망자의 안식은 남아 있는 사람의 일방적인 바람일 뿐이었다.

소설 《제목 미정》 발췌
•
4

……
"그, 그가 날 찾아냈어……. 날 찾아냈어……."
아바이는 L의 이런 모습을 처음 보았다. 차분했던 그녀의 얼굴이 공포에 질리고 눈동자는 영혼이 불타 재가 된 듯 어둡고 적막한 동굴 같았다. 분홍색 립스틱을 바른 입술도 핏기 없이 창백해 보였다. 허겁지겁 방에 들어온 그녀가 파르르 떨리는 입술 사이로 알 수 없는 말을 중얼거렸다.
"왜, 왜 그래? 무, 무슨 일이야?"
공포가 방 안에 깔리고 L의 긴장감이 아바이에도 전해졌다. 아바이가 L의 떨리는 어깨를 꽉 붙잡았다. 그녀의 몸은 얼음처럼 차갑고 이마는 식은땀에 젖어 축축했다.

"만지지 마!" L이 날카롭게 소리치며 아바이를 세게 밀치더니 구석에 몸을 웅크리고 두 팔로 머리를 감쌌다.

아바이는 어찌할 바를 모르고 L을 지켜보았다. L에게 무슨 일이 있었는지, 그녀를 찾아낸 사람이 누구인지 아무것도 알 수가 없었다.

아바이는 조심스레 L에게 다가가 앉아서 놀라 떨고 있는 그녀를 진정시키려고 했다.

"싫어……. 싫어……. 그 사람이 날 찾아냈어……." L이 턱까지 차오른 숨을 힐떡이며 계속 중얼거렸다. 아바이가 손을 뻗어 L을 만지려는데 그녀의 꽉 쥔 주먹 사이로 피가 배어 나왔다. 그녀는 손톱이 손바닥을 가르고 들어가 피가 나는데도 모르고 있었다.

"누가…… 널 찾았어?"

"잘못했어요……. 제가 잘못했어요……. 벌주지 마세요……. 제발……."

L과 몇 달을 함께 지냈지만 아바이는 처음으로 L이 낯설게 느껴졌다. 아무리 조심스럽게 만져도 이 연약한 여자가 산산조각 날 것 같아서 털끝조차 건드릴 수가 없었다.

그 순간 아바이는 L이 자신을 떠날 거라는 예감이 들었다.

L은 그녀를 두렵게 하는 누군가가 원치 않지만 그녀를 데리고 떠날 것임을 알았다.

……

9장

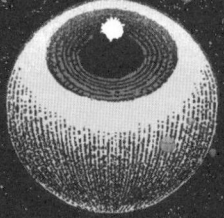

'승객 강간 미수 택시 기사 체포'라는 뉴스는 처음엔 별로 관심을 끌지 못했지만, 이 택시 기사가 은둔족 살인마 사건과 연관되어 있다는 경찰의 발표가 전해지자 시민들은 충격과 놀라움을 금치 못했다. 현행범 체포 이틀 뒤 쉬유이는 홍콩섬 경찰 본부에서 언론 브리핑을 열고 사건을 설명했다. 58세 택시 기사가 사건 당일 술에 취한 22세 여성 승객을 택시에서 강간하려다 현행범으로 체포되었다. 경찰이 윙축항에 있는 그의 거처를 수색한 결과, 컴퓨터 하드 드라이브에서 직접 촬영한 성관계 동영상과 여성의 나체 사진이 대량으로 발견됐다. 사진과 동영상으로 판단할 때 대부분 성매매 여성과 모텔에서 성관계를 하면서 몰래 촬영한 듯했고, 차량에서 찍은 사진도 여러 장 발견되었는데 사진 속 여성들은 대부분 의식을 잃은 것으로 보였다. 경찰은 그중 두 명이 성폭행 미제 사건의 피해자임을 확인했으며 사진은 피의자가 성폭행할 때 찍은 것으로 추측했다. 그 피해자 두 명은 모두 센트럴구 클럽에서 술을 마신 것밖에 기억하지 못했고 새벽에 눈을 떴을 때는 공원에 쓰러져 있었으며 풀어 헤쳐진 옷과 이상한 느낌에 강간당했다는 걸 직감했다고 했다.

사전에 일부 정보를 받은 기자들은 이 언론 브리핑이 성폭행 사건과 관련 있다는 걸 알고 있었고, 홍콩섬 총구 강력반 제2B팀이 센트럴구의 토막 살인 사건을 담당하고 있다는 것도 알았으므로 의례적인 브리핑일 거라고 예상했다. 다만 현행범으로 체포된 피의자가 상습범이고 불법 촬영도 했다는 쉬유이의 발표에 기자들은 예상보다 심각한 사건이라는 걸 알고 그의 발언에 더 집중했다.

"감식팀이 피의자가 몰던 택시에서 증거를 확보했습니다. 뒷좌석 틈에서 두 달 전 사우케이완 단칭맨션에서 발생한 토막 살인 사건의 피해자 궈쯔닝의 모발과 혈흔이 발견됐습니다. 현재로서는 궈쯔닝이 또 다른 피해자인 것으로 추정됩니다."

쉬유이의 이 발언은 브리핑 현장에 핵폭탄 투하와 맞먹는 충격을 몰고 왔다. 기자들은 자신의 귀를 의심하며 당혹스러운 눈빛으로 앞에 있는 경찰의 입을 주시했다. 쉬유이는 예상했다는 듯 담담한 어조로 사건을 설명했다. 그는 피의자가 사우케이완 토막 살인 사건 자살자의 외삼촌이며, 웡축항에 있는 그의 거처에서 토막 시신이 발견된 단칭맨션 아파트 열쇠와 분실 신고된 신용카드 및 신분증 30여 장이 발견되었는데 그중 토막 살인 사건 피해 남성의 것으로 보이는 신분증이 포함되어 있다고 했다.

"토막 살인 사건의 자살한 40대 남자와 이 피의자가 공범입니까?" 기자들의 질문을 받기 시작하자마자 한 기자가 중요한 질문을 던졌다.

"그들이 공모한 증거는 아직 발견하지 못했습니다. 현재까지 확보된 단서로는 자살한 40대 남자와 그의 어머니는 집 안에 시신이 감춰져 있다는 사실을 몰랐던 것으로 판단됩니다. 자살 사건은 개별적인 사건이며 토막 살해된 시신은 우연히 경찰에 발견된 것으로 보입니다."

답변을 마치자 기자들의 질문이 쏟아졌다. 대부분 '아직 시신이 발견되지 않은 피해자가 있는지', '피의자에게 시체기호증이 있는지', '피의자의 단독 범행임이 확인되었는지' 등의 질문이었다. 쉬유이는 사건이 기소 단계에 있다는 이유로 일부 질문에는 답변할 수 없다고 말했지만, 다른 피해자가 있을 가능성은 발견하지 못했고 공범이 있다고 의심할 만한 정황도 없다고 했다.

하지만 셰자오후와 궈타오안 가족의 관계는 언급하지 않았다.

일부러 감춘 것이 아니라 셰자오후가 고의로 궈타오안의 가정을 짓밟았다는 사실을 현재 증거로는 입증할 수가 없고, 또 이것은 범죄 동기와 연관된 문제이기 때문에 언론 브리핑에서는 사실만을 공개하고 다른 부분은 재판에서 양측이 변론을 통해 밝히도록 하는 게 낫다고 판단했다. 이 사건이 공판 단계로 넘어가면 기자들이 정식 재판 자료를 통해 셰자오후의 본명과 인적 사항을 파악한 뒤 심층 취재를 할 것이고, 공공의 이익 관점에서 공개해야 할 정보는 무엇이고, 피해자의 사생활에 관련되어 비공개해야 할 정보는 무엇인지 기자와 법관들이 판단할 것이다.

이틀간 증거를 수집하면서 불법 촬영한 사진과 신분증이 발견되자 쉬유이와 팀원들도 크게 놀랐다. 셰자오후가 성폭행을 하려다 현행범으로 체포되어 검찰이 큰 수고를 덜 수 있었지만, 그가 가지고 있던 증거를 통해 그가 다른 두 건의 성폭행 사건 범인이라는 사실이 밝혀질 줄은 형사들도 예상하지 못했다. 압수한 신용카드를 보면 셰자오후가 택시 기사로 일하는 진짜 목적은 술에 취한 승객을 상대로 범죄를 저지르는 것이었다. 젊고 예쁜 여성 승객이라면 신용카드나 귀중품을 빼앗고 성폭행도 했다. 훔친 신분증으로 뭘 하려고 했는지는 확실치 않지만 보험업을 할 때 가짜 계약서로 사기를 쳤을 수도 있고 삼합회와도 접촉했던 것으로 보아 암시장에 팔거나 다른 사기 행각에 사용하려고 했을 가능성이 있었다. 게다가 그중에는 귀타오안의 신분증과 운전면허증도 있었다. 셰자오후가 궈타오안의 돈을 빼앗고 살인했다는 직접적인 증거는 아니지만 합리적인 의혹을 제기하고 검사를 설득하기에 충분한 증거였다. 셰자오후는 경찰이 제시하는 혐의 내용을 모두 부인했다. 택시에서 왜 궈쯔닝의 머리카락과 시신이 담긴 유리병 조각이 발견됐는지도 모르겠고, 1월 6일 사우케이완에 가지도 않았다고 했지만 어차피 확실한 증거가 있었으므로 쉬유이는 그에게 자백을 받아내기 위해 시간을 낭비하지 않았다.

"이게 다 운명인가."

쉬유이가 단칭맨션에 직접 가서 셰메이펑에게 사건을 설명하고 있을 때 옆에 있던 칸즈위안이 자기도 모르게 탄식하며 중얼거렸다. 셰메이펑은 남동생이 범죄를 저질렀다는 사실에 큰 충격을 받았지만 아들의 결백을 밝혀준 쉬유이에게 고마워했다. 그녀는 아들이 잔인한 살인자일 거라고 한순간도 의심하지 않았다. 자살한 이유에 대해서는 닥터 바이의 의견을 전달하지 않고 나중에 칸즈위안이 잘 설명해주게끔 했다.

"쉬 경위님, 저를 증인으로 세우지는 않으시겠죠?" 쉬유이를 배웅하던 칸즈위안이 단칭맨션 복도에서 물었다.

"필요 없어요. 물증이 확실하니까."

"하긴, 외부인이 수사에 참여한 이유를 대중에게 설명하기도 곤란하시겠죠." 칸즈위안이 일부러 짓궂은 미소를 지었다.

"높으신 분들이야 대외적인 이미지가 중요하겠지만 난 시민을 보호하는 게 더 중요해요." 쉬유이도 가벼운 웃음으로 응수

했다. "어려운 상황이라 부득이하게 예외적인 도움을 받을 수밖에 없었어요."

"살다 보면 뜻대로 되지 않을 때가 있는 법이죠……." 칸즈위안이 고개를 저으며 웃었다.

두 달이 빠르게 흘렀다. 토막 살인 사건이 종결된 후 쉬유이와 팀원들도 다른 사건을 맡아 처리하느라 이미 공판기일이 잡힌 사건에 계속 관심을 가질 여유가 없었고, 언론이 일주일 넘게 대대적인 보도를 쏟아낸 뒤에는 여론의 관심도 자연스럽게 다른 사회 뉴스로 옮겨 갔다. '은둔족 살인마'라는 단어는 대중의 시야에서 사라지고 쉬유이도 그 잔혹한 사건을 회상할 겨를 없이 바쁜 나날을 보내고 있었다. 여전히 그를 조금 신경 쓰이게 하는 것은 셰자오후의 집에서 압수한 증거 중에 궈쯔닝의 사진이나 동영상이 없다는 점이었다. 셰자오후가 궈쯔닝을 알아보지 못하고—제보자 Y는 궈쯔닝이 남의 신분증을 썼다고 했다—술에 취해 자기 택시에 탄 그녀를 성폭행한 뒤 그녀가 정신을 차리자 다급한 마음에 우발적으로 목 졸라 살해하는 바람에 사진 찍을 겨를이 없었고, 익숙한 방식대로 시신을 토막 내 보관했을 거라고 추측했다.

"이게 다 운명인가."

아버지와 딸이 한 사람에 의해 무고하게 살해당하다니. 이것도 하늘의 뜻일까, 하고 쉬유이는 생각했다.

수요일 점심 무렵, 쉬유이가 상관과 회의를 마치고 사무실로 돌아가는데 휴대폰에 부재중 전화가 와 있었다.

"루 기자, 전화했어요? 회의 중이었어요." 쉬유이가 루친이에게 전화를 걸었다.

"네. 몇 달 전에 알아봐달라고 부탁하신 거요. 찾긴 했는데 지금도 필요하세요?"

쉬유이는 셰바이천이 다녔던 무역회사에 대해 알아봐달라고 부탁했던 것을 깜박 잊고 있었다. 셰바이천이 어떤 누명을 썼는지, 부당 해고는 아니었는지 그 회사 사장이었던 장다중에게 물어보고 싶었다. 사건 수사는 종결되었지만 호기심이 남아 있었다.

"연락처를 나한테 보내줘요. 고마워요."

"내 인맥을 총동원해도 찾을 수가 없었는데 캐나다로 이민 간 동창이 잠깐 홍콩에 와서 보름 전에 만났어요. 그 친구가 자기 일상 사진을 보여줬는데 친구 뒤에 홍콩 식품을 파는 '신다 슈퍼마켓'이라는 작은 가게가 있었어요. 혹시 몰라서 그 슈퍼마켓 주인이 혹시 장씨가 아니냐고 했더니 친구가 놀라면서 어떻게 아느냐고 하잖아요. 친구에게 캐나다로 돌아가면 그 슈퍼마켓에 가서 혹시 그가 예전 신다무역의 사장 장다중인지 물어봐달라고 했죠. 어제 연락이 왔는데 그 장다중이 맞대요."

"그런 우연이 다 있나?"

"그러게 말이에요. 열심히 찾을 때는 못 찾겠더니 또 이렇게 쉽게 찾아지네요. 연락처 받았으니 보내줄게요."

쉬유이는 루친이에게 연락처를 받자마자 국제전화를 걸려고 했지만 캐나다는 지금 늦은 밤이라는 것이 생각났다. 우선 왓츠앱으로 문자메시지를 보내 그의 예전 직원에 대해 묻고 싶은 것이 있다고 했다. 쉬유이는 자기 메시지가 스미싱 사기로 오해받지 않길 바랐다. 그 후 바쁜 업무 때문에 잊고 있었는데 저녁 8시 반쯤 퇴근 준비를 하다가 15분 전 장다중에게서 회신이 와 있는 것을 발견했다. 장다중은 전화로 얘기하자면서 슈퍼마켓에 있는 컴퓨터에 카메라가 있으니 화상통화도 가능하다고 했다. 쉬유이는 서로 보면서 대화하면 자신이 스미싱 사기꾼이 아니라는 걸 상대도 쉽게 믿을 거라는 생각에 구글 미트를 켜고 회의실을 개설한 뒤 장다중에게 링크를 보냈다.

"안녕하세요. 저는 강력반 쉬유이 경위입니다." 쉬유이가 카메라를 보며 자신을 소개했다. 화면 속에 60대로 보이는 남자가 나타났다. 그의 뒤로 각종 중국식 식재료가 채워진 진열대가 보이고, 왼쪽 통유리를 통해 환한 햇빛이 사선으로 비추고 있었다.

"하하, 텔레비전에 나온 그 형사님이로군요." 반백의 남자가 치아를 드러내며 웃었다.

"텔레비전이요? 뉴스 말씀이세요?"

"홍콩 뉴스를 봤어요. '은둔족 살인마' 사건은 워낙 충격적이라 캐나다 영문 뉴스에도 보도됐어요. ……참, 이제는 '은둔족 살인마'가 아니라 '택시 기사 살인마'라고 해야겠군요. 내가 아는 사람이 그 사건과 연관돼 있을 줄은 몰랐어요. 그때 아천의 이름을 보고 얼마나 놀랐는지."

"자살자가 옛 회사 직원인 걸 아셨어요?"

"어느 가십 잡지에서 본명을 공개했더군요. 우리 회사에 직원이 많지 않았던 데다 사우케이완에 사는 아천은 특히 기억에 남아요. 아천에 대해 물어볼 게 있다고요? 범인이 이미 잡히지 않았나요?"

"그렇습니다. 사실 사건에 별 영향이 없는 사소한 일입니다. 몇 달 전에 선생님을 찾았더라면 더 많은 질문을 했겠지만요." 쉬유이는 말을 빙빙 돌리는 수고로움 없이 곧장 본론으로 들어갈 수 있어서 기뻤다. "셰바이천이 무슨 잘못을 저질러 해고됐는지 궁금합니다."

"해고라고요? 잘못 알고 계시군요. 아천이 사표를 내고 나갔어요."

"사표를 냈다고요? 잘못을 저질러서 해고된 게 아니고요? 가족 말로는 억울한 누명을 쓰고 해고된 충격에 그 뒤로 집 밖에 나가지 않고 은둔했다고 하던데요?" 쉬유이가 어리둥절한 표정으로 물었다.

"아니에요. 아니에요. 똑똑히 기억해요. 왜 그만두려고 하느냐고 내가 묻기도 한걸요. 아천이 말수는 적지만 부지런하게 일을 잘해서 붙잡고 싶었어요." 장다중이 '내가 나이는 많아도 아직 기억력은 멀쩡해요'라고 말하는 듯 단호한 표정으로 고개를 저었다.

"그럼 퇴사 이유가 뭐였나요?"

"자세히 말하지 않고 해결해야 할 집안일이 있다고만 했어요. 휴직 처리를 해줄 테니 일이 다 해결되면 복직하라고 했지만 얼마나 걸릴지 모르니 직원을 새로 뽑는 게 회사에 더 나을 거라고 했어요."

"그에게 이상한 점은 못 느끼셨나요?"

"갑자기 그만두겠다고 해서 이상했지요. 보통 직원이 그만두겠다고 할 때는 업무상으로나 직원들과의 관계에서 미리 낌새가 보이는데 아천은 아무 조짐도 없다가 갑자기 사표를 내고 그만뒀어요. 굳이 이상한 점을 찾자면 정신이 다른 데 팔려 있는 것 같았다고 할까? 회사를 그만두고 은둔형 외톨이가 됐을 줄은 생각도 못 했어요. 내성적이기는 했어도 대인기피증처럼 보이진 않았으니까……. 아천이 말한 '집안일'과 무슨 연관이 있는지도 모르겠군요."

쉬유이는 의아했다. 셰바이천은 왜 스스로 퇴사했다는 사실을 어머니에게 숨겼을까? 아니, 그보다 먼저 드는 의문은, 그가 왜 퇴사를 했느냐는 것이다. 갑자기 생긴 무슨 일 때문에 업무에 집중할 수 없어 부득이하게 그만둔 걸까?

하지만 굳이 알아내야 할 이유가 없잖아? 라고 쉬유이는 생각했다. 원래는 셰바이천이 우울증에 걸린 이유를 알아내 셰메이펑과 칸즈위안에게 알려준다면 두 사람이 의문과 자책감을 털어낼 수 있을 것이라고 생각했지만, 이유를 찾아내지 못해도 상관없었다. 셰메이펑의 근황은 알지 못했지만 한 달 전 칸즈위안의 절필작이 곧 출간될 예정이라는 신문 기사를 보았다. 작품이 출간되면 그동안 쏟아진 해외 팬들의 요청에 부응해 처음으로 타이완, 한국 등에서 저자 사인회를 열 계획이라고 했다. 쉬유이는 칸즈위안이 마음의 빚을 내려놓고 열심히 살아가고 있으니 자신도 사소한 일은 제쳐두고 당장 앞에 쌓인 일들을 처리하자고 마음먹었다.

"사실 나도 부끄러웠어요. 《팔주간》의 기사를 보고 아천이 변태 살인마라고 믿었으니까. 아천에게 폭력적인 성향이 있는 줄 진즉에 알아봤다고 친구에게 말하기까지 했어요. 쉬 경위님이 진범을 찾아내고 나서 친구들에게 놀림을 받았지요. 나이도 먹을 만큼 먹었으니 함부로 말했다가 웃음거리 되지 말고 입조심하라고 아내한테 핀잔도 들었답니다……." 노선생이 계면쩍은 웃음을 지으며 백발이 성글게 덮인 정수리를 긁적였다.

"가십 기사들은 사실을 과장하고 오도하는 경향이 있죠. 대중의 호기심을 자극해 돈을 버는 사람들이니까……." 쉬유이는 장다중의 말에서 조금 이상한 점을 발견하고 말을 바꿨다. "셰바이천에게 폭력적인 성향이 있다는 걸 아셨다고요? 그런 일이 있었나요?"

"아주 사소한 일이었어요……. 한번은 직원 회식을 하는데 식사 후 2차에서 술을 몇 병 마셨어요. 아천도 몇 잔 마시고 취기가 도니까 말이 많아지더군요. 그때 학창 시절에 했던 짓궂은 장난이 화제로 올랐는데 한 명씩 자기 경험을 얘기할 때마다 박장대소를 했지만, 아천의 얘기를 듣고는 아무도 웃지 못했어요."

"무슨 얘기였나요?"

"중학생 때 똘마니를 데리고 다니며 저학년 후배를 괴롭히는 선배가 있었대요. 그래서 친구와 함께 타교 학생으로 위장하고 그 선배에게 고춧물을 뿌려 복수했대요. 얼굴을 감싸고 바닥에 쓰러져 민달팽이처럼 데굴데굴 구르는 꼴이 우스워서 친구와 둘이서 실컷 밟아버리고 도망쳤다고 했어요. 다른 직원들의 이야기는 기껏해야 짓궂은 장난으로 선생님을 놀린 정도였는데 아천은 선배를 폭행했던 일을 우스운 이야기처럼 들려줬죠. 그때는 술김에 허풍 섞어 지어낸 이야기일 거라고 생각했는데 20년이 지나서 그 애가 살인 용의자가 된 걸 보고 그날 밤 일이 생각났어요. ……진범이 잡힌 걸 보고 역시 그건 지어낸 얘기구나 했지요."

장다중의 얘기에 쉬유이는 조금 놀랐다. 그 복수 사건의 진위를 알 수 없고 장다중의 말처럼 술김에 지어낸 허풍일 수도 있지만 한 가지 그를 불안하게 하는 점이 있었다.

그 선배가 얼굴을 감싸고 바닥에서 데굴데굴 구르는 꼴이 우스웠다는 얘기.

쉬유이는 그 대목에서 문득 남성 피해자의 이상한 자세가 떠올랐다. 얼굴을 감싸고 우는 것처럼 잘린 두 손으로 가린 자세. 그저 우연일까?

쉬유이는 수사 초기에도 비슷한 의문에 집중했었다는 걸 떠올렸다.

피해자의 자세가 《살인 예술》 속 한 장면과 비슷했다. 정말 단순한 우연일까?

쉬유이는 칸즈위안의 말처럼 차이점을 간과하고 공통점에만 집중하면 많은 일들이 서로 연관된 것처럼 보인다는 걸 알고 있었다. 게다가 양손으로 얼굴을 감싸는 건 별로 특이할 것 없는 지극히 흔한 동작이므로 우연의 일치일 가능성이 다분하다.

하지만 떨쳐낼 수 없는 꺼림칙한 기분이 머릿속을 맴돌았다.

"아이[1], OCTB[2]의 셴 경정이 급하게 부탁할 일이 있다고 지금 즉시 마리병원으로 와달라는군."

일주일 뒤 차이 경감이 쉬유이를 불러 OCTB에서 그를 찾고 있다며 가보라고 했다. 무슨 일인지 몰랐지만 상관의 지시였으므로 곧장 차를 몰고 마리병원에 가서 셴 경정을 만났다.

"쉬 경위, 오라고 해서 미안해. 생명이 위독한 삼합회 조직원이 제보할 게 있다며 자넬 찾아서 말이야." 깡마른 몸에 매부리코를 가진 셴 경정이 말했다.

---

[1] 쉬유이의 애칭.
[2] Organised Crime and Triad Bureau, 조직범죄 및 삼합회 범죄를 전담하는 홍콩의 수사기관.

"저를 찾는다고요? 제 정보원이었던 사람입니까?" 쉬유이가 물었다.

"아니. 자네를 알고 찾은 건 아니야. '사우케이완 토막 살인 사건의 담당 형사'를 불러달라고 했어." 셴 경정이 쉬유이를 병실로 데리고 가면서 말했다. "OCTB가 삼합회의 한 조직을 수사하고 있는데 어젯밤 그놈들이 다른 파와 패싸움을 벌이다가 조직원 하나가 화상을 입었어. 상태가 위중해서 집중치료실에 있는데 의사 말로는 사흘을 못 넘길 거라는군. 본인도 얼마 안 남은 걸 아는지 마약 창고 위치를 불겠다면서 그 전에 자네를 만나고 싶다는 거야."

"왜 저를 만나려고 하는지 아세요?"

"몰라. 하지만 무슨 소원이든 다 들어줄 수 있어. 이놈 두목이 미꾸라지 같은 놈이라 이 기회를 놓치면 언제 잡을 수 있을지 몰라."

집중치료실에 도착하자 간호사가 손을 씻고 무균복을 입고 수술모와 마스크를 착용하게 한 뒤에야 환자에게 데려갔다. 셴 경정은 그가 단독 면담을 요구했다며 따라 들어가지 않고, 쉬유이가 그를 만나고 나온 뒤 증언을 녹음하기 위해 대기했다.

"조직에서 뚱보 아룽으로 통해." 무균실에 들어가는 쉬유이를 향해 셴 경정이 말했다.

병실에 들어가자 미라처럼 붕대를 칭칭 감은 뚱뚱한 남자가 병상에 누워 있었다. 팔에는 링거가 꽂혀 있고 얼굴도 코만 빼고 모두 붕대로 감겨 있었다. 의사의 말이 없었더라도 그의 생명이 얼마 남지 않았다는 걸 직감적으로 알 수 있었다. 간호사가 쉬유이에게 가까이 다가가도 된다고 한 뒤 환자의 상태가 안정적인 것을 확인하고 밖으로 나갔다.

"뉴…… 뉴스에 나온…… 그…… 형사님이세요……?" 가느다란 숨만 간신히 붙은 아룽이 띄엄띄엄 말했다.

"음. 토막 살인 사건을 담당했던 쉬유이 경위다. 나를 만나고 싶다고 했다고?"

"죄책감…… 때문에…… 형사님을…… 만나게 해달라고…… 했어요……."

"죄책감?" 쉬유이가 물었다.

"제가…… 궈 형의…… 마누라와 딸을…… 잘 보살피지 못했어요……." 쉬유이는 한 줄기 전류가 척추를 타고 흐르는 걸 느꼈다.

"궈 형이라고? 궈타오안 말이야?"

"네……. 제가 돼지껍데기 형님 밑에 있을 때…… 궈 형이 조직에 들어오지는 않았지만…… 형제처럼 잘 지냈어요……. 형은 운전기사였는데…… 어느 날 돈이 조금 비니까…… 돼지껍데기 형님이…… 궈 형이 삥땅했다면서……."

띄엄띄엄 말했지만 쉬유이는 대강의 의미를 알아들었다. 궈타오안이 돼지껍데기의 검은돈을 운반하는 심부름을 했는데 어느 날 운반 과정에서 돈이 줄어든 걸 발견한 돼지껍데기가

439

궈타오안이 돈을 빼돌렸다고 생각했던 것이다.

"돼지껍데기 형님이 본때를 보인다면서…… 궈 형을 처치하기로 했어요……. 궈 형은…… 도망칠 수 없다는 걸 알고…… 나한테 마누라와 딸을 잘 보살펴달라고 했어요."

"돼지껍데기가 궈타오안을 죽였다고?" 쉬유이가 놀라며 물었다.

"네……. 총으로 머리통을 날려버렸어요……. 내가 시체를 바다에 던졌어요……. 으으…… 제 잘못이에요……. 궈 형, 형은 마음이 넓은 사람이잖아……. 날 용서해줘……. 사실 내가 삥땅한 거였어……. 수칭 누나가 눈치챌까 봐…… 수칭 누나에게 형이 죽은 것도 말하지 못했어……. 으으…… 쯔닝이 변태 새끼한테 걸릴 줄은 나도 몰랐어……. 그건 내 잘못이 아니야……."

"이걸 털어놓으려고 날 불러달라고 한 건가?"

"형사님…… 수칭 누나에게 전해주세요……. 궈 형이 누나와 딸을 많이 사랑했다고……. 쯔닝이 친딸이 아닐 수도 있다는 걸 알면서도…… 죽을 때까지 수칭 누나와 쯔닝 걱정만 했어요……. 제가 죽을죄를 지었어요……."

뚱보 아룽은 쑨수칭의 죽음을 모르고 있었다. 죽어서 궈타오안을 만날까 봐 두려워서인지, 죽기 전에 잘못을 바로잡고 싶어서인지 모르지만 쉬유이를 만나 죄를 자백하려고 했던 것이다.

"알겠다. 이제 OCTB에 진술할 수 있겠지?"

"네……. 고맙습니다…… 형사님…….."

아룽을 자극하지 않기 위해 쑨수칭이 병사했다는 얘기는 하지 않고 무균실에서 나와 아룽이 했던 얘기를 셴 경정에게 전했다.

"잘됐군. 그 자백을 증거로 쓸지는 자네 자유지. 우린 저놈이 마약에 관한 정보를 털어놓게 한 걸로 충분해." 셴 경정이 말했다. 쉬유이의 강력반에서 토막 살인 사건의 피해 남성 신원을 공개하지 않았으므로 셴 경정은 뚱보 아룽의 말이 그 사건에서 어떤 의미를 갖는지 알지 못했다.

쉬유이는 사무실로 돌아오며 아룽의 진술을 곱씹어 생각했다. 궈타오안이 돼지껍데기에게 살해됐다면 셰자오후는 궈타오안을 죽이지 않았고 그의 시신만 토막 내서 보관했을 가능성이 있다. 당시 셰자오후도 돼지껍데기의 일을 돕고 있었으므로 아룽이 바다에 버린 시체를 셰자오후가 건져 올려 다시 처리했을 가능성은 있다. 하지만 그 이유가 뭔지는 짐작이 가지 않았다. 그런데 아룽의 이 말이 영 마음에 걸렸다.

'총으로 머리통을 날려버렸어요.'

쉬유이는 부검 보고서에 총상에 대한 언급이 없었다는 걸 기억하고 있었다. 총알이 몸통에 박혔다면 일부러 총상이 난 부분을 잘라서 감췄을 수도 있지만, 두개골 표면에 총알구멍이 있었다면 부검의가 발견하지 못했을 리 없다.

부검의가 놓쳤나?

미국에서 총상을 입고 사망한 시신을 부검의가 구타를 당해 죽은 것으로 잘못 판단한 사례가 있었다. 쉬유이는 위생서 부검의에게 연락해 피해 남성의 두개골에 외상이 없는지 다시 확인해달라고 요청했다. 긴급한 사안이 아니기 때문에 며칠 뒤에나 회신이 올 것이므로 차분히 기다릴 수밖에 없었다.

그와 별개로 여러 가지 가능성들이 쉬유이의 머릿속을 맴돌았다.

'아천에게 폭력적인 성향이 있다는 걸 진즉에 알았어요.'

'그 선배가 얼굴을 감싸고 바닥에서 데굴데굴 구르는 꼴이 우스웠대요.'

'궈 형은 도망칠 수 없다는 걸 알고……'

'총으로 머리통을 날려버렸어요……'

나흘 뒤 쉬유이는 잠시 짬이 난 틈에 셰바이첸과 칸즈위안이 다녔던 밍화중에 가서 장다중이 말했던 일이 실제로 있었는지 알아보기로 했다. 밍화중 교장에게 찾아온 이유를 설명하자 교장이 난색을 표하며 협조하기 싫은 것이 아니라 협조할 수가 없다고 했다.

"1994년부터 1997년 사이에 있었던 일이라면 20여 년, 거의 30년이 흘렀으니 이제는 그 일을 알고 있는 사람이 없습니다. 지금 제일 오래된 교사도 20년밖에 안 됐는걸요. 저도 이 학교에 부임한 지 5년밖에 안 됐답니다."

허탕이었다. 교장의 말처럼 지금까지 근무하고 있는 교사가 있다고 해도 거의 30년 전 일어난 작은 사건을 기억하지 못할 수 있었다.

그래도 한번 해보기로 했다.

"당시 근무했던 선생님께 연락해주실 수 있나요? 아니면 오래 근무한 선생님께 예전 동료에게 연락해달라고 해주시든가요."

교장은 거절하기 난감한 듯 알았다고 하고는 쉬유이를 데리고 교무실에 가서 20년 근무한 수학 교사 량 선생에게 부탁했다.

"94년부터 97년이라고요? 은퇴한 황 선생님께 연락해볼게요. 황 선생님이 그때 여기서 근무하셨는지는 확실치 않아요."

"부탁드립니다."

량 선생이 서랍에서 수첩을 꺼내 뒤적이다가 연락처를 찾지 못했는지 다른 수첩을 꺼냈다.

"더 찾아볼게요." 량 선생이 수첩을 뒤적이다가 고개를 돌려 쉬유이에게 말했다. "그때 일은 푸씨 할아버지께 물어보셔도 될 텐데."

"아, 그렇지. 푸씨 할아버지가 그때 여기서 근무했어요." 교장도 생각난 듯 말했다.

"푸씨 할아버지요?" 쉬유이가 물었다.

"우리 학교 수위 겸 정원사예요."

교장이 학교 건물 동쪽에 있는 휴게실로 쉬유이를 데려갔다. 푸씨 할아버지는 일흔 가까이 되어 보이지만 규칙적인 근무가 심신 건강에 도움이 되었는지 체격도 건장하고 총기도 있어 보였다. 교장은 두 사람을 서로에게 소개한 뒤 바쁜 일이 있다며 그들만 남겨놓고 자리를 떴다.

"오래전 일에 대해 여쭤보려고 왔습니다. 중요한 일도 아니고 범죄 심문도 아니니 안심하세요." 쉬유이가 말했다.

"네." 강력반 경위라는 소개에 심각한 범죄 사건이 일어난 줄 알고 긴장했던 푸씨 할아버지는 조금 마음이 놓이는 듯했다.

"1994년에서 1997년 사이 밍화중에 저학년 후배들만 골라서 괴롭히는 악명 높은 학생이 있었는데 그 학생이 어느 날 보복 폭행을 당했다고 하더군요. 그 사건을 아시나요?"

"그런 일이야 워낙 흔해서 어떤 사건을 말하는지 모르겠군요." 푸씨 할아버지가 웃었다. "교장 선생님이 안 계시니까 솔직히 말할게요. 밍화중은 좋은 학교가 아니라 학생끼리 때리고 괴롭히는 일은 거의 날마다 일어나요. 떼 지어 몰려다니며 저학년 후배를 괴롭히는 애들은 해마다 있어요."

"얼굴에 고춧물을 뿌리고 보복 폭행을 했다고 합니다. 기억 나시나요?"

"고춧물이요? 아…… 기억나요. 다페이 말이군요. 그때 꽤 소란스러웠어요. 불량한 애들끼리 싸울 때 주먹질로 치고받고 싸우는 게 고작인데 고춧물을 뿌릴지 누가 생각이나 했겠어요? 누군지 몰라도 똑똑한 놈이에요……."

"다페이라고요?"

"보복당한 학생 별명이에요. 본명은 잊어버렸어요. 덩 무슨 페이였나. 몇 년도 일인지는 기억이 안 나지만 아마 아까 말한 그 몇 년 사이일 거예요."

"실제로 그런 일이 있었다는 거죠? 경찰에 신고했나요?"

"그때 다페이가 학교에서 이름난 문제아였어요. 돈 많은 아빠가 학교에 낸 기부금을 믿고 막 나갔어요. 졸부 아빠가 일이 커지는 걸 원치 않으니 학교도 쉬쉬하고 넘어갔지요. 타교 불량 학생들이 한 짓이었대요. 그런데 다페이가 보복하러 갔다가 결국 경찰에 잡혔지요. 다페이 아빠가 학교에 찾아와서 돈으로 무마하려고 했지만, 교장도 도와줄 방도가 없다고 하니까 욕지거리를 하면서 한바탕 소란을 피우고 갔어요."

쉬유이는 경찰이 개입했다면 이 구역 관할 경찰서에 기록이 있을 테니 다페이의 본명을 알아내기가 어렵지 않을 거라고 생각했다.

"상대 학생들이 사실 이 학교 학생이라는 소문을 들으신 적이 있나요?"

"이 학교 학생이라고요? 아닐 거예요. 타교 학생이었어요. 학교 밖에서 일어난 일이에요. 다페이가 당한 건 소방서 근처 뒷골목이었고, 다페이가 복수하러 그 학교 교문 앞으로 찾아갔대요."

"기억력이 좋으시네요." 쉬유이는 그가 사건이 일어난 장소까지 기억할 줄은 몰랐다.

"다른 사람이면 몰라도 덩씨 집안은 잊을 수 없지요. 인과응

보의 본보기니까……."

"인과응보요?"

"당시 사우케이완에서 유명한 집안이었어요. 이 동네에서 그 집 일을 모르는 사람이 없어요. 덩씨가 투기로 큰돈을 벌었다고 위세를 떨더니 아들도 그걸 보고 배운 게지. 내 생각에는 다페이가 원래 머리에 문제가 있는 앤데 아빠가 돈이 많으니 그게 더 심해진 거예요. 그놈이 그 일로 징계를 당했는데 정학 기간에 밖에서 또 사고를 치는 바람에 소년원에 갔어요. 얼마 안 가서 덩씨도 주가 폭락으로 쫄딱 망하더니 설상가상 마누라까지 도망가니까 아들도 내버려두고 자살했어요."

"다페이는 나중에 어떻게 됐나요?"

"아무도 몰라요. 충격을 못 이겨 정신이 나가버렸다는 소문이 있었는데 몇 년 뒤에 비슷하게 생긴 노숙자가 돌아다니는 걸 누가 봤다던가. 나중에는 그런 소문조차 들리지 않았어요. 아무도 그 집 일에 관심이 없었지요. 어차피 금융 위기 때마다 망하는 사람들은 나오는 법이니까. 현실을 이기지 못해서 자살하기도 하고 실성해버리기도 하지요. 이 도시가 원래 그렇다는 건 형사님이 나보다 더 잘 아시잖아요?"

"다페이는…… 실종된 건가요?"

"실종이요? 그렇다고 할 수 있겠죠."

쉬유이는 자신이 큰 실수를 저지른 게 아닌가 싶어서 점점 불안해졌다. 푸씨 할아버지와 얘기를 나눈 뒤 량 선생을 찾아

교무실에 가려고 했는데 량 선생이 은퇴한 선생님의 전화번호를 찾았다며 휴게실로 그를 찾아왔다.

"실례지만 1994년부터 1997년 사이의 교지를 볼 수 있을까요?" 쉬유이가 물었다.

량 선생은 선선히 대답하고는 그를 교무실로 데려가 캐비닛에서 예전 교지를 꺼내주었다. 쉬유이는 각 반 학생들의 단체 사진과 이름이 적힌 페이지에서 셰바이첸과 칸즈위안을 금세 찾아냈다. 두 사람은 중1과 중2 때는 다른 반이었지만 중3 때 같은 B반이었고 단체 사진 속에서 나란히 붙어 서 있었다.

"린궈둥林國東…… 선생님을 아시나요?" 쉬유이가 3학년 B반 담임교사의 이름을 가리켰다.

"저는 모르지만 황 선생님한테 물어볼게요. 아마 아실 거예요."

"고맙습니다."

량 선생이 그 자리에서 전화를 걸었지만 황 선생은 전화를 받지 않았다. 쉬유이가 린궈둥 선생님의 연락처를 알게 되면 알려달라며 명함을 건넸다.

경찰서로 돌아오는 길, 쉬유이의 마음은 납덩이처럼 무거웠다. 차이 경감이 농담처럼 한 말이 생각났다.

'우린 피해 남성의 신원을 증명할 수가 없어. 노숙자일 수도 있잖아. 십수 년 전 셰바이첸이 뒷골목에서 그와 시비가 붙어서 우발적으로 살해하고 시신을 감췄는지도 모른다고.'

남자가 다페이일까?

쉬유이가 사무실에 들어서자 샤오후이가 부검의에게 연락이 왔다고 했다. 쉬유이가 부탁한 재조사에서 뭔가 발견됐다는 것이었다.

"쉬 경위님, 두개골에는 외상이 없어요. 다만 표면에 훼손된 부분이 있긴 해요. 혹시 그 자리에 외상이 있을지 몰라서 CT 스캔을 해봤어요." 쉬유이가 전화를 걸자 부검의가 말했다. CT 스캔은 여러 각도에서 엑스선을 방사한 측정치를 계산함으로써 영상을 생성하는 방식으로 물체 내부를 여러 단층으로 나누어 관찰할 수 있다.

"뭐가 발견됐어요?"

"네. 대뇌 전두엽에서요……."

"총알이에요?"

"총알이요? 아뇨, 아니에요." 부검의가 조금 놀라며 대답했다. "종양이에요. 크기가 작지 않아요."

그 순간, 한 시간 전 푸씨 할아버지가 했던 말이 쉬유이의 뇌리를 스쳤다.

'내 생각에는 다페이가 원래 머리에 문제가 있는 앤데 아빠가 돈이 많으니 그게 더 심해진 거예요……'

부검의는 종양 외에 다른 것은 발견되지 않았다고 했다. 외상은 없지만 뇌종양이 있는 인체를 고정해 표본으로 만든 건 아주 드문 일이라며 학자의 입장에서 연구해 기록을 남기고 싶다고 했다. 전화를 끊은 뒤 쉬유이는 토막 살인 사건 기록을 다시 펼쳐놓고 깊은 생각에 잠겼다.

귀쯔닝이 셰자오후에게 살해되었을 거라는 믿음은 변함이 없었지만 남성 피해자가 다페이라면 그를 죽인 사람은 셰바이천일 가능성이 컸다. 쉬유이가 머릿속으로 추리를 했다. 우발적으로 살인을 하고 불안감에 시달리던 셰바이천이 범죄에 대해 잘 아는 외삼촌에게 도움을 청했고 두 사람이 함께 시신을 토막 내 보관했다. 그 후 셰바이천은 외상 후 스트레스 장애가 나타나 매일 방에 틀어박혀 시신을 지켰다. 셰자오후가 귀쯔닝을 살해한 뒤 토막 낸 시신을 가져와 조카 방에 숨기자 셰바이천은 심리적 불안감이 더 가중된 나머지 스스로 목숨을 끊었다. 셰자오후의 방에서 발견된 귀타오안의 신분증은 셰자오후가 돼지껍데기의 사기 행각을 도와준 대가로 대포통장 개설 등에 쓸 만한 신분증을 받았는데 그때 셰자오후에게 흘러 들어간 것이다.

그렇다면 칸즈위안의 역할은 무엇일까?

친구의 범죄를 알게 됐지만 셰바이천이 귀쯔닝을 죽였을 리 없다는 걸 알고 있었으므로 다페이를 살해한 죄를 셰자오후에게 뒤집어씌우려고 했을 수 있다. 어쩌면 경찰 수사 자료를 통해 귀쯔닝과 셰자오후의 의외의 관계를 알게 된 뒤, 경찰이 피해 남성이 귀타오안이고 셰자오후가 귀타오안의 가족을 짓밟으려 했다는 결론을 내리도록 유도했을 수도 있다.

셰바이천의 명예를 위한 일이었을까? 하지만 죽은 친구의 명예를 위해 이렇게까지 애쓸 필요가 있을까?

쉬유이는 풀리지 않는 의문을 골똘히 생각하며 사건 기록을 훑어보다가 셰바이천의 마지막 직장이 신다무역이었다는 기록을 보는 순간, 장다중이 했던 말을 불현듯 떠올렸다.

'아천과 친구가 타교 학생으로 위장하고 그 선배에게 고춧물을 뿌려 복수했대요.'

셰바이천과 함께 다페이에게 복수한 그 '친구'는 분명 칸즈위안일 것이다. 그렇다면 오랜 세월이 흘러 다시 다페이에게 복수했을 때도 셰바이천 혼자서 한 일이 아닐 수도 있다.

칸즈위안이 다페이를 살해한 공범일 수도 있다.

쉬유이는 뇌종양이 사람의 폭력성을 가중시킬 수 있다는 자료를 읽은 적이 있었다. 전두엽 피질이 손상된 사람은 감정 조절이 되지 않고 충동적으로 모험을 하거나 인지 능력이 저하될 수 있으며 더 나아가 폭력적인 성향을 보일 수 있다. 푸씨 할아버지가 다페이의 머리에 문제가 있다고 한 것은 바로 그 이유 때문일 것이다. 그렇다면 이런 추측이 가능하다. 뇌종양의 영향으로 반사회적인 인격을 갖게 된 다페이가 비상한 두뇌의 소유자인 칸즈위안의 계략에 걸려들어 엉뚱한 곳에 복수를 했다가 화를 당했다. 오랜 세월이 지나 노숙자가 된 다페이가 단칭맨션 뒷골목을 어슬렁거리다가 칸즈위안과 셰바이천의 눈에 띄었고, 두 사람은 다페이를 쫓아내려다가 실수로 죽이고 말았다.

이 가설이 사실이라면 시신을 토막 내 유리병에 보관하게 한 사람은 셰자오후가 아니라 칸즈위안일 것이다. 조카의 수상한 행동을 눈치챘지만 이유를 알 수 없었던 셰자오후가 어느 날 어떤 방법—수면제를 먹였다든가—을 써서 조카의 방에 들어갔다가 토막 시신을 발견했다. 하지만 셰자오후는 나중에 이용하려고 모른 척하고 있다가 귀쯔닝을 살해한 뒤 조카의 방에 시체를 숨길 생각을 했던 것이다. 또다시 조카에게 수면제를 먹이는 수법을 썼을 수도 있고, 아니면 대놓고 조카를 협박했을 수도 있다. 하지만 칸즈위안이라는 공범의 존재를 모른 채 셰바이천의 단독 살인인 줄 알았으므로 칸즈위안이 자기 죄를 은닉하려고 탐정 노릇을 하며 셰자오후의 범행을 폭로한 것이다.

'나쁜 자식.' 쉬유이가 속으로 뇌까렸다.

단지 추측일 뿐 증거가 없으므로 다시 수사를 해야 했다. 문제는 상관이 재수사를 허락할 리 없다는 사실이었다. 셰자오후는 현행범으로 체포되었고, 성폭행 피해자가 될 뻔한 여성을 구한 경찰에게 칭찬이 쏟아졌다. 이제 와서 "미안합니다만 우리가 잘못 짚었습니다"라고 말한다면 엄청난 후폭풍이 불어닥칠 것이다. 더욱이 부하들을 다시 동원할 수도 없었다. 자기 잘못이니 자기 혼자 경찰복을 벗으면 될 일이고, 다른 누구도 끌어들이고 싶지 않았다.

이번에는 혼자서 해결해야 했다.

단칭맨션에 가서 칸즈위안을 떠볼까 생각했지만 그를 속일 자신이 없었다. 정말 만만치 않은 상대라 확실한 승산도 없이 덤볐다가는 오히려 이쪽 카드만 보여주어 득보다 실이 커질 수 있었다.

다음 날 오전 밍화중의 량 선생에게 메시지가 왔다. 당시 3학년 B반 담임교사였던 린궈둥과 연락이 닿았는데 현재 원룽의 요양원에서 지내고 있다고 했다. 쉬유이는 칸즈위안과 셰바이천, 다페이의 관계에 관한 새로운 단서를 찾을 수 있길 기대하며 그가 있는 요양원으로 향했다.

"린 선생님이 고령이셔서 가끔 정신이 오락가락하세요. 대화가 잘될지 모르겠어요." 간호사의 말에 쉬유이는 허탕을 친 것 같다는 실망감이 들었지만 아주 작은 단서라도 얻을 수 있다면 다행이라고 생각했다.

"린 선생님! 누가 찾아왔어요! 형사님이래요!" 간호사가 그를 요양원 정원으로 안내했다. 린궈둥은 휠체어에 앉아 그보다 나이가 조금 적은 듯한 노인 다섯 명이 태극권을 수련하는 것을 멍하니 보고 있었다. 간호사가 목소리를 높여서 말하는 것을 보니 노인성 치매 외에 청력에도 문제가 있는 듯했다.

"어, 그래, 그래." 여든 가까운 린궈둥이 천천히 고개를 돌려 쉬유이를 흘긋 보고 고개를 끄덕이더니 다시 태극권 동작을 하고 있는 노인에게 시선을 옮겼다.

"린 선생님! 저는 강력반 경위 쉬유이라고 합니다!"

린궈둥이 다시 고개를 돌려 쉬유이를 보았다.

"큰 소리로 말할 필요 없네." 린궈둥이 태연하게 말했다.

"아…… 린 선생님, 안녕하세요. 저는 강력반 경위 쉬유이라고……."

"한 번만 말해도 알아들어. 했던 말을 왜 또 해?"

쉬유이는 그의 정신이 오락가락한다는 간호사의 말이 조금 과장됐다고 생각했다.

"린 선생님, 사우케이완의 밍화중에서 근무하실 때 있었던 일에 대해 여쭤보고 싶습니다."

"밍화중이라……. 밍화중." 린 선생이 오래된 기억을 더듬는 듯 고개를 들어 먼 하늘을 보았다. "밍화중은 애들이 형편없었어. 구제 불능이었지. 에이."

"1996년에서 1997년까지 3학년 B반 담임을 맡으셨죠? 칸즈위안과 셰바이천이라는 두 학생을 기억하세요?"

"즈위안은 우등생이었어. 군계일학이었지. 바이천은 변변찮았어. 온종일 쓸데없는 추리소설이나 읽고……."

"그 둘을 기억하세요?"

"당연하지. 누굴 늙은이로 알아?"

쉬유이는 린궈둥이 자기 나이를 기억하지 못하는 것을 보고 그의 정신이 확실히 온전치 않다는 걸 알았다. 오래전 일은 또렷이 기억하지만 최근 일은 금세 잊어버리는 노인들이 있는데 쉬유이는 그도 그런 경우일 거라고 짐작했다. 물어보려는 것이 과거 일이므로 오히려 잘된 일이었다.

"둘의 사이는 어땠나요?"

"단짝이었지. 똑똑한 즈위안이 동생을 지키는 형처럼 바이천을 보호했어. 한번은 교실 유리창이 깨졌는데 즈위안이 먼저 나서서 자기가 깼다고 했지만 사실 바이천이 깨뜨린 거였어."

"둘이 항상 붙어 다녔나요?"

"그런 셈이지."

"셰바이천이 추리소설에 빠져 있었다고 하셨는데 소설을 좋아한 건 칸즈위안이 아니었나요?" 쉬유이는 린궈둥이 잘못 말한 것이 아닐까 생각했다.

"즈위안은 공부도 잘하고 무슨 책이든 다 읽었으니 문제가 없었어. 하지만 바이천은 이상한 책들만 읽었지. 한번은 토막 살인이 나오는 소설을 읽고 독후감을 써서 냈는데 범죄를 예술처럼 묘사했더라고. 머리가 온전한 놈이 아니야."

쉬유이는 이 은퇴 교사가 대중문화를 몹시 싫어하는 사람일 거라고 생각하며 칸즈위안이 그가 멸시하는 추리소설가가 되었다는 걸 알면 어떤 기분을 느낄지 궁금했다.

"다페이라는 학생을 아세요? 덩다이페이鄧戴飛요." 쉬유이는 어제 다페이의 본명을 조사해서 알아냈다.

"그놈은 쓰레기 중의 쓰레기야. 그놈 아비는 개놈 중의 개놈이고. 냉정하다고 탓하지 마. 그놈 아비가 자살한 건 다 자기 탓이지. 다페이가 소년원에 간 것도 자업자득이야……."

"다페이가 소년원을 나온 뒤에 어떻게 됐는지 아세요?"

"몰라. 그때 학교 선생들이 하나같이 골칫덩이가 사라져서 속이 시원하다고 했어. 그놈이 어떻게 되든 학교로 돌아오지만 않으면 된다고 했지."

"그때 길에 숨어 있다가 다페이를 두들겨 팬 게 칸즈위안과 셰바이천이라는 소문을 들었는데요."

"뭐라고? 즈위안과 바이천이라고? 걔들이 다페이를 어떻게 알아? 학년이 다르잖아?" 린궈둥이 어리둥절한 표정으로 물었다.

쉬유이는 이 노인에게서 다페이에 대한 정보를 더 얻어내기는 힘들 것 같다고 생각했다.

"최근에 셰바이천의 얘기를 들으셨어요?" 쉬유이가 에둘러서 물었다.

"걔한테 무슨 일이 있었어? 아, 그거? 알아. 어쩐지 형사 양반이 날 왜 찾아왔나 했지. 끔찍한 일이야. 그렇게나 많은 사람이 죽다니……."

"그렇게 많은 사람이 죽었다고요?" 쉬유이가 의아한 표정으로 물었다.

"마흔이나 죽었잖아? 마흔한 명인가? 참혹한 화재였지……."

쉬유이는 린궈둥이 당시 갈레이 빌딩의 화재를 얘기하고 있다는 걸 알았다. 셰바이천과 칸즈위안이 그 화재로 죽을 뻔했으니 담임교사였던 그가 알고 있는 게 당연했다.

"바이천이 공부는 못해도 좋은 아이였어. 제 목숨이 위험한데도 즈위안을 데리고 나왔잖아. 내가 그 녀석들에게 너무 엄하게 굴었는지도 몰라. 둘 다 용감하고 의로운 학생들이었어……."
린궈둥이 혼잣말하듯 중얼거렸다.

쉬유이가 화제를 돌려 다른 질문을 하려다가 문득 린궈둥의 말에서 조금 미심쩍은 점을 발견했다.

"'둘 다' 용감하고 의로운 학생들이었다고요? 칸즈위안도 무슨 의로운 일을 했나요?"

"즈위안이 아니고, 그…… 이름이 뭐더라? 경찰들이 그랬어. 그 아이와 바이천 둘이서 다친 즈위안을 양쪽에서 부축해서 십몇 층을 뛰어 내려와 대피했다고……. 아, 걔 이름이 뭐더라……. 걔가 선천적으로 말을 더듬어서 반 애들이 모두 더듬이라고 불렀던 것만 기억이 나는군. 참 딱한 애야. 친구는 구했지만 아버지를 잃고 고아가 됐으니까. 에이, 하늘도 무심하시지. 다행히 칸즈위안 할머니가 데려다가 한집에 살면서 돌봐주셨지. 그런 일을 당했으니 학교나 제대로 다닐 수 있겠어? 즈위안은 자기가 친구 아버지를 돌아가시게 했다고 자책했지만 어디 그게 즈위안 탓이겠어? ……형사 양반, 왜 그렇게 얼이 빠져 있누?"

쉬유이는 린궈둥의 물음에 대답하지 못했다. 전혀 몰랐던 사실을 발견한 순간 그의 머릿속에 이상한 생각이 줄줄이 스쳐 지나갔다. 그 생각들은 모두 하나의 가설로 모아졌고, 그것은 지금까지의 추론을 완전히 뒤엎는 것이었다.

'미치광이는 누구도 못 말리니까요.'

세부적인 부분은 아직 알 수 없지만 만약 이 가설이 진실로 입증된다면 미치광이만이 생각해낼 수 있는 계획임은 확실했다.

'아니, 아니지.' 쉬유이가 생각했다.

미치광이'들'은 아무도 못 말린다고 해야 할 것이다.

얼굴을 감싸고 있는 남자는 궈타오안도, 덩다이페이도 아닌, 바로 셰바이천일 것이다.

망자의 고백 • 5

이 무의미한 낙서 같은 글을 이렇게 길게 쓰게 될 줄 몰랐다.

반쪽짜리 종이 한 장이면 될 줄 알았는데 지난 일이 주마등처럼 스쳐 지나가 한참을 써도 끝나지 않는다. 그것들을 모두 써서 남기고 나면 마음 놓고 떠날 수 있을 것 같다.

외할아버지가 그 편지를 남긴 이유도 아마 그러할 것이다.

내가 그걸 '유서'가 아닌 '편지'라고 말하는 것은 외할아버지가 당신의 죽음이 임박했음을 몰랐지만 비밀을 무덤까지 가져갈 수 없어 글로 남겨놓은 것이었기 때문이다.

물론 할아버지가 그 얘기를 남겨두고 가려 했다면 왜 침대 밑에 감춰놓아서 오랜 시간이 흐른 뒤에야 우연히 발견되게 했는지 의아해하는 사람도 있을 것이다.

외할아버지의 그 모순된 심리를 나는 이해할 수 있다. 내가 이 글을 쓰고 있는 것도 내가 아는 것과 내 생각을 전부 적어놓아야 한다는 생각 때문이지 누가 이 글을 보게 되는 건 원치 않는다.

누군가 이 글을 발견하든, 감춰진 채 파묻히든 그건 하늘이 결정할 일이다.

신의 존재 여부를 진지하게 생각해본 적은 없지만, 정말로 사람의 운명을 하늘이 결정한다면 신은 나를 골려먹길 좋아하는 게 틀림없다.

신은 내가 외할아버지의 편지를 읽고 감정을 추스를 겨를도 없이 두 번째 불행을 맞닥뜨리게 했다. 두 가지 불행이 일주일 사이에 연달아 닥쳤다.

그 일주일 동안 내가 이 세상에 온 이유를 깨달았고, 이 세상을 떠나야 하는 이유도 알았다.

정말 개똥 같은 인생이다.

"셰바이천 씨, 뇌종양입니다." 의사가 나에게 사형선고를 내렸다.

처음 시작은 경미한 두통과 만성피로, 체중 감소 등이었다. 바쁜 업무 탓일 거라 여겼기에 그런 증상이 계속됐지만 인식하지 못한 채 1년을 넘게 흘려보냈다. 두통이 참기 힘들 만큼 심해지고 진통제도 듣지 않게 되어서야 회사를 조퇴하고 병원에 갔다. 의사가 몇 가지 질문을 하더니 긴장한 듯한 표정으로 엑스레이 같은 것을 찍게 했고 그 후 내게 절망적인 결과를 통보했다.

뇌종양, 악성. 말하자면 뇌암이었다.

처음에는 큰 수술을 해야 한다는 뜻인 줄 알았다. 치료비가 얼마나 나올지, 회사에는 뭐라고 해야 할지 고민하는 내게 의사는 심각한 얼굴로 그 생각이 틀렸다고 했다.

"전이성 뇌종양이에요. 림프종입니다. 암세포가 뇌까지 전이됐어요. 치료를 받으신다면 최장 1년 정도 생존 가능성이 있지만 치료를 포기하신다면 남은 시간은 길어야 6개월일 겁니다. 더 짧을 수도 있고요."

그때 난 머릿속이 하얗게 비어 의사의 말을 알아듣지 못했고, 의사가 몇 번을 반복해서 말해줘서 천천히 상황을 이해할 수 있었다.

1년 또는 6개월. 심지어 더 짧을 수도 있다.

스물한 살 청년에게 너무 허황하고 비현실적인 일이었다.

암은 60~70대 노인이나 걸리는 병이 아닌가? 아무리 젊어도 40~50대나 걸리는 병이잖아? 나같이 젊고 팔팔한 청년이 말기 암 환자라고?

의사가 설명하고 분석하는 동안 속이 울렁거렸다.

이 메스꺼움이 내 기분 탓인지, 머릿속에 있는 종양 때문인지는 알 수 없었다.

사흘 뒤 회사에 사직서를 냈다. 사장님이 놀라서 그만두려는 이유를 묻기에 집안일 때문이라고 둘러댔다. 휴직했다가 다시 출근해도 된다고 했지만 물론 거절했다. 규모는 작아도 사장님과 직원들이 가족처럼 잘 지내는 보기 드문 회사였다. 내겐 그런 회사에 다닐 복이 없는 것이다. 그렇게 마음씨 좋은 사장님이 나쁜 사람에게 사기를 당하고 본전도 못 건지고 망하면 어쩌나 하는 생각이 들 때도 있다.

세상에는 우리 외삼촌처럼 겉으로는 웃지만 속에는 칼을 감춘 사람들이 아주 많다.

뇌암에 걸렸다는 사실을 엄마에게 말하지 않았다. 유일하게 털어놓을 수 있는 사람은 아위안뿐이다.

"뭐라고? 뭘 망설이고 있어? 당장 입원해!" 아위안의 집에서 그 얘기를 했을 때 아위안은 듣자마자 버럭 외쳤다.

"치료 안 받을 거야." 내가 말했다.

"6개월이라도 괜찮으니 하는 데까지 해봐야지! 암은 사람마다 달라서 앞으로 어떻게 될지 의사도 몰라. 의사가 석 달밖에 안 남았다고 했는데 치료를 받고 기적적으로 회복돼서 30년을 더 산 사람도 있대……." 눈가가 붉어진 아위안이 내 어깨를 잡고 세게 흔들었다.

"의사 선생님이 자세히 설명해줬어. 항암 치료 부작용이 많대. 수명을 조금 늘릴 수는 있겠지만 치료받는 동안 고통스러울 거야. 의사도 치료를 포기하고 남은 시간 동안 차분히 삶을 정리하는 환자들도 있다고 했어. 의사로서는 내가 그런 선택을 하길 바라지 않지만 내 앞에 놓인 두 가지 선택지를 모두 설명해줄 책임이 있고 환자의 결정을 존중할 거라면서."

"아무래도 상관없어. 천 분의 1의 가능성이라도 있다면 매달려봐야 하지 않아? 어쩌면 2~3년을 버틸지도 모르잖아? 설령 6개월을 더 살더라도 그사이에 넌 더 많은 일을 할 수 있고 더 많은 소원을 이룰 수 있어."

"내 운명은 태어나는 순간에 이미 결정됐어! 이건 하늘의 뜻이라고!"

"그게 무슨 소리야? 넌 원래 운명 같은 건 안 믿는 애잖아?"

"의사가 그랬어. 나처럼 젊은 나이에 림프종에 걸리는 건 유전일 가능성이 크다면서 가족 중에 암에 걸린 사람이 있느냐고 물었어. 가족 중에 암 환자가 있으면 발병률이 높기 때문에 암 환자 가족에게는 일찍 검사를 받으라고 권한대. 어린아이까지도 말이야. 나도 몇 년 일찍 발견해 치료했더라면 생존율이 60퍼센트 이상이었을 거래."

"가족 중에……."

"외할아버지와 외할머니는 암으로 돌아가시지 않았고, 친척 중에 누가 암에 걸렸다는 얘길 들어본 적이 없어."

"아버지 쪽은?"

나는 주머니에서 외할아버지의 편지를 꺼내 아위안에게 건넸다.

"외할아버지가 나를 거두어 기르셨지만, 일의 발단은 외삼촌이었어."

할아버지 편지를 읽어 내려가던 아위안의 눈이 점점 커졌다. 굳어가는 얼굴에 놀람과 충격이 떠올랐다.

외할아버지의 '유서'에는 내 출생의 비밀이 적혀 있었다. 내 생부는 이미 가정이 있는 증권회사의 젊은 사장이었고, 엄마는 그의 내연녀였다. 사장은 부잣집 딸과 결혼한 데릴사위였고, 장인이 대준 사업 자금으로 회사를 차렸으므로 엄마와 나는 그에게서 어떠한 명목상의 지위도 얻을 수 없었다. 그리고 그 남자와 엄마를 이어준 장본인은 바로 외삼촌이었다.

외삼촌이 자기 친누나를 팔아넘긴 것이다.

외할아버지의 편지에 따르면, 외삼촌은 열여섯 살부터 일찌감치 사회에 뛰어들어 돈벌이를 하면서 못된 것을 배우고 인맥을 이용해 이득을 얻는 방법을 터득했다. 그는 그 젊은 사장이 여자를 밝히지만 바람피울 배짱은 없는 사람이라는 걸 알고 일부러 '세상 구경'을 시켜주겠다며 회사 파티에 누나를 데려가 사장과 '우연한 만남'을 유도한 뒤 감언이설로 양쪽을 꼬드겼다. 누나에게는 그 사장이 평생을 바칠 만한 남자라고 부추겼고, 사장에게는 아주 안전하게 바람피울 기회라는 은근한 암시를 주었다.

그렇게 해서 두 남녀는 불륜 관계로 발전했다.

그 덕분에 외삼촌은 사장의 눈에 들어 승진했지만 누나의 임신으로 풍파가 일었다. 할아버지는 증권회사에 쳐들어가 사장과 삼자대면을 하려고 했지만 외삼촌은 누나 스스로 원해서 한 일이라고 거짓말을 했다. 일이 커져 외삼촌이 회사에서 쫓겨나자 엄마는 사람들에게 더 따가운 눈총과 손가락질을 받았다. 화가 난 할아버지가 나를 셰씨 집안 호적에 올리고 엄마는 그 사장과 관계를 끊게 했다. 할아버지는 나중에야 그 모든 것이 외삼촌이 꾸민 짓이라는 걸 알았지만 이미 늦어버렸고 이 잔인한 사실을 딸이 알게 되는 걸 원치 않았다.

"그놈에겐 가족도 남이나 마찬가지야. 이용 가치가 있느냐 없느냐만 따지지……." 어릴 적 할아버지는 내게 이렇게 말했다.

그때 할아버지가 내게 미안하다고 한 이유도 그제야 알았다.

"개놈아! 네 실적 때문에 이러는 걸 모를 것 같아? 우리한테 그렇게 피해를 준 걸로도 모자란 게냐? 너 출세하려고 가족까지 이용해? 썩 나가지 못해!"

그때 할아버지는 외삼촌에게 그토록 역정을 낸 뒤 내가 들었다는 걸 알고 미안하다고 했다.

할아버지가 말한 '우리'에는 내가 포함되지 않았던 것이다. 그건 할아버지와 엄마를 가리키는 말이었고 나는 바로 그 '피해'였다.

할아버지가 나를 몹시 아꼈다는 건 알지만 엄마가 외삼촌의 꼬드김에 빠져 나를 낳지 않았더라면 좋은 남자를 만나 행복한 가정을 꾸렸을 거라는 생각을 했을 것이다.

내가 셰씨 집안에 피해를 주는 존재인 건 분명한 사실이다.

하지만 그렇더라도 살아갈 권리는 있지 않은가?

"생부 쪽에 가족력이 있을 거야. 하지만 부잣집 사위로 들어갔으니 본처 자식들은 정기적으로 검사를 받아 발병해도 조기 치료가 가능하겠지." 내가 아위안에게 말했다.

대기업인 옌스에 계속 다녔다면 정기적으로 건강검진을 받았을 것이고 뇌종양을 조기에 발견했을지도 모른다. 운명이란 이토록 공교로운 것이다. 하지만 정기검진을 받았더라도 의사가 종양을 발견하지 못했다면 결국 죽음을 피하지 못했을 거라는 생각이 들었다.

어쨌든 내가 이런 평범하지 않은 조건에서 태어나 자라게 된 것은 전부 외삼촌의 이기심 때문이다. 악행을 저지른 건 그인데 내가 왜 그 벌을 받아야 하는지 모르겠다.

"메이펑 아주머니에게 말 안 했지?" 아위안이 물었다.

"물론. 생부 쪽 가족력을 일찍 알았으면 살 수 있었다는 걸 엄마가 알면 엄청난 죄책감에 시달릴 거야."

"앞으로 어쩔 생각인데?"

"집에서 죽음을 기다려야겠지. 때마침 〈오리온 레전드 6〉도 새로 출시됐어." 나는 쓴웃음을 지었다.

"메이펑 아주머니에게 갑자기 회사를 그만둔 이유를 뭐라고 설명할 거야?"

"못된 동료 때문에 누명을 쓰고 잘렸다고 할 거야."

"병세가 악화되면 사실대로 말할 수밖에 없잖아."

"나중 일은 나중에 생각하자."

"우리 집에 와서 있자. 빈방도 있잖아." 아위안이 말했다.

"엄마가 의심할 텐데."

"넌 방에 틀어박혀서 게임만 하는 은둔형 외톨이가 된 척하고 창을 넘어 나와서 우리 집으로 와. 그러면 모르실 거야." 가능한 방법이었다.

"더듬이도 동의할까?" 내가 꼭 닫힌 방문을 가리켰다.

"넌 은둔형 외톨이인 척하는 거고, 더듬이는 진짜 은둔형 외톨이지. 하루 종일 방 안에만 있으니 신경 쓰지 않을 거야."

난 더듬이가 아위안의 집에 얹혀사는 게 늘 탐탁지 않았지만 제삼자가 뭐라고 할 수도 없었다. 나와 아위안이 갈레이 빌딩 화재 현장에 있었을 때 더듬이도 아버지와 그곳에 있었다. 그도 우리처럼 학교의 지원금을 받으려고 안과에 시력검사를 하러 온 것이었다. 매캐한 연기가 안과로 스며드는 걸 보고 급하게 대피하다가 아위안이 넘어져 발목을 접질렸다. 더듬이가 도와주지 않았다면 나 혼자서는 아위안을 부축해 빌딩을 빠져나오지 못했을 것이다.

하지만 하늘은 선량한 더듬이에게 불행을 내렸다. 더듬이의 아버지가 화마에 휩싸여 돌아가신 것이다.

나는 더듬이의 아버지가 잘 기억나지 않지만, 나중에 들으니 공사 현장에서 철근을 가공하는 일을 했는데 거친 막노동꾼이지만 정직하고 착실한 사람이었다고 했다.

화재 당시 아들에게 친구들, 나와 아위안을 도와주라고 하고 당신도 다른 사람들을 대피시키다가 빠져나오지 못하고 돌아가셨다.

나는 더듬이와 그의 아버지가 우리 아파트 위층의 원룸에 세 들어 살고 있었다는 걸 그제야 알았다. 아위안의 농담처럼 단칭맨션에는 모두 홀아비나 홀어미만 살고 있나 보다. 아버지가 돌아가신 뒤 더듬이는 고아가 되었고, 손자를 구해준 아이를 차마 모른 척할 수 없었던 아위안의 할머니가 정식으로 후견인 등록을 하고 더듬이를 데려다가 함께 살았다.

하지만 더듬이는 아버지 사망 후 학교에 가지 않고 집 밖으로 한 발짝도 나가지 않은 채 은둔 생활을 했다.

아위안의 할머니는 억지로 학교에 가라고 하지 않았다. 사고가 났을 때 우린 이미 중3이었고 밍화중이 명문 학교도 아니었기에 선생님들도 더듬이가 집에서 대충 기말고사를 치르게 한 뒤 졸업시켜 주었다. 난 더듬이의 시험지를 아위안이 대신 풀어주었을 거라고 짐작했다.

아위안은 더듬이가 외상 후 스트레스 장애인가 하는 병을 앓고 있을 거라고 했다. 게다가 말을 더듬어 사람들과 접촉하는 걸 두려워했는데 급작스럽게 큰 사건을 겪으면서 은둔 성향이 심해진 것 같다고 했다.

하지만 아위안이 대학에 들어가고 아위안의 할머니가 돌아가신 뒤에도 더듬이의 은둔 생활이 계속될 줄은 몰랐다. 아위안의 집에 자주 가는데도 더듬이를 본 건 두세 번밖에 되지 않았고 나와 마주치면 급하게 방으로 들어가버리곤 했다. 심지어 우리 엄마는 아위안의 할머니가 돌아가시기 전에 더듬이가 혼자 독립해서 나간 줄 알고 있다. 더듬이가 할머니의 장례식에도 가지 않았기 때문이다. 아위안은 더듬이가 배은망덕한 놈이라고 손가락질당하는 게 싫어서 할머니가 더듬이를 외국으로 유학 보냈다고 거짓말을 했다.

평생 은둔 생활을 할 생각인지, 영영 남에게 기생하며 인생을 낭비할 셈인지 더듬이에게 따져 묻고 싶다. 난 인생을 잘 살아볼 기회조차 빼앗겼는데 말이다.

하지만 아위안은 더듬이를 내쫓지 않을 것이다. 그는 은혜를 아는 착한 애니까 자기 생명을 구해준 더듬이에게 끝까지 은혜를 갚으려고 할 것이다. 요즘 헌신적으로 나를 보살피고 있는 것처럼.

엄마는 내가 방에 틀어박혀 지내는 것 때문에 싫은 소리를 한 적이 없다. 원래 무른 성격이었던 엄마는 내가 대형 화재에서 구사일생으로 살아남은 뒤로 더 소심해졌다. 화재 이후 할아버지는 내 몸에 무슨 후유증이 생기지 않을지 걱정했지만 엄마는 내가 밖에서 돌아다니지 않고 집에 있길 바랐다. 특히 할아버지가 갑자기 돌아가신 뒤로는 내가 집에 있어야 마음이 놓이는 것 같았다.

처음에는 한가하게 휴가를 즐기듯이 방에서 온라인 게임을 하고 음악을 듣고 소설을 읽으며 시간을 보냈지만 한 달도 안 돼서 몸 상태가 급격히 나빠져 거의 침대에 누운 채로 지내야 했으므로 방문을 안에서 걸어 잠근 뒤 창문을 통해 아위안의 집에 가서 그의 보살핌을 받으며 대부분의 시간을 보냈다.

"학교 안 가도 돼? 개강했잖아." 아위안은 그때 의대 3학년이었다.

"휴학했어. 안 그래도 쉬고 싶었는데 잘됐지." 아위안이 심드렁하게 대답했다.

난 그게 핑계일 거라고 생각했다. 그는 내 인생의 마지막 몇 달을 함께 보내기 위해 휴학을 했을 것이다.

아위안이 내 곁에 있어서 다행이다. 아위안은 통증에 시달리는 나를 위해 위험을 무릅쓰고 엄격히 관리되는 약물을 빼돌려 가져오기도 했다. 무슨 약인지 정확히는 모르지만 아마 모르핀 같은 마약성 진통제일 것이다. 암은 정말 무서운 병이다. 암은 나를 점점 약하게 만들고 식욕을 빼앗아 갔다. 매일 침대에 누워 있는데도 온몸을 휘감는 통증에 잠들지 못했다. 차츰 손가락이 움직이지 않아 게임 컨트롤러의 버튼을 정확하게 누를 수가 없었고 책에 쓰인 글씨도 제대로 읽을 수가 없게 되었다. 아위안은 고대 그리스인들은 음악에 사람의 감정을 차분하게 하고 통증을 줄여주는 효과가 있다고 믿었다면서 다양한 음악을 들려주었다.

이 1만 자 분량의 글도 혼신의 힘을 짜내 아위안의 노트북

키보드를 천천히 두드려서 쓴 것이다. 비록 아주 미미하지만 이 글을 쓰는 동안 내 머릿속이 가장 또렷했다. 이것이 하늘이 내게 준 마지막 사명인 것 같다. 하지만 걱정되는 일이 또 하나 있다.

"아위안, 내 집은 네게 줄게." 그날 내 옆에서 CD를 컴퓨터에 넣어 MP3 파일로 변환하고 있는 아위안에게 말했다.

"왜?" 아위안이 놀라며 물었다.

"내가 죽고 집이 엄마 명의가 되면 외삼촌이 그냥 두지 않을 거야. 달콤한 말로 엄마를 구슬려 집을 팔게 하고 돈을 가로채겠지."

"네 외삼촌은 보험회사 다니면서 돈을 잘 벌잖아? 메이펑 아주머니의 집을 왜 넘보겠어?"

"화무십일홍이잖아. 나중에라도 급전이 필요하면 나쁜 마음을 먹을 거야." 나는 외할아버지의 생전 당부를 떠올렸다. '화무십일홍'이라며 고상한 문자를 섞어 말하는 내가 우스웠는지 아위안의 입가가 말려 올라갔다.

"아무리 그래도 메이펑 아주머니가 이상하게 생각하실 거야. 내가 너희 재산을 빼앗으려 한다고 생각하실 텐데." 아위안이 웃으며 고개를 저었다.

"그럼…… 내가 죽은 걸 엄마가 모르게 해줘."

"그게 무슨 말이야?"

"외국 기사 못 봤어? 늙은 부모가 죽었는데도 자식들이 계속 연금을 받으려고 시신을 숨겨놓고 부모가 계속 살아 있는 척하는 일이 있잖아. 내가 죽었다는 걸 아무도 모르면 아무 문제 없겠지."

"말도 안 되는 소리 하지 마. 시신을 어떻게 숨겨? 한집에 사는 아주머니를 어떻게 속여?"

"두 번째는 이미 하고 있잖아? 지금도 엄마는 내가 방 안에 있는 줄 알잖아. 네가 내 방에 스피커와 마이크를 설치해줘서 엄마가 노크하는 소리가 들리면 내가 여기서 스피커로 대답하잖아."

"지금은 가능해도 네가 죽고 나서 내가 그걸 어떻게 해? 나비넥타이형 음성변조기를 쏠까? 아니면 손목시계로 위장한 마취총으로 아주머니를 기절시켜?" 아위안이 웃음을 터뜨렸다.

"내 말을 몇 마디 녹음해뒀다가 쓰면 되잖아. '방해하지 마!' '배 안 고파!' '문 앞에 놔둬!' 같은 것들. 재밌을 거 같지 않아?"

"좋아. 일상 대화에 필요한 말을 100마디 넘게 녹음해둔다고 치자. 그럼 네 시신은 어쩔 건데? 대형 냉동고를 사다가 넣어둘까?"

"그 방법도 괜찮지. 하지만 낡은 아파트라서 정전되면 골치 아파져. 시체를 벽 속에 넣고 시멘트로 발라버리는 게 좋겠어. 그러면 관리할 필요가 없잖아."

"문제가 더 커질 수도 있어. 시체가 부패해서 나온 가스에 시멘트가 갈라지면 수습하기 힘들어."

"강산성 용액으로 녹여버리는 건 어때?"

"뼈와 치아까지 녹으려면 시간이 오래 걸려. 그건 둘째 치고 강산성 용액은 심한 악취가 나는 데다 물체가 녹으면서 분출되는 가스가 닿으면 벽의 페인트가 갈라지고 액체가 배수관을 녹일 거야. 내가 네 시체를 형체도 없는 곤죽으로 만든다 해도 변기에 넣고 흘려보낼 수가 없어."

"차라리 빅웨이브베이에 던져버리거나 파커산[1]에 암매장해버릴까? 둘 다 별로 멀지 않잖아." 내가 말했다.

"결국에는 발견되겠지. 추리소설을 많이 보고도 어쩜 그렇게 허술한 방법만 생각해내냐?" 아위안이 나를 놀렸다.

"그…… 그럼 네가 잘하는 방법을 쓸까?"

"내가 잘하는 방법?"

"넌 의대생이잖아. 저번에 인체 해부를 해봤다고 하지 않았어? 표본 만드는 법에 관한 책도 많이 봤잖아. 화학적인 방법으로 시체를 영구 보관하면 되잖아. 외국 살인마들처럼 시체를 통째로 통에 넣어 감추는 건 싫어. 그러면 문제가 생겼을 때 운반하기가 힘들잖아. 시체를 토막 내서 보관하는 게 좋겠어. 와우, 시체를 토막 내다니 시마다 소지나 요코미조 세이시의 소설 같잖아? 끝내준다. 주범이 스스로 시신을 토막 내기

---

1 홍콩에서 두 번째로 높은 산.

위한 재료가 되는 거야. 행위 예술과 예술품이 하나가 되는 거지……."

"헛소리 작작 해."

"아위안, 난 진지해. 그러면 엄마가 외삼촌에게 집을 빼앗길까 봐 걱정할 필요도 없고, 엄마가 내 생부와 인연을 끊는 바람에 내가 암으로 죽었다는 죄책감을 느끼지도 않을 거야. 네가 다페이에게 복수할 계획을 짰을 때 난 네가 틀림없이 그 계획을 성공시킬 줄 알았어. 날 도와줘. 날 도울 수 있는 사람은 너뿐이야."

아위안이 침묵했다. 그를 힘들게 하는 부탁이라는 건 나도 알았지만 죽기 전 내 마지막 소원이었다.

"좋아. 하지만 세상 사람들을 속이려면 네 신체적 특징을 없애야 해. 만에 하나 네 시체가 발견됐을 때 네 비밀이 들키지 않도록. 치과에서 엑스레이를 찍거나 기록을 남긴 적 있어?"

"없어."

"그럼 지문과 눈 코 입의 특징만 감추면 되겠네. 특히 얼굴에 있는 그 점."

"좋아. 어차피 빼버리고 싶었어." 내가 일부러 웃으면서 말했다.

"하지만 그 두 가지 특징만 지우면 나중에 발견됐을 때 범인이 피해자의 신분을 감추려고 고의로 없앤 거라고 생각할 거고, 그러면 그걸 단서로 수사할지도 모르지."

"그럼 그렇게 생각하지 않게 만들 방법을 쓰면 되잖아?"

"예를 들면?"

"예를 들면…… 오, 하하하! 뿌린 대로 거두는구나." 난 문득 그 일이 떠올랐다.

"뿌린 대로 거둔다고?"

"내가 다페이에게 복수했던 얘길 했잖아. 그때 고춧물을 뒤집어쓴 그놈이 얼굴을 감싸고 비명을 지르며 바닥을 뒹굴던 모습이 아주 웃겼거든. 그런데 지금 내가 손바닥과 눈 코 입을 뭉개버릴 방법을 생각하고 있으니, 뿌린 대로 거두는 게 아니고 뭐겠어?"

아위안도 나를 따라 웃음을 터뜨렸다. 인생은 부메랑이다. 내가 손목이 잘린 팔로 얼굴을 가린 우스꽝스러운 모습으로 발견된다면 어느 정신이상자의 소행처럼 보일 것이다.

그 후 우리는 이 아이디어를 실행에 옮기기 위해 치밀한 계획을 짰다. 내 목소리를 녹음하고 내가 죽은 뒤 시체를 몇 토막으로 잘라야 아위안이 그걸 보관하고 관리하기가 편할지 계산했으며, 남몰래 표본병과 고정액을 구매할 방법을 궁리했다. 또 내가 온라인 게임과 애니메이션에 빠진 은둔형 외톨이로 살고 있는 것처럼 위장하기 위해 아위안이 내 신용카드로 물건을 구매하고 인터넷뱅킹으로 주식 투자를 할 수 있는 방법을 고안했다. 나는 이것이 내가 죽기 전에 가장 즐거운 일일 거라고 생각한다. 마치 추리소설의 트릭 속으로 들어간 기분이다. 꿈이 현실이 된 셈이다.

난 세상에서 가장 운 좋은 남자다.

어느 날 아위안이 최근에 발매된 〈리얼리티〉라는 음반을 MP3로 변환했다. 브리티시 로큰롤을 좋아하는 더듬이가 데이비드 보위의 새 음반이 나왔다며 부탁해서 사 온 것이라고 했다. 그 음반을 듣고 왜 이제야 그 음악을 들었는지 한스러울 만큼 매료되었다.

〈더 론리스트 가이〉를 들으며 흐르는 눈물을 멈출 수가 없었다.

얼마 후 난 끝없는 어둠을 향해 떠나겠지만 난 가장 고독한 남자가 아니다.

난 가장 운 좋은 남자야.

가장 운 좋은 남자.

All the pages that have turned
넘어간 모든 페이지
All the errors left unlearned, oh
깨닫지 못한 모든 실수, 오
Well I'm the luckiest guy
그래, 난 가장 운 좋은 남자
Not the loneliest guy
가장 고독한 남자가 아니야

In the world
이 세상에서
Not me
난 아니야
Not me
난 아니야

―데이비드 보위 〈더 론리스트 가이〉

에필로그

 "……신작《소라게》의 창작 과정에 대해 들려주신 무명지 선생님께 감사드립니다! 다음은 질의응답 시간입니다. 무명지 선생님께서 타이완 독자들을 만나러 오신 귀한 자리입니다. 선생님께 하고 싶은 말이 있었다면 이 기회를 놓치지 마세요!"
 타이베이 신이구의 한 대형 서점 3층에서 행사 진행을 맡은 출판사 편집자가 독자들을 향해 말했다. 칸즈위안은 연단에 앉아 있고 '무명지 작가 신간 북토크'라는 커다란 글씨와 타이완판《소라게》의 표지가 새겨진 배너가 그 옆에 세워져 있었다. 책 표지는 해변 사진인데 멀리 하늘과 바다가 한 덩어리가 되어 파랗게 펼쳐져 있고, 가까이 있는 해변에는 책 제목을 연상시키는 아이보리색 조개껍데기가 있었다. 장르소설이 아니라 시집으로 착각할 것 같은 멋진 표지였다.

"안녕하세요! 이번 소설 정말 재밌게 읽었어요. 범죄 미스터리와 본격 추리소설만 쓰시는 줄 알았는데 이런 소재도 이렇게 잘 쓰실 줄은 몰랐어요. 이 소설이 마지막 작품이라고 발표하셨는데 다른 많은 독자들처럼 저도 선생님이 작품 활동을 계속하시면 좋겠어요. 이《소라게》를 시리즈로 확장할 수도 있을 것 같아요. 신간의 반응이 이렇게 뜨거운데 마음을 바꿔서 절필 선언을 철회하실 의향은 없나요?"

20대로 보이는 긴 머리 여자가 물었다. 그녀가 질문하자 자리에 있는 다른 독자들도 고개를 끄덕이며 호응했다. 어떤 사람은 박수를 치며 간절한 눈빛으로 칸즈위안을 보았다. 진행을 맡은 편집자도 기대하는 표정으로 그를 보았다. 만약 그가 절필 선언을 철회한다면 출판사에도 엄청난 희소식이기 때문이다.

"졸작을 재밌게 읽어주셔서 감사합니다." 칸즈위안이 마이크를 들고 담담한 어조로 말했다. "정말 죄송합니다. 결정을 바꿀 일은 없을 거예요. 20년 동안 소설 쓰는 일에만 몰두하다 보니 너무 많은 일을 놓쳤어요. 절필 후에 다시 소설을 쓸 생각은 없어요.《소라게》도 속편은 없을 겁니다. 이 스토리는 적당한 지점에서 끝을 맺는 게 좋다고 생각해요. 억지로 속편을 쓰면 기존의 이미지를 해칠 수 있으니까요. 이 소설은 제게 특별한 작품이기 때문에 어설픈 속편을 덧붙여 오점을 남기고 싶지 않아요. 이 작품을 소설가로서의 제 인생을 끝맺음하는 마침표로 삼는 것이 가장 좋다고 생각합니다."

실망하는 독자들을 보며 칸즈위안이 부드러운 미소를 지었다. "더 이상 소설을 쓰지 않는다고 해서 완전히 은퇴한다는 뜻은 아니에요. 현재 영화사 몇 곳에서 제 예전 소설을 영화화하려고 준비하고 있어요. 저는 아마 자문이나 시나리오 검토 등으로 또 바쁜 시간을 보내게 될 거예요. 《소라게》를 재미있게 읽으셨다면 주위에 많이 추천해주세요. 혹시 이 소설도 어느 영화제작자나 영화감독의 눈에 띄어 영화로 다시 태어날 기회가 있을지도 모르죠."

그의 말이 한 가닥 희망에 불을 지핀 듯 독자들이 웅성거렸다. 한 독자는 앞으로 그의 소설을 읽을 수는 없지만 그가 영화계로 전향해 그의 새 시나리오를 볼 수 있을지도 모르겠다는 기대를 품었다.

"안녕하세요. 타이베이에 오신 걸 환영합니다." 한 남성 독자가 진행 요원에게 마이크를 건네받아 말했다. "저와 제 여자친구는 선생님의 이번 소설을 아주 재미있게 읽었고 또 영화로 만들어지길 기대합니다. 제 질문에 스포일러가 있을 수 있으니 다른 분들의 양해를 바랍니다. 제가 궁금한 건 주인공 아바이와 L 사이의 감정이 사랑일까 하는 것입니다. 선생님은 끝까지 둘의 관계를 명확하게 규정하지 않으셨는데요. 제 여자친구가 오늘 출근하느라 이 자리에는 오지 못했지만 이 문제를 두고 저와 긴 논쟁을 벌였습니다. 제 여자 친구는 두 주인공이 서로를 연인으로 여기고 있었을 거라고 했지만 제 생각은 좀 다릅니다. 둘 사이의 감정은 단순히 사랑이라고 부를 수 없는 복잡한 감정이었을 거라고 생각합니다."

"질문 감사합니다. 이 정도는 스포일러가 아닌 것 같군요. 책 뒤표지에도 간략한 줄거리가 소개되어 있으니까요. 출판사가 이 작품을 '로맨스 추리소설'로 홍보했으니 그걸 궁금해하는 독자들이 있을 거라고 예상했어요." 칸즈위안이 웃으며 말했다. "하지만 솔직히 말하면 저도 잘 모릅니다. 세속적인 관점에서 보면 두 주인공은 서로 사랑하는 사이가 맞아요. 그들을 서로의 관계를 확인하지 않은 연인으로 보는 견해도 타당해요. 하지만 단순히 '사랑'이라는 말로 그들의 행동을 설명한다면 피상적인 것 같군요. 사랑 자체가 피상적이라는 뜻은 아니에요. 단순히 '사랑'이라는 말로는 둘의 관계를 온전히 표현할 수 없다는 뜻이에요. 우리는 혈연으로 가족을 얻고, 같은 학교에서 공부를 하거나 한 직장에서 일하면서 동창과 동료를 만들고, 같은 취향과 취미를 공유하며 친구를 사귀죠. 또 사랑에 대한 욕망으로 연인을 얻고, 평생 의지하며 살 동반자를 얻기 위해 배우자를 찾아요. 우리는 평범한 사람들이 납득할 수 있는 이유로 이런 관계들을 설명하죠. 하지만 아바이와 L은 만날 운명이었던 것처럼 서로의 영혼에서 부족한 부분을 채워주었어요. 단순히 서로를 알아주는 친구가 아니에요. 두루뭉술하게 표현한다면 그들은 가족이었어요. 남녀가 서로 사랑해서 가정을 꾸렸다고 해도 좋고, 고독한 두 영혼이 서로를 끌어당겨 가족이 됨으로써 고독에서 도피했다고 해도 좋아요. 제 글솜씨가 부족해 이야기 속에서 이 점을 잘 표현하지 못한 것 같군요. 독자들이 각자 해석하도록 남겨둔 걸 수도 있어요. 어떻게 해석하든 괜찮아요."

그 뒤에도 독자들의 질문이 계속 이어졌고 칸즈위안은 모두 성의 있게 대답했다. 원래 20분으로 예정되어 있던 질의응답은 40분이나 이어지다가 진행자의 도움으로 겨우 마무리되었다. 북토크의 마지막 순서는 저자 사인이었다. 독자들이 그의 책을 들고 길게 줄을 서서 기다렸고, 한 시간이 지나서야 마지막 독자가 무명지의 친필 사인을 받은 책들을 품에 안고 흡족한 미소를 지으며 돌아갔다.

"선생님, 수고 많으셨어요." 편집자가 테이블 위에 있는 사인펜을 정리하며 말했다. "이제 호텔에 가서 쉬셔야죠? 택시 불러드릴까요?"

"괜찮아요. 친구가 왔어요." 칸즈위안이 서가 앞에 서 있는 쉬유이를 가리켰다. 쉬유이는 편집자와 인사를 한 뒤 자신에게 다가오는 칸즈위안을 굳은 표정으로 응시했다.

"쉬 경위님, 잘 지내셨어요?" 칸즈위안은 쉬유이의 굳은 얼굴을 아랑곳하지 않고 가벼운 말투로 인사를 건넸다.

"겁도 없이 먼저 다가와 말을 거는군요. 내가 타이베이 경찰

국과 공조해서 이 서점을 포위하고 당신을 체포할까 봐 겁나지 않아요?"

"경찰을 오도한 죄인은 최고 5천 위안의 벌금형 또는 징역 6개월형에 처하도록 되어 있지만 실제로는 대부분 사회봉사 명령에 그치죠. 게다가 홍콩과 타이완은 연쇄살인 용의자 인도 협정을 맺지 않았고, 홍콩 경찰이 나 같은 잡범 하나 잡으려고 강력반 경위를 직접 타이완까지 파견했겠어요?"

"내가 당신을 살인 용의자로 지목했을지도 모르잖아요?" 쉬유이가 일부러 상대를 약 올리려고 했다.

"쉬 경위님은 아마추어 탐정이 수사에 관여하게 하는 머저리 경찰이 아니잖아요. 경위님이 타이완까지 찾아왔다는 건 이미 진실을 거의 추리해냈고 마지막 퍼즐 조각을 찾아왔다는 뜻이겠죠." 칸즈위안이 웃으며 뒤를 가리켰다. "위층에 카페가 있어요. 분위기도 괜찮은데 커피 마시면서 천천히 얘기하시죠?"

쉬유이는 자신을 손바닥에 올려놓고 조롱하는 듯한 칸즈위안의 영리함과 교활함이 얄미워서 미칠 지경이었지만 다행히 그가 밑바닥까지 악한 사람이 아니라는 건 알고 있었다.

은퇴 교사 린궈둥을 통해 '더듬이'의 존재를 알게 된 순간 쉬유이는 이상한 예감이 들었다. 처음에는 토막 살인을 당한 피해 남성이 더듬이일지 모른다는 생각을 했다. 칸즈위안이 27년 전 대화재에 대해 얘기할 때 자신을 구해준 그 친구의 존재를 일부러 감췄기 때문이다. 칸즈위안의 할머니가 더듬이를 집에 데려온 뒤 칸즈위안과 더듬이 사이에 어떤 원한이 생겼고 그 때문에 셰바이천과 공모해 더듬이를 살해했을 수도 있었다.

하지만 쉬유이는 곧바로 그 가설에 문제가 있음을 알았다. 아싱이 회의에서 말했던 것처럼 만약 칸즈위안이 범인이라면 그는 굳이 셰바이천의 혐의를 벗겨주려고 애쓸 필요 없이 수사가 그대로 진행되도록 내버려두면 된다. 칸즈위안은 이성적인 사람이었다. 죄를 지은 두려움에 혼자 죄를 뒤집어쓰고 자살한 셰바이천의 '선의'를 물거품으로 만드는 충동적인 행동을 할 리 없다. 게다가 린궈둥의 증언으로 볼 때 칸즈위안은 더듬이에게 마음의 빚을 지고 있었으므로 칸즈위안이 더듬이를 살해했을 가능성은 희박했다. 오히려 더듬이가 아버지의 죽음을 칸즈위안의 탓으로 돌리고 그에게 살의를 품었을 가능성이 훨씬 컸다.

그때 대담한 가설이 쉬유이의 뇌리를 스쳤다. 그가 만난 '칸즈위안'이 정말로 칸즈위안 본인일까?

더듬이가 칸즈위안을 죽이고 칸즈위안의 신분으로 살고 있는 건 아닐까?

특히 칸즈위안이 대학 2학년 때 의대를 자퇴한 것도 더듬이가 칸즈위안의 학교 친구와 교수들에게 들키지 않고 그의 신분으로 살기 위함이었을 수 있다.

하지만 이 가설에는 허점이 너무 많았다. 칸즈위안을 아는 사람이 학교에만 있는 것은 아니었다. 제일 가깝게는 셰메이펑이 이웃집에 살며 칸즈위안을 수시로 보았다. 이 가설이 성립하려면 셰메이펑이 공범이어야 하지만 현재 알고 있는 것들과 맞아떨어지지 않는다. 더욱이 가장 중요한 점은, 린궈둥은 더듬이가 말을 더듬었다고 했는데 그가 만난 칸즈위안은 능란한 언변의 소유자였다. 그가 말을 더듬는 것은 상상도 할 수 없다.

그런데 신분이 바뀐 사람이 칸즈위안과 더듬이가 아니라 더듬이와 셰바이천이라면 가능성이 있었다. 쉬유이는 피해자의 뇌에 종양이 있다는 부검의의 말을 떠올리며 간과하고 있던 맹점을 발견했다.

그는 '토막 살인'을 하나의 사건으로만 생각하고 그것이 사실 서로 무관한 일이 될 수 있다는 점을 고려해본 적이 없었다. 게다가 칸즈위안도 '시신을 토막 낸' 행위가 '살인'을 감추기 위한 수단인 것처럼 이 둘을 엮어서 그의 판단을 오도했다. 하지만 살인을 했다고 해서 모두 시신을 토막 내는 것도 아니고 시신을 토막 낸 사람이 살인과 무관할 수도 있다. 흔한 경우는 아니지만 그런 가능성을 배제할 수 없다.

피해자는 타살이 아니라 암으로 죽은 게 아닐까?

'바이천의 할아버지는 딸에게 집을 물려주었다가는 아들이 누나를 속여 재산을 빼앗을까 봐 걱정했던 것 같아요.' 쉬유이는 칸즈위안이 했던 말을 떠올렸다. 칸즈위안이 아무 근거도 없이 그런 생각을 했을 리는 없다. 바꿔 말하면 셰바이천도 그런 생각을 했을 것이다. 셰바이천은 자신이 죽으면 엄마가 교활한 외삼촌을 상대해야 한다는 사실을 걱정하며 그에 대한 대비책을 마련해놓아야 한다고 생각했을 것이다.

다른 이유가 있는지는 모르겠지만 만약 칸즈위안이 1인 2역을 맡아 이미 죽은 셰바이천을 은둔형 외톨이로 위장했다면 그가 의대를 중도에 자퇴한 이유를 설명할 수 있고, 유명 작가가 된 후에도 먼 곳에서 열리는 홍보 행사 등에 참석하지 않은 이유도 설명할 수 있다. 그는 항상 집에 있으면서 매일 한 번씩 셰바이천의 방에 몰래 숨어 들어가 방 안에 사람이 있는 척해야 했기 때문이다.

이론상으로 칸즈위안이 셰바이천으로 위장하는 것은 불가능하지만 셰메이펑은 아들이 오랫동안 닫힌 문을 사이에 두고 자신과 대화했고, 기껏해야 문틈으로 물건을 넣어주는 것 외에 아무런 접촉이 없었다고 했다. 셰바이천과 칸즈위안이 공모했다면 칸즈위안이 셰바이천의 음성을 녹음해두었다가 그 파일을 재생해서 속일 수 있었을 것이다. 칸즈위안이 감기에 걸려 목이 쉬었다거나 하는 핑계로 셰바이천의 말투를 흉내 내 대신 대화를 했을 수도 있다. 그러면 셰메이펑은 목소리가 조금 달라도 개의치 않았을 것이고, 차츰 시간이 흐르면서 아들의 원래 목소리를 잊어버리게 된 것이다. 전화를 걸어 친구나 가족을 사칭해서 사기를 치는 보이스피싱 사례를 봐도 피해자는 일단 상대를 가족이나 친구로 믿어버리면 의심하지 않고 돈을 내준다. 셰바이천은 원래 내성적인 성격으로 어머니와도 그리 살가운 사이가 아니었으니 칸즈위안의 이런 속임수가 더 쉽게 먹혔을 것이다.

셰바이천으로 위장한 칸즈위안이 문을 살짝 열었을 때 셰메이펑이 문틈으로 그를 보았을 수도 있다. 하지만 쉬유이는 그에 대한 대응 방법이 있다는 걸 알고 있었다. 셰바이천의 얼굴에 난 점이 핵심이었다. 쉬유이는 사람들이 타인의 얼굴을 인지할 때 많은 요인에 영향을 받는다는 걸 오랜 수사 경험을 통해 알고 있었다. 가령 대머리, 흉터, 점 등 얼굴에 두드러진 특징이 있는 경우, 목격자는 동일한 특징을 가진 제삼자를 용의자로 오인하기 쉽다. 칸즈위안이 가발을 쓰고 가짜 수염을 붙이고 점을 그리기만 하면 셰메이펑은 문틈으로 본 그를 자기 아들이라고 생각할 수 있다.

그러므로 몇 년 뒤 셰메이펑은 긴 머리에 수염이 덥수룩하고 왼쪽 눈 밑에 큰 점이 있는 남자 시신을 보고 셰바이천이라고 생각했을 것이다.

하지만 자살한 그 남자는 사실 더듬이였다.

1년 반 정도의 짧은 은둔 생활이었다면 셰메이펑이 아들의 얼굴을 착각했을 리 없지만 20년은 아들의 얼굴에 대한 기억도 희미하게 만들기에 충분한 세월이다. 더듬이는 칸즈위안이 평소에 위장할 때처럼 머리와 수염을 기르고 갈색 유성 사인펜으로 왼쪽 눈 밑에 점을 그린 뒤 셰바이천의 신분으로 자살할 수 있었다. 숯을 피워 자살한 사망자의 얼굴이 온전하다면 부검의는 일부러 시신의 얼굴을 닦지 않을 것이다. 유성잉크는 방수 효과가 있고 시신에서는 신진대사가 일어나지 않으므로 그 '점'이 지워질 염려는 거의 없다.

더 확인해야 할 부분들이 많이 남아 있지만 쉬유이는 자신을 꺼림칙하게 만들던 의문들의 해답을 찾았다고 생각했다. 아주 기이하고 황당한 진실일 수 있지만 어떤 면에서 보면 충분히 납득할 수 있었다. 가령 칸즈위안이 집요하게 셰바이천의 결백을 입증하려고 했던 것은 사실 목적이 아니라 수단이었다.

바로 셰자오후에게 대응하기 위한 수단이었다.

"린궈둥 선생님에게 더듬이의 일을 들었어요." 테이블에 앉아 커피를 주문한 뒤 쉬유이가 말했다.

"네." 칸즈위안이 태연하게 대답하며 상대의 다음 말을 기다리는 표정을 지었다.

"자살한 사람이 셰바이천으로 위장한 더듬이라는 게 내 추측이에요."

쉬유이는 자신이 추리한 것을 얘기하며 칸즈위안의 반응을 살폈지만 칸즈위안은 어느 대목에서도 별로 동요하지 않고 차분히 듣기만 했다.

"우린 종종 맹점이 있어요. 부검의가 시신에서 모든 사실을 다 찾아냈다고 생각하는 것이죠. 하지만 부검의는 생리적인 증거에만 초점을 맞출 뿐 눈에 뻔히 보이는 정보는 놓쳐버리기 쉽죠. 예를 들면 죽은 사람의 신원이랄까." 쉬유이가 자신이 발견한 사실을 천천히 얘기했다.

"부검의는 죽은 사람의 신원을 알 수 없을 때만 신원을 찾아내기 위한 조사를 하죠. 어머니도 자살자가 자기 아들이라고 믿었기 때문에 경찰은 그가 다른 사람이라는 걸 알아채지 못했어요. 2006년 미국 인디애나주에서 교통사고가 발생해 다섯 명이 사망했는데 부검의와 경찰이 혼수상태인 생존자를 나이와 성별이 같은 사망자로 오인한 일이 있었어요. 몇 주 뒤에 그가 깨어났을 때 병실을 지키고 있던 사망자의 가족들은 참담한 진실을 마주해야 했죠. 2018년 캐나다 서스캐처원주에서 일어난 교통사고에서도 비슷한 일이 있었어요. 이처럼 부검의와 경찰의 신원 파악에 오류가 생길 수 있으므로 이 사건처럼 가족과 이웃이 확인해준 사건이라면 부검의와 경찰은 '셰바이천'의 신분을 다시 확인하는 절차를 거치지 않는 게 일반적이에요. 그보다는 토막 살해된 두 사망자의 신원을 파악하는 데 초점을 맞추게 되죠. 부검의는 20여 개 유리병을 검사하는 일만으로도 정신없이 바빴을 거예요."

"경위님의 추리가 맞든 틀렸든, 한 가지 간과한 점이 있어요. 경위님은 그 추리가 맞다는 걸 입증할 수 없다는 점이죠." 종업원이 가져온 커피를 한 모금 마시며 칸즈위안이 심드렁한 어조로 말했다.

"아니. 내겐 증거가 있어요." 쉬유이가 확신에 찬 표정으로 말했다.

"증거가 있다고요?" 칸즈위안이 약간 의아한 표정으로 되물었다.

"'셰바이천'의 시신은 이미 화장됐고, 신원을 알 수 없는 피해 남성의 지문과 이목구비는 확인할 수 없어요. DNA도 화학 용액에 훼손됐죠. 하지만 내 추리를 뒷받침할 수 있는 증거가 적어도 하나는 있어요." 쉬유이가 서류의 복사본 두 장을 내밀었다. "홍콩에도 2006년에 신원 파악이 잘못된 사건이 있었어요. 푸산 안치소에서 유족에게 시신을 인도할 때 착오가 생기는 바람에 유족이 다른 사람의 시신을 화장한 일이에요. 그 일 이후 위생서에서 시신을 수령하고 인도할 때 지문 기록을 추가하도록 규정했어요."

칸즈위안의 낯빛이 조금 변하며 테이블에 있는 서류로 시선을 옮겼다.

"빅토리아 안치소에 보관된 '셰바이천'의 기록이에요. 이 기록은 시신을 인도받을 때나 유족에게 인도할 때 다른 시신과 바뀌지 않도록 확인하는 데만 사용되고, 안치소에서 사망자의 신원을 다시 확인하지는 않아요. 그런데 셰바이천의 신분증에 등록된 지문 기록과 비교해보니 이 시신은 셰바이천 본인이 아니더군요. 검시실로 보내질 때부터 신분 확인이 잘못됐던 거예요."

"메이펑 아주머니께…… 이 사실을 얘기했나요?" 칸즈위안의 얼굴에 긴장감이 돌았다.

"아직 안 했어요."

"얘기할 거예요?"

"칸 선생의 협조 여부에 달렸어요. 칸 선생에게 요청할 게 있어요."

"뭘 원하세요?"

"귀쯔닝의 유서를 보고 싶어요."

칸즈위안이 굳었던 표정을 누그러뜨리고 커피를 한 모금 마셨다.

"그건 어렵지 않아요. 예상했던 일이기도 하고요." 칸즈위안이 외투 안주머니에서 반으로 접힌 흰색 봉투를 꺼냈다.

"오늘 내가 올 줄 알고 있었어요?" 이번에는 쉬유이의 표정이 굳었다.

"그렇다고 대답해서 경위님을 놀라게 하고 싶지만 사실 계속 가지고 다녔어요."

쉬유이는 칸즈위안이 말은 이렇게 해도 언젠가는 자신이 찾아올 줄 예상하고 있었을 거라고 생각했다. 쉬유이는《소라게》를 읽고 진상을 파악했다. 단칭맨션에 찾아갔다가 칸즈위안이 한국에서 열리는 문학 행사에 참석하러 갔다는 걸 알았고, 인터뷰 기사를 통해 한국 일정이 끝나면 곧바로 타이베이와 싱가포르에서 행사가 예정되어 있다는 걸 알았다. 서울과 싱가포르에 비하면 타이베이행 비행기표가 저렴하기 때문에 칸즈위안은 자신이 타이베이에 있는 기간 동안 쉬유이가 찾아올 거라고 예상했을 것이다.

일반 독자들에게는 무명지의 신작이 사랑과 복수를 주제로 한 추리소설일 뿐이겠지만 쉬유이는 그것이 허구의 이야기가 아니라 실제 일을 섞은 개인적인 소설이라는 걸 간파했다. 《소라게》에서 말더듬증을 가진 아바이가 20년간 은둔 생활을 하던 중 가출 소녀 L을 만나 서로를 알게 된다. 얼마 후 L은 자신을 오랫동안 성폭행했던 계부를 우연히 다시 만난 뒤 과거의 상처가 되살아나며 우울증이 심해지더니 급기야 유서를 남기고 아바이의 집에서 손목을 그어 자살을 시도한다. L이 죽기 전에 발견해 살려낸 뒤 자초지종을 들은 아바이는 바깥세상에 대한 두려움을 극복하고 L과 힘을 합쳐 그녀의 계부에게 복수하기로 결심하고, 소설은 통쾌한 복수극으로 막을 내린다.

'책이 나온 뒤에 사서 보시면 아실 거예요.'

쉬유이는 소설을 읽고 난 뒤에야 칸즈위안이 했던 이 말의 진정한 의미를 이해했다. 이 소설은 픽션이지만 쉬유이에게 주는 힌트이기도 했다.

소설에서 L이 손목을 긋는 장면이 너무 생생하게 묘사되어 어떤 독자는 서평에 '내 피부를 가르는 듯한 고통이 느껴졌다'고 썼다.

하지만 쉬유이는 그 상세한 묘사 속에 감춰진 의미를 알아챘다. 여자 주인공의 왼쪽 손목에 있는 상처의 위치와 각도가 궈쯔닝의 왼쪽 손목과 손바닥의 잘린 각도와 동일했다. 또 소설에서 L은 왼쪽 상완과 손목 사이도 칼로 그었는데 궈쯔닝의 왼쪽 상완과 왼쪽 손목 사이의 잘린 위치와 맞아떨어졌다. 삼합회에서 스파이 활동을 했던 싸움개가 궈타오안의 오른쪽 팔에 흉터가 있다고 했을 때 자치는 흉터가 시신을 토막 낸 자리와 일치해서 보이지 않았을 수 있다고 했는데 그때는 여성 피해자의 시신에서 그 일이 있었을 줄은 예상하지 못했다.

하지만 가장 중요한 단서는 밍화중의 옛 교지에 있었다. 더듬이의 본명이 바이정환白政桓이었던 것이다.

말더듬증을 가진 은둔형 외톨이 '아바이'가 바로 더듬이였다.

쉬유이는 물론 소설 속 이야기가 모두 사실일 거라고 믿을 만큼 순진하지 않았다. 소설 속 L은 자살하려고 했지만 궈쯔닝도 그랬을 거라고 장담할 수는 없다. 하지만 왼팔의 상처를 감추기 위해 왼팔을 토막 냈다면 그 위치가 오른손으로 왼쪽 손목을 그을 때 나타나는 각도와 일치한다. 또 칸즈위안이 '미치광이는 누구도 못 말리니까요'라는 말을 무의식중에 내뱉은 것으로 볼 때, 쉬유이는 궈쯔닝의 죽음이 타살이었더라도 칸즈위안은 살인이 일어난 뒤에 뒤처리만 맡았을 거라고 생각했다. 더듬이의 목적이 살인이라면 그 후 셰바이천으로 위장하고 자살한 이유를 알 수 없지만, 소설처럼 셰자오후에게 복수하려고 했다면 더듬이가 셰바이천의 신분으로 자살할 경우 경찰이 수사 과정에서 셰자오후라는 인물의 존재를 더 쉽게 발견하게 만드는 효과가 있었다.

칸즈위안이 건넨 봉투를 열자 유서가 아니라 64기가바이트짜리 USB가 들어 있었다.

"소설에서는 종이에 유서를 썼지만 현실에서는 휴대폰으로 작성했어요. 이게 필요하실 거예요." 칸즈위안이 주머니에서 휴대폰에 끼울 수 있는 소형 리더기를 꺼내 쉬유이에게 건넸다.

쉬유이가 USB를 꽂은 리더기를 휴대폰에 연결하자 압축파일 하나가 있었다. 압축을 풀려고 하자 비밀번호를 입력하라는 팝업창이 나타났다.

"만일의 경우 잃어버렸다가 누군가 본다면 문제가 커질 수 있잖아요." 쉬유이가 묻기도 전에 칸즈위안이 말했다.

"비밀번호는 라일라, 언더바, 마즈눈Layla_Majnun이에요. L과 M은 대문자로요."

쉬유이는 《소라게》에서 '라일라와 마즈눈'의 이야기를 읽었다. '마즈눈'은 페르시아어로 미치광이라는 뜻이고, 사람들이 사랑에 미친 그를 놀리며 부르는 별명이었다. 쉬유이가 비밀번호를 입력하자 압축이 풀리며 1분 30초 길이의 동영상 파일이 나왔다.

"아바이 오빠, 요즘 귀찮게 해서 미안해."

쉬유이가 처음 듣는 궈쯔닝의 목소리였다. 궈쯔닝의 낯빛은 창백했고 두 눈은 카메라를 응시하고 있지만 초점이 없었다. 또박또박 말했지만 누가 봐도 그녀의 정신 상태가 온전하지 못하다는 걸 알 수 있을 것이다. 얼굴과 어깨만 나오도록 클로즈업한 화면인데 배경과 그녀의 젖은 머리로 보아 욕실에서 욕조에 누운 채 오른손으로 휴대폰을 들고 직접 찍은 것 같았다.

"지난 몇 달은 내 인생에서 제일 즐거운 시간이었어. 날 받아준 두 사람에게 고마워. 특히 내가…… 오빠 곁에 있을 수 있게 해줘서 고마워. 내 인생이 희망적이라고 생각했어. 나도 남들처럼 행복을 찾은 것 같은 착각이 들었어. 아, 정말 그랬다면 얼마나 좋았을까."

궈쯔닝은 애써 미소를 지었지만 쉬유이는 그 웃음 뒤에 감춰진 불안감을 보았다.

"그런데 그 사람이 날 찾아냈어. 계속 날 찾고 있었다는 걸 알아. 다시 도망치면 내게 가장 소중한 사람을 해치겠다고 했어. 그는…… 사람도 아니야. 인간의 탈을 쓴 악마고, 괴물이야……. 그 사람은 그렇게 할 거야. 틀림없이……. 손아귀에서 벗어났다고 생각했는데 계속 내 뒤를 쫓고 있었던 거야……. 그 사람이 오빠를 해칠까 봐 무서워……."

화면 속 소녀의 표정이 일그러졌다. 냉정함을 유지하려고 안간힘을 다하고 있지만 두 눈에 크렁크렁 괸 눈물이 한 방울씩 뺨을 타고 흘러내렸다. 그녀가 떨리는 왼손으로 눈물을 훔치는 순간, 쉬유이는 화면에 훅 지나간 왼쪽 팔목에서 피가 흐르는 것을 보고 놀랐다.

"세상 끝까지 도망쳐도 그 사람은 날 쫓아올 거야. 난 도망칠 수 없어……. 그래서 먼저 떠날 수밖에 없어. 쫓아올 수 없는 곳으로 도망쳐야 해. 그 사람은 날 가만두지 않을 거야. 날 죽이는 게 아니라 오빠를 해칠 거야……. 반드시 그렇게 할 사람이야. 오빠가 나 때문에 고통받는 건 싫어…….."

궈쯔닝의 얼굴이 점점 창백해지고 입술이 파랗게 변했다.

"아바이 오빠, 난 정말 떠나고 싶지 않았어. 하지만 다른 방법이 없어. 오빠까지 휘말리게 할 순 없어……. 가능하다면 영원히 오빠 곁에 있고 싶어……. 오빠 집에…… 보관된…… 그것처럼…… 내가 영원히 오빠 곁에 있게 해줘……."

궈쯔닝의 말이 끝나는 것과 동시에 화면이 거꾸로 뒤집히며 욕실 천장이 보이더니 물에 빠진 카메라로 천장 전등을 촬영하는 것처럼 화면이 서서히 흐릿해지고 빨간색 필터를 쓴 것처럼 전체적인 색조가 점점 붉어졌다. 쉬유이는 궈쯔닝이 힘 빠진 손으로 계속 휴대폰을 쥔 채 팔이 밑으로 툭 떨어졌다는 걸 알았다. 그녀는 녹화 정지 버튼도 누르지 못한 채 의식을 잃고 숨을 거두었던 것이다.

"사실 한 시간쯤 되는 동영상인데 뒤에 있는 50여 분은 모두 같은 화면이에요. 그러다가 내가 문을 두드리는 소리와 더듬이가 문을 부수는 소리가 들리는데 그 부분은 잘라냈어요." 칸즈위안이 씁쓸하게 말했다.

"궈쯔닝은 셰자오후에게 살해당한 게 아니군요." 쉬유이가 결론을 말했다.

"아니라고요?" 칸즈위안이 약간 화가 난 목소리로 말했다. "귀쯔닝은 그놈이 죽인 게 맞아요! 직접 죽이지 않았다고 해도 뭐가 다르죠? 귀쯔닝을 낭떠러지로 밀어놓고 오랜 세월 죽은 것보다 못한 삶을 살게 했어요. 그 인간쓰레기가 말입니다!"

칸즈위안의 격앙된 목소리에 옆 테이블에 앉은 손님들의 눈길이 쏠렸지만 그들이 광둥어로 대화하고 있었기 때문에 대화 내용은 알지 못했다.

"쯔닝이 셰자오후에게 성폭행을 당했을 거라고 내가 말했죠. 그건 추리가 아니라 사실이었어요." 칸즈위안이 감정을 추스르고 차분하게 말했지만 쉬유이는 그의 차가운 목소리에 눌려 있는 노기를 느낄 수 있었다. "더듬이가 쯔닝의 유품 속에서 메모를 찾았어요. 두서없이 짧게 휘갈겨 쓴 메모였지만 쯔닝이 자기 감정을 분출하기 위해 끄적여놓은 글이었어요. 그 짐승 같은 자식은 열 살밖에 안 된 쯔닝을 강간했을 뿐 아니라 지속적인 협박을 가했어요. 정신적, 육체적으로 2년 동안 쯔닝을 학대했어요. 쯔닝의 팔에 있는 흉터는 셰자오후가 담뱃불로 지진 자국이에요. 강간할 때마다 의식을 치르듯 담뱃불로 흔적을 남겼대요. 쯔닝이 얼마나 많은 고통을 당했을지 상상할 수 있어요? 대체 어떤 사람이 열 살, 열한 살 아이를 강간할 수 있겠어요? 게다가 그 변태는 그 집에 몇 년을 함께 살면서 아이에게 믿음을 얻었단 말입니다! 자상한 아빠인 척하던 남자가 어느 날 갑자기 본색을 드러내 자신을 강간하는데 얼마나 무서웠겠어요? 열 살 아이는 자기가 뭔가 잘못을 저질렀다고 생각했겠죠? 셰자오후는 일반적인 강간보다도 이런 잔인한 행동에 더 큰 쾌감을 느낀다고요! 보험회사에서 온갖 수법으로 나쁜 짓을 하더니 빚쟁이들을 피해 쯔닝의 집에 얹혀 사는 동안에도 이런 방법으로 두 모녀를 괴롭히고…… 궈쯔닝의 마음속에 자해의 씨앗을 심었던 겁니다. 셰자오후의 짓입니다! 자살이 아니라 살해당한 거라고요!"

"궈쯔닝은 셰자오후가 자신을 찾아냈다고 했는데, 죽기 전에 셰자오후에게 협박을 당한 거예요?" 쉬유이가 칸즈위안의 성난 반응에 흔들리지 않고 질문했다.

"그건…… 아니에요. 쯔닝의 오해였어요. 우연이었죠." 칸즈위안이 힘없이 대답했다.

"우연이라고요?"

"더듬이는 쯔닝이 가출하기 전에 있었던 일을 쯔닝에게 들어서 알고 있었대요. 하지만 우린 쯔닝의 메모를 발견하고 나서야 가해자의 이름을 알았어요. 그가 바로 바이천의 외삼촌이었어요. 현실도 소설과 비슷해요. 더듬이는 온라인에서 쯔닝을 알게 됐고 둘이 말이 잘 통해서 친하게 지냈어요. 더듬이가 나 몰래 방에서 쯔닝을 만났어요. 몇 번 왔다 간 뒤에야 우연히 나와 마주쳤어요. 그러다가 쯔닝이 당방[1] 집주인과 사소

---

1 劏房, 홍콩에서 집 한 채를 여러 칸으로 나누어 세 들어 사는 쪽방.

한 다툼을 하고 미성년자인 게 들통날까 봐 걱정하자 더듬이가 우리 집으로 들어와서 살면 어떻겠느냐고 제안했어요. 어차피 집에 빈방도 있으니까 나도 반대하지 않았어요. 쯔닝이 유언에서 '지난 몇 달'이라고 한 건 우리와 함께 살았던 기간을 말한 거예요."

"궈쯔닝이 단칭맨션에 살고 있다는 걸 아무도 몰랐나요?" 쉬유이가 물었다. 경찰이 초기에 피해 여성의 몽타주를 작성해 탐문 수사를 했지만 소득이 없었다.

"쯔닝이 우리 집으로 이사 온 뒤에는 렌털 애인 일을 그만뒀어요. 자기 삶을 바꾸고 싶었던 것 같아요. 대부분의 시간을 더듬이와 집 안에서 보냈고 후문으로 출입했기 때문에 이웃들도 몰랐을 거예요. 특히 팬데믹이 제일 심했던 시기라서 외출할 때 반드시 마스크를 썼기 때문에 봤다고 해도 생김새는 몰랐겠죠."

칸즈위안은 쉬유이에게 거짓말을 많이 했지만 대부분의 거짓말은 사실에서 나온 것이었다. 셰바이천이 렌털 애인으로 일하는 여자를 어떻게 생각하느냐고 물었을 때 그가 성병 문제를 거론해서 둘이 다투었다는 것도 실제로 있었던 일이었다. 다만 상대가 셰바이천이 아니라 더듬이였다는 것이 다를 뿐. 그가 궈쯔닝이 집에 들어와 사는 데 동의한 것은 채팅으로만 소통하던 더듬이가 자기 몰래 누군가를 만나서 대화를 나누었다는 사실이 놀라웠고, 궈쯔닝이 더듬이의 꽉 잠긴 마음의 자물쇠를 열고 그가 다시 사회에 적응하도록 이끌어줄지도 모른다고 기대했기 때문이었다. 칸즈위안에게 한 사람분의 생필품을 더 사다 놓고 1인분의 음식을 더 만드는 것은 힘든 일이 아니었다. 이 일을 계기로 더듬이가 사회로 다시 돌아갈 수 있다면 그보다 더 많은 돈이 든다 해도 아깝지 않았다.

"어느 날 밖에 나갔다 온 쯔닝이 좀 이상했어요. 귀신을 본 것처럼 덜덜 떠는데 더듬이가 물어봐도 이유를 듣지 못했어요. 더듬이는 말더듬증이 있어서 이유를 캐묻기가 쉽지 않았고요. 일주일 뒤 쯔닝은 정상으로 돌아온 것 같았지만 말투와 태도가 여전히 조금 이상했어요. 뭔가 두려워하면서도 아무렇지 않은 척하는 것 같았죠. 그러다 어느 날 외출했다가 들어갔더니 더듬이가 이상할 정도로 정신없이 잠들어 있고 욕실 문이 안에서 잠겨 있는데 두드려도 인기척이 없었어요. 더듬이를 깨워서 함께 문고리를 부수고 들어가보니 쯔닝이 의식을 잃고 붉은 핏물로 가득한 욕조 안에 누워 있었어요. 끄집어내서 응급조치를 했지만 소용이 없었어요. 이미 숨을 거둔 지 30분은 지난 것 같았어요. 더듬이가 쯔닝의 휴대폰이 계속 녹화 중인 걸 발견하고 유언이 담긴 동영상을 보고는 경찰에 신고하지 말고 쯔닝의 유언대로 해주자고 했어요."

쉬유이는 궈쯔닝이 동영상의 마지막에 한 말의 의미를 알고 있었다. 더듬이가 먼저 보여주었는지, 궈쯔닝이 우연히 발견하고 더듬이나 칸즈위안이 자초지종을 설명해주었는지는 모르지만, 궈쯔닝은 셰바이천의 시신을 본 적이 있었던 것이다. 열몇 토막으로 잘린 채 표본병에 담겨 보관된 시체를.

"더듬이가 궈쯔닝을 '자기 곁에 두기로' 한 거예요?"

"네. 난 반대할 수 있는 입장이 아니었어요."

쉬유이는 칸즈위안의 말뜻을 이해했다. 처음에는 더듬이가 죽은 셰바이천의 시신을 집에 보관해둔 채 칸즈위안이 셰바이천으로 위장하고 있다는 사실을 몰랐을 수도 있지만, 함께 사는 한 언젠가는 알게 되었을 것이다. 더듬이는 칸즈위안을 위해 비밀을 지켜주고 있었으므로 칸즈위안도 더듬이의 부탁을 거절하고 궈쯔닝의 자살을 경찰에 알려 처리하자고 주장할 수 없었던 것이다.

"쯔닝이 더듬이의 음료에 수면제를 타서 재운 뒤에 자살한 것 같아요. 하지만 더듬이는 이런 상황을 예상하지 못했던 걸 자책했어요." 칸즈위안이 당시 상황을 떠올리고 싶지 않은 듯 한숨을 내쉬었다. "더듬이가 쯔닝의 시신을 안고 통곡했어요. 아버지가 돌아가셨던 날보다 더 서럽게 울었죠."

"하지만 궈쯔닝의 메모를 보고 셰자오후가 두려워서 자살했다는 걸 안 거로군요." 쉬유이도 비통한 감정이 전이되어 심문하는 말투로 상대를 질책할 수가 없었다.

"네. 하지만 완전한 오해였어요. 셰자오후는 누나에게 돈을 빌리러 단청맨션에 왔던 거예요. 그놈은 큰돈이 필요할 때마다 여러 번 찾아와 나눠서 빌려 갔는데 그 달에 서너 차례나 연거푸 찾아왔어요. 쯔닝은 단칭맨션 정문으로 들어오는 그놈을 보고 자신이 있는 곳을 들켰다고 생각했던 것 같아요. 몇 호에 사는지 찾아내면 틀림없이 더듬이와 나를 죽이고 자신을 데려갈 거라고 생각했겠죠. 상식적으로 생각해도 나와 더듬이가 늙은 셰자오후에게 제압당할 리 없지만, 너무 어린 나이에 학대당했던 쯔닝의 마음속에서 셰자오후는 막강한 힘을 가진 남자였어요. 그 쓰레기가 눈앞에 다시 나타나자 극심한 불안에 떨게 된 거예요."

"셰자오후가 쯔닝이 옆집에 산다는 걸 몰랐는지 어떻게 알아요?"

"바이천의 방문 너머로 그와 메이펑 아주머니의 대화를 들었어요. 그냥 돈을 빌리러 온 거였어요."

쉬유이는 칸즈위안이 셰씨 집안의 일을 속속들이 알고 있는 이유를 깨닫고 진즉에 그걸 알아차리지 못한 자신이 부끄러웠다. 칸즈위안은 10여 년 전 셰자오후가 셰메이펑에게 돈을 빌려달라고 했다가 거절당하는 것을 엿들었다고 했지만 단칭맨션은 방음이 잘되어 있어서 그의 집에서는 벽 너머 이웃집에서 두 사람이 나누는 대화가 들리지 않았다. 칸즈위안이 그때 셰바이천의 방에 있었기 때문에 셰메이펑과 셰자오후 사이의 일을 알게 된 것이었다.

"소설에서처럼 궈쯔닝을 대신해 셰자오후에게 복수할 계략을 짰군요." 쉬유이가 미간을 찡그리며 불쾌한 표정을 지었다.

"계략을 짠 건 더듬이였어요. 난 더듬이가 세워놓은 계획을 행동에 옮겼을 뿐……." 칸즈위안이 분한 마음이 울컥 치민 듯 잠시 멈췄다가 다시 말했다. "더듬이는 나조차도 속였어요."

"칸 선생을 속였다고요?"

"더듬이가 내게 말해준 계획에는 숯을 피워 자살하는 건 없었어요."

그랬던 것이다. 쉬유이는 칸즈위안이 자살한 '셰바이천'의 시신을 발견한 날 보였던 반응을 이제야 이해할 수 있었다. 원래는 아들이 밥을 먹지도 않고 문을 두드려도 대답이 없는 걸 이상하게 여긴 셰메이펑이 칸즈위안에게 가서 도움을 청하면 칸즈위안이 와서 문을 부수고, 들어갔을 때 방이 텅 비어 있고, 셰메이펑이 옷장 속에서 궈쯔닝의 시신을 발견하도록 유도하는 시나리오였을 것이다. 경찰이 '은둔형 외톨이인 셰바이천이 토막 살인을 한 뒤 들킬까 봐 두려워 도망친 사건'으로 판단하고 수사를 시작하면 칸즈위안이 기회를 보다가 개입해 수사의 초점이 셰자오후에게 옮겨 가도록 유도하는 것이다. 칸즈위안은 그 계획대로 실행에 옮겼지만 실은 더듬이에게 속은 것이었다. 진짜 시나리오는 더듬이가 셰바이천의 시신까지 현장으로 옮겨다 놓은 뒤 셰바이천으로 위장한 채 자살하는 것이었다.

처음 자살 현장에 출동했던 순찰대원은 사망자를 발견한 칸즈위안이 무척 놀라고 흥분한 상태였다고 했다. 더듬이가 자살할 줄 예상하지 못했기 때문에 시신이 된 채 침대에 누워 있는 더듬이를 보고 아들이 죽은 줄 알았던 셰메이펑과 다를 바 없이 큰 충격을 받았을 것이다. 쉬유이는 방에서 복수의 시신이 발견됐다고 했을 때 칸즈위안이 놀란 반응을 보였던 것도 기억하고 있었다. 원래 시나리오는 귀쯔닝을 대신해 복수하기 위한 목적이었으므로 셰바이천의 토막 시신이 담긴 유리병 열네 개는 계속 칸즈위안의 집에 있었어야 했다.

하지만 칸즈위안은 빠르게 상황을 파악한 뒤 황망한 심정을 누르고 계획을 수정해 계속 연기를 했다. 그는 우선 셰바이천의 결백을 강하게 주장해 스스로 용의선상에 올랐고, 다시 쉬유이가 셰자오후라는 인물의 존재를 발견하도록 차근차근 유도했다.

"어떻게 셰자오후에게 죄를 뒤집어씌운 거예요? 그가 1월 6일 CCTV 영상에 나타난 것도 두 사람이 놓은 함정이었죠?" 쉬유이가 물었다.

"노코멘트할게요. 경위님이 알아서 상상하시죠." 칸즈위안이 가벼워진 말투로 말했다.

"그래봤자 소용없어요. 어차피 내가 진실을 알게 됐고 물증도 있으니 재판에서 셰자오후의 누명을 벗겨줄 수도 있어요."

"사건이 법원으로 넘어가면 진실이 무엇인가가 아니라 어느 쪽 주장이 더 설득력 있느냐가 논쟁의 핵심이 될 거라고 제가 말했잖아요. 안치소의 지문 기록은 자살한 시신이 셰바이천이 아니라는 것만 증명할 수 있을 뿐이죠. 어차피 안치소에서 과거에 비슷한 실수를 저지른 전적이 많기 때문에 대중은 20년 동안 사람을 바꿔치기했을 거라는 추리를 받아들이기 힘들 거예요. 특히 친어머니가 아들의 시신이라고 굳게 믿고 있으니 공공기관에서 또 착오를 일으켰다고 생각하겠죠. 쯔닝의 유언은 그녀가 자살했다는 걸 입증할 수는 있지만 셰자오후에게 협박당했다는 사실은 뒤집을 수 없어요. 심지어 셰자오후가 그녀를 직접 죽이고 시신을 토막 내지 않았다는 것조차 증명할 수 없죠. 난 경위님에게 여론을 뒤집을 수 있는 단서를 제공하지 않을 거예요."

쉬유이가 입을 다문 채 침묵했다. 타이베이에 오기 전에 여러 가지 가능성을 예상했지만 칸즈위안이 어떻게 셰자오후에게 죄를 뒤집어씌웠는지는 추측할 수가 없었다. 셰자오후는 승객을 성폭행하려는 현장에서 현행범으로 체포되었고, 그가 비슷한 상황에서 궈쯔닝을 우발적으로 살해했음을 입증할 수 있는 증거로서 궈쯔닝의 머리카락과 혈흔이 발견되었다. 또 1월 6일 은행의 CCTV 영상에 의심스러운 상자를 옮기고 있는 셰자오후의 모습이 찍혔다. 표면적으로 보면 셰자오후의 범행임에 의심의 여지가 없다.

이것이 쉬유이에게 풀리지 않는 수수께끼라는 것을 아는 칸즈위안은 일부러 자세히 설명하지 않고 있었다. 실은 그는 한 가지 사실, 즉 셰자오후에게 불리한 모든 증거를 전부 날조해낸 게 아니라는 사실을 감추려는 것이었다. 마술사가 공연 중 뜻밖의 실수가 생겼을 때 관중들이 눈치채지 못하도록 원래 공연의 일부인 것처럼 능숙하게 임기응변하는 것과 같다.

사실 셰자오후가 술 취한 승객을 성폭행하려다가 현행범으로 체포될 줄은 칸즈위안도 예상하지 못했다.

궈쯔닝이 자살하던 날 더듬이는 셰자오후에게 복수하자고 했다. 처음에는 반대했지만 더듬이의 한마디에 칸즈위안도 마음을 바꿨다.

"너, 너 잊지, 잊지 마. 그 사람은 셰, 셰바이천을 요절하게 만든 장, 장본인이야! 이, 이건 아닝만을 위한 게 아니라, 너, 너의 친구를 위한 일, 일이기도 해!" 격한 감정이 치밀어 오른 더듬이는 평소보다 더 심하게 말을 더듬었지만 평소였다면 이런 긴 문장을 말로 하지 않고 컴퓨터나 휴대폰 채팅을 통해 대화했을 것이다.

"그가 바이천을 간접적으로 해쳤다는 걸 네가 어떻게 알아?" 칸즈위안이 놀라서 물었다.

"네, 네 옛날 노트북에서, 셰바이, 바이천의 유서를 봤어."

셰바이천이 칸즈위안의 집에서 숨을 거둔 뒤 칸즈위안은 더듬이 몰래 메이드용 화장실에서 시신을 처리했지만 몇 년 못 가서 비밀을 들키고 말았다. 칸즈위안은 창을 넘어 옆집을 드나든다는 사실을 더듬이에게 들킨 뒤 사실대로 털어놓고 이미 표본이 된 시신을 보여줄 수밖에 없었다. 하지만 셰씨 집안의 갈등에 대해서는 말하지 않았고, 셰바이천이 아들의 죽음에 상심할 어머니를 걱정해 자신이 살아 있는 척해달라고 부탁한 것이라고 설명했다. 그런데 더듬이가 셰바이천의 유서를 보고 진실을 알아버릴 줄은 예상하지 못했다. 더듬이가 셰바이천의 이름을 꺼내자 칸즈위안도 더는 피할 수 없었고, 자기 주변 사람을 둘이나 해친 셰자오후를 멀쩡히 내버려둘 수는 없다고 생각했다.

"하지만 살인은 하지 않을 거야." 칸즈위안이 말했다.

"나, 나도, 그를 죽, 죽이라고 하진 않았어." 더듬이가 분노에 치를 떨었다. "그, 그놈이 살, 살아서 고, 고통을 맛보게 할 거야."

이틀에 걸쳐 궈쯔닝의 시신을 임시로 잘 보관해놓은 뒤 더듬이와 칸즈위안은 며칠 동안 머리를 맞대고 복수를 위한 1단계 전략으로 셰자오후의 정보를 수집하기로 했다. 칸즈위안은 몇 달 동안 미행과 감시를 하며 셰자오후의 생활을 파악했다. 완차이에 있는 그의 집 주소, 택시 기사로 일하는 시간, 온라인 쇼핑몰 운영 방식, 심지어 렌털 애인과 데이트하는 장소와 빈도, 가장 자주 가는 클럽과 모텔까지 샅샅이 알아냈다.

그런데 그를 감시하는 과정에서 두 가지 비밀을 알게 되었다.

어느 날 밤 셰자오후가 술 취한 승객의 금품을 몰래 훔치는 광경을 본 것이다. 팬데믹 기간이라 클럽은 일찍 문을 닫았지만 가끔 인사불성으로 취한 손님이 택시를 타곤 했다. 그런데 셰자오후가 만취한 승객을 부축해 택시에서 내려주며 승객의 지갑을 꺼내 지폐와 신용카드를 몰래 훔치는 장면을 보았다. 몇 달 사이에 네 차례나 절도 행각을 했고 아주 능숙한 동작을 보니 상습범인 듯했다. 더듬이는 그의 얘기를 듣더니 그게 바로 셰자오후가 택시 기사로 일하는 주된 목적일 거라고 했다. 택시 기사가 수입은 불안정하지만 절도범과 사기범의 신분을 은닉하기에는 최적의 직업이었다.

또 다른 비밀은 셰자오후의 온라인 쇼핑몰에서 출처가 불분명한 물건을 팔고 있다는 사실이었다. 칸즈위안은 그를 미행하다가 그가 원롱의 한 화물 창고에서 물건을 매입하는 것을 보았는데 파는 사람의 분위기로 미루어 그 그래픽카드들은 밀수품이거나 장물인 듯했다. 칸즈위안은 셰자오후가 보험업계에서 퇴출된 뒤 어둠의 세계 사람들과 어울리고 있을 거라고 예상했으므로 그 장면을 보고 별로 놀라지 않았다.

더듬이와 칸즈위안은 이 두 가지 비밀을 이용해 덫을 놓았다. 날씨가 화창하던 12월 초의 어느 오후, 칸즈위안은 모자와 안경, 마스크를 쓰고 30리터짜리 전자레인지보다 더 큰 상자를 안고 완차이 얏신 스트리트와 숭탁 스트리트가 만나는 곳에서 막 교대를 하고 출발한 셰자오후의 택시를 잡았다. 그는 상자를 트렁크에 실은 뒤 뒷좌석에 타서는 웨스턴구의 케네디 타운에 가자고 했다. 사흘 뒤 칸즈위안은 또 똑같은 상자를 안고 얏신 스트리트에서 셰자오후의 택시를 잡았다. 이번에는 셰자오후가 먼저 아는 척을 하며 말을 걸었고 칸즈위안은 그가 미끼에 걸려들었다는 걸 알았다.

"며칠 전에도 제 택시를 타셨죠?"

"그런가요? 그때도 기사님이었어요?"

"트렁크에 실은 레이싱 휠이 기억나요. 테크니마스터의 T300 DX죠?"

"보는 눈이 있으시네요. 기사님도 레이싱 게임 하세요?"

"아주 가끔이요. 온라인에서 컴퓨터 주변기기를 팔고 있어요. T300DX는 물량이 부족해서 파는 곳도 별로 없고 1만 홍콩달러 이상 가격을 올려 받는데 선생님은 그걸 두 개나 갖고 계시네요."

"아는 사람이 있어서요. 싸게 사서 웃돈 좀 붙여서 파는 거예요."

"아는 사람이 있다고요? 저랑 거래하실래요? 좋은 가격에 사겠다는 고객들이 있는데."

"그건…… 저도 믿을 만한 판매처를 찾고 싶긴 하지만 물량을 확보하는 과정이 좀 복잡하다 보니 아무하고나 거래하진 않아서……." 칸즈위안이 일부러 말끝을 흐렸다.

"괜찮아요. 저도 중국 공장에서 바로 빼 오는 물건들이 있어요. 샘플이나 불량품 같은 거요. 가격만 괜찮으면 아무도 신경 안 써요. 자본주의 시장에서는 쌍방이 동의하느냐가 중요하지 그게 어디서 온 물건인지는 중요하지 않아요. 선생님 성함이? 저는 셰씨예요."

"저는 리씨입니다. 조니라고 부르세요." 칸즈위안이 가명을 얘기했다.

칸즈위안은 태연히 나중에 다시 얘기하자며 셰자오후에게 쇼핑몰 명함을 달라고 했다.

1월 초, 때가 무르익었다고 판단한 칸즈위안은 선불카드로 만든 왓츠앱 계정을 이용해서 셰자오후에게 연락해 출처를 밝힐 수 없는 T300DX 레이싱 휠 여섯 개가 있는데 사겠느냐고 물었다. 큰돈을 벌 수 있는 기회였으므로 셰자오후는 물론 흔쾌히 그러겠다고 했고, 가격 흥정 끝에 총 2만 4천 홍콩달러에 거래하기로 합의가 됐다. 셰자오후는 그렇게 사들인 레이싱 휠을 한 대에 8천 홍콩달러 넘게 팔 수 있으므로 100퍼센트 마진을 남길 수 있었다.

그 레이싱 휠 여섯 개가 공장에서 빼돌린 장물이 아니라 칸즈위안과 더듬이가 외국 온라인 경매 사이트에서 10만 홍콩달러 가까이 들여서 산 정품이라는 사실을 셰자오후가 알 리 없었다. 이 모든 건 1월 6일 셰자오후가 수상한 행동을 하는 모습이 CCTV에 찍히게 하려는 수법이었다.

칸즈위안은 셰자오후에게 1월 6일 저녁 사우케이완의 캄와 스트리트에서 물건을 건네주겠다고 했다. 그런데 그날 셰자오후가 약속 장소에 도착해 차를 세우고 기다리는데 칸즈위안이 갑자기 일이 생겼다며 사우케이완 메인 스트리트 이스트에 있는 공원까지 와달라고 했다. 물건을 옮길 수 있는 수레도 준비되어 있다고 했다.

"셰 사장님, 미안하지만 걸어서 와주셔야겠어요. 제가 다른 판매자를 만나기로 했는데 그 사람이 약속 시간에 늦는 바람에 제가 자리를 뜰 수가 없어요. 직접 와서 물건 보시고 돈 주세요."

셰자오후는 칸즈위안의 말대로 공원에 가서 커다란 종이 상자에 담긴 레이싱 휠 여섯 개를 확인한 뒤 칸즈위안에게 돈을 지불했다.

"상자가 낡아서 안에 담긴 물건도 불량품인 줄 알았어요." 셰자오후가 웃으며 말했다.

"뒤로 빼 온 물건이니까 당연히 위장이 필요하죠." 칸즈위안이 일부러 목소리를 낮춰서 말했다. "길에서 상자를 열지 않는 게 좋을 거예요. 장물을 사고파는 것 모두 불법이니까."

셰자오후가 입가를 씰룩이며 몽룽 스트리트를 따라 차를 세워놓은 캄와 스트리트로 손수레를 밀고 갔다. 칸즈위안이 손수레를 돌려주지 않아도 된다고 했기 때문에 상자와 손수레를 모두 트렁크에 싣고는 집에 가서 내려놓고 오기로 했다.

칸즈위안은 셰자오후의 뒷모습을 보며 계획은 완수했으니 그가 은행 CCTV에 찍혔을지는 운에 맡기기로 했다. 더듬이가 과거 기사를 검색하다가 단칭맨션 맞은편의 리헝은행 정문에 설치된 CCTV에 사기범의 모습이 찍힌 적이 있었다는 걸 알았다. 두 사람은 그때 찍힌 영상을 보고, 단칭맨션 부근 각

상점의 CCTV 설치 상황을 조사한 뒤 은행 CCTV를 이용해 볼 만하다고 판단했다.

결과적으로 그 CCTV 영상은 쉬유이로 하여금 셰자오후가 범인이라고 확신하게 만드는 하나의 이유가 되었다.

'확실한 물증'이 된 머리카락과 표본병의 유리 조각은 칸즈위안이 처음 셰자오후의 택시를 탈 때 몰래 떨어뜨려놓은 것이었다. 세차할 때 유실될 것에 대비해 뒷좌석과 트렁크에 각각 한 가지씩 떨어뜨려 놓았다. 그중 적어도 하나는 발견되길 바랐는데 뜻밖에도 두 가지 모두 감식 요원에게 발견되었다.

칸즈위안과 더듬이는 셰자오후를 유력 용의자로 만들기 위해 다양한 방법을 썼다. 예를 들면 셰자오후가 조카 방에 시신을 감춰야 하는 상황을 만들기 위해 11월 말 셰자오후에게 고리대를 빌려주고 빚 독촉을 하는 사채업자인 척 셰자오후의 집주인에게 익명의 편지를 보냈다. 노부인인 집주인은 자기 집에서 시끄러운 일이 벌어질까 봐 겁이 나서 셰자오후에게 계약을 연장하지 않겠다며 석 달 뒤 임대계약이 만료되면 집을 빼라고 했다. 또 칸즈위안은 셰자오후가 셰바이천의 장례식에 왔다가 자신이 '조니'라는 걸 알아볼까 봐 일부러 다른 신분을 이용해 그에게 큰 거래를 제안하며 접근했다. 그날 칸즈위안이 수시로 휴대폰 메시지를 보냈던 것은 셰자오후가 칸즈위안의 장례식에 참석하지 못하게 하고 나중에 쉬유이가 셰자오후의 혐의를 알았을 때 더 의심하게 만들기 위한 전략이었다. 사실 칸즈위안이 아무것도 하지 않았더라도 셰자오후는 일부러 누나와의 접촉을 피했을 가능성이 크다. 조카에게 큰일이 생겼으니 경찰이 가족 관계를 수사할 것이므로 절도와 사기 행각을 벌이고 있는 그는 스스로 경찰과 마주치는 위험을 무릅쓰지 않았을 것이다.

하지만 셰자오후가 술 취한 여자 승객을 성폭행하려다 체포된 것은 칸즈위안이 계획한 일이 아니었다. 셰자오후에게 성폭행 전과가 있는 줄은 알았지만 몇 달 동안 그를 감시하면서 여자를 성폭행하는 것은 보지 못했고 렌털 애인과 모텔에 가는 것만 보았다. 원래 시나리오는 경찰이 택시에서 발견한 물증과 시신을 옮기는 것으로 의심되는 CCTV 영상을 근거로 셰자오후를 체포하고, 그의 집에서 승객에게 훔친 물건이 발견되면서 범죄 혐의가 더 짙어지는 것이었다. 셰자오후는 토막 살인을 하지 않았으므로 심문받을 때 범행을 강하게 부인할 수 있지만, 절도를 저지른 것은 사실이므로 무고함을 주장할 수는 없었다. 그러면 대중은 그가 이미 범죄자이므로 살인 사건에서도 거짓으로 자기 죄를 부인하고 있다고 생각할 것이다. 그런데 셰자오후가 성폭행을 하려다가 체포되고 또 다른 성폭행 사건 두 건과 관련 있다는 사실이 밝혀지면서 기존 계획보다 더 강력한 효과를 내게 되었다. 사건의 결과를 보며 칸즈위안도 이 모든 게 하늘의 뜻이라고 탄식할 수밖에 없었다.

하지만 나중에 돌이켜보니 그것도 더듬이가 의도한 일일지도 모른다는 생각이 들었다.

탄아이잉을 이용해 경찰을 유인하는 것은 원래 계획에 있었다. 칸즈위안은 그것이 단순히 셰자오후의 렌털 애인인 탄아이잉에게 접근하려는 목적인 줄 알았다. 하지만 셰자오후가 여자 승객을 성폭행하려다 체포된 뒤 이 모든 것이 더듬이의 원래 시나리오일지도 모른다는 생각을 했다. 미끼 역할을 한 탄아이잉은 셰자오후에게 경계심을 가질 수밖에 없었다. 남자들이 렌털 애인에 대한 정보를 공유하는 게시판이 있는 것처럼 렌털 애인들도 동종 업계 사람들이 모인 비공개 텔레그램 채팅방에서 손님들에 대한 정보를 교환한다. 칸즈위안은 탄아이잉이 자신과 셰자오후의 계정과 인상착의를 그 채팅방에 올렸을 것이라고 추측했다. 무슨 일이 있었는지 자세히 설명할 수는 없지만 다른 렌털 애인들이 피할 수 있도록 블랙리스트에 올려두었을 가능성이 크다. 그 때문에 셰자오후가 렌털 애인을 만나 성욕을 풀지 못한다면 성범죄 충동은 더 강해질 것이므로 또 다른 범죄로 체포될 가능성이 높아진다.

더듬이는 뼈에 사무친 복수심 때문에 무고한 여자가 피해를 입을 수 있다는 사실도 개의치 않았던 것이다. 이것이 칸즈위안과 더듬이의 가장 큰 차이였다. 더듬이에겐 자기 목적을 위해서라면 수단과 방법을 가리지 않는 냉혹한 면이 있었지만, 칸즈위안은 겉모습은 차가워 보여도 속마음은 여린 사람이었다. 더듬이는 타인의 희생을 불사해서라도 이 복수극을 완성하려고 했던 것이다.

"탄아이잉을 찾으려고 렌털 애인들과 데이트한 것도 우리를 유인하려고 일부러 한 일이었죠?"

"그렇다고 할 수 있죠." 칸즈위안은 사전에 셰자오후를 미행하면서 이미 자주 만나는 렌털 애인이 있다는 것을 알았고, 거의 일주일 동안 탄아이잉의 정보를 수집했다.

"왜 굳이 그런 연극으로 경찰이 칸 선생을 의심하게 만든 거죠? 1월 6일의 동영상과 택시의 물증만으로도 우리가 셰자오후의 존재를 발견하게 할 수 있었을 텐데?"

"원래 사람은 남에게 듣는 것보다 자기 스스로 추론해낸 가설을 더 믿는 심리가 있으니까요." 칸즈위안이 차분하게 말했다.

칸즈위안은 경찰이 자신을 감시하고 있다는 걸 알고 있었고, 그건 원래 계획에도 있는 일이었다. 그는 경찰이 자신을 미행한다는 걸 확인한 뒤 '셰자오후가 자주 만나는 렌털 애인을 찾으려고 한다'는 거짓 행동을 연기했다. C로 시작하고 Y로 끝나는 이름, 손목의 하트 문신 등은 그가 셰자오후를 미행할 때 알아낸 탄아이잉의 특징이었다. 그는 자신을 미행하던 자치가 지하철 플랫폼에서 미행 대상을 탄아이잉으로 바꾸는 것을 보고 경찰이 탄아이잉을 이용해 자신에 대한 함정수사를 할 거라고 예상했다. 그 후 탄아이잉에게 데이트를 신청하는 메시지를 보냈지만 한참 동안 답장이 오지 않자 탄아이잉이 경찰에 협력하기로 했을 거라고 짐작하고 연락이 오길 기다렸다.

수사 방향을 셰자오후 쪽으로 돌리기 위해 그는 경찰이 한밤의 추격전을 벌이며 허탕 치게 만들었던 것이다.

탄아이잉의 위치 추적기가 먹통이 된 것은 우연이 아니라 인위적인 것이었다.

칸즈웨이안은 해외 사이트를 통해 일정 범위 내에서 통신 장애를 일으키는 전파 교란기를 구입했다. 그날 그는 차를 몰고 퀸엘리자베스 스타디움 앞을 지날 때 뒤에서 미행하는 경찰 차량이 조금 멀리 떨어진 것을 보고 몰래 전파 교란기를 켠 뒤 스터브스 로드로 올라갔다. 쉬유이가 이어폰을 통해 탄아이잉의 질문을 조종한다면 속임수가 들통날 수 있지만, 탄아이잉을 고립시킨 뒤 그녀를 속이고 그녀의 입을 통해 쉬유이에게 거짓 정보가 전달된다면 쉬유이가 쉽게 속아 '재스퍼'라는 인물에 대해 조사할 것이라고 예상했다.

"더 묻지 않을게요." 쉬유이가 한숨을 내쉬었다. "이제 남은 문제는 하나뿐이군요. 난 법정에서 경찰의 수사 결과를 부정하고 셰자오후가 토막 살인을 하지 않았음을 증명해야 마땅하지만, 상부에서 허락하지 않겠죠……."

"경위님은 법정에서 증언할 필요가 없어요. 검사가 바보가 아니라면 셰자오후를 살인죄로 기소하지 않을 테니까요."

"뭐라고요?"

"검사와 변호인이 조건을 협상하겠죠. 셰자오후가 성폭행과 절도 등을 인정해 피해자가 재판에 나와 2차 피해를 입지 않도록 하는 대신, 검사는 확실치 않은 살인죄를 기소하지 않기로."

"택시에서 나온 물증을 검사가 포기하겠어요?"

"내가 피고 측 변호사라면 아주 쉽게 결백을 증명할 수 있을 거예요." 칸즈위안이 웃었다. "검사가 머리카락이 귀쯔닝의 것이고 유리 조각이 표본병에서 떨어진 것임을 증명한다 해도 그것들이 셰자오후가 그 차를 운행하는 시간에 차에 떨어졌다는 건 증명할 수 없어요. 그 택시는 셰자오후의 자가용이 아니라 택시 기사 몇 명이 교대로 쓰는 차니까요. 또 택시회사도 그 차를 사용할 권한이 있으니 그 물증은 셰자오후가 진범이라는 증거가 될 수 없어요. 마찬가지로 1월 6일에 시신을 옮기는 CCTV 영상도 증거가 될 수 없죠. 그가 수레로 옮기던 상자 안에 뭐가 들어 있었는지 증명할 수 없으니까요."

"그런 결과를 미리 예상했던 겁니까? 그런데도 복수라고 할 수 있어요?"

"더듬이의 목적은 셰자오후에게 고통을 주는 것이었어요. 얼마 전에 가십 잡지에 제보했어요. 다음 주에 특집 기사가 나올 겁니다. 구체적으로 이름을 밝히지 않아도 '비 오는 밤의 도살자' 사건의 범인도 택시 기사였다고 하면 대중은 셰자오후가 시신을 토막 내 표본으로 만든 변태 살인마일 거라고 연상하겠죠. 교도소 수감자들은 강간을 저지르고 들어온 수감자에게 상당히 비우호적이라고 들었어요. 아마 교도소 생활이 녹록지 않을 거예요. 몇 년 뒤 출소해도 사회에 발붙이기 힘들겠죠. 누구보다도 악한 이미지가 박혀 있을 테니까요. 특히 그가 대중이 인정하는 처벌을 받지 않은 채 풀려났다는 점에서요. 셰자오후의 이름을 누구나 알게 될 거고, 그는 이 사회에서 멸시와 배척을 받을 거예요. 죄를 뉘우친다 해도 아마 받아주는 곳이 없을 겁니다. 죽느니만 못한 삶을 살게 되겠죠."

쉬유이가 차가운 숨을 들이마셨다. 그도 칸즈위안의 예언이 들어맞을 거라고 생각했다.

"당신은…… 사실 무명지가 아니죠?" 쉬유이가 불쑥 말했다.

"네?"

"어렴풋이 그런 의심은 있었는데 지금 더듬이의 복수 계획을 듣고 거의 확신했어요. 그렇게 은밀한 계획을 생각해낼 수 있는 사람이라면 《사망 신부》를 쓴 무명지와 동일인일 것 같군요. 말더듬증과 대인기피증으로 사람들을 만날 수 없는 그를 대신해 칸 선생이 그림자가 되어준 겁니다. 타이베이에 오기 전에 더듬이에 대해 조사했어요. 그의 아버지 이름이 바이즈밍白志明이죠. 더듬이가 돌아가신 아버지를 기리기 위해 아버지 이름을 조금 바꿔서 '무명지'라는 필명을 쓴 거예요.[2] 더듬이의 갑작스러운 죽음으로 절필 선언을 하고 그의 유작을 마지막 작품으로 삼을 수밖에 없었죠." 칸즈위안의 어깨가 가볍

---

2 '무명지'의 중국어 발음은 '우밍즈'이고 '바이즈밍'에서 성을 뺀 이름 '즈밍'을 거꾸로 하면 '밍즈'가 된다.

게 들썩였다. 쉬유이는 거짓말을 들킨 분한 감정이 치밀어 오른 것이라고 짐작했지만 칸즈위안이 갑자기 큰 소리로 웃음을 터뜨렸다. 옆 테이블 손님과 종업원들도 놀라서 흘끔거렸다.

"쉬 경위님, 훌륭하세요. 역시 분석력이 뛰어나시군요. 하지만 절반만 맞히셨어요."

"절반이라고요?"

"세상에는 '공동 필명'이라는 게 있죠. 무명지의 소설 중에는 어두운 분위기의 《사망 신부》도 있고, 유머러스한 《청소부 탐정 사건 수첩》도 있죠. 전자는 더듬이가 쓰고 후자는 제가 썼기 때문이에요."

"네? 하지만 글투가……."

"글투가 같은 건 더듬이가 쓴 소설은 제가 한 번 다듬고, 제가 쓴 소설은 더듬이가 수정했기 때문이에요. 더듬이는 우리 집에서 살게 된 뒤 제가 수집해놓은 추리소설을 읽고 추리 장르에 흥미를 갖게 됐어요. 언젠가부터 무명지라는 필명으로 온라인에 소설을 올리기 시작했죠. 하지만 출판사에서 그의 소설을 보고 연락하자 제게 소설을 다시 다듬어달라고 했어요. 바깥세상의 시선을 전혀 의식하지 않는 창작 방식이 상업 출판에 적합하지 않다는 걸 알고 있었기 때문이죠. 그 후 경위님 말대로 제가 대외적으로는 그 필명의 주인이 되었어요. 《사망 신부》 시리즈가 완결된 뒤 출판사는 더 대중적인 작품을 써 달라고 요청했지만 더듬이는 쓸 수 없다고 화를 내더군요. 그래서 제가 《청소부 탐정 사건 수첩》 제1부를 대신 써줬어요. 더듬이가 읽고는 내 이야기가 너무 통속적이라면서 범죄 요소를 보충해 넣었고 그때부터 그게 둘의 공동 작업 방식이 됐어요. 더듬이가 없으면 무명지도 존재할 수 없어요. 신작을 쓰긴 했지만 그건 무명지의 작품이라고 할 수 없죠."

칸즈위안은 놀란 표정을 감추지 못하는 쉬유이를 보고 웃음이 나왔다. 경찰서 조사실에서 쉬유이에게 조사를 받던 날, 칸즈위안 자신도 그런 표정을 짓고 있었다. 남성 피해자와 《살인 예술》에 나오는 반 고흐의 〈영원의 문〉 속 남자의 자세가 동일하다는 점을 지적하는 쉬유이의 얘기를 듣고서야 그 사실을 깨달았기 때문이다.

더듬이는 그의 집에 감춰져 있는 셰바이천의 시신을 훨씬 더 일찍 발견했던 것이다.

칸즈위안이 더듬이에게 셰바이천의 일을 고백한 것은 《살인 예술》이 출간된 뒤의 일이었다. 그는 쉬유이의 얘기를 듣고서야 그 둘 사이의 공통점을 깨달았다. 다만 경찰은 일의 순서를 잘못 추리했다. 더듬이는 셰바이천의 시신을 보고 반 고흐의 명화를 떠올린 뒤 《살인 예술》의 영감을 얻은 것이었다. 또 더듬이는 셰바이천으로 위장해 자살하기 전 그 책을 일부러 책꽂이에서 꺼내놓았다. 계획대로 경찰이 칸즈위안을 유력 용의자로 지목하도록 유도하기 위해 일부러 한 일이었다. 그리고 그걸 파트너인 칸즈위안에게도 말하지 않고 자신이 죽은 뒤에 발견하도록 작은 비밀로 남겨두었다.

"쉬 경위님, 그거 아세요? 《소라게》는 원래 이런 이야기가 아니었어요." 칸즈위안이 검지로 테이블에 놓인 소설을 톡톡 두드렸다. "더듬이의 원래 이야기에선 L이 손목을 긋고 자살한 뒤 아바이가 복수를 하고 마지막에 L의 계부와 함께 죽어요. 하지만 난 그 줄거리를 받아들일 수 없었어요. 더듬이가 자신의 일류 비극소설을 삼류 막장 해피 엔딩 스토리로 만들었다고 날 원망한다 해도 이 결정을 후회하지 않아요."

'이건 내가 그들을 위해 할 수 있는 마지막 일이니까.' 칸즈위안은 속으로 생각했다. 소설 표지 속 사진은 궈쯔닝이 찍은 것이었다. 칸즈위안은 그녀의 휴대폰에 남아 있던 많은 풍경 사진 가운데 하나를 골라 표지에 넣었다. 칸즈위안이 쉬유이에게 했던 말처럼 이 작품은 그의 감정이 이입된 작품이었다. 더듬이와 궈쯔닝의 영혼이 독자들에게 희망을 주는 작품 속에 함께 깃들기를 바라는 그의 마음이 담겨 있었다. 비록 환상일 뿐이라 해도 어떤 차원에서 두 사람이 행복을 찾길 바랐다. 더듬이가 자살하던 날, 경찰이 떠난 뒤 칸즈위안은 더듬이의 컴퓨터에서 유서를 발견했다. 더듬이는 자신의 결정을 후회하지 않을 것이고, 칸즈위안이 계획을 완수할 거라는 걸 알고 있었다. 그는 피안에서 궈쯔닝과 다시 만날 수 있을 것이다. 더듬이는 칸즈위안을 속인 이유를 유서에 쓰지 않았지만 칸즈위안은 그 이유를 짐작할 수 있었다.

'죽은 바이천의 굴레에서 날 풀어주려고 그랬겠지.' 칸즈위안은 그 이유를 깨닫고 코끝이 시큰했다.

더듬이는 이 일을 계기로 칸즈위안이 셰바이천의 역할을 대신해야 하는 짐을 내려놓을 수 있길 바랐다. 셰바이천이 공식적으로 사망자가 되어 20년 전의 어리석은 약속을 종결짓게 되는 것이다. 더듬이는 칸즈위안 때문에 아버지가 죽었다고 원망한 적이 없었다. 심지어 셰바이천의 유서에서 칸즈위안 덕분에 자신이 다페이의 손아귀에서 도망칠 수 있었다는 사실을 알고 고마운 마음이 들었다. 말더듬증이 있고 바깥세상과 접촉할 수도 없는 자신은 아마도 평생 그렇게 살 것 같지만, 자신과 이미 죽은 셰바이천을 위해 자기 삶을 희생하고 있는 칸즈위안에게 한없이 부끄럽고 슬펐다.

이 일만 끝나면 밖에 나가서 바람 좀 쐬어.

더듬이가 유서의 마지막에서 칸즈위안에게 남긴 말이었다.

"너나 좀 그러지……. 바보……." 그 말을 본 순간 칸즈위안은 흐르는 눈물을 주체할 수가 없었다. 20년 넘게 은둔 생활을 한 더듬이는 용기를 내서 표본병을 들고 밖으로 나갔다. 그리고 그는 설비실 옥상에서 창문을 통해 인생의 종점으로 들어갔다.

칸즈위안은 더듬이가 자신이 알고 있는 것보다 훨씬 더 깊이 자신에 대해 알고 있었다는 걸 깨달았다. 더듬이는 표본병 속에 든 셰바이천의 토막 시신을 보고 당시 칸즈위안이 떨리는 손을 억지로 다잡아 친구의 시신을 토막 냈다는 걸 알 수 있었다.

칸즈위안이 감성이 풍부한 사람이라는 걸 일상생활에서 느낄 수 있었고, 그의 글에서도 묻어났다. 더듬이는 당시 칸즈위안이 얼마나 고통스럽게 울부짖었을지 알 수 있었다. 모든 일에 냉정한 그도 아닝의 죽음을 목격한 순간 감정을 억누를 수가 없었다. 칸즈위안은 궈쯔닝의 시신을 토막 낼 때 냉정한 얼굴로 묵묵히 돕고 있는 더듬이를 이상하게 생각했지만, 사실 더듬이는 그때 이미 궈쯔닝을 따라가기로 결심했었다. 생명을 내던져 그 악마에게 복수하고, 칸즈위안에게 인생을 되돌려줄 준비를 하고 있었다.

셰자오후가 체포된 날 밤, 칸즈위안은 꿈을 꾸었다. 꿈속에서 그와 더듬이, 바이천이 열여섯 살 때로 돌아가 또래의 궈쯔닝과 해변으로 놀러 갔다. 그들은 해변에서 달음박질을 하고 장난을 치며 아무 걱정 없는 청춘을 만끽하고 미래에 대한 꿈을 얘기하고 노을을 보며 소원을 빌었다.

이루어질 수 없는 꿈이었지만 칸즈위안은 그것이 이름 모르는 어떤 시공의 평행우주 속 그들의 모습이길 바랐다.

"이제 문학 축제에 참석하러 싱가포르에 가죠? 그다음 계획은 뭐예요?" 쉬유이가 물었다.

"영국에 가야겠죠. 30년 전 부모님의 무덤에 성묘도 하지 못했어요."

"부모님의 장례를 영국에서 치렀나요?"

"1993년 11월 북미 여행객을 가득 태우고 달리던 관광버스가 M2 모터웨이를 따라 켄트주 캔터베리로 가던 중 교통사고를 일으켜 승객 열 명이 사망하고 30여 명이 부상을 당한 사건이 있었어요. 당시 버스와 충돌한 승용차의 운전석과 조수석에 타고 있던 두 사람도 사망했는데 그들이 바로 제 부모님이에요. 뒷자리에 타고 있던 저는 기적적으로 생존했지만 영국에 다른 가족이 없었기 때문에 홍콩으로 돌아올 수밖에 없었어요."

칸즈위안은 자신이 바이천과 더듬이와 친해진 이유를 알고 있었다. 그들에게서 자신의 그림자를 보았기 때문이다. 부모를 잃은 뒤 감당할 수 없는 고독이 닥쳤다. 할머니가 애지중지 키워주셨지만 내면의 알 수 없는 헛헛함을 떨칠 수가 없었다. 세바이천과 더듬이는 가족과 함께 살았지만 그들에게서도 똑같은 고독감이 느껴졌다. 지식 수준, 배경, 성격이 모두 달랐지만 그는 두 사람이 자신과 같은 부류라는 걸 알았다.

피를 나누지 않은 가족.

칸즈위안은 착한 아이였지만 부모님을 여읜 비통함까지 지울 수는 없었다. 마음속 깊은 곳에 감춰져 있던 울분이 바이천과 함께 다페이에게 복수하던 날 터져 나왔다. 그는 다페이를 부모를 죽게 만든 버스 기사라고 생각하고 쌓였던 분노를 다 쏟아냈다.

오랜 세월이 흐른 뒤 다페이를 다시 만나게 될 줄은 예상하지 못했다.

셰바이천이 죽은 지 5년쯤 되었을 때였다. 거리에서 정신이 온전치 않은 듯한 노숙자를 보았다. 남루한 옷차림에 맨발로 공원 벤치에 멀거니 앉아 있었다. 그를 보자마자 다페이라는 걸 알아보았다. 다페이 가족의 불행한 말로에 대해서도 들은 바 있었다.

그는 다페이에게서도 고독을 보았다.

인생은 원래 고독한 여행이다. 세상에 태어날 때 홀로 왔다가 세상을 떠날 때도 혼자 길을 떠나야 한다.

우리 모두에게 고독은 정해진 운명 같은 것이겠지, 라고 칸즈위안은 생각했다.

"영국에 갔다가 홍콩으로 다시 돌아올 건가요?" 쉬유이가 물었다.

"아뇨. 돌아오지 않을 거예요."

"왜요? 처벌받을까 봐 그러는 건 아니겠죠? 경찰을 오도하고 시신을 불법 처리한 건 확실히……."

"돌아올 이유가 없어서요." 칸즈위안이 쓴웃음을 지었다. "가족이 아무도 없잖아요."

쉬유이는 아무 말도 할 수 없었다. 그날 칸즈위안의 차에서 들었던 노래가 생각났다.

난 가장 운 좋은 남자. 가장 고독한 남자가 아니야.

복수에 성공하고 부와 명성을 얻었으니 운이 좋은 것일까?

쉬유이는 그제야 칸즈위안의 눈동자 속에 차오른 감정이 무엇인지 알았다.

커피 잔을 다 비운 뒤 칸즈위안과 쉬유이가 카페를 나와 서점을 나섰다. 어느새 해가 저물고 노을이 비추는 타이베이의 거리가 형언할 수 없이 쓸쓸했다.

"쉬 경위님, 하나만 부탁해도 될까요?" 칸즈위안이 서점 앞에서 말했다.

"염치가 대단하시군." 쉬유이가 투덜거렸다.

"그럼 제 부탁이 아니라 쯔닝의 부탁인 걸로 할게요." 칸즈위안이 쓴웃음을 지었다. "가족이 없는 쯔닝은 무연고 사망자로 분류되어 샌디리지 공동묘지에 묻히겠죠. 하지만 너무 가엾잖아요. 쯔닝 엄마의 후사를 처리해준 그 부인에게 연락해서 간단한 장례를 치르고 유골을 더듬이의 유골이 안장된 그 묘지공원에 뿌려달라고 부탁해주세요. 두 사람이 영원히 함께 있을 수 있게요."

쉬유이가 잠시 생각하다가 휴대폰과 메모지를 꺼내 전화번호를 베껴 적었다.

"알았어요. 그럼 나도 부탁 하나 합시다. 나 대신 영국에 사는 의사 친구에게 가서 안부를 전해줘요." 그가 칸즈위안에게 메모지를 건넸다.

"애시퍼드에 사는 그 의사분이요?"

"네. 영국인이지만 광둥어를 아주 잘해요……."

쉬유이는 이것이 이 고독한 남자를 위해 자신이 해줄 수 있는 유일한 일이라고 생각했다.

멀어지는 칸즈위안의 뒷모습을 보며 쉬유이도 다른 쪽으로 걸어가 길가에 선 검은 세단에 올라탔다.

"쉬 경위, 내 도움 필요 없었어?" 쉬유이가 차에 타자 운전석에 앉은 중년 남자가 읽고 있던 신문을 내려놓으며 웃었다.

"일이 잘 해결됐어. 왕 팀장까지 귀찮게 해서 미안해."

칸즈위안의 예상이 정확했다. 쉬유이는 상부에 알리지 않고 사적으로 타이베이에 왔다. 하지만 타이베이 신이구 수사대 팀장과 오랫동안 알고 지내는 친구 사이였으므로 혹시 무슨 일이 있을 때를 대비해 밖에 대기시켜 두었던 것이다.

"어디 가서 한잔하지! 좋은 데 소개해줄게."

"잠깐 전화 한 통 걸고." 쉬유이가 휴대폰을 꺼냈다.

"아직도 할 일이 남았어?"

"아니. 아내한테." 쉬유이가 웃었다.

칸즈위안의 뒷모습을 보며 그는 문득 가족의 목소리가 그리워졌다. 아내의 불만 섞인 잔소리라도 듣고 싶었다.

고독한 용의자

초판 1쇄 발행 2025년 4월 15일
초판 7쇄 발행 2025년 11월 5일

지은이 찬호께이
옮긴이 허유영
펴낸이 최순영

출판2 본부장 박태근
스토리 팀장 김소연
편집 김해지
디자인 정명희

펴낸곳 ㈜위즈덤하우스　**출판등록** 2000년 5월 23일 제13-1071호
주소 서울특별시 마포구 양화로 19 합정오피스빌딩 17층
전화 02) 2179-5600　**홈페이지** www.wisdomhouse.co.kr

ISBN 979-11-7171-360-8　03820

- 이 책의 전부 또는 일부 내용을 재사용하려면 반드시 사전에 저작권자와 ㈜위즈덤하우스의 동의를 받아야 합니다.
- 인쇄·제작 및 유통상의 파본 도서는 구입하신 서점에서 바꿔드립니다.
- 책값은 뒤표지에 있습니다.